Un Arbre de Vie

Suzanne Deriex

Un Arbre de Vie

roman

BERNARD CAMPICHE EDITEUR

Cet ouvrage est publié avec l'appui
de l'Association Vaudoise des Écrivains
(fonds créé grâce au legs Berthe-Vuillemin),
du Service des affaires culturelles de la Ville de Lausanne,
de la Commission cantonale vaudoise des affaires culturelles,
de la Société Suisse des Écrivaines et Écrivains

« Un Arbre de Vie »,
cinquante-huitième ouvrage publié par Bernard Campiche Éditeur,
a été réalisé avec la collaboration de René Belakovsky,
Michel Campiche, Marie-Claude Garnier, Line Mermoud,
Huguette Pfander, Christiane Schneider,
Marie-Claude Schoendorff et Daniela Spring
Couverture et mise en pages : Bernard Campiche
Photographie de l'auteur : Horst Tappe, Montreux
Illustration de couverture : Johann Jakob Aschmann (1747-1809)
« Hauptwil », 1791/92
Photogravure : Images 3 S.A., Yverdon-les-Bains
Photocomposition : Michel Freymond, Yverdon-les-Bains
Impression et reliure : Imprimerie Clausen & Bosse, Leck

ISBN 2-88241-0557-3
Tous droits réservés
© 1995 Bernard Campiche Éditeur
Avenue de la Gare 7 – CH-1462 Yvonand

PREMIÈRE PARTIE

Le Pardon des Morts

Hauptwil 1763

Il arrive que les archives donnent un sceau d'authenticité aux biographies romancées. Les lettres trouvées à Bischofszell détruiront une part de légende familiale. Témoignage subjectif, elles portent l'empreinte du vécu. J'ai préféré parfois leur vérité à la légende. Il reste beaucoup de documents inexplorés dans les archives. Les pages qui suivent susciteront peut-être votre curiosité.

I

La flamme immobile des bougies du candélabre fait apparaître deux fenêtres refermées sur la nuit, de hauts murs, l'éclat des cadres signalant la présence des portraits. Elle projette l'ombre d'une main sur les papiers plus clairs que le cuir de la table, creuse une joue maigre et glabre tout en accusant la fossette qui divise le menton. Quelques fils blancs se mêlent aux boucles rousses des cheveux, car Leonhard s'est toujours dérobé à la mode des perruques, emblème des hommes de son rang.

À Monsieur
Monsieur Georg Leonhard de Gonzenbach
Seigneur
Au Vieux Château
Hauptwil

Pliés en six, les feuillets demeurent scellés de cire rouge frappée au monogramme *EG* nettement distinct. Scellé également, le constat de décès. Le contrat de mariage, ouvert devant lui, se ramène pour l'essentiel à l'énumération des biens qu'Élisabeth, née Straub, lui avait apportés en dot : des coteaux plantés en vigne ; des champs bien placés dans la plaine, où l'on sème, selon l'année, le blé, le chanvre ou le lin ; un grand service de Saxe et l'inventaire des couverts d'argent.

La mère de Georg Leonhard, Anna Barbara, née Zollikofer au château d'Altenklingen, s'était réjouie de ce mariage roturier. Il était venu à point nommé, après plusieurs années de crise, pour redonner l'aisance et la confiance aux habitants du Vieux Château. Beaucoup de familles à la ronde s'imaginèrent peut-être que le fils unique d'Anton, qui avait fait rêver tant de jeunes filles à leur fenêtre, s'était uni à la fortune d'un puissant marchand plutôt qu'à une petite inconnue au teint basané, ignorée jusqu'alors des salons de la meilleure société où l'on se piquait de ne parler que le français.

Tout au souvenir de leur première rencontre, Leonhard, le voyageur toujours en alerte et en mouvement, demeure immobile devant cette lettre qu'il retarde d'ouvrir.

* * * *

Il se revoit à vingt-cinq ans dans le magasin de Caspar Straub, à Saint-Gall, dans le quartier protestant avoisinant l'abbatiale. On venait de lui décrire les qualités de cette mousse floconneuse et blanche qui émergeait de capsules venues de Chypre ou de Macédoine. Il hésitait. Son père, le Seigneur Anton, qu'il accompagnait depuis l'adolescence sur les marchés de Saint-Gall, de Zurich et de Schaffhouse, lui avait donné les pleins pouvoirs. L'enjeu était de taille : la prospérité de sa famille et celle des habitants de la vallée en dépendaient. Dans l'Europe entière, le commerce de la toile rencontrait une concurrence acharnée. En dépit de leur réputation, les draps de lin marqués du grand *H* de Hauptwil n'étaient plus aussi recherchés qu'autrefois. Il n'était pas question de se mettre à la soie : Zurich en détenait le monopole depuis presque deux siècles. Et pourtant, songeait Leonhard, nulle part on ne trouvait des fileuses plus habiles qu'au Toggenbourg. Dans les chambres basses, à peine éclairées, les doigts inlassables des tisserands fermiers décelaient d'une caresse un défaut sur la toile, invisible à l'œil le plus exercé.

— Croyez-moi, mon jeune Seigneur, l'avenir, c'est le coton. Ses fibres sont plus courtes, mais elles se dessèchent moins que celles du lin. Résistantes, faciles à blanchir et à entretenir, vous en tisserez une toile aussi fine que de la dentelle, et si légère... Un minimum de matière pour démontrer la supériorité de vos ouvriers. D'ici quelques années, les plus élégantes exigeront de la mousseline de coton. Mais il est sage de se donner le temps de la réflexion. Me feriez-vous l'honneur, comme en avait coutume Monseigneur Anton, votre père, de venir vous asseoir à ma table ? Sans vouloir vanter les mérites de ma cuisine, je puis affirmer que vous serez mieux servi ici qu'à l'auberge.

Leonhard accepta l'offre avec gratitude, conscient soudain de sa fatigue et de sa faim.

On pouvait rejoindre la maison d'habitation en passant par les jardins. Un vent aigre accueillit les deux hommes dans une volée de feuilles mortes. Ils avançaient côte à côte, Leonhard de taille élancée et Caspar, plus large de carrure, le regard cherchant le ciel par-delà la cime des arbres, si bien que sa tête, légèrement renversée, équilibrait l'avancée du menton. Entraînant le jeune homme vers un massif où pâlissaient les dernières roses, il prononça quelques phrases dans ce dialecte de la vallée, impossible à traduire, qui teintait d'humour les plus pesantes considérations. Or, Anna Barbara née Zollikofer avait confié l'éducation de son fils aux meilleurs précepteurs venus de Genève ou de la vallée du Neckar. Le marchand perçut aussitôt le raidissement de son compagnon, incapable de le comprendre, et sa méfiance soudaine. Loin de s'en offusquer, il savait que la méfiance trahit parfois l'inexpérience et l'inquiétude de la jeunesse. D'ailleurs, jeune ou vieux, ne tombait-on pas souvent dans les pièges mêmes que l'on cherchait à éviter ?

L'allemand avait été la langue de la négociation. En passant le seuil de sa demeure, Caspar Straub revint au français, adoptant d'instinct l'accent familier aux habitants du Vieux Château, car le marchand avait un don exceptionnel pour les langues et leurs accents ; le mimétisme avait été pour lui gage de survie.

Leonhard et lui s'étaient attablés dans la pénombre de la salle où la chaleur du poêle de faïence peinte accroissait l'intimité. La soupe traditionnelle saupoudrée de schabziger, fromage aux herbes de montagne, avait détendu leur humeur. Une servante leur présenta le cuissot de chevreuil garni de pommes. C'était la première fois qu'ils étaient en tête à tête et que le vieux Seigneur Anton, fidèle à sa perruque abondante et bouclée, crinière de lion qui symbolisait pour lui l'autorité, n'accaparait pas l'attention. Comme ils n'avaient pas d'amis communs, Caspar n'avait parlé jusqu'alors que des besoins de la vallée. Il offrit d'avancer le coût de la matière première. Il en assurerait le transport puis la distribution dans les villages et les hameaux jusque dans les chalets les plus isolés. Chacun serait payé selon ses capacités ; même les personnes âgées et les enfants pourraient mettre la main à l'ouvrage en débarrassant les fibres blanches de leurs coques et de leurs graines.

La voix chaude et bienveillante de Caspar exposait son plan de ramassage de la toile et du fil. Leonhard n'écoutait qu'à demi les détails de cette sage économie. Coton, laine ou dentelle, il désirait jouer la bonne carte qui le mènerait dans les capitales où se tenaient les plus célèbres comptoirs. Partir, le but secret et premier de Leonhard. S'il avait eu des frères, il y a longtemps qu'il se serait engagé au service de Frédéric de Prusse.

Caspar s'étonna soudain de la fragilité qui transparaissait sur le visage du jeune homme. D'où lui venaient ces mâchoires étroites, ces lèvres fines, ce frémissement des narines ? Si les pères transmettent à leurs fils titres et patronyme, les mères, à leur insu souvent, déposent dans leurs cœurs des images de rires, de pleurs et de désirs enfermés depuis des siècles dans les coffres secrets d'une mémoire ancestrale.

Caspar éleva le haut verre gravé, cerclé d'or, où chatoyait le vin rouge du pays :

— Jamais nos champs de lin ne deviendront champs de coton et nos amis zurichois, malgré tous leurs efforts, n'ont pas acclimaté le ver à soie. En revanche, la vigne se plaît en Thurgovie. Elle produit ce vin des bords du lac de Constance que vous connaissez mieux que moi.

Ce n'est pas l'évocation du vignoble qui réveilla l'intérêt de Leonhard. Son regard bleu-gris, soudainement avivé, se planta, impératif, dans les yeux sombres de Caspar :

— Les champs de coton, en avez-vous vu ? Racontez !

— Oui, je suis allé à Chypre. J'ai suivi le transport de la récolte jusqu'à Gênes où on la déchargeait.

Un ciel d'un bleu intense, le ruissellement du chant des cigales, la mer et le soleil sur la mer, reflets et rires, envahirent la salle jusque dans ses plus sombres recoins. Et les grandes cités méditerranéennes, bruyantes et colorées.

Caspar ne s'était pas mépris : coton, ou lin, ou blé, ou vigne, Leonhard, étranger aux travaux de la terre, n'avait que faire des labours. En l'absence de son père, le jeune seigneur se permettait de penser que, pour qui désire franchir la dangereuse barrière des Alpes, mieux vaut naître dans une famille nombreuse de la vallée du Toggenbourg que dans ces maisons de maître, plus ou moins fortifiées, qui portent le nom de « château ».

Fermiers du Toggenbourg, ses ancêtres l'avaient été quatre siècles plus tôt. Le ruisseau du Gunzo avait alors donné son nom à la ferme d'Ulrich de Gonzenbach, où les femmes s'étaient mises à filer puis à tisser. « Pierre qui roule n'amasse pas mousse ! » dit la sagesse populaire. Pourtant, ceux qui demeurèrent sous leur toit, entourés de leur famille et de leur troupeau, n'eurent jamais de quoi nourrir leurs enfants au-delà de la quinzième année. Les filles se plaçaient comme servantes dans les villes ou dans les châteaux ; les garçons, engagés comme valets, se retrouvaient parfois bien malgré eux enrôlés dans un régiment.

Quelques-uns, comme Caspar, franchirent les Alpes et suivirent la plaine jusqu'à la mer ; ceux qu'un pays lointain, l'amour d'une femme, la maladie ou la mort ne retinrent pas captifs d'une terre étrangère revinrent, fortune faite.

Fortune faite, fortune léguée, fortune héritée, fortune à maintenir et si possible à faire fructifier. Leonhard acceptait les traditions de famille et les responsabilités qui lui incombaient, comme il avait accepté la couleur de ses yeux et de ses cheveux. Depuis la maladie de son père, il était moins que jamais question de partir. À vingt-sept ans, avait-il déjà perdu sa jeunesse ?

— J'ai reçu des nouvelles du pays lombard, disait Caspar ; la paix se rétablit, les routes sont dégagées. Pour obtenir les conditions les plus avantageuses et une qualité irréprochable, dès le printemps venu, je retournerai à Venise.

C'est alors que s'éleva le chant. Une voix étonnamment pure – d'un enfant ou d'une femme ? La nuit de novembre tombait déjà, la pluie déferlait derrière les vitres épaisses cependant que, dans la voix, se mêlaient le rouge et l'or d'un coucher de soleil annonciateur de très beau temps. Les deux hommes étaient tout à l'écoute de cette voix qui montait pour le seul bonheur de prendre appui sur le jardin sombre et mouillé. Elle cessa sans brusquerie et l'attente passionnée du jeune homme ne la fit pas renaître. Comme il demeurait immobile, guettant l'écho du chant, Caspar expliqua :

— C'est une prière du soir dans le dialecte calabrais ; ma femme était née à Reggio. Ma fille Élisabeth est demeurée fidèle à tous les chants qui lui viennent de sa mère.

Puis, après un temps, avec simplicité :

— C'est ma fille qui veille à tout dans la maison, ma femme est morte il y a un peu plus de deux ans.

Soudain, Élisabeth fut sur le seuil, éclatante de vivacité. Elle s'arrêta net à la vue de Leonhard. Il se leva, saisi d'un trouble secret, différent de celui qu'il éprouvait face aux coquetteries de ses amies. Le premier regard de la première rencontre. Même pas un regard... la pièce était si sombre ! À quoi s'étaient-ils reconnus ? qu'avaient-ils dit ? L'émotion d'alors, mêlée au souvenir d'aujourd'hui, indicibles.

Il y a vingt-deux ans, pour la première fois, le chant d'Élisabeth, et aujourd'hui, encore scellée, sa dernière lettre.

II

L A PORTE du poêle s'ouvre. On fourrage dans les braises avant d'y engouffrer les bûches encore humides d'un arbre abattu au cours du dernier hiver, pour maintenir le feu jusqu'au matin. Une forte main d'homme, que l'âge a tachée de brun, change une à une les bougies du candélabre, soin d'ordinaire réservé aux servantes. Leonhard comprend que Werner a envoyé toute la maisonnée se coucher pour demeurer seul avec lui. Si le vieux domestique, qui l'a vu naître, n'est plus en âge de le suivre sur les routes, il a plus que jamais sa confiance et, en son absence, il veille à tout. Werner connaît l'histoire de chacun des valets, le nombre de leurs années de service, leurs aptitudes et leurs limites ; il prévoit leurs défaillances ; il sait le nom des chevaux et celui des palefreniers ; il suit l'état des jardins, s'émerveillant comme un enfant de la grande force de la nature et des changements de saison. Il est averti des achats, des ventes, des marchandages incessants qui, alimentant la maison du commerce, en font battre le cœur. C'est tout un art que d'emballer les précieuses pièces de drap pour qu'elles ne subissent aucun dommage. La présence de Werner au départ des petits chars bâchés, flanqués de deux hautes roues assez solides pour affronter les fondrières, sert de sauf-conduit. Chacun des cochers sait que le vieil intendant le suivra en pensée, d'étape en étape, tout au long du chemin.

Peu avant midi, Werner monte à l'étage pour souhaiter le bonjour à Madame Anna Barbara dont l'appartement a vue, au nord et à l'ouest, sur la route reliant la maison du commerce – on dit le plus souvent le Kaufhaus – au Vieux Château et au Schlössli.

Qui avait baptisé « Schlössli » le Grand Château ? Bâtisse presque carrée, dominant des jardins en terrasses, insolites sous ce climat. Ses quatre étages se coiffent d'un toit pointu qui en abrite encore deux autres moins élevés. À l'entrée, sous les arbres, un superbe bassin octogonal où s'abreuvent les chevaux. Les communs et les ateliers délimitent la cour au nord et à l'est. L'ensemble a été construit en même temps que le Kaufhaus, un siècle plus tôt. Il témoigne de la prospérité de cette région épargnée par la guerre de Trente Ans.

Les deux châteaux se font face de part et d'autre de la route reliant Saint-Gall à Constance. Tous les volets, noir et blanc, reproduisent les armes de la famille : de sable à la bande ondée d'argent. Mais dans cette région où l'eau ne manque guère, qui pense encore au torrent du Gunzo auprès duquel, taillant madrier après madrier, Ulrich de Gonzenbach avait planté sa ferme quatre siècles plus tôt ?

Branche aînée et branche cadette, branches presque jumelles, alliées ou rivales selon les générations, se retrouvent chaque dimanche à la chapelle spacieuse et centrale, à l'étage des caves du Schlössli. On peut y accéder de plain-pied par une terrasse du jardin. Sa haute porte de bois, une fois refermée, dessine, à l'abri d'une voûte, une grande croix. À cinq lieues de Bischofszell où réside un chapitre de chanoines, elle accueille tous les chrétiens réformés de la région. Dimanche après dimanche, maîtres et serviteurs, familles alliées, amis de passage viennent y chanter à quatre voix, et cette fois en allemand, la bonne nouvelle annoncée dans les Saintes Écritures traduites par Luther. Recueillis, ils écoutent le sermon du théologien zurichois engagé à l'année, qui assume conjointement les fonctions de chapelain, de précepteur pour les enfants des deux châteaux et de maître d'école. Puis les orgues, les premières de Thurgovie à soutenir la méditation d'âmes protestantes, jouent un psaume harmonisé par Kaspar Zollikofer, cousin de Madame Anna Barbara.

Werner sait qu'il faut veiller aussi bien sur la chapelle, au plafond délicatement ouvragé, que sur le Kaufhaus. Il suffirait d'un dimanche où les trois petites cloches du portique en forme de pagode ne tinteraient pas joyeusement et où l'officiant n'ouvrirait pas la porte à deux battants pour que l'activité du Kaufhaus s'engourdisse, pour que les chevaux demeurent attachés, pour que la route soit moins bien entretenue et que les fleurs disparaissent des jardins. Ce serait un peu comme si le Gunzo menaçait de s'assécher ou s'il sortait de son lit, comme si la bande ondée des volets peints et la grande croix de la porte voûtée cessaient de se protéger mutuellement.

* * * *

Depuis combien de semaines ou de mois Leonhard n'a-t-il pas entendu les trois cloches appelant jeunes et vieux à la chapelle ? A-t-il même déjà rencontré le nouveau chapelain engagé par son cousin Hans-Jakob, alors que des courriers l'ont fidèlement renseigné sur les achats et les ventes du Kaufhaus ? Il semble à Leonhard que ses vingt dernières années ont été faites de voyages incessants. L'aventure, il la connaît aujourd'hui aussi bien qu'un chevrier du Toggenbourg contraint de s'engager au service du Roi de Prusse, mieux que son cousin Paul, édificateur de forteresses, décoré par l'Empereur. Depuis plus de vingt ans, il défend la réputation des toiles de Hauptwil, où un petit *g* s'est inséré au centre du grand *H* d'autrefois.

En Europe, la concurrence devient toujours plus redoutable. Le succès des cotonnades a été immédiat. Encouragés par cette prospérité momentanée, les paysans se sont mis à construire des métiers et à installer des ateliers sans plan d'ensemble. Des petites entreprises ont investi des sommes exagérées dans l'achat de graines ou de fil. Sur place, les récoltes désastreuses de ces dernières années réduisent les familles nombreuses à la misère. Le Kaufhaus hésite à acheter le produit d'un travail qui ne répond plus aux exigences du marché.

Leonhard demeure immobile, comme s'il craignait de troubler la surface du lac de sa mémoire où des souvenirs, qu'il croyait oubliés, se reflètent, étrangement nets et colorés. Tout homme, une fois dans sa vie, traverse-t-il des heures décisives comme celles passées un jour pluvieux de novembre chez Caspar Straub ? De retour à Hauptwil, d'entente avec son père Anton, il avait décidé de limiter la culture du chanvre et du lin, d'introduire celle de la pomme de terre et d'accroître les jachères où pâturent les troupeaux. Cet hiver-là, Leonhard cessa de courir les bals de château en château. Quels galops sur la route de Saint-Gall par tous les temps de givre, de neige, de gel et de dégel ! De proche en proche jusqu'à Zurich, Genève et Lyon, les familles protestantes touchant de près ou de loin au marché de la toile furent informées des fiançailles d'Élisabeth Straub avec Georg Leonhard von Gonzenbach.

Dans le petit jardin abrité, jouxtant le cloître de la collégiale, où les jeunes gens guettaient le printemps, Élisabeth racontait la Calabre. Les récits de sa mère en avaient fait un paradis ravagé. Les disciples de Valdo, fuyant les persécutions napolitaines, s'y étaient réfugiés quelques siècles auparavant. Le ciel bleu, le parfum des orangers, les falaises dominant la mer et ses rires se mêlaient à des récits sauvages où les enfants étaient arrachés à leur famille et où les Anciens, porteurs de la parole de Dieu, ceux qu'on nommait les Barbes, disparaissaient, torturés ou assassinés.

L'horloge de la collégiale égrenait les heures. La jeune fille cachait sa tête au creux de l'épaule de son fiancé ; il l'enserrait de ses bras. Dans cette ville, fondée par l'ermite Gall qui avait traversé la moitié de l'Europe pour y colporter l'Évangile ; dans Saint-Gall, métropole des plus fines toiles, où l'on avait aménagé cent ans plus tôt un souterrain pour que l'abbé quittant la collégiale n'eût pas à respirer l'air pollué par la foi protestante ; dans cette cité, où la messe en latin et le culte en allemand se célébraient avec un enthousiasme compétitif, les jeunes gens, confiants, déclaraient qu'il n'y aurait plus jamais de persécutions ni de guerres de religion.

III

Ce n'est pas dans la chapelle du Schlössli mais à Saint-Gall que le mariage fut célébré. Kaspar Zollikofer, pasteur de la paroisse réformée, avait composé pour la circonstance un hymne dont toute l'assemblée reprit en chœur le refrain. On était au mois de mai, le dimanche après l'Ascension. Que de fleurs dans les jardins, que de bouquets sur le parvis ! On s'aperçut à peine que les Gonzenbach n'étaient pas tous de la fête car, d'Altenklingen, les Zollikofer étaient venus au grand complet assister au mariage du fils d'Anna Barbara.

Certes, Leonhard était le point de mire : il était temps que l'héritier d'Anton se marie. À son côté, coiffe de dentelle, jupe écarlate, collerette de velours, que de charme, de naturel dans le maintien d'Élisabeth ! Que de pudeur dans son regard, que de joie, de tendresse dans son sourire ! La gravité tranquille d'une jeune fille avait séduit le séducteur. Émerveillé,

Leonhard se découvrait capable d'amour et peut-être de passion. Depuis son adolescence, il avait eu souvent l'impression que la vie lui échappait, comme si gens et choses s'évanouissaient au moment où il avançait la main pour les saisir. Au sortir du temple, face aux ovations de la foule parée et joyeuse, qu'il était léger et bien réel, le bras d'Élisabeth à son bras ! Qu'elle était réelle et quasi tangible, l'émotion de Caspar Straub à la vue de sa fille et de son gendre ! Quelle chaleur dans les bras grands ouverts du Seigneur Anton, dans son accolade et son rire généreux ! Anna Barbara, si solitaire au Vieux Château, saluait un peuple de cousins qu'elle n'avait pas vus depuis des années et dont elle savait tout. C'était un peu comme si des visages étaient venus revendiquer des noms qui n'avaient représenté jusqu'alors, pour Leonhard, qu'un inextricable dédale d'alliances, de lieux, de circonstances tragiques ou joyeuses et de dates de naissance.

Sous les ormeaux de la grand-place, une chorale d'enfants les attendait. Les fillettes avaient l'air de papillons blancs avec leurs manches bouffantes ; les garçons arboraient le même gilet, la même chemise brodée que leurs pères. Après les avoir félicités, Élisabeth leur confia :

— Moi aussi je chante ; depuis toute petite, surtout quand il fait gris, quand il fait froid, quand je me sens un peu triste, car, vous le savez, le chant, c'est le soleil du cœur.

À voix plus basse :

— Aujourd'hui, j'écoute, heureuse.

Elle avait accentué la pression de son bras, le dernier mot n'avait été prononcé que pour lui.

Les amis de noces distribuaient des friandises aux enfants. Un garçonnet, plus brun et plus petit que les autres, échappant à la surveillance de sa sœur, courut au-devant de la nouvelle épousée. Leonhard l'intercepta au passage, l'élevant à bout de bras sous les vivats de la foule...

* * * *

Vingt-deux ans plus tard, Leonhard se lève si brusquement que son fauteuil heurte Werner. Sans paraître avoir remarqué la présence du vieil intendant, il marche jusqu'à la fenêtre.

« Aujourd'hui, j'écoute, heureuse. » La voix d'Élisabeth, le cortège sous les ormes, les taches d'ombre et de soleil qui leur tissaient un voile mouvant, la sonnerie des cors saluant leur arrivée à l'hôtel dont on avait retenu les quatre étages. Élisabeth ne ressentait aucune lassitude à sourire à tant de visages connus ou inconnus, à serrer tant de mains. Quand chacun eut enfin trouvé sa place, il se fit un grand silence et le doyen bénit la table. Tous alors entonnèrent un des cantiques préférés d'Anna Barbara, écrit par l'un de ses arrière-grands-oncles au sortir de la guerre de Trente Ans. Il appelait le peuple de Dieu à la confiance, quelle que soit l'adversité, et personne ne jugeait incongru que l'on mentionnât l'adversité un jour de noces. Qui serait assez fou pour prétendre séparer le rire des larmes, la joie de la douleur ? Les voix résonnaient avec ferveur dans la vaste salle au plafond bas.

Après qu'on eut levé son verre à la santé des ascendants, des descendants, des présents et des absents, la chaleur se fit oppressante en dépit des fenêtres ouvertes. Il sembla alors à Leonhard que des visages apparaissaient et disparaissaient, éclairés tour à tour, sans ordre ni logique, comme dans un rêve. Il craignit qu'Élisabeth ne disparût aussi. Allait-il se retrouver devant une vie indécise, toujours esquissée et jamais étreinte ? À ce moment, la main de sa femme où brillait un saphir effleura son bras ; il se tourna vers le profil qui lui montrait un front bombé, un nez droit, des lèvres fermes. Il vit les petits cheveux sombres au-dessus de la nuque bien dégagée, soulignée par le liséré de broderies multicolores. Était-ce à ce moment ou plus tard qu'un laquais se pencha vers son oreille ? L'orchestre jouait un peu plus haut, un peu plus fort, tous mangeaient, buvaient, parlaient, riaient. Les mariés se levèrent. Peut-être seuls Caspar Straub et Anna Barbara née Zollikofer remarquèrent-ils leur départ.

« Sois heureuse, ma petite fille, sois heureuse. Que Leonhard, désormais ton mari, qui a su t'émouvoir, te révèle le chant secret, la joie cachée au plus intime de ta chair. Que la vie naisse de l'union de vos deux vies. »

« Sois heureux, mon fils, aime et sois aimé, que des enfants réveillent l'écho endormi de nos vieux murs. »

Le carrosse aux armes de la famille avait été capitonné de bleu. Selon la tradition, les nouveaux époux regagnaient le Vieux Château pour y passer leur première nuit.

Lumière d'une fin d'après-midi de mai dans la campagne en fleurs…

* * * *

Leonhard ouvre les yeux, se retourne brusquement, il voit le candélabre, la table, la lettre, Werner.

— Va te coucher, Werner.

Puis, se ravisant comme le vieux domestique recule d'un pas :

— Apporte-moi quelque chose à boire. Et regarde s'il ne reste pas une assiettée de notre soupe.

Werner a compris : la soupe au schabziger, celle que préfèrent les domestiques et que Madame Anna Barbara s'est toujours refusée à goûter. Elle ne manquait jamais à la table de Caspar Straub, cette soupe, au temps où Leonhard faisait sa cour. Madame Élisabeth en avait apporté la recette. Pendant plusieurs années, elle avait ordonné sa préparation avant chacun des voyages de son mari. Ils la prenaient comme un viatique, en tête à tête. À mesure que les enfants devenaient en âge de s'asseoir à leur table, ils leur avaient appris à l'aimer.

Werner descend les escaliers du Vieux Château, un bougeoir à la main. Leonhard saisit le candélabre et l'approche des portraits : présents, vivants. C'est sous leur regard qu'à seize ans il fut initié à ses devoirs de futur maître, sous leur regard qu'il travaillait chaque fois qu'il séjournait au Vieux Château. Heinrich de Gonzenbach et sa femme Sarah, le Seigneur Anton et Madame Anna Barbara : deux générations représentées au même âge. Si la mode n'avait pas changé, on pourrait les croire contemporains. Leonhard se confronte à leurs regards. Chacun d'eux lui appartient par les souvenirs qu'il s'est choisis et par un tri sévère dans la légende familiale. Ces quatre grandes toiles, peintes avec un soin extrême par des artistes réputés, attesteront auprès des générations futures, des siècles durant peut-être, de l'existence passée de Heinrich et de sa femme Sarah, de celle de leur fils Anton et de sa femme Anna Barbara. Pourtant, elles ne témoignent, plus ou moins fidèlement, que d'un moment arbitraire de leurs vies. Sa mère, si droite et frêle et intrépide, si menue aujourd'hui, a-t-elle réellement été cette femme encore jeune, un peu forte, au regard dur ou endurci, coiffée de hautes ailes de papillon noir qui encadrent son visage et le prolongent démesurément ? Femme lourde, alourdie par l'opulence des étoffes et par les bijoux. La bouche semble comme mangée, cousue de l'intérieur. Retient-elle un rire ? un sanglot ? un cri ? Quel âge avait-elle alors ? Des questions qu'il se pose pour la première fois.

Le portrait du Seigneur Anton étaie la légende qui faisait de ce bon vivant, toujours de bonne humeur et chaleureux, un despote très aimé. Qui aurait pu lui en vouloir de ses inconséquences, de ses revirements, de ses enthousiasmes, de ses abandons ? Qu'il le désirât ou non, jamais Leonhard n'aurait sa rondeur, sa voix de tribun, sa mainmise sur le moment présent. Heureux Anton qui n'hésitait jamais, tant il était persuadé que son bon plaisir ferait le bonheur de ses proches.

Leonhard devait avoir dix ans quand il avait accompagné son père à Saint-Gall. Trois heures de voiture tout au plus avant d'arriver chez l'oncle Joachim qui, sans être encore doyen, prêchait déjà l'Évangile. Juste un aller et retour. Il passerait une nuit chez les Zollikofer, pendant que son père réglerait ses affaires.

Les affaires du Seigneur Anton, il y en avait eu presque à chaque détour de la route : fermes, auberges, résidences d'été. On lui faisait fête, il était plus que le bienvenu ; son passage invitait à manger, à boire, à converser sous les arbres ou au coin du feu. Pour Anton, le temps s'arrêtait et ces deux jours de voyage avaient duré plus d'une semaine ! On avait dépêché des courriers à Madame Anna Barbara pour qu'elle ne s'inquiétât pas.

Leonhard regarde l'énorme perruque bouclée avec la même affection qu'alors, à laquelle se mêlaient l'indulgence et l'admiration, si bien qu'aujourd'hui il se sent à la fois le père et le fils d'Anton. Il est étrange de ne se souvenir ni de sa voix ni de son regard mais de cette masse de cheveux qui avaient poussé sur une autre tête que la sienne. Anton ne se montrait jamais sans sa perruque. La portait-il encore en rendant son dernier soupir, en l'absence de son fils ? Leonhard serait-il toujours en voyage au moment de la mort d'un être cher ? Le peintre n'avait pas reproduit la verrue sur l'aile du nez. Cette petite protubérance, qui paraissait si démesurée à Leonhard enfant, n'était-elle pas encore visible ou Anton avait-il désiré qu'on la supprimât ? Le peintre l'avait-il considérée comme un accident sans signification profonde ?

Leonhard regarde le nez et les joues larges, la bouche gourmande, bien dessinée. Dans sa jeunesse, il avait perçu fréquemment une hésitation et comme une pointe de regret chez ceux qui avaient eu à traiter avec son père : « Vous êtes le fils d'Anton, n'est-ce pas ? Êtes-vous bien le fils d'Anton ? » Il est un Zollikofer comme sa mère, discret et parfois secret comme elle. Il puise son indépendance dans sa solitude. Sa confiance en lui n'a pas besoin de l'approbation générale. L'ingratitude de ses proches lui importe moins que l'estime de ses pairs. Il appartient à une famille plus élitaire que celle du sang. Son fils Antoine y entrera-t-il un jour ? Saura-t-il demeurer seul au milieu des familiers pour mieux s'unir aux hommes courageux et responsables qui préparent l'avenir ?

Antoine connaîtra-t-il ce mélange d'orgueil et d'humilité, cette exaltation qu'entretient la conscience d'une secrète mission ?

Il a reculé de quelques pas, il s'adosse au poêle. Le candélabre, qu'il repose sur la table, n'éclaire plus que les papiers et la lettre. La pénombre isole chaque visage dans son cadre. Pourquoi les couples ne sont-ils pas réunis ? Pourquoi ne se voit-il pas enfant, entre son père et sa mère ? Chez les Gonzenbach, chacun pose seul, en costume d'apparat. Long veuvage des femmes. Est-ce la première fois qu'un Gonzenbach est veuf, chargé d'enfants ? Antoine sera bientôt en âge de le suivre sur les routes, mais la petite fille sauvage, Élisabeth Antoinette, n'a pas encore fêté ses huit ans. L'aînée, Anna Barbara comme sa grand-mère, qu'on appelle Anna pour les différencier l'une de l'autre, a déjà quitté le Vieux Château. À moins de vingt ans, elle a épousé Johannes Schlaepfer, un Appenzellois de dix-sept ans son aîné, et se trouve sur le point d'accoucher.

Le regard de Leonhard revient à la lettre qui porte son nom, tracé par l'écriture si familière d'Élisabeth. Par-delà la mort et la solitude, il sent son existence nécessaire, durable comme une pierre du Vieux Château. C'est cela, faire partie d'une famille. Il n'y a pas d'autre aventure que celle de mettre de l'ordre dans les affaires des hommes, construire un monde où savoir et courage s'épaulent pour vous conduire jusqu'aux plus hautes vertus.

Lire la lettre sans s'émouvoir. Donner à ses enfants un souvenir fort et net de leur mère.

* * * *

Werner a dressé le couvert sur une petite table près du poêle. Il y pose le pain, le vin, la soupe fumante. Le regard de Leonhard fait une fois de plus le tour de la salle. Le portrait de sa femme est suspendu face au sien dans la salle à manger. Il entraîne Werner au rez-de-chaussée, lui ordonne de couper les cordons qui retiennent le cadre à la cimaise. Les deux hommes remontent lentement l'escalier, déposent le portrait sur une chaise, face à celle de Leonhard. Il s'attable. Werner verse le vin, sert la soupe. Leonhard se restaure lentement. Se croit-il chez Caspar Straub il y a un peu plus de vingt ans ? Entend-il une voix ? un chant ? Le portrait d'Élisabeth, si différent de la jeune fille d'autrefois. Pourtant la bouche est ferme, mais le regard est devenu plus intérieur. Cette manière un peu gauche de se tenir penchée en avant, non par timidité mais comme pour mieux rassembler ses forces et son attention. Élisabeth de face, comme au jour de leur première rencontre, estompe le profil si passionnément interrogé dans le carrosse qui les ramenait au Vieux Château le jour de leurs noces. Petite fille sans mère, si mal instruite des choses de l'amour. Lui qui avait rêvé voyages, comment pouvait-il se douter des souffrances et des malentendus que creuserait chaque séparation ? Petite fille, mère avant même d'avoir eu le temps d'être vraiment épouse. Qu'était-ce qu'une semaine pour se révéler l'un à l'autre, pour exprimer l'inexprimable ? Ils avaient cru si bien se connaître et ils se découvraient irréductiblement homme et femme, étrangers. Saura-t-il dire à son fils qu'il en est toujours ainsi, qu'il est impossible de tout partager avec celle ou celui que l'on avait cru plus proche que père et mère, frère, sœur ou ami ? Leonhard regarde le portrait, se lève :

— Va te coucher, Werner.

Il va et vient dans la pièce. Ce ne sont plus des visages peints, non, même pas celui d'Élisabeth, qui lui envahissent le cœur mais la chambre tapissée de bleu, comme le carrosse, les bras d'une jeune fille, sa voix. Leur jeunesse à tous deux. La tendresse et l'attention des corps. Ce que ne dira jamais aucun portrait : le plus secret des secrets. La fenêtre ouverte, les oiseaux, sa femme endormie à l'aube. Comme tout paraissait simple et facile.

On l'attendait à Zurich. Une absence d'une semaine, deux au plus. Tout au souvenir de leur dernière nuit, ils s'étaient quittés habités l'un par l'autre. Parti le cœur léger, Leonhard imaginait déjà son retour, sans inquiétude pour sa femme qui l'attendrait, isolée dans une maison encore étrangère.

IV

Assis dans le vaste vestibule à peine éclairé, Werner veille. Il se revoit par une nuit toute pareille où, malgré le gel qui durcissait les chemins, il soufflait, dans le bois dénudé, une promesse de printemps. Il y a tout juste cinquante ans. Il avait alors chargé le même poêle pour le Seigneur Anton qui allait et venait, indifférent aux regards des portraits et qui l'avait renvoyé, comme le Seigneur Leonhard aujourd'hui : « Va te coucher, Werner ! »

Madame Anna Barbara avait été saisie des premières douleurs. Comment dormir quand le Vieux Château veille dans l'attente ? Le Vieux Château avait pavoisé sa joie au matin, en annonçant la venue au monde d'un second fils : Leonhard, plus vigoureux encore que ne l'avait été à sa naissance Georg, quatre ans plus tôt.

Werner revoit le Seigneur Anton, jeune, sans bajoues, sans perruque, si différent de l'image qu'un peintre a laissée de lui. Anton, les cheveux frisés et courts, le maxillaire saillant, flanqué des grandes oreilles connues des seuls intimes, ces oreilles asymétriques, la gauche plantée plus bas que la droite, le pavillon orienté vers l'avant comme pour mieux vous écouter. Le Seigneur Anton, toute attention bienveillante d'un côté, allait droit au but de l'autre, ses avis ou ses désirs ayant force de loi. Au matin, dans ses vêtements de veille qui révélaient un embonpoint naissant, le jeune Seigneur Anton s'était retrouvé, en quelques bonds, au pied du lit de son fils aîné : « Georg, tu as un frère, réveille-toi ! » ; puis, élevant l'enfant à bout de bras : « Tu as un frère, il s'appelle Leonhard, il sera bientôt assez grand pour jouer avec toi ! »

Werner revoit les bras de l'enfant autour du cou de son père, ses pommettes un peu trop roses, ses yeux brillants. Il entend les questions des femmes au retour de sa première visite au nouveau-né : « Alors, ce petit frère, comment le trouves-tu ? À qui est-ce qu'il ressemble ? Est-ce qu'il a des cheveux ? »

Le sourire de l'enfant et son mutisme. Werner avait attendu la fin de la matinée pour se retrouver seul avec le petit garçon qui partageait son secret. Était-ce vraiment un secret ? Ils en parlaient devant des tiers. Certains enfants font des cauchemars, ils voient des diables, des sorcières, des formes menaçantes. La chambre de Georg, au contraire, recevait de bienveillants visiteurs. Conscients de leur invisible présence, l'adolescent et l'enfant échangeaient un sourire, parfois même au moment où chacun autour d'eux avait de bonnes raisons de s'inquiéter.

* * * *

Werner devait avoir trois ou quatre ans quand, aux abords du moulin de son oncle, il avait glissé dans les hautes herbes de la berge. Il avait été emporté très vite, très loin, ailleurs, et s'était retrouvé couché dans la prairie en fleurs. Qui donc veillait à ses côtés ? Combien de temps était-il resté ainsi, heureux au sein d'un cocon protecteur ? Comme l'or qui jamais ne s'altère, la joie éprouvée alors ne pouvait se ternir, si bien que, par la suite, l'adolescent, l'adulte, le vieillard enfin qu'il était devenu, ne mirent jamais en doute l'existence d'êtres bienfaisants, veillant sur les humains.

Ces esprits du ciel – ou de la terre ? – ne quittèrent pas les abords du moulin, même quand, à la mort de son oncle, l'écluse fut fermée pendant de longs mois et la roue immobilisée. Aujourd'hui, ils rejoignent Werner sur les routes, dans les bois, mais ils ne pénètrent plus guère dans les jardins et semblent avoir déserté le Château. Pourtant, à moitié assoupi sur le banc où tant de visiteurs ont fait antichambre, le vieux serviteur ne se sent pas seul en cette nuit. Envahi de confiance, il pressent que la joie et l'amour habiteront à nouveau ces murs où l'ont conduit, un demi-siècle plus tôt, le sourire et la fragilité d'un enfant.

Le vieil homme se lève, mouche la chandelle qui vacille. Au courant d'air qui parvient à se glisser sous l'épaisseur de l'énorme porte de chêne, il devine que le vent du nord prend le pas sur le foehn : sautes d'humeur des éléments, si fréquentes en ce pays, qui influent sur le caractère de ses habitants.

* * * *

Werner avait quinze ans, il attendait l'aube ; le chant des oiseaux réveillerait la grande roue de bois puissante et vulnérable. Plus robuste qu'aujourd'hui, il avait rejoint le moulin de son oncle, heureux de lui prêter main-forte après les récoltes. Poussière des grains, de la balle, de la farine ; précieux sacs, garants de vie et de santé, qui repousseraient de quelques mois les menaces de l'hiver et de la faim. Les récoltes ne sont pas toujours abondantes au pays de la Thur trop sec ou trop arrosé. Les hivers doux y sont aussi redoutables que le grand gel car, l'été suivant, la vermine pullule. Werner n'avait jamais rêvé voyages ni aventure ; sa vie aurait dû se dérouler tout unie entre la ferme de son père et le moulin de l'oncle qui n'avait pas d'enfant.

* * * *

Ce jour-là, à la fin de l'été, il s'était levé par un ciel très pur. L'eau s'était mise à cascader sur les palettes de la roue qui tournait bon train. L'ouvrage pressait, il avait travaillé toute la matinée sans plus penser au temps qu'il faisait. L'orage fut sur eux aussi soudainement qu'une avalanche dévalant les pentes du Säntis. Furieuse, la rivière menaçait de tout emporter. Le fracas du tonnerre emplissait la vallée et l'on ne savait plus où tombait la foudre. À quinze ans, fort comme un homme fait, Werner parvint à fermer l'écluse qui commandait le canal de dérivation. Trempé, il s'assurait que la grande roue n'avait subi aucun dommage, quand il entendit un appel venant de la route proche. Comme il en faisait part à son oncle, ils perçurent tous deux non pas des voix mais le son prolongé d'une corne.

— Va voir qui est dehors par ce temps, dit l'oncle. Tous nos sacs sont à l'abri ; même si la rivière monte, elle ne débordera pas de ce côté.

En moins d'une heure, les champs avaient été inondés. Guidé par l'appel de la corne et par les voix, l'adolescent parvint à un carrosse embourbé jusqu'aux essieux. Sur la porte, des armoiries, la lettre *G*. Laquais et cocher, trempés, maculés, lui demandèrent où trouver un abri. Le moulin, invisible sous l'averse, était tout proche mais, dans l'immédiat, force était de rester sur place, où d'ailleurs on ne courait aucun danger. Une voix l'invita à s'approcher de la portière. Il vit pour la première fois un vrai seigneur en perruque, brocart et jabot qui, sûr d'être obéi, commandait à ses gens... mais non à l'intempérie ! À ses côtés, une femme. Il l'imagina très belle car il n'osa lever les yeux jusqu'à son visage. Et soudain, il n'y eut plus que cette face claire d'enfant blond, grave et confiant, qui ne sursauta pas quand la foudre tomba, si proche, fulgurante dans la demi-obscurité de la pluie et de la forêt. Le petit Georg regardait-il Werner ou le rideau de pluie qui s'abattait sur ses épaules ? Avant même d'y avoir pensé, l'adolescent affirma que ces orages d'été ne durent jamais longtemps et que, dans moins d'une heure, la pluie aurait cessé.

— Chaque fois que les hommes sont impuissants, les anges prennent la relève.

Pourquoi avait-il parlé des anges à ce moment-là ? En se redressant, il n'entendit plus le ruissellement de l'eau mais comme un innombrable acquiescement, un chœur de bienfaisants murmures. Moins d'une heure plus tard, le soleil écartait les nuées avec autorité. Des paysans vinrent dégager l'attelage. Carrosse et chevaux étaient indemnes. Invité à monter sur le siège du cocher, Werner leur fit un bout de conduite. Une curieuse intempérie, si localisée. Au moment où il vit qu'il pouvait les quitter sans inquiétude, la portière s'ouvrit. Il croisa le regard de l'enfant, reçut en plein cœur son sourire, quelques mots, légers, en français, que la voix forte du Seigneur Anton traduisit : l'enfant lui donnait rendez-vous à son retour d'Altenklingen.

Quelle émotion, quelques jours plus tard, en entendant, d'abord lointain puis tout proche, le son d'une trompe qu'il reconnut aussitôt ! Cet appel devait rester lié pour lui à la lumière dorée et à l'air déjà plus vif d'une fin d'été. Douceur des premiers jours de septembre, gaieté de l'eau vive faisant tourner la grande roue. Werner bondit jusqu'à la route : le Seigneur Anton, retenu par ses affaires à Constance, n'était pas dans le carrosse immobilisé à l'entrée du bois ; sa femme, accompagnée d'une de ses sœurs, revenait au Vieux Château avec son fils. Elle proposa au jeune homme de les accompagner. On avait besoin, à Hauptwil, de garçons adroits et courageux comme lui.

Werner n'était pas libre : que ferait l'oncle meunier en son absence ? Devant la déception de l'enfant, il promit de venir plus tard, quand la meule aurait écrasé le dernier grain de blé. Au petit printemps et jusqu'à ce que ses frères soient en âge de seconder leur père, il irait à la ferme pour les plus gros travaux et serait toujours disponible pour prêter main-forte au moulin. Il fallait des bras solides et des jambes vives pour veiller sur l'écluse et le canal, pour réparer les palettes si souvent endommagées ; il fallait un dos vigoureux pour charger et décharger, pour transporter tout ce blé qui repartait sous forme de farine et de son.

Où et comment un grain de blé se changeait-il en farine ? Georg voulut voir la roue et la meule. Les deux femmes acquiescèrent joyeusement. Le soleil s'infiltrait entre les branches jusqu'au creux du vallon. L'eau du ruisseau glissait en silence. La cascade, tombant sur les palettes, riait du pouvoir de son jeu. Il régnait dans l'air une sorte de vigilance active. Werner était arrivé juste à temps pour donner à la meule sa ration de grains à broyer. Quand l'oncle vint saluer les visiteurs, Madame Anna Barbara lui dit de ne rien changer au programme de l'après-midi. Enfant, elle avait souvent joué autour du moulin d'Altenklingen ; elle connaissait l'importance de sa tâche. Werner et son oncle n'étaient-ils pas les servants du grand mystère de la vie qui fait mûrir les céréales et jaillir l'eau vive ?

La confiance réciproque, qui lie depuis plus de cinquante ans la femme d'un seigneur au fils d'un fermier, date de ce jour : tous deux savent quelle est, sur la longue chaîne du travail des hommes pour assurer leur subsistance, l'importance du moulin.

Quand ses frères furent en âge de se passer de lui, Werner ne quitta plus Hauptwil que pour venir en aide à l'oncle meunier, qui déclinait rapidement. Averti de sa fin prochaine, il le veilla quelques semaines et reçut sa bénédiction. Bien que la roue demeurât immobile, les gardiens invisibles de la rivière et de l'écluse n'abandonnèrent pas le vallon. Ce sont eux qui enjoignirent aux oiseaux de ne pas faire leur nid dans le fragile toit de chaume.

* * * *

La flamme vacille et les ombres s'animent dans le vestibule sombre. En se levant pour moucher la chandelle, le vieil intendant s'inquiète soudain du silence de la maison. Le maître s'est-il assoupi ? Lui, si différent de son père et ne faisant aucun cas de son confort. Jamais le Seigneur Anton ne se serait couché sans s'être restauré d'une chère abondante, arrosée des meilleurs crus. Le Seigneur Leonhard, qui pourtant n'a pas servi sous les armes, vit comme un soldat : il peut dormir sur un banc, sur une table, au coin d'un poêle, à l'appui d'une fenêtre. Combien de fois, de jour comme de nuit, Werner n'a-t-il pas attendu son réveil, sans impatience ni servilité ? Attendre... Quelle qu'en soit l'urgence, ne prononcer que les paroles capables d'être entendues. C'est affaire de personne mais aussi de moment. Dispenser ses services à qui les agrée. La sagesse de Werner est une des raisons de la confiance que tous lui accordent.

Aujourd'hui, ce 7 mars 1763, l'homme, âgé déjà, se sent si proche du jeune garçon dont il perçoit encore l'enthousiasme, de cet adolescent qui s'était imaginé passer toute sa vie en pleine nature, entre ferme et moulin. Au cœur de la nuit, un homme retrouve des moments de son existence dont il croyait avoir perdu la trace, comme si le fil qui les reliait, soudainement enroulé sur lui-même, superposait des heures qui s'étaient trouvées jusqu'alors à des distances infranchissables.

* * * *

Il se revoit il y a cinquante ans, en 1713, au Vieux Château.

— Georg, tu as un frère, il s'appelle Leonhard ! s'écriait le Seigneur Anton en élevant son fils aîné à bout de bras.

Va-et-vient des femmes affairées. Tout le village était dans la joie. Dans les campagnes, on labourait et on semait le lin.

Georg ne parvenait pas à se défaire de la mauvaise toux de l'hiver. Sa chambre était la dernière où l'on maintenait du feu. Bientôt, l'enfant n'eut plus la force de monter sur une chaise et d'appuyer son nez contre la vitre pour regarder passer les attelages. La jeune accouchée et le nouveau-né avaient pris bonne forme et bonne mine. Les cousins de Saint-Gall, venus leur rendre visite, demandaient :

— Et Georg ?
— Il est peu bien, il dort.
— Ne peut-on le voir un instant ?
— Un instant seulement, la moindre émotion le fatigue.

La fièvre ne quittait guère le petit corps amaigri. Madame Anna Barbara tremblait : elle connaissait la gravité de cette maladie. Une des servantes y avait succombé moins d'un an auparavant. Le courrier partit pour Altenklingen à l'adresse de sa plus jeune sœur. Georg avait si peu de souffle et si peu de chair sur les os. Pourtant, il n'avait jamais été aussi beau. Son père le reverrait-il ? Ah ! que le Seigneur Anton se hâte ! À Zurich et à Saint-Gall, les nouvelles se croisaient, on guettait le voyageur. La toux épuisait l'enfant qui demeurait extraordinairement serein. Comment un enfant si petit pourrait-il percevoir la gravité de son état ? Chaque jour, Werner trouvait moyen de se glisser dans la chambre, au moment où tous les importuns étaient écartés. L'échange d'un sourire scellait leur secret : la chambre était peuplée de petits veilleurs invisibles. Étaient-ce les anges, les messagers ou simplement des êtres de lumière, compagnons des âmes, qui prennent appui, sans poids ou presque, sur la terre des hommes et qui s'éloignent à peine accueillis, sans rien perdre de leur amour pour ce monde-ci, ni du pouvoir de le protéger ?

En s'asseyant auprès du lit de l'enfant, Werner ignorait que leurs yeux brillaient du même feu : non de fièvre, mais de tendresse et d'émerveillement. Aucun miroir ne lui renvoyait son visage transfiguré quand le petit garçon plaçait sa main diaphane dans sa large paume calleuse. C'est à cet enfant que, pour la première fois, Werner se mit à rendre compte des travaux de la maison. Il parlait des fermes de la montagne, où les fileuses travaillaient tard dans la soirée, soutenues par leurs chants qui couvraient le bruit des rouets ; des tisserands, des toiles si soigneusement emballées au Kaufhaus, qui partaient au loin, de comptoir en comptoir. Ensemble, ils imaginaient la grande ville de Genève, la foire de Lyon ou la vallée du Rhin. Ils parlaient des jardins, des chevaux et des cochers, du carrosse, celui qui s'était embourbé à proximité du moulin, un après-midi d'orage. Werner disait aussi, et c'était bien avant la mort de son oncle, que le ruisseau coulait sans bruit dans le vallon et que la cascade continuait à rire de son pouvoir sur la roue et sur la meule.

— Et la petite goutte d'eau ? demandait l'enfant.

Jamais las de conter, Werner disait comment une goutte d'eau, joyeuse et brillante parmi ses sœurs qui s'amusaient à faire rouler les pierres du torrent, fut saisie de pitié un jour, à la vue du visage harassé d'un paysan. Labourant, semant, moissonnant, battant le blé, les hommes allaient et venaient sans cesse pour nourrir leurs enfants alors qu'elle, petite goutte d'eau, n'avait pas d'autres soucis que de rire et danser. Elle se sentait tant de joie et de force qu'elle décida de venir en aide à ces êtres courbés qui se plaignaient constamment. Sa mère la mit en garde : « Les hommes te saliront, t'aviliront, sans même t'accorder une pensée de gratitude. » La petite goutte d'eau avait presque renoncé à son projet quand elle aperçut une femme tout en sueur qui glanait en surveillant ses marmots. Elle aurait voulu lui crier que les rochers brillaient au-dessus d'elle et que la neige étincelait, prête à rosir au soleil couchant. Mais la femme demeurait penchée, absorbée par les épis et les enfants. Rentrerait-elle dans sa cabane et refermerait-elle sa porte, n'attendant rien du soleil couchant, ni de la nuit, ni des étoiles ? Saisie d'angoisse, la petite goutte d'eau décida de lui venir en aide, sans tenir compte de l'avis de sa mère. Ses sœurs, avides de toute nouveauté, furent vite convaincues. Elles se laissèrent tomber de tout leur poids devant Félix, le bouvier, celui dont le nez coulait toujours un peu, même en été. Hop ! hop ! hop ! cascadaient les petites gouttes d'eau, pendant que Félix demeurait planté là durant des heures, apparemment content des éclats de la nouvelle chute, sans imaginer un instant qu'il pourrait en tirer parti. Ce fut son frère qui, passant par là, se mit à construire une roue. Les jeunes gouttes d'eau s'y précipitèrent, une meule fut ajustée. Quelques semaines plus tard, les paysans apportaient leurs sacs au premier moulin de la vallée. Quelle fête ! L'année suivante déjà, les hommes commencèrent à se plaindre des mauvais chemins et de la distance. Le torrent, la roue, la meule ne pourraient-ils pas se déplacer ? La petite goutte d'eau et ses sœurs hésitèrent à se laisser boire par un nuage pour gagner une région où les récriminations des humains ne les atteindraient plus. Elles y renoncèrent à cause du plaisir qu'elles prenaient à sauter de palette en palette pour faire tourner la roue, à attendre derrière l'écluse et à se précipiter toutes ensemble, à tourbillonner puis à flâner le reste du jour, au fil du courant. Au sommet du Säntis, le soleil et le vent tinrent conseil, puis, magnanimes, décidèrent de ne rien changer à l'assistance qu'ils prêtaient aux humains, les seuls de tous les êtres vivants – mousses ou sapins, larves, lièvres ou escargots – à trouver moyen de se plaindre sans cesse au lieu de s'émerveiller.

À peine le soleil et le vent avaient-ils prononcé leur sentence que, dans la chambre, la lumière devenait murmure ; au loin, sur la montagne, fileuses et tisserands reprenaient goût à l'ouvrage. Le fil sortait plus fin, la toile s'allongeait comme par miracle. Sur les chemins, les chevaux trottaient bon train et les cochers regardaient le paysage, heureux d'être gens de voyage et de passer de relais en relais. Au Kaufhaus, acheteurs et vendeurs tâtaient la toile, signaient des lettres de change ou de commande, le cœur content de leurs affaires, sans rien savoir du sourire d'un enfant prêt à quitter la terre et de la solitude d'un adolescent.

Un matin, Georg accueillit Werner avec la certitude qu'il verrait son père le lendemain. Le jeune homme comprit que, le surlendemain, l'enfant les aurait quittés.

Le Seigneur Anton entendit la toux rauque. Il effleura des lèvres les joues brûlantes et s'assit au chevet de son fils. Au matin, la fièvre étant tombée, une des servantes crut au miracle : la présence de son père avait guéri l'enfant. Or, sous sa pâleur, le petit visage exsangue exprimait tant de sagesse, de gravité et de ferveur que le Seigneur Anton prit congé sans révolte, comme si le dernier voyage de son fils aîné, inéluctable, avait été décidé depuis longtemps.

Les sœurs de Madame Anna Barbara, la famille de Saint-Gall, celle d'Altenklingen, s'étaient donné rendez-vous au Vieux Château pour le baptême du dernier-né. Ils entourèrent le petit cercueil recouvert d'un drap noir sur lequel Werner avait posé une branche de cerisier en fleur. Noire la robe du pasteur, avec son rabat blanc. Noirs et blancs, comme aujourd'hui et comme toujours, les volets fermés du Vieux Château.

Malgré leur douleur, le Seigneur Anton devait reprendre la route et la famille Zollikofer regagner villes et châteaux. Quelques heures plus tard, dans la stupeur, ils se retrouvèrent à la chapelle, autour du tout petit enfant baptisé Georg Leonhard, deux prénoms qu'il serait désormais seul à porter.

Il y a cinquante ans…

Madame Anna Barbara ne faisait confiance à personne pour s'occuper de l'enfant. Elle ne quittait plus le Vieux Château, refusant de se séparer de son fils et craignant pour lui les fatigues du voyage. C'est alors qu'elle eut tout le loisir de poser pour un nouveau portrait. La haute coiffe de dentelle noire, qui agrandissait son front, clamait son deuil. Elle serrait les lèvres dans un visage rigide qui dominait un corps alourdi de chagrin. Werner se souvient : le peintre avait proposé de placer le nouveau-né dans ses bras, avec l'espoir peut-être que sa chaleur rendrait vie au regard de sa mère. Madame Anna Barbara s'était récriée avec horreur, craignant peut-être que ce portrait ne porte malheur au fils qui lui restait. Le jeune Werner n'avait pas le droit de se pencher sur le berceau pour dire que les ruisseaux du Toggenbourg chantent à la fonte des neiges, quand s'installe l'été, ni celui d'ouvrir la fenêtre aux chants du merle et de la fauvette.

À la mort de son oncle meunier – était-ce deux ou trois ans plus tard ? – il suivit le Seigneur Anton dans ses déplacements.

* * * *

Le vieil homme frissonne, il tisonne le feu de bois. En un demi-siècle, il a été le témoin de tant de séparations, de naissances et de morts. Pourquoi cette lettre remise à lui plutôt qu'au jeune pasteur avec qui Madame Élisabeth s'entretenait parfois ? Il revoit le rectangle blanc, traversé de la grande écriture désespérément appliquée :

À *Monsieur*
Monsieur Georg Leonhard de Gonzenbach

Un morceau de papier facile à détruire. Et si le Seigneur Leonhard l'avait jeté dans le poêle avant même de le lire ? Werner sait que la lettre ne contient ni reproche ni amertume. Il sait non pour l'avoir lue, mais parce que, de près ou de loin, il a toujours perçu les mouvements du cœur d'Élisabeth. Bienfait des mots écrits, bons à lire et à relire, lettre à apprendre par cœur, à porter comme un talisman sur la peau nue.

Le vieil intendant s'élance dans l'escalier. Qu'importe l'ordre du maître ! Pour la première fois, Werner pousse la porte et entre sans avoir été appelé. Son regard s'arrête sur la table : la lettre est là, intacte dans la demi-obscurité que perce une seule bougie grésillante, prête à s'éteindre. La cire a coulé autour du chandelier. Personne. Werner place une chandelle neuve dans son support, charge le poêle. C'est en se redressant qu'il aperçoit une ombre sur le plancher. La lune s'est subitement dégagée des nuages. Le maître est là, appuyé au chambranle de la fenêtre. Le regard de Werner va de la lettre, éclairée dans la chaude lumière de la table, à la silhouette nimbée de rayons nocturnes. Invisibles, les portraits veillent. Dans la grande pièce austère et familiale, il perçoit un chant, plus subtil que celui de la chambre nuptiale, fait d'amour et de pardon des morts pour les vivants. Il remplace toutes les bougies du candélabre, tisonne une dernière fois le poêle et se retire sans un mot.

V

Combien d'heures Leonhard est-il demeuré là, debout, aussi immobile que le mur auquel il s'appuie, si proche des grands arbres invisibles du jardin ? Il a enfin rejoint son port d'attache. Trop tard. Il le sait. Il a reçu trois lettres à Genève, apportées par un même courrier. Dans la solitude et le secret, il traverse un des moments les plus intenses de sa vie. Parfois, des mois et des années durant, même au sein d'une activité incessante, il ne percevait que le lent effritement, l'érosion de ses désirs. Voici qu'en cette nuit, cessant d'interroger la terre et le ciel, il sent monter en lui une paix étrange, inattendue qui, lentement, submerge les repères du bonheur et du malheur. Cette dernière lettre, il l'ouvrira plus tard. Élisabeth lui a écrit tant de lettres ! Combien s'en est-il perdu ? Il se remémore celle qu'il a reçue à Lyon six semaines plus tôt. Écrite le jour de Noël ou la veille ? Il y avait longtemps, depuis la naissance de leur fille cadette peut-être, qu'Élisabeth ne lui avait plus confié ses espoirs ou ses désillusions, mais elle lui envoyait fidèlement des nouvelles de la maisonnée et des enfants. Antoine – on avait francisé son nom pour la famille et les amis ; « der junge Anton » (le jeune Antoine) pour les valets et les servantes – avait été pendant longtemps plus petit que les garçons de son âge, alors que les Zollikofer avaient toujours dépassé leurs gens d'une bonne tête et que les Gonzenbach ne manquaient pas de carrure. Aussi, le moment venu, Élisabeth s'était-elle empressée d'annoncer que Leonhard aurait peine à reconnaître leur fils, tellement il avait grandi au cours des derniers mois.

L'adolescent avait accompagné Werner à Zurich et séjourné chez des parents. Un soir, un visiteur avait déchiffré sur le visage du jeune garçon l'intelligence et la générosité, jointes à une volonté hors du commun.

Des savants affirment, écrivait Élisabeth, *que le caractère modèle les traits du visage. C'est une science nouvelle à laquelle chacun peut s'exercer. Croyez-vous qu'elle changera la mode et les canons de la beauté ?*

Quel est mon caractère ? C'est toujours le sien que l'on connaît le moins. M'examinant de face et de profil, hors quelques rides, je n'ai rien déchiffré. Le portrait suspendu à la salle à manger en face du vôtre, est-ce bien moi ? Puis j'ai pensé que vous étiez là, à me regarder. J'ai souri, j'en suis devenue jolie, pleine de confiance et de joie. Ces savants n'ont-ils pas observé qu'un visage réfléchit les regards qui s'y posent ? En tout cas, votre fils s'est acquis l'estime de nos amis zurichois. À votre retour, vous pourrez être fier de lui.

Elsette – c'était le diminutif d'Élisabeth Antoinette, la cadette, huit ans – *aurait voulu suivre son frère ; elle s'indigne de ce que je ne vous aie pas accompagné.*

En attendant de se rendre comme vous du côté de Gênes ou de Genève, elle fait un bout de conduite aux tisserands qui regagnent leur village. Elle m'en rapporte toutes sortes de récits d'épidémies, de guerres ou de famines. Ma mère, arrachée tout enfant aux persécutions, avait ardemment souhaité une vie paisible et voici que ma fille rejette les avantages de sa condition, rêvant d'aventures et peut-être d'infortunes. Avec cela, quel appétit a notre petite dernière, quels rires, quelles reparties ! En la regardant, je pense à votre père et à tout ce qu'on m'a raconté de mon intrépide grand-maman calabraise.

Anna supporte gaiement les indispositions de sa grossesse. J'aimerais lui rendre visite avec Elsette. Je n'arrive pas à nous imaginer tous réunis à Pâques avec le nouveau-né dans mes bras ; peut-être parce que mes grands-parents sont morts avant ma naissance et parce que ma mère n'a pas connu mes enfants. Notre gendre annule ses déplacements pour demeurer avec sa femme jusqu'à sa délivrance...

Au mois de janvier, à Lyon, Leonhard avait interrompu là sa lecture, ayant ressenti la dernière phrase comme un reproche. Il ne s'était en effet jamais trouvé auprès d'Élisabeth lors de la naissance des enfants. De quel secours aurait-il été ? La lettre contenait aussi un poème qu'il s'était promis de lire plus tard et qu'il avait égaré. Depuis quelques années, les lettres d'Élisabeth étaient fréquemment accompagnées de vers en français ou en allemand. Jaillis de son cœur ou copiés au cours de ses lectures ? Leonhard refusait de penser que sa femme pouvait en être l'auteur. Il ne voulait voir dans toutes ses lettres qu'un gage de sécurité. Élisabeth l'attendait, il reviendrait, repartirait, n'était-ce pas dans l'ordre des choses ? Devant l'insistance de sa femme à dire que les années avaient passé dans la solitude et le froid, il ressentait un malaise. Ne s'étaient-ils pas toujours retrouvés ? Ces mots, si lentement choisis et déposés sur la page, n'avaient aucune prise sur sa réalité qui ajustait les ducats aux aunes de belle toile dont se font les trousseaux. Il se souvenait d'avoir ouvert, à Lyon, la lettre de Werner avant celle de sa femme. Pliant en quatre le poème, il n'avait pas imaginé la détresse de sa petite compagne délaissée.

* * * *

De son côté, Élisabeth, au chant des fileuses, se surprenait à penser qu'elle n'avait que faire d'un mari honorable toujours absent et qu'un homme besogneux, lié à sa terre, vaquant auprès d'elle de l'étable au métier à tisser, un jeune fermier du Toggenbourg, l'aurait nuit après nuit couverte de baisers. Elle se ressaisissait. Quelle folie d'imaginer qu'il serait plus aisé d'affronter les circonstances d'une autre vie ! Leonhard ne s'était jamais douté de la souffrance d'Élisabeth, du désert de ses nuits. Incapable de dormir, la jeune femme veillait elle-même l'enfant malade et la petite Anna lors de la percée des premières dents.

Pourtant, au cours de sa seconde grossesse – fille ou garçon ? personne ne savait encore qu'Antoine, der junge Anton, assurerait la succession au Vieux Château – Élisabeth, pendant quelques semaines, avait retrouvé son chant et son rire. La ville et le canton de Saint-Gall, pour défendre la réputation de leurs toiles, venaient de proscrire le tissage du coton. À la demande de son gendre, Caspar envisagea de venir s'établir à Hauptwil. Les terrains en bordure de la route, au-delà du Kaufhaus, plats et bien drainés, étaient assez vastes pour des entrepôts. Les Seigneurs de Gonzenbach pourraient offrir aux fileuses des alentours l'un des meilleurs cotons importés en Europe, sans nouveaux frais d'acheminement.

Élisabeth, que le règne de Madame Anna Barbara, sept ans durant, avait dépouillée de toute initiative, s'était découvert une imagination d'architecte. Elle voyait déjà les enfants courant d'un jardin à l'autre et revenant lui donner des nouvelles du grand-père Caspar. Au Schlössli, le seigneur Hans-Jakob de Gonzenbach, à la tête du fidéicommis, opposa son veto. Il aurait probablement suffi d'insister et de proposer un accord. À tort ou à raison, Caspar Straub vit dans ce refus le mépris du hobereau pour le marchand qu'il était. Il accepta l'invitation du canton de Glaris, au sud-ouest de Saint-Gall. Leonhard était en Italie au moment du rejet de son beau-père par les cousins du Schlössli. L'explication fut vive à son retour.

Après la naissance de leur fils et dès que le nouveau-né put voyager, Élisabeth fit de longs séjours à Glaris. La petite ville, construite au bord de la Linth, avait donné son nom à cette haute vallée enchâssée dans les Alpes. Pour échapper à la domination des Habsbourg, elle s'était rattachée, à la fin du XIVe siècle, à la ligue des cantons forestiers (les Waldstaetten), qui furent à l'origine de la Suisse. Comme au Toggenbourg, des champs maigres, des pâturages nourrissant quelques bêtes, des troupeaux de chèvres dévalant les pierriers.

À l'arrivée de Caspar, le cours de la Linth n'avait pas encore été corrigé. Les meilleures terres de la plaine se trouvaient fréquemment inondées. La taille des ardoises, source depuis un siècle d'un revenu appréciable, et leur acheminement à travers l'Europe, étaient affaire d'hommes. Plus récemment, les femmes et les enfants avaient appris à filer et à tisser.

Aussi les magasins de Caspar furent-ils accueillis avec un grand espoir. Il n'avait jamais été question de concurrencer les soies de Zurich, ni les mousselines de Saint-Gall. Quant aux moutons, élevés en basse terre, ils suffisaient à peine au tissage de quelques pièces de mi-laine couvrant les besoins immédiats de la population. Sur les indications de Caspar Straub, les artisans construisirent de petits métiers maniables, d'une largeur adaptée à ces carrés d'étoffe pliés par leur diagonale que les paysannes nouaient autour de leurs épaules pour se protéger du vent, du soleil et du froid. Imprimés de grands motifs indigo ou écarlates, de prix modique, ils furent appréciés dans les montagnes et dans la plaine, en deçà et au-delà du Gothard, jusque dans les Pouilles, la Calabre et les Balkans.

Caspar, prévoyant les commandes, fournissant métiers et coton aux apprentis les plus modestes, acceptant les pièces irrégulières, discutant avec les teinturiers pour raviver les couleurs, modifier les dessins – on était si loin des villes et des salons – contribua largement à la prospérité relative de ce petit coin de terre en des années où la famine et les épidémies ravageaient les vallées alentour. Chez ces montagnards qui avaient gardé mémoire des combats d'autrefois pour assurer leur liberté, l'entraide de maison à maison était une seconde nature : on prenait soin des champs et des bêtes de l'homme malade ou absent ; on filait, tissait jusque tard dans la nuit pour achever l'ouvrage du voisin.

Élisabeth et Anna assistaient au départ des files de mulets, si lourdement, si largement chargés qu'ils marchaient au bord du précipice pour éviter aux ballots de heurter les rochers. La fillette, chaussée de hautes bottines, emmenait sa mère sur des chemins abrupts qui les conduisaient très vite en pleine montagne. Les carrés de coton, prêts à être imprimés, blanchissaient au soleil autour des fermes où l'on offrait aux visiteurs une infusion réputée dont la vallée gardait le secret. La mère et l'enfant regardaient, fascinées, les doigts agiles qui s'affairaient aux quenouilles et aux métiers. « Aujourd'hui, on n'a pas vu le temps passer », disaient les plus âgées, cependant que la toile, lentement, s'allongeait. Sans mot dire, les jeunes filles ou les jeunes femmes comptaient les jours, les semaines et les mois, dans l'attente de l'homme aimé. Pour les enfants, l'arrivée de la petite Anna était le signe que l'après-midi enfin s'inclinait vers le soir et qu'ils allaient pouvoir quitter leur tâche pour jouer. Anna insistait pour prendre la place de l'un d'eux : trier le coton lui paraissait tellement plus amusant que broder.

Glaris : Leonhard aimait cette ville aux maisons basses solidement construites, avec sa place assez vaste pour accueillir, une fois l'an, tous les hommes de la vallée qui votaient à main levée. L'air vif, descendu des glaciers et des cimes d'une blancheur éclatante au cœur même de l'été, avait rendu à sa femme sa jeunesse, des joues roses, un regard brillant.

À Glaris, Élisabeth allant et venant, le petit Antoine sur la hanche et Anna s'élançant à sa rencontre... Le chant d'Élisabeth s'élevant à nouveau, rayon de lune, lever de soleil, pluie bienfaisante acclamée par le jardin.

VI

O cessate di piagarmi
O lasciatemi morir...
Ou cessez de me blesser
Ou laissez-moi mourir...

Sur un air d'Alessandro Scarlatti

E<small>N CETTE NUIT</small> du 7 mars 1763, le passé d'Élisabeth et sa mémoire sont devenus mémoire de Leonhard. Il voit ce qu'il ne pouvait deviner ou peut-être ce qu'il n'avait jamais eu le temps d'admettre. Qu'aurait-il pu changer ? Il suffit parfois d'attendre pour que les difficultés se résorbent. L'abattement ou la tristesse paraissaient à Leonhard de peu de conséquence face à la maladie, aux accidents de voyage, aux vicissitudes du marché. Pendant des années, une épouse et une mère, deux femmes, l'avaient attendu, accueilli, s'étaient assombries à chacun de ses départs. Deux femmes qui, en son absence, n'avaient guère de raisons de vivre sous le même toit.

* * * *

1743, au Vieux Château. Soucieuse du bonheur de son fils, Madame Anna Barbara tentait d'inculquer à sa bru le maintien et les usages conformes à son rang et au nom qu'elle portait désormais. Même à l'aube d'un jour d'été, on ne court pas échevelée dans les jardins ; on ne retrousse pas sa jupe en enlevant bas et souliers pour baigner la petite Anna toute nue dans la rivière. Le Seigneur Anton peut rire à faire crouler les murs ou hurler qu'il en a assez de souffrir et sommer le Père Éternel de lui ouvrir les portes du Paradis, une jeune femme doit se contenter de sourire. Au cas où elle aurait une raison de pleurer, que personne n'entende ses sanglots. Le chant d'Élisabeth, cette voix simple et pure qui, à Saint-Gall, avait ému si profondément Leonhard ; ce chant qui s'élevait au moment le plus inattendu, s'imposant, franchissant murailles et jardins ; ce chant qui bousculait les portes hâtivement refermées et qui, dès l'entrée, escaladait les étages jusqu'au faîte du Vieux Château ; ce chant pétrifiait le cœur de Madame Anna Barbara. Comment pouvait-on chanter alors que Georg…

Georg, le frère aîné de Leonhard, mort à quatre ou cinq ans, dont Élisabeth n'avait jamais vu aucun portrait. Georg, personne, pas même Werner, n'en parlait jamais. Comment la jeune femme aurait-elle pu deviner la douleur qui se cachait derrière les remontrances et l'agressivité de sa belle-mère ?

* * * *

Novembre 1741. Alourdies de pluie, les feuilles d'or des hêtres étaient tombées pendant la nuit. Le jour n'arrivait pas à se frayer un chemin dans la chambre, ni le feu à réchauffer les murs. Pourquoi cette lassitude, cette torpeur, cette envie de pleurer ? Trois semaines encore avant le retour de Leonhard.

O cessate di piagarmi
O lasciatemi morir…

Élisabeth avait voulu laisser glisser la mélodie doucement comme du sable entre ses doigts et voici que sa voix s'élevait, puissante, impossible à retenir. Était-ce déjà celle de l'enfant si petit, si léger, l'enfant de Leonhard caché en elle ? Ou l'âme de sa mère l'aurait-elle rejointe pour l'aider à veiller sur lui ? Sa mère qui lui disait : « Quels que soient ta vie, ta fatigue, ton découragement, ton chagrin, cache ta voix dans ton cœur, réchauffe-la, puis laisse-la s'élancer, fais-lui confiance : qu'elle apaise la tempête comme le faisait la voix de Notre-Seigneur. »

O cessate di piagarmi
O lasciatemi morir…

« Amelia, ma mère qui si tôt m'avez quittée, pourquoi ce chant aujourd'hui ? Pourquoi Leonhard n'écrit-il pas ? »

L'heure du dîner. Souffrant, le Seigneur Anton gardait la chambre ; Madame Anna Barbara occupait le haut de la table. Élisabeth se tenait très droite, comme il se doit. Ses cheveux étaient pris dans une coiffe de maison convenable qui lui seyait mal ; elle n'était pas parvenue à les nouer le matin et tout laisser-aller indisposait sa belle-mère.

— Je vous ai entendue. Que chantiez-vous ? demanda Madame Anna Barbara. Je n'ai pas saisi les paroles du refrain.

Parler de sa mère à quelqu'un qui ne l'avait pas connue, pas chérie, soignée, pleurée comme son père et elle l'avaient fait, lui était impossible. S'appliquant à ne pas trembler, Élisabeth répondit :

— Ce n'est rien, juste une chanson.

— En italien ; j'ai remarqué que vous préférez

l'italien au français. Vous avez fait de grands progrès. Mais vous devez prendre des leçons, nous ferons venir un professeur de Zurich ; vous ne pouvez continuer à chanter comme une paysanne.

« Je chante avec ma voix, la voix de ma mère et celle de mon enfant. J'abrite l'espoir derrière la peine. Leonhard, mon mari, mon amour, comptes-tu aussi les jours ? Comment rompre autrement qu'en chantant ce silence à perte de cœur comme un brouillard ? Oh ! Leonhard, ce n'est pas pour demeurer figée devant des mets que je n'ai pas commandés, que je n'ai pas préparés, à côté de votre mère qui souhaite votre présence et non la mienne, ce n'est pas pour cela que j'ai quitté ma ville et mon père. »

Élisabeth s'était retrouvée sur son lit. Un de ces malaises si fréquents dans les premiers temps de la grossesse, disaient les femmes qui la soignaient. Le lendemain, le grand rire du Seigneur Anton retentissait à la table familiale où la jeune femme reprenait des couleurs.

* * * *

On avait espéré que la naissance d'une petite fille, nommée Anna Barbara, rapprocherait la belle-mère et la bru. L'une comme l'autre le souhaitaient. Mais cette naissance, bien loin de la consoler, raviva tant de souvenirs douloureux que la vieille dame évitait l'enfant. Élisabeth, incapable de la comprendre, s'émerveillait seule devant les progrès de la petite fille. S'il est juste de garder la mémoire de ceux qui vous ont précédés, dont la fugitive apparence demeure parfois dans un portrait, n'est-il pas juste aussi d'accueillir ceux qui naissent, grandissent, découvrent le monde ? Juste de se donner à aimer et de leur apprendre ce que d'autres vous ont appris ? En demeurant longuement auprès du berceau de sa fille, Élisabeth souriait déjà à ceux qu'elle ne verrait jamais, aux enfants des enfants de ses enfants. « C'est un miracle, pensait-elle, que maman ait pu me donner la vie ! » En Calabre, lors d'une persécution contre les protestants, la petite Amelia avait été enlevée à sa famille et enfermée dans un couvent. Un lointain cousin l'en avait arrachée. Ils avaient franchi les Apennins puis les Alpes à la recherche d'une terre où les chrétiens ne s'entre-tueraient pas. « Tant de fois au cours des siècles, ils ont voulu nous tuer tous. Mais voilà, on ne tue jamais tout le monde, la vie est la plus forte. »

Sans savoir encore qu'elle mettrait au monde trois enfants, la jeune femme accueillait la nuit, le jour, les semaines, les mois, les saisons, dans une sorte d'exaltation, le sentiment très profond d'avoir tenu une promesse envers tous ceux qui l'avaient précédée. Oui, pour Élisabeth, c'était miracle que la naissance de cette petite fille après tant de générations et de luttes pour la survie.

Pour Madame Anna Barbara, dont la famille depuis longtemps connaissait la sécurité à l'abri des hauts murs d'Altenklingen – presque une forteresse –, la mort de Georg demeurait une injustice irréparable.

VII

Leonhard devait être un tout jeune garçon le jour où il avait rencontré Caspar Straub pour la première fois. Était-ce à Hauptwil ou à Saint-Gall déjà ? Il arrive que l'on juge au premier regard de l'importance d'une rencontre. Certains êtres, en revanche, se glissent dans notre vie presque à notre insu ; aimants, discrets, présents, ils semblent n'avoir pas de rôle à jouer. La solidité de leur appui ne se révèle qu'au moment où ils s'apprêtent à nous quitter.

Leonhard croit entendre la voix de son beau-père lors de leur dernier entretien. C'était à Glaris en 1758, cela fera bientôt cinq ans. À la fin de sa vie, Caspar Straub déplorait la dégradation de rapports humains autrefois basés sur l'entraide, l'honnêteté, la confiance, alors que des progrès techniques indéniables facilitaient la tâche des artisans. Il se l'expliquait mal.

— La prospérité actuelle, temporaire sûrement, ou le rêve d'opulence, vous pourrissent-ils le cœur ?

Jamais nos mouchoirs n'ont été aussi fins, ni aussi demandés.

Tout en parlant, il nouait avec délicatesse autour de la gorge d'une femme imaginaire une légère cotonnade où jouaient le blanc et l'indigo comme le font l'ombre et la lumière dans un feuillage de juillet.

— La qualité des cotons, le perfectionnement des métiers et surtout l'adresse croissante des fileuses et des tisserands produisent des merveilles, que la plus modeste des paysannes parvient un jour ou l'autre à s'offrir. Comment acheminer sans risque ces petits chefs-d'œuvre jusqu'à leur destination et comment s'assurer de la solvabilité des marchands qui nous les commandent ? Quelque chose a changé dans l'air du temps, les hommes n'ont plus de parole : tel caravanier prétend avoir été attaqué par des voleurs, tel magasinier m'avise que l'incendie a tout détruit, y compris ses livres de comptes. Ils sont de plus en plus nombreux ceux qui vendraient leur âme pour un sac d'or, et presque introuvable l'homme qui veillerait sur les intérêts d'autrui comme sur les siens. Ce n'est pas pour ma fille, mon unique héritière, que je m'inquiète. Avec vous, elle a plus que le nécessaire, mais les familles de la vallée, quand je viendrai à disparaître...

Leonhard se récria. Il est vrai que ce jour-là, six semaines avant sa mort, Caspar se trouvait en parfaite santé, le blanc de l'œil presque bleu comme l'ont les très petits enfants, avec le teint hâlé du montagnard qu'il était devenu.

— À ma mort, Lucas Tschudi, ici, sur place, saura maintenir une exigence de qualité. Le transport de nos tissus est assuré par des gens de la vallée et je puis répondre de chacun d'entre eux. Mais vous savez comme moi que dans toute l'Europe, foires et marchés se multiplient. J'avais des correspondants de ma génération ; c'est à tort que je me suis fié à leurs successeurs. Je n'ai plus dans chaque ville un responsable qui s'assure du paiement de la marchandise dans les délais convenus. Peut-être avez-vous entendu parler des frères Develay ? En Hollande, les affaires de Samuel, l'aîné, s'étendent chaque année ; César vient de se fixer à Genève et dans cette ville où l'on observe les nouveaux venus d'un œil critique, on loue déjà son intelligence et son honnêteté.

Caspar parlait d'une voix calme. Leonhard admirait la force de conviction de son beau-père. Sous les cheveux blancs, le visage autrefois lourd s'était remodelé à force d'obstination et de courage. Les difficultés ne lui avaient pas manqué. Toute sa personne dégageait quelque chose d'intrépide : il fallait que les affaires marchent pour que le pays vive, c'est-à-dire pour que les jeunes hommes puissent y rester, gagner leur pain avec un autre métier que celui de mercenaire. Défendre son coin de terre et sa famille, quoi de plus naturel ? La misère, c'était d'avoir à s'exterminer entre ventres creux, sans même savoir par quel hasard on appartenait à une armée plutôt qu'à une autre. Cependant, Caspar revenait aux frères Develay. Peut-être regrettait-il de n'avoir pas eu des fils à qui remettre ses affaires.

— Dans une famille unie et nourrie de la Parole de Dieu, le courage, la confiance, l'exactitude, l'honnêteté peuvent se transmettre de génération en génération.

Puis, après un instant de réflexion :

— Avec de la générosité et même un peu plus : une attention compatissante ou admirative pour chaque être humain que la vie vous donne à découvrir.

Sa voix devint plus grave, un peu sourde, pour aborder le domaine intime qui lui tenait le plus à cœur :

— Mon gendre, comment vous dire ? Il me semble que l'Évangile, pour lequel tant de nos ancêtres ont versé leur sang, vous apparaît parfois comme une légende plutôt que comme une règle de vie et de méditation quotidienne. Ne laissez pas se perdre le meilleur de votre héritage et veillez à le transmettre à vos enfants.

Caspar ne s'était jamais adressé à Leonhard sur ce ton. Peut-être en fut-il le premier surpris. Il sourit, se leva, le rejoignit devant l'étroite fenêtre qui avait vue sur la vallée.

— Pardonnez-moi d'être un peu solennel aujourd'hui. J'aime ce pays, j'aime la vie et je ne demanderais pas mieux que de durer encore cent ans, mais il m'arrive d'avoir certains pressentiments. En tout cas, il me paraît sage de confier à Samuel Develay l'ensemble de nos affaires pour le nord de l'Europe. Je lui ai écrit dans ce sens. Il doit venir à Zurich le mois prochain ; pourriez-vous l'y rencontrer ?

Sous le regard aimant et lucide, Leonhard se découvrait une affection de plus en plus profonde pour le vieil homme, indépendamment de leurs affaires communes. La force de caractère de Caspar lui avait été souvent un exemple. À Glaris même, il serait irremplaçable. Ses conseils, offerts avec d'autant plus de tact qu'une fermeté incorruptible les sous-tendait, avaient éveillé l'artiste chez plus d'un artisan. Aujourd'hui, il importait de prendre ses pressentiments très au sérieux : jamais Caspar n'aurait abordé un sujet aussi grave que la séparation de la mort s'il n'en avait pas perçu le signe avant-coureur au plus profond de sa chair. Leonhard espérait avoir le temps de lui prouver qu'il saurait veiller sur son œuvre et la maintenir vivante et rayonnante.

VIII

Mystère de la mémoire, éclosion du souvenir ; en cette nuit, Leonhard perçoit des tensions, des silences, une attente dont il n'avait rien su ou rien voulu savoir vingt ans plus tôt. Des mots lus ou entendus deviennent paroles et frémissent d'une émotion qui en révèle le sens jusqu'alors insoupçonné. Ce dévoilement, cette lucidité inhabituels, bien loin de l'accabler de regrets – ou de remords ? –, éveillent en lui une paix qui lui tient lieu de plénitude. Demain, peut-être, régnera l'absence. En cette nuit, sa femme l'a rejoint, la véritable Élisabeth tout habitée de confiance, grave et sereine, telle qu'il l'avait reconnue avant même qu'un seul mot ne fût échangé entre eux. Leonhard sait que ces heures de communion sont uniques. Le mois prochain, dans un ou dix ans, sur les routes et dans les villes, il s'enivrera à nouveau de solitude. En cette nuit, délivré de tous les malentendus, il retrouve la petite lutteuse intrépide et parfois vaincue, la femme ardente, secrète, si souvent quittée et retrouvée. Elle lui prête son cœur et son regard pour l'entraîner une fois encore dans le jardin de Saint-Gall, pour se pencher sur le berceau des enfants. C'est elle qui dévale les escaliers de la maison de Glaris, puis s'arrête dans l'attente qu'il la soulève et la prenne dans ses bras. Seules des îles de bonheur subsistent, comme des pépites d'or enfin dégagées du limon de leurs deux vies. « Indestructibles jusqu'à ma mort », pense-t-il. Puis aussitôt, se ravisant, « jusque bien au-delà de ce seuil qui sépare une certaine obscurité d'une certaine lumière. Élisabeth, je ne t'ai jamais sentie aussi présente, aussi lumineuse qu'en cette nuit. Comment se fait-il… ? La nuit précède-t-elle le jour ou le jour la nuit ? »

La lune éclaire soudain le jardin dénudé où le dessin de chaque branche se précise. Leonhard s'étonne du changement de saison. Les étés ne furent-ils que rêves ou mirages, avec leur ombre profonde et les rais de soleil frappant de plein fouet les hautes frondaisons ? Il cherche du regard le balancement d'une jupe dans les allées, un corsage pourpre brodé de noir et de bleu. Pourtant là, près du saule… comment savoir ? Le banc où elle l'attendait était hors de vue et le sentier qu'il prenait pour la rejoindre traversait le sous-bois, à l'abri des regards indiscrets.

Une nuée, comme une paupière, rend à la terre sa nuit. Dans la salle des portraits, la dernière bougie encore grésillante étire sa flamme. Il croit entendre les cloches de leur premier Noël, les psaumes dans la chapelle où la voix d'Élisabeth et la sienne se mêlaient. Au passage de Werner, craignant que les souvenirs heureux ne se brisent – comme ce vase de Sèvres, effleuré au château d'Altenklingen quand il était enfant et répandu soudain en des centaines de petits morceaux blancs, bleus et or, impossibles à réassembler –, il s'est réfugié au plus profond de lui-même. L'effort de ne pas se laisser distraire le ramène à un passé plus récent. Il revoit son étonnement ne pas trouver une lettre d'Élisabeth en arrivant à Genève, trois semaines plus tôt.

* * * *

Il avait écrit un billet à l'adresse de son cousin Jean Théodore Zollikofer, pour lui signaler son passage. Jean Théodore, ministre du saint Évangile, occupait pour quelques mois la chaire d'une des paroisses de la ville. Puis, Leonhard s'était rendu à la maison des frères Develay. En 1758, suivant le conseil de son beau-père, il avait rencontré l'aîné, Samuel, négociant à Amsterdam, lors d'un de ses passages à Zurich. Depuis, tous deux s'écrivaient fréquemment mais ils ne s'étaient pas revus. En revanche, Leonhard avait fait la connaissance, à Genève, du frère puîné de Samuel, César, et de sa femme Sarah.

Le 17 février 1763, César Develay accueillit le seigneur de Gonzenbach avec un joyeux empressement, heureux de lui montrer la maison qu'il venait d'acquérir. Les bureaux étaient installés au rez-de-chaussée. L'étage était réservé à la famille. Dès les premiers mots de bienvenue, Leonhard comprit que Sarah attendait son deuxième enfant. Cette nouvelle lui rappela que, dans deux mois au plus, sa fille aînée accoucherait. Il y aurait les inévitables festivités du baptême. Les affaires réglées, rondement et avec une certaine ampleur – de part et d'autre on ne revenait pas sur la parole donnée –, il accepta de partager le repas de son hôte.

Il n'était pas le seul convive : un quinquagénaire à l'accent anglo-saxon raconta, encore tout ému, sa traversée du lac. Se rendant de Lausanne à Genève, il avait cru gagner du temps en s'embarquant à Morges. La bise soufflait, promettant, lui avait-on assuré, un ciel bleu et une bonne allure par grand largue avec peu de houle, à condition de suivre la côte vaudoise. Mensonge ou incapacité du timonier ? Ce vent violent, tout en rafales avec des changements de direction imprévisibles, les avait lâchés au beau milieu du lac où ils s'étaient retrouvés ballottés dans tous les sens et glacés. Jamais, en franchissant la Manche, il n'avait eu une telle peur :

— Votre lac n'est pas fait pour la voile.

— Vous ne voudriez tout de même pas revenir au temps des galères ! protesta César. (« John du Velay », souffla-t-il à l'oreille de Leonhard qui avait mal compris le nom de l'Anglais au moment des présentations.)

— Certes non, mais vous aurez bientôt de bons petits navires qui se nourriront de bois et de charbon. Les premiers essais ont été faits depuis longtemps en Allemagne par Denis Papin. Et, se tournant vers Sarah : « Vos enfants pourront aller de Genève à Vevey par tous les temps ! »

Enchantée, Sarah se fit expliquer le principe de la machine à vapeur. Vraiment, supprimerait-elle le risque de naufrage ? Elle ferait beaucoup mieux, libérant les femmes et les enfants des tâches les plus astreignantes.

— Une véritable révolution, dit John du Velay. La machine cardera le coton, battra le chanvre et le lin, filera et tissera ; il n'y aura plus que de nobles tâches, comme le choix des matières et des couleurs, et la coupe des vêtements. D'immenses loisirs heureux attendent les peuples de demain.

Comme il était savant, ce lointain cousin ! Il parlait de l'empereur Ferdinand III qui avait anobli les Develay, de professeurs, d'ingénieurs, de médecins – la médecine avait fait de tels progrès ; bientôt, on pourrait faire des inoculations contre la variole à tous les enfants, ce qui changerait le cours du destin.

C'est ainsi que, d'une manière inhabituelle à la table de César, on en vint à parler de la mort. Aucune guerre, aucune épidémie à l'horizon. On avait le recul nécessaire pour interroger la Grande Inconnue.

— Quelles auraient été les aptitudes et la vie de mon frère ? demandait John du Velay. Était-il écrit quelque part dans les astres dès sa naissance qu'il mourrait à l'âge de sept ans ? La fatalité nous paraît absurde, injuste, parfois révoltante, parce qu'elle échappe à notre compréhension. Un jour, l'être humain saura s'en dégager en perçant bien des secrets. Si mon frère William avait vécu, j'aurais été un autre enfant, un autre homme...

— Quel âge aviez-vous ? Vous souvenez-vous de lui ? demanda Sarah.

— Oui et non, mes souvenirs sont peut-être imaginaires ; j'avais deux ans et demi lors de sa soudaine, si courte et si terrible maladie. Mais on m'a constamment parlé de lui, il grandissait en même temps que moi. À chacun de mes anniversaires, mes parents calculaient son âge, imaginant comment nous aurions pu jouer ou travailler ensemble. Répondant à leur attente, j'étais à la fois John et William, William et John. Lequel a entraîné l'autre dans l'étude de la machine à vapeur et de ses applications dans l'industrie ?

— C'est merveilleux, s'exclama Sarah, il vous a aidé de son mieux toute sa vie, toute votre vie je veux dire. C'est sans doute lui qui vous a conseillé de venir nous trouver.

— Voyons, très chère, vous m'étonnez, intervint César.

Mais elle, heureuse, poursuivait :

— Je sens si souvent à mes côtés une présence, ma grand-mère, la mère de ma mère. Elle me l'avait promis, elle veille sur nous.

— Nulle part dans l'Évangile... désapprouva César. C'est l'amour de Dieu qui veille sur nous, il ne faut pas imaginer autre chose.

— Pourquoi l'amour de Dieu nous séparerait-il les uns des autres ? protesta la jeune femme. Si je meurs en couches...

— Vous ne mourrez pas, que dites-vous là, Sarah ?

— Si je meurs, je veux que mon enfant vive et je demeurerai auprès de lui pour l'aider à grandir.

— Sarah ! (il y avait autant de reproche que de crainte dans la voix de César) pourquoi parlez-vous ainsi ?

— Quoi qu'il arrive, il faut que vous sachiez que les liens d'amour sont indestructibles et que je ne vous quitterai pas.

Le jeune couple semblait avoir oublié la présence de ses invités. Même Leonhard perçut l'onde de paix qui s'élargissait autour d'eux. L'âme inquiète de l'Anglais ne put la supporter. Il brisa le silence en exposant les idées de Hume, de Hobbes. Il parla de la transmigration des âmes, à laquelle il ne croyait pas, de la résurrection des corps et de l'immortalité de l'âme, impossibles toutes deux à prouver. Il cita pêle-mêle des philosophes et des poètes, des croyants et des libres-penseurs, comme s'il voulait, de tant de pierres disparates assemblées, élever un mur entre la mort et lui. Sarah l'avait-elle écouté ? Quand enfin il se tut, elle constata :

— Seuls les vivants peuvent mourir. Le malheur serait de n'être jamais né. Ma grand-mère disait que la naissance était l'accueil d'une âme qui se donnait à voir et à aimer.

— Oui, oui, acquiesça César distraitement, car il percevait l'impatience du seigneur de Gonzenbach. On prétend parfois que la mort est l'autre versant, le côté caché de la vie.

Un homme très jeune fit irruption dans la pièce.

— David-Emmanuel, mon frère, dit César.

— Nous parlions de la mort, dit l'Anglais.

— « Le soleil ni la mort ne se peuvent regarder fixement », cita le nouveau venu avec un grand sourire.

Pour Georg Leonhard de Gonzenbach, le soleil n'était que douceur et lumière, neige rose couvrant les cimes sur un fond de ciel bleu alors que l'ombre engloutit la vallée. Pour lui, la mort faisait partie de la vie et scellait, de génération en génération, la mémoire des familles. Tout honnête homme acceptant son échéance imprévisible se tenait prêt à y entrer sans peur. Quant à la douleur intime, inhérente à une séparation, il était indélicat d'en parler.

Refusant la chaise à porteurs qu'on lui offrait, n'acceptant que la conduite d'un employé de la maison, Leonhard prit congé. L'air vif lui rappela le mois de février. Il pensa qu'à Hauptwil il aurait pu galoper avec son fils à travers bois et jachères. Il en avait assez des villes et des voyages et hâte soudain de se trouver chez lui. Il espérait voir le soir même son cousin et repartir le lendemain. En pénétrant dans sa chambre, il vit que trois lettres l'attendaient.

Reconnaissant sur l'une d'elles l'écriture de sa mère, il en fit sauter le cachet. On avait envoyé, disait-elle, Élisabeth Antoinette (Madame Anna Barbara ne disait jamais Elsette) chez sa sœur aînée qui, en dépit de son excellente santé, ne pouvait se rendre au Vieux Château avant le terme de sa grossesse. Il lut que, en son absence, Antoine le représentait avec beaucoup de dignité et que les cousins du Schlössli...

Refus, crainte de comprendre, Leonhard s'empara des feuillets couverts de l'écriture bien connue de Werner. Comme à l'accoutumée, il trouva des nouvelles détaillées des achats, des ventes, des commandes, des livraisons du Kaufhaus. L'artisanat était en passe de devenir une industrie de plus en plus florissante. Les bénéfices s'investissaient dans l'achat de grands métiers astucieusement agencés. Les commandes affluaient. Le seul recul du marché venait du Royaume de France. Les toiles de Hauptwil ne correspondaient-elles plus au goût de cette clientèle ou la concurrence se faisait-elle sentir ? Le seigneur apporterait certainement de Lyon des échantillons du tissage et des dessins les plus en vogue. Une double page de chiffres serrés récapitulait le débit et le crédit ; le seigneur pourrait faire vérifier à Genève que livres, shillings, florins et ducats se trouvaient exactement ajustés. Enfin, le vieux Werner rappelait à celui qui demeurait son jeune maître qu'on n'est jamais trop vigilant dans les périodes de prospérité. Suivaient de brèves nouvelles concernant le bûcheronnage, le moulin et la forge, l'état des routes et des bâtiments. Quant à l'intendance du ménage proprement dit,

Werner ne s'en mêlait jamais, par discrétion, et il ne mentionnait qu'exceptionnellement les membres de la famille dont, pourtant, il était le confident. Un post-scriptum suivait la signature : Werner suggérait à Leonhard d'avancer son retour ; Madame Élisabeth souffrait depuis plusieurs jours sans que rien pût la soulager. Cette lettre, écrite douze jours avant celle de Madame Anna Barbara, avait été adressée à Lyon, puis renvoyée à Genève. Pourquoi ne l'avait-il pas reçue dans la grande ville française ?

L'écriture inconnue de la troisième lettre était celle du jeune chapelain. Que le seigneur de Gonzenbach ne doute pas de la justice et de la grâce divines. *Les pensées de l'Éternel ne sont pas nos pensées et Ses voies ne sont pas nos voies.* Suivaient d'autres versets, recopiés avec soin, qui seraient lus à la chapelle le lendemain.

Le regard de Leonhard sauta à la date qui accompagnait l'en-tête. Le lendemain du 6 février, donc le 7, il y avait dix jours de cela ! Comme ces dormeurs conscients qu'ils rêvent et qui ne parviennent pas à s'éveiller, Leonhard luttait pour échapper au cauchemar commencé à la table de César Develay avec l'absurde présence de cet Anglais discourant sur la mort. Était-il à Genève ou à Lyon ou sur la route ou dans sa chambre ? Leur chambre au Vieux Château, auprès d'Élisabeth tendrement effrayée qui le saisissait à l'épaule : « Que se passe-t-il ? tu cries ? qu'as-tu rêvé ? » Échapper à l'horreur. Irréalité. Impossibilité. Élisabeth malade depuis plus de trois semaines ? Il l'aurait su. Elle l'aurait attendu.

IX

Dans la chambre des portraits, au Vieux Château de Hauptwil, Leonhard, devant la lettre encore scellée de sa femme, se revoit à Genève, pétrifié devant les pages qu'il n'avait fait que parcourir et que, viscéralement, il rejetait. Une heure, ou plusieurs ou quelques minutes seulement, sans souvenir et sans futur, hors du temps, absent, ailleurs, indifférent, mort peut-être... Jusqu'au moment où un messager annonça que voiture et chevaux seraient disponibles le lendemain, à l'heure de son choix.

Le lendemain ?
L'heure de son choix ?
L'heure ?
Le choix ?
Le lendemain ?

— Il est aussi possible de faire le trajet par le lac, bredouilla le garçon. Une barque partira à l'aube si le vent est favorable.

La décision de Leonhard fut immédiate : que la voiture vienne le prendre à trois heures du matin. Il passerait par le port et jugerait alors s'il y avait lieu de s'embarquer ou de poursuivre par la route. Le jeune homme congédié, il put enfin lire la lettre de sa mère.

Satisfaction de la vieille dame relatant les condoléances des habitants du Schlössli. Imaginait-elle son propre enterrement en se réjouissant de l'affluence et des fleurs ? L'hommage rendu à Élisabeth avait été beaucoup plus chaleureux que l'accueil qu'elle avait reçu à son mariage vingt-deux ans plus tôt. Au retour de Leonhard, chacun pourrait témoigner de la sollicitude dont sa femme avait été entourée durant ses dernières heures. La haute écriture, encore ferme, n'exprimait pas un mot de compassion. Pour Madame Anna Barbara, sa bru avait eu le temps de mettre trois enfants au monde et d'assister au mariage de sa fille aînée, alors que Georg, son fils aîné…

On lui annonça l'arrivée d'un paroissien du cousin Zollikofer. Le président du Conseil en personne venait l'inviter. Sa voiture était à la porte. Leonhard s'y installa dans l'intention d'apprendre à son cousin la mort de sa femme et de repartir aussitôt. Plusieurs personnes l'attendaient déjà, réunies en son honneur. On les lui présenta ; il entendit leurs noms dans une sorte de rêve. Quel dommage que le seigneur de Gonzenbach ne puisse prolonger son séjour ! Ne trouvait-il pas que la ville s'était embellie depuis son dernier passage ? La Chambre de la Netteté venait de décider l'assainissement des fossés. On parlait de la France, des réfugiés, des Natifs, des Bourgeois et même de l'Église. Jean Théodore promettait à chacun d'envoyer des nouvelles de son cousin Georg Joachim et de Leipzig. Non, il ne s'y sentirait pas exilé, les arts y occupaient la place que Genève accordait aux affaires.

Le jeune cousin, qui avait distraitement demandé des nouvelles de Hauptwil, n'avait jamais rencontré Élisabeth. Incapable de se confier, Leonhard retrouva sa chambre avec soulagement. Il avait échappé au danger de parler avec ceux qui observent, évaluent, déduisent, opinent, professent au sujet de la mort pour s'approprier un mystère que seul révèle le dernier battement du cœur.

* * * *

Quand, avant l'aube, il atteignit le port, le vent d'ouest s'était établi. Il renvoya le coche, sauta sur le pont du voilier qui longea la côte, secoué par une houle grandissante, et trouva refuge, à la nuit tombante, dans le port de Morges. Ensuite, de relais en relais, par Moudon, Payerne, Avenches, il traversa le Pays vaudois occupé, franchit l'Aar sur le pont de Lyss, continua sur Soleure, Olten, Aarau. Cinq jours d'abandon aux cahots de la voiture et de quasi-solitude. Heures habitées d'espoirs insensés, de révoltes, de résignation. Il ne suivait pas son itinéraire coutumier. Aucune autre nouvelle ne pouvait le rejoindre. Il fut tenté de détruire les lettres reçues à Genève. Les brûler, les nier : son droit et son devoir. Maintenir pour quelques jours encore la vie au Vieux Château. Son fils Antoine viendrait au-devant de lui avec sa grâce intimidée – intimidante parfois – d'adolescent. Impétueuse, Elsette se jetterait dans ses jambes et dans ses bras. Le mouvement d'une jupe dans l'escalier : Élisabeth. Sa tendresse ardente et contenue. À quelle heure pourrait-il la rejoindre, inquiète et parée dans la chambre bleue ? Impatience, tourment et délice de se savoir enfin sous le même toit. Après avoir présenté ses hommages à sa mère, il se retirerait un instant avec Werner dans la salle des portraits.

* * * *

À Soleure, fouillant ses bagages à la recherche des lettres de sa mère et du chapelain pour les jeter dans le poêle, son regard tomba sur un feuillet couvert de l'écriture d'Élisabeth : celui qu'il avait égaré à Lyon avant de l'avoir lu.

Noël.

À la chapelle ce matin, entourée d'Elsette et d'Antoine, j'ai chanté les promesses de Dieu. Si seule.

Confusion d'avouer sa solitude un jour de Noël passé avec deux de ses enfants.

La neige recouvre la campagne et souligne de blanc le moindre rameau. Douceur d'un ciel gris, de la nuit tôt venue. Au cœur des poêles, les bûches crépitent. Un petit soleil d'hiver rayonne dans chacune de nos chambres. Mon vingt-deuxième Noël à l'abri de nos murs avec vingt-deux bougies allumées par les enfants. Nous avons parlé de vous. Elsette ne voulait pas se coucher. S'est-elle enfin endormie ? Et plus bas : *Le cri de mon cœur a brisé les vitres de ma maison. Que le gel entre et apaise mes brûlures.*

Ce n'était pas le langage d'Élisabeth, bien qu'elle prétendît parfois envier les chevaux de l'attelage qui avaient le privilège de faire route avec lui. Que s'était-il passé cette nuit d'après Noël ?

Leonhard se reprocha de ne pas souffrir assez : il devait se hâter, implorer, exiger le retour de sa femme à la vie. Il l'imagina immobile sur son lit, dans la dernière de ses robes d'apparat, celle qu'elle avait mise au mariage d'Anna, le printemps dernier. Élisabeth offerte aux regards, entourée de fleurs, sans protection. Il la vit portée en terre, impuissante et rigide, attendant son retour plus obstinément que jamais. Il ferait ouvrir le cercueil, il la prendrait dans ses bras, il la réchaufferait de son haleine, guettant le premier soupir annonciateur de chaleur et de vie. Enfin, elle ouvrirait les yeux avec une joyeuse surprise : « Vous ici, je ne savais pas... je n'ai rien préparé... » Souple et rose à nouveau, elle tenterait de s'asseoir, confuse de sa toilette funéraire et pressée d'en changer.

« Les liens d'amour sont indestructibles, je resterai toujours auprès de vous » : la promesse de Sarah, faite sienne, résonna comme un glas. Jamais plus Élisabeth. Jamais plus ses cheveux, son rire, son sourire. Jamais plus ses yeux ni le plissement de ses paupières prolongé par les petites rides des tempes, jamais plus ses larmes, jamais plus son regard, cette lumière, ce scintillement, reflet de l'âme. Jamais plus la voix d'Élisabeth, ni ses lèvres, ni son parfum... Au moment où Leonhard cherchait à fuir dans le sommeil, un chant, son chant l'éveilla. Paupières closes, souffle suspendu, passionnément attentif, il écouta.

Paroles insaisissables, joies et peines alternées, il retrouvait la première année au Vieux Château, l'attente du premier enfant, la naissance d'Anna. Il retrouvait un geste, une intonation, une étreinte. Vingt-deux années mari et femme, proches ou séparés ou lointains, indissolublement liés.

Au matin, il parut à Leonhard que ce voyage de retour, tout habité par la présence d'Élisabeth, avait duré des mois. Ne rien faire pour l'abréger. Apprivoiser cet autre en lui qui revenait au Vieux Château non pour la fête des retrouvailles, mais pour s'incliner devant une tombe et porter désormais le deuil avec dignité.

* * * *

À Zurich, les cousins Zollikofer lui témoignèrent leur sympathie en respectant ses silences. La lettre de Werner qui l'attendait ne parlait que d'affaires. Le représentant de la maison Develay confirma les nouvelles satisfaisantes de Glaris. Les hommes s'entretinrent longuement de l'évolution perceptible sur les marchés européens. Faudrait-il désormais préférer le coton de Floride à celui de Chypre, afin de gagner outre-Atlantique une nouvelle clientèle, immense et solvable ? Il prit congé de ses hôtes tout de suite après le souper. On le chargea de messages chaleureux pour sa mère, pour Antoine et pour la future accouchée ; on le suivrait en pensée sur la route, puis au Vieux Château. Il travailla jusque tard dans la nuit, dormit sans rêves, se jeta dans une voiture de louage à l'aube et atteignit Wil avant la nuit.

Une impatience d'arriver le saisit. Renonçant au coche, qui suivrait avec ses bagages, il partit à cheval à la pointe du jour. Les routes étaient sûres, il connaissait le pays et les relais où il pourrait changer de monture. À l'approche de Hauptwil, il reconnut les vallons et les sentes de son adolescence. Des plaques de neige demeuraient au revers. À l'orée des bois, des bourgeons luisaient, déjà gonflés de sève, la mousse avait verdi sous les futaies. Leonhard sauta des ravines où se terrait le lièvre, croisa un couple de cerfs, évita les hameaux, signalés par une mince colonne de fumée blanche. Long galop silencieux de l'homme retrouvant sa terre. Lyon, Genève et Zurich flottaient, villes mirages sans pouvoir ni pesanteur devant la masse énorme du Säntis : la montagne apparaissait et disparaissait selon les nuées qui s'accrochaient à ses flancs, selon les collines ou les bois qui jalonnaient la route du cavalier. Immuable, le sommet veillait sur les vallées et sur la plaine à ses pieds, pendant que la mort d'Élisabeth, ou plutôt sa présence, recouvrait, protectrice, le pays alentour. Dans une sorte de vertige, Leonhard précipita son allure et bientôt, submergé de fatigue, de soif et de faim, il n'eut plus d'autre pensée que celle d'atteindre le Vieux Château.

Werner se tenait à la porte, comme s'il avait connu l'heure d'arrivée du maître. Presque aussitôt, très pâle, Antoine, étonnamment grandi : en l'étreignant, Leonhard sentit contre sa joue le front de son fils. Le temps de se rafraîchir, de monter chez Madame Anna Barbara et ce fut l'heure du souper. L'aïeule occupait le haut de la table, Leonhard et Antoine s'assirent face à face. Après plusieurs jours passés dans la seule intimité de sa femme, Leonhard s'apercevait qu'il n'avait pas pensé à son fils, ou si peu. Reconnaissance secrète, pudeur. Ce jeune homme, à la voix déjà grave, attentif et discret : mon fils. Cet homme, plus endurant qu'épuisé, ce cavalier du soir venu de pays où je désire aller : mon père.

Le souper s'acheva sans épanchements. Les nouvelles d'Anna étaient bonnes ; d'ici un ou deux jours, Leonhard irait lui rendre visite et reviendrait avec Elsette. Quand Madame Anna Barbara se retira, Leonhard prit rendez-vous avec son fils pour le lendemain, puis monta dans la grande salle des portraits, chauffée pour son retour. C'est alors que Werner lui tendit la lettre.

X

Leonhard n'a pas vu la lune se lever, éclairant le portrait d'Élisabeth ni, plus tard, derrière la vitre, le givre sur les arbres et le jardin. Debout, les yeux clos, il sent confusément le froid le gagner. Par instinct, il demeure immobile, craignant que le moindre mouvement n'altère son sentiment de paix et son pouvoir d'attention.

Présence, présences. D'autres êtres, avec lui, autour de lui, veillent. Mystérieusement, en cette heure, Leonhard perçoit un fin réseau de bienveillance et de miséricorde. Sans quitter du cœur le cœur d'Élisabeth, il sait que son père et son beau-père les ont rejoints avec la mère d'Élisabeth et sa grand-mère dont elle parlait souvent. Le Vieux Château gardera la mémoire de celle qui a dû le quitter avant de régner dans ses murs. Déjà, un supplément d'âme s'éveille face à cette fidélité. En cette nuit, Leonhard accède au seuil du mystère et du sacré.

Il ouvre les yeux. Il arpente la grande pièce sans savoir si ses paroles ricochent contre les murs ou si elles demeurent dans sa tête. Leonhard dit ce qu'il n'a jamais compris ni même cherché à comprendre et moins encore à exprimer : « Ces lettres, tes lettres, Élisabeth, je ne voulais pas savoir. Tu n'étais pas heureuse, je ne me le pardonnais pas. Ma femme n'était pas la plus heureuse, c'est cela que je ne me pardonnais pas. »

Il s'arrête face au portrait. Mais est-ce le même ? Le visage d'Élisabeth lui apparaît lumineux, contenant, préservant tous ses visages : celui de la fiancée, celui de l'épouse, celui de la jeune mère secrètement atteinte dans sa santé ; visage offert au cœur de l'ultime intimité. Sûrement, la lettre d'Élisabeth ne contient ni reproche ni adieu. L'ouvrir avant le jour. La lire face au portrait. Leonhard s'est assis, il tient la lettre, il en fait sauter le cachet.

Des voix soudain dans la maison, un bruit de pas dans l'escalier, la porte poussée en coup de vent. Impétueuse comme son grand-père Anton, la petite Elsette s'est jetée contre lui :

— Père !

Interdit, Leonhard ne répond pas aussitôt à l'étreinte de la fillette qui reprend souffle avec difficulté :

— C'était si long ! Pourquoi pars-tu toujours sans moi ? Anna ne voulait pas que je la quitte, mais moi je savais bien que tu allais rentrer ! J'ai été méchante, j'ai crié, j'ai pleuré, je me suis roulée par terre, j'ai donné de grands coups dans les portes. Tout le monde était fâché contre moi et disait qu'Anna et son bébé seraient malades à cause de moi. Un frère de Johannes devait aller à Saint-Gall, il a bien fallu qu'il m'emmène. Je ne l'ai pas laissé dormir en route. Au relais, il n'a eu que le temps de changer de chevaux.

De sa longue main fine, Leonhard caresse la chevelure brune et bouclée de l'enfant qui, enfin, s'abandonne dans ses bras. Plus tard, d'une voix apaisée, elle reprend :

— C'est beau, la nuit ! D'abord, il faisait tout noir. Je crois que j'ai dormi un peu. Ensuite, avec la lune, il faisait tout à fait clair, sauf en traversant le bois, et quand elle s'est couchée, le ciel s'est rempli d'étoiles, puis on n'a plus rien vu à cause du brouillard. Maintenant il y a le givre. Viens voir le givre !

Glissant à terre, Elsette saisit la main de son père. Devant sa résistance, elle suit son regard jusqu'à la lettre :

À Monsieur
Monsieur Georg Leonhard de Gonzenbach
Seigneur
Au Vieux Château
Hauptwil

L'enfant a reconnu sans hésiter l'écriture de sa mère :

— Oh ! C'est maman qui t'écrit ; tu as reçu une lettre de maman ? Qu'est-ce que maman t'écrit ?

Leonhard met la lettre dans sa poche, prend l'enfant dans ses bras, se lève, s'approche de la fenêtre. L'aube pointe. Confiante, blottie contre lui, Elsette répète :

— Le givre, partout le givre, regarde comme les arbres sont beaux !

La voix est si claire, si gaie ; Leonhard, un instant, imagine que l'enfant ignore la mort de sa mère. Elle le détrompe presque aussitôt :

— Maman savait que tu reviendrais, elle m'avait dit de t'attendre ici. C'est grand-maman qui m'a envoyée chez Anna, pour qu'Anna ne soit pas seule, disait-elle. J'ai dit que je ne voulais pas, elle m'a répondu que je faisais de la peine à maman. J'ai couru jusqu'à la chambre de maman pour savoir, pour lui demander, pour qu'elle, elle leur dise que je devais rester.

Plus bas, à travers un sanglot :

— Il y avait des gens que je ne connaissais pas, je n'ai pas pu entrer et après je ne sais plus, je ne sais pas comment je suis arrivée chez Anna. Anna a été très gentille avec moi. Un jour, elle m'a dit que notre maman était au ciel et que le ciel allait la garder, longtemps.

Leonhard pousse une chaise devant la fenêtre pour que l'enfant puisse s'y tenir debout, à bonne hauteur. Ils restent ainsi, serrés l'un contre l'autre, mêlant leur chagrin et leur chaleur dans la contemplation du jardin. La petite fille rompt le silence :

— C'est étrange qu'on ne sache pas. Quand tu es parti, tu ne savais pas que maman... et quand on sait, on ne voit pas. Même quand on sait et qu'on regarde, on ne voit rien. Le grand prunier de Chine, là, qu'elle aimait tant, l'arbre sous sa fenêtre, avec des feuilles brunes et des fleurs roses, couvert de givre comme les autres, personne ne peut voir qu'il est en train de mourir.

— Que dis-tu ? proteste Leonhard, pourquoi un arbre... ?

Sûrement, l'enfant ne comprend pas la signification de la mort. Grave, la petite poursuit :

— C'est toujours ainsi quand quelqu'un meurt : grand-maman m'a dit qu'à la mort de Georg – tu sais qui est Georg ? – après la mort de Georg, le plus grand chêne de l'allée avait séché d'un coup.

Voix vieillie de petite fille exténuée. Alarmé, Leonhard proteste :

— Elsette, que dis-tu ? pourquoi les arbres… ?

Mais la petite est incapable de taire une confidence dont le poids l'écrase :

— Grand-maman dit que c'est toujours ainsi. Il y a des signes. Elle ne pouvait plus mettre des fleurs dans la chambre de Georg, l'eau se répandait et, en regardant de tout près, on s'apercevait que le vase était fêlé. Les cousins du Schlössli avaient fait venir des fleurs pour maman ; dans sa chambre, sans que personne l'ait touché, leur vase s'est fendu. C'est pour cela que grand-maman m'a envoyée chez Anna.

Et soudain, se redressant :

— Je ne voulais pas. Si j'étais restée, j'aurais parlé aux arbres, j'aurais empêché le vase de se briser, j'aurais dit à maman de t'attendre et, ensemble, nous t'aurions attendu.

Envahi d'une tendresse inconnue, Leonhard se penche sur le visage de la petite. Dans les yeux cernés, il lit une grande fatigue, un grand courage aussi. Il n'y a sûrement pas de feu dans la chambre de l'enfant dont personne n'attendait le retour. Il l'emmène doucement. Elle dormira dans le grand lit pendant qu'il vaquera à ses affaires.

XI

Les oiseaux pressentent l'aube. Avant que la nuit pâlissante n'ait dessiné le double rectangle de la fenêtre, Elsette a écouté leur éveil. Au cœur du bois, quelques pépiements timides sont retombés aussitôt dans le silence. Soudain, des appels se multiplient, de plus en plus variés : kivi, kivi, tsitsitsi, flukivi, flukivi, tver, tver, tver... L'enfant les colore mentalement, leur imaginant un plumage et un nom : chardonneret, pinson, fauvette, linotte, bouvreuil, loriot ? Il est si difficile de les surprendre au grand jour et jamais elle n'a réussi à voir le coucou qui se moque, changeant de cap comme les méandres de la rivière.

Au premier sifflement du merle dont elle surveille la couvée dans les lilas au-dessous de sa fenêtre – et déjà les petits s'enhardissent, prêts à voler ou à basculer – l'enfant se laisse glisser hors du lit. Dans la pénombre, elle a tôt fait d'identifier les habits de la veille, passe les sous-vêtements de fine toile puis la robe de grand deuil. Elle s'impatiente en tirant sur les bas de fil qui refusent d'emboîter son talon. Renonçant à lacer ses chaussures, elle court à la porte ; le loquet retombe avec un bruit sec qui roule dans l'escalier, où des lueurs et des pas furtifs s'entrecroisent. Dorment-ils encore ou sont-ils déjà partis ?

Dès la mention de leur voyage, Elsette avait compris qu'il serait vain de pleurer ou de crier : cette fois, ils ne pourraient l'emmener. Quand, la veille, son père était monté jusqu'à sa chambre, il lui avait répété d'être sage et confiante ; il serait de retour dans un mois, six semaines tout au plus. C'était une grande consolation pour lui, une grande joie d'avoir une petite fille aussi raisonnable. Le mari d'Anna, Johannes, viendrait la chercher d'ici quelques jours pour l'emmener au Speicher. Le petit Heinrich avait grandi ; elle pourrait le soigner, s'amuser avec lui… Devant le visage impassible de l'enfant, Leonhard répétait les mots qu'elle refusait d'entendre. Repoussant de toute son énergie le chagrin qu'elle ne voulait pas laisser paraître, la petite fille l'avait défié :

— Bonne nuit, on se dira au revoir demain.

— Demain, nous partirons très tôt, à l'heure où les petites filles font encore de beaux rêves.

Baissant le nez, Elsette avait ravalé sa salive, serré les lèvres. Confus de ses propos légers mais n'en trouvant pas d'autres, Leonhard avait repris :

— Anna se réjouit tellement de te voir, tu pourras jouer avec Heinrich. Tu n'es pas triste, Elsette, il ne faut pas être triste que nous partions ; nous penserons à toi chaque jour, tu le sais, n'est-ce pas, Elsette ? Tu ne pleureras pas, tu seras une courageuse petite fille. Tu sais combien je suis fier de ma petite fille courageuse.

Qu'avait-il dit encore ? Glacée, figée, elle avait acquiescé d'un signe de tête. Tous deux fuyaient l'attendrissement qu'ils n'auraient pu supporter. Leonhard avait posé sa main sur les boucles brunes :

— Bonne nuit, ma petite fille. Antoine et moi viendrons t'embrasser demain.

Sûrement, ils n'oublieraient pas. L'enfant s'était pourtant réveillée tout au long de la nuit, épiant le moindre craquement des boiseries ou des planchers. Elle devait se trouver devant la porte à temps pour les regarder s'éloigner. Incapable de dire pourquoi, sachant seulement qu'elle le devait.

La main sur le balustre de chêne, elle s'aventure sur les marches mal éclairées. L'ombre élancée de son frère lui barre le passage :

— Was, schon auf ? (Comment, déjà debout ?) Quel bonheur de pouvoir déjeuner avec toi, chérie à la robe à l'envers comme le bon roi Dagobert ! Viens dans ma chambre, que je t'arrange. Voilà ! Montre-toi, c'est parfait. Tu es la plus belle de toutes les petites sœurs du monde.

La voix tendrement joyeuse d'Antoine allège momentanément la pierre qui pèse sur le cœur de l'enfant, lui coupant le souffle et le chant et les mots. « Chante, Elsette, chante, lui demandait parfois Leonhard. Tu connaissais si bien tous les chants de ta mère. Il ne faut pas les oublier. » Elsette, baissant le nez, avalait sa salive en devenant très rouge pendant que son cœur cognait contre ses côtes ; ou très pâle, avec l'impression de tomber dans un trou sans fond. Ne pas entendre la voix grave de son père : « Tu es si petite, on oublie si vite à ton âge. Elsette, sûrement, tu te souviens de la voix de ta mère. »

Antoine a saisi la main de l'enfant pour dévaler l'escalier. Il lui fait sauter les dernières marches. L'adolescent a encore grandi et forci en quelques semaines. Auprès de son frère, Elsette, toujours inquiète de son droit à l'existence, se sent sûre d'elle, approuvée et aimée comme lui. Elle regarde la fenêtre où s'éclaire le jardin. Sous un ciel sans nuages, la journée s'annonce superbe. Face à la pureté de l'air, à l'éclat des feuillages lavés par la nuit, elle est saisie de vertige. Un regard s'est posé sur sa nuque ; depuis quand son père se tient-il sur le seuil ?

Leonhard effleure dans sa poche la dernière lettre d'Élisabeth. Il en a différé la lecture pendant plusieurs jours : tant qu'il ne connaîtrait pas ses dernières pensées, ses dernières volontés, tant qu'il y aurait questions et attente, le dialogue, le face à face de la vie demeurerait entre eux. L'avant-veille enfin, dans leur chambre tapissée de bleu, il en avait fait sauter le cachet.

La première page parle des enfants. L'avenir d'Anna, la fille aînée, celui d'Antoine paraissent tout tracés. Mais que deviendra la cadette, cette petite fille intrépide et sauvage ? Tant de fois, Leonhard a imaginé l'application de sa femme, sa fatigue, ses efforts pour tracer les lettres et les mots : *Leonhard, mon premier et mon unique amour...* Le halo des souvenirs qu'elle n'a pu évoquer, alors que l'ultime faiblesse la gagnait, demeure accroché aux feuillets dont il ne se sépare plus. *Leonhard, j'ai eu un songe. J'étais là, juste en face de vous, je vous parlais. Vous ne m'entendiez pas. Vous avez posé votre main sur la mienne.* Élisabeth, tellement entraînée à lui écrire, lui écrivant encore alors que, déjà, elle ne parlait presque plus.

Aujourd'hui, la lettre d'Élisabeth sous ses doigts devient regard d'Élisabeth posé sur les enfants. L'avidité d'Antoine est de bon augure. Au-dessus de sa tête, les frondaisons éclairées par les premiers rais du soleil le couronnent de lumière. En face de lui dans la pénombre, Elsette si petite et si tôt levée s'est retournée brusquement. Il s'avance pour ne pas affronter la détresse de ce regard d'enfant.

— Mon petit page, je suis monté chez toi. La fenêtre était ouverte, j'ai cru que tu t'étais envolée. Je suis bien content de te trouver ici.

Il effleure les boucles brunes. Elsette ferme les yeux pour écouter l'écho de cette caresse ; dans son cœur ou sur les murs ? Elle ne saurait le dire, tellement son âme est liée à l'âme de la grande maison sur le point d'être désertée.

La venue d'une servante avec une soupière fumante permet à l'enfant de se réfugier dans un cocon de silence. Avant de monter en selle, père et fils mangent pour se sentir vaillants jusqu'au soir. À leur côté, la petite ne voit ni sa cuillère ni son assiette pleine. Elle n'est pas la seule à être restée éveillée une partie de la nuit : bien qu'il ait tout réglé minutieusement pour le voyage du maître et pour la vie au Vieux Château en son absence, Werner, comme l'enfant, s'est éveillé avant l'aube. Il a passé discrètement aux cuisines et traversé les écuries où le palefrenier sellait les chevaux. Le Seigneur Leonhard et son fils ont décidé de se passer de suite et de voiture. Amis, familles parentes ou alliées les recevront en route. De Saint-Gall à Zurich, puis à Winterthur, les chemins sont sûrs. Ils reviendront par Frauenfeld et prendront le temps d'aller jusqu'au château d'Altenklingen, où Madame Anna Barbara passe l'été.

Ils sont tous quatre à la porte maintenant.

— Allons, Elsette, cette fois, on se dit au revoir pour de bon.

Leonhard embrasse sa fille, serre la main de Werner.

— Je vous confie ma petite sauvage.

Il se tourne vers son fils : le premier voyage d'Antoine comme, trente-six ans plus tôt, Leonhard avait accompagné son père, le Seigneur Anton.

Qu'elle ressemble à sa mère, la petite fille qui s'efforce de sourire au moment du départ pour ne pas ternir la joie des voyageurs !

— À bientôt, Élisabeth Antoinette, à bientôt ! Nous viendrons te chercher chez Anna.

Ils ont sauté en selle. L'enfant s'avance au milieu du chemin pour les suivre du regard. Ils agitent une dernière fois la main.

XII

Elsette comprime sa peine. Ne pas pleurer devant Werner, ne pas bouger pour ne pas pleurer. Elle envie les privilèges du vieux domestique, elle l'évite. Il s'est si souvent trouvé entre elle et son père. Elle n'a pas le droit de pénétrer dans la chambre des portraits quand les deux hommes y travaillent. Elle n'a pas le droit, comme Werner, de se rendre partout au Kaufhaus ou dans les écuries. Elle n'assiste pas aux conversations de Werner et de Madame Anna Barbara. Si Werner ne s'était pas trouvé là ce matin, Antoine l'aurait soulevée de terre et posée à califourchon tout contre lui : « On ne peut te laisser ici toute seule. Tiens-toi bien, on t'emmène. »

— Je vous confie ma petite sauvage, a dit Leonhard.

Elsette n'a pas besoin d'être confiée à qui que ce soit et surtout pas à Werner ! Elle lui en veut de n'avoir pas écrit à temps pour hâter le retour de son père et de n'être pas intervenu pour qu'elle puisse rester au Vieux Château. Le vieil homme et l'enfant pourront-ils jamais exprimer ce qu'ils ont vécu l'un et l'autre dans leur isolement ? Pour Werner, aucun privilège, lettre ou dernier mot. Quand la petite fille a été emmenée chez sa sœur, il y avait déjà plusieurs jours qu'il n'avait pas revu Madame Élisabeth. La lettre adressée au Seigneur Leonhard lui avait été remise à la hâte, clandestinement pourrait-on dire, par l'une des servantes, comme si sa maîtresse n'avait eu confiance ni en sa belle-mère ni en le chapelain. Durant des semaines, Werner a suivi l'immense effort de la fillette pour tenir son rôle de petit animal familier, enjoué, présence féminine dans les vieux murs. Il a entendu l'ordre inconsciemment cruel : « Chante, Elsette, chante, tu te souviens... »

Précisément parce qu'elle se souvenait, les notes, refusant de passer ses lèvres, tombaient en pluie noire sur son cœur :

O cessate di piagarmi
O lasciatemi morir...

Elle, à qui l'on avait tant de fois dit de se taire, écoutait pleurer la voix irremplaçable. Parfois, malgré elle, une ou deux mesures éclataient. Dans le silence soudain, on l'encourageait à poursuivre : « C'est très bien, tu vois, tu le peux... » Non et non et non, elle ne le pouvait pas, elle ne le pourrait jamais : « *O lasciatemi morir.* »

L'enfant a fermé les yeux. Pour elle, les oiseaux se sont tus au moment où s'est effacé le pas des chevaux. Elle ne voit pas la lumière, ni le soleil ni les fleurs. Elle n'entend pas les appels qui s'échangent dans l'air du matin. Elle est trop petite pour aller seule jusque chez Anna. Si elle suit la route de Saint-Gall, les voyageurs auront quitté la ville avant qu'elle n'y parvienne. Jamais elle ne pourra avouer sa terreur de se retrouver seule au Vieux Château. Disparaître, se laisser dissoudre sous un tas de feuilles mortes. Quel lieu habiter quand on n'a que le prénom des morts – Élisabeth comme sa mère, Antoinette comme son grand-père Anton – pour abriter sa solitude ? Figée au milieu de la route encore déserte à cette heure, elle ne sait pas qu'un vieil homme, le cœur bouleversé, suit sur les traits encore indécis de son visage un désir d'anéantissement.

Werner tousse en s'approchant pour signaler sa présence :

— Je dois me rendre dans la vallée pour la journée. Je passerai chez ma sœur au retour. Si Mademoiselle Elsette veut m'accompagner...

Elle ouvre les yeux sans paraître le voir.

— Nous pourrions partir tout de suite, le temps d'atteler, de nous préparer.

C'est une offre inhabituelle. Jamais Elsette n'a quitté le Vieux Château en la seule compagnie de Werner. Il se rend rarement dans la vallée pour échanger le coton contre le fil et le tissu. Elsette pense aux promenades faites dans la montagne au-dessus de Glaris avec sa mère. Bien que le Toggenbourg ne soit pas aussi escarpé, ce serait une sorte de pèlerinage. Elle court changer de chaussures, se munit d'un châle. Madame Ida, la gouvernante, l'accompagne jusqu'au char avec un panier de provisions.

* * * *

Les paysans reconnaissent de loin l'attelage des Gonzenbach et saluent au passage. Werner prononce le nom des hameaux et des lieux-dits, proposant de temps à autre à l'enfant de manger et de boire ou de s'arrêter pour faire quelques pas. Elle acquiesce ou refuse d'un signe de tête. Il respecte son mutisme. Au milieu de la matinée, elle se blottit à l'ombre de la capote et s'endort.

Peu avant midi, ils arrivent à une grande ferme. Il conduit la petite fille à la cuisine où elle l'attendra pendant qu'il fera le compte du fil et des tissus. À son entrée, tous les regards se posent sur elle. On lui fait une place à table. Comme elle a l'air perdue dans ses pensées, qu'elle ne répond pas aux questions, peut-être tout simplement parce que le dialecte de la vallée diffère de celui de la plaine, on l'oublie quelque peu.

À côté de la maîtresse de maison, il y a des femmes plus jeunes, avec des enfants au berceau ; des bambins titubent sur leurs jambes ; des fillettes de l'âge d'Elsette s'affairent auprès de leurs mères, comme de petites femmes responsables. Des cris éclatent du côté du hangar. Un garçonnet entre en hurlant et l'une des femmes, le prenant sur ses genoux, souffle sur le doigt meurtri, répétant, devine Elsette à la tendresse de la voix, que cela n'est rien et que cela passera. De sa place, toute raide, elle ne peut détourner les yeux de l'enfant qui se console peu à peu. Les hommes entrent. Le plus âgé bénit la table. Tous remercient Dieu en chantant. Elsette fait signe qu'elle ne peut manger. Elle est devenue caillou égaré au milieu d'un massif de fleurs et reste là, attendant qu'on la pose ailleurs.

* * * *

Werner revient. Lui non plus n'a pas faim. Il prend congé, prétextant la longueur du chemin. Il y a une autre ferme, d'autres enfants, un atelier où les femmes chantent. Ils suivent, à flanc de coteau, une route étroite déjà dans l'ombre. Werner pose un châle sur les épaules de l'enfant toujours muette.

— Dès que nous aurons dépassé ce bouquet de mélèzes, nous verrons le chalet de ma sœur.

C'est un petit chalet tout noir de vieillesse. Sur le côté, au couchant, un banc et une table se chauffent au soleil. À l'arrière, protégé du bétail par une solide clôture, un jardin potager, à peine sorti de l'hiver. Comme Werner pose l'enfant sur l'herbe rase où affleurent de gros blocs de rocher, une femme ronde, aux cheveux gris, descend avec agilité l'escalier rudimentaire qui mène à la route.

— Du, Werner ! Mit däm chlyne Meiteli ! Was für än Ueberraschyg ! (Toi, Werner ! Avec la petite demoiselle ! Quelle surprise !)

Elsette est installée sur le banc devant une tasse de lait. Le mur de bois lui renvoie une douce chaleur. Elle se sent en paix à côté de ces deux êtres qui ont tant à se dire.

La lumière a changé imperceptiblement. Werner se lève, descend jusqu'au char, revient avec un ballot de coton car sa sœur, elle aussi, profite des jours de pluie pour filer. Faisant signe à l'enfant de la suivre, elle l'entraîne derrière le chalet où, dans une cage en treillis, une poule brune surveille sa couvée. La fillette demeure à distance. La femme se baisse, prend un poussin entre ses paumes :

— Regarde, il vient de naître. Il est couvert de duvet. Je sens battre son cœur.

Elle s'apprête à le lui mettre dans la main. Elsette recule vivement, trébuche.

* * * *

Elle se retrouve à côté de Werner, le char avance au pas du cheval dont l'ombre les précède. Elle a un mouvement du buste pour se réfugier comme autrefois dans la douce chaleur maternelle.

— Nous avons fait une grande randonnée, dit-il doucement. Nous arrivons bientôt. Ida doit nous attendre.

À l'entrée du bois, ils sont reçus par le concert vespéral des oiseaux, qu'orchestrent les ruisseaux ivres de la fonte des neiges. L'enfant se lève avec une soudaine ferveur, comme pour se joindre à la célébration de la forêt. L'arrêt brusque du cheval manque lui faire perdre l'équilibre ; un animal couvert de mouches leur barre la route. L'intendant descend et, du pied, fait rouler la charogne – lièvre, lapin, belette ? – dans le ravin. Se retournant, il ne voit pas Elsette et la trouve de l'autre côté du char. Elle a glissé à terre sans un cri. Un instant, il la croit morte et plaque son oreille contre le petit torse amaigri. Avec d'infinies précautions, il la prend dans ses bras, ouvre sa veste pour la réchauffer tout contre lui. Comment peut-elle demeurer glacée ainsi par une des plus belles journées du printemps ? Sans se soucier de savoir si elle entend ou pas, ni si elle comprend, il dit que les rochers et les pierres n'ont pas besoin de mourir, qu'ils s'effritent à peine sous la mousse ou les lichens. Il dit que le plus beau des flocons de neige disparaît en un instant sans que personne pleure la fine dentelle de ses cristaux. Werner dit qu'il glissa autrefois une fleur – une petite campanule bleue – entre les pages de son psautier. Aujourd'hui qu'elle n'est plus qu'un peu d'herbe sèche et décolorée, elle demeure pour lui visage de sa mère et bonheur de ses seize ans.

Werner parle du chien de son oncle le meunier, un bouvier d'Appenzell qui disparut soudain et que, le cœur navré, il rechercha pendant des jours jusqu'au moment où on le retrouva sous des buissons, couvert de mouches et de vers comme le lièvre du chemin. Il dit son haut-le-cœur et son chagrin d'alors. Il avait enterré l'animal et planté sur sa tombe le sapin du souvenir. Il sait qu'aujourd'hui, dans la terre, les os s'effritent déjà. Pourtant Tobi – c'était son nom – n'a pas oublié leur amitié. Il perçoit parfois sur sa main l'humidité de sa grosse langue rêche ; il sent contre sa cheville son museau insistant lorsqu'il désirait jouer.

Werner s'interrompt. Il lui semble que son chien les a précédés d'un bond dans le char. Il y porte l'enfant et le cheval, sans invite, reprend le chemin du Château.

Werner parle de Georg, un petit garçon de trois ans – ou quatre ? – qui, s'il vivait encore, serait plus âgé que le Seigneur Leonhard ; Georg, avec qui il passe parfois des journées entières, comme avec Elsette aujourd'hui. Werner ajoute que les êtres vivants appartiennent à plusieurs mondes. Nous n'en connaissons qu'un, le nôtre, monde de chaleur, d'odeurs, de couleurs et de sons que nous quitterons un jour pour les autres dont nous ne savons presque rien. « Elsette, nos corps sont de merveilleuses maisons, intransmissibles, prêtées pour un temps, comme le cocon de la chrysalide qui deviendra papillon. »

Il n'avait jamais pensé à tout cela. Le nom de Georg, depuis combien d'années ne l'a-t-il pas prononcé, même en présence de Madame Anna Barbara ?

Ils sont presque arrivés maintenant. L'enfant s'est redressée, un peu de rose aux joues. Il l'enveloppe d'une couverture, elle lui sourit. Il saisit les rênes. Le cheval trotte jusqu'à la porte du Château.

La nuit tombe déjà. Madame Ida les guette avec inquiétude. Elle emmène l'enfant à la cuisine où le feu des fourneaux dissipe l'humidité des murs. La petite fille était si ronde, comme elle a maigri en quelques semaines ! Bien décidée à manger pourtant. La soupière lui rappelle le repas du matin : elle ne peut rien avaler, elle refuse d'aller se coucher. Demeurer n'importe où, sur la route. Elle ne dira sa frayeur à personne. Depuis des semaines, à chaque étage, derrière chaque porte, elle s'imagine entendre des plaintes : sa mère est là, elle n'a pas quitté le Vieux Château. Elle n'a plus qu'Elsette. Terreur et vertige.

Madame Ida, accompagnée de Werner, borde l'enfant dans son lit, laisse la porte ouverte avec de la lumière sur le palier. Elle dit qu'elle passera la nuit dans la chambre voisine, qu'elle reviendra dans un instant. Elle revient. L'enfant feint de dormir pour éviter les questions. Transie comme chaque soir, elle prie et supplie : « Viens me chercher, maman, je ne veux pas vivre sans toi, viens me chercher cette nuit. » Toujours plus glacée et suppliant ainsi jusqu'à ce que enfin, elle se retrouve au matin.

* * * *

La nuit suivante, elle a un songe : elle se voit quelque part dans le jardin. Ni sur le banc, ni au pied de l'arbre préféré de sa mère, ni sous les fenêtres du Château. Plus loin, quelque part sur la pelouse, à un endroit où il n'y a rien. C'est là que sa mère lui apparaît. Elle a une robe de mousseline rose, toute droite. Et pourtant, c'est elle, bien qu'elle se tienne à distance, charnellement à distance et qu'elle ne la prenne pas dans ses bras. Sa mère, toujours aussi aimante mais avec une autorité inconnue, lui dit qu'elle est venue à grand-peine, qu'elle a entendu la prière d'Elsette, ses appels, son désir de mourir. Dès le début, elle les a entendus mais elle n'a pas pu venir plus tôt. Si elle a quitté la terre, c'est qu'elle a à faire ailleurs, autre chose ; elle ne peut en parler. Et maintenant, qu'Elsette écoute bien et qu'elle se souvienne : elle est revenue pour elle seule et ce sera la seule fois. En l'entendant, au lieu de s'attrister, l'enfant perçoit toute la tendresse et la sollicitude de celle qui a bravé l'interdit d'un tel retour. Dans le songe, sa mère lui ordonne de vivre, de cesser de prier pour la rejoindre. Elsette doit accepter la vie, sa vie, telle qu'elle sera et dont sa mère elle-même ignore tout. Une joie immense envahit la fillette.

Le lendemain, à Werner toujours présent lors des départs et des arrivées, à Werner qui se tient là pendant que Johannes jette un coup d'œil aux chevaux et qu'on charge la malle de l'enfant, elle déclare :

— J'ai vu maman, elle m'a dit de vivre. Elle est revenue rien que pour moi.

DEUXIÈME PARTIE

Sur un visage, l'âme se donne à voir

Hauptwil 1770-1774

XIII

Sept ans ont passé.

Sept fois, le gel a drapé les cascades de glace blanche et bleue et figé les étangs dans les bois. Sans parvenir à s'opposer au cours paresseux de la Thur, il l'enferme sous une couverture solide. La vie de la rivière se poursuit, souterraine, comme celle de l'escargot dans sa coquille scellée, pense Elsette. Sept fois, au-dessus du grand bassin octogonal où s'abreuvent les chevaux, les jours de bise ont transformé l'eau vive en un manchon de glace boursouflée. C'est presque toujours au mois de février que l'hiver appelle à la rescousse la neige la plus épaisse et le vent polaire. Les provisions de bois sont alors largement entamées et déjà, l'on mesure la farine de blé ou d'orge avec parcimonie. Pourtant, inexorablement, matin et soir, le jour grignote la nuit. Les semences se préparent à germer et bientôt, ivres de sève, les arbres laissent éclater leurs bourgeons. Chaque année, Elsette a passé des heures à les observer. Elle s'est fixé des repères, s'émerveillant de ce que d'une branche sèche en apparence jaillissent des fleurs aussi délicates et une telle abondance de feuillage. L'innombrable peuple des insectes, fourmis, moucherons de toute sorte, abeilles et bourdons, s'éveille presque aussitôt au milieu de la bruyante effervescence des couvées.

Au Kaufhaus, les loisirs manquent pour regarder se déployer le printemps. Il faut faire l'inventaire et acheter les étoffes tissées durant l'hiver. Dès l'ouverture du col, les caravanes de mulets franchissent les Alpes. Sept fois déjà, elles sont revenues à l'automne chargées de ballots de coton distribués dans les fermes et dans les ateliers où, dès la fin des récoltes, la vie s'enferme à nouveau autour des quenouilles et des métiers à tisser.

Ces sept années ont bouleversé la vie au Vieux Château. En décembre 1769, peu avant Noël, Madame Anna Barbara s'est éteinte sans souffrances, à huitante et un ans. Malgré le retard dû à la neige tombée de bonne heure cette année-là, elle avait attendu le retour de son fils pour un dernier adieu – le savait-elle si proche ? – qui eut un air de fête. Parée, la vieille dame tint sa place à la grande table de la salle à manger. Au matin suivant, la servante la trouva dans son lit, paisible et froide déjà. Aucun vase ne s'était brisé dans la maison. Le printemps venu, Werner constata que jamais les lilas n'avaient été couverts de grappes aussi nombreuses, d'un violet aussi profond. Était-ce un signe de reconnaissance de Madame Anna Barbara envers le Vieux Château pour ces dernières années, les plus heureuses à l'exception de celles de sa jeunesse ?

En Appenzell, chez les Schlaepfer, Anna venait de mettre au monde son troisième enfant. Antoine se préparait à succéder à son père.

* * * *

Il arrive que le bonheur fasse irruption sans préavis, aussi soudainement que le malheur. Les autres avaient-ils changé autour de Madame Anna Barbara ou le nœud qui lui serrait le cœur s'était-il défait ? Elle n'avait jamais prêté grande attention à Elsette et sa présence, croyait-elle, était indifférente à l'enfant.

En automne 1763, elle était revenue d'Altenklingen pour passer l'hiver à Hauptwil. Une fin d'après-midi dorée, ayant ouvert le tiroir aux souvenirs, elle s'était assise, tenant dans ses mains un bel oiseau de bois peint, jouet préféré du petit Georg autrefois. Il lui confiait ses secrets. Madame Anna Barbara croyait entendre la voix si claire de son fils : « Les oiseaux savent tout, tout ce que tu fais, tout ce que tu penses, ils nous regardent de haut et de côté, ils sautent, ils volent. » C'était étrange de se souvenir de la voix de son petit garçon alors qu'elle était incapable de retrouver celle de ses parents. « Les oiseaux comprennent tout, c'est pour cela qu'ils chantent, ils comprennent, ils n'ont pas besoin d'expliquer. » Captive de cette voix, elle avait fermé les yeux. Les rouvrant sous le sentiment d'une présence, elle vit sa petite-fille à deux pas d'elle.

— Voyons, Élisabeth Antoinette, on frappe avant d'entrer.

— J'ai frappé, vous n'avez pas répondu.

L'enfant s'interrompit, le regard figé sur l'oiseau. Elle paraissait toute petite entre l'armoire, le lit, la table-bureau dont elle violait l'intimité. Sa grand-mère lui présenta le jouet :

— C'était celui de Georg. Je t'ai souvent parlé de Georg, tu te souviens ?

La petite acquiesça d'un signe de tête, ignorant qu'elle s'était mise à trembler. Comment oser penser et dire : « Georg, la mort de Georg, c'était il y a cinquante ans, avant la naissance de Maman. Maman, morte il y a cinq mois à peine. Georg est toujours sage, lui ne vous dérangera pas. Moi, je suis vivante ! Vous, ma grand-mère, au lieu de me serrer dans vos bras, vous vous cramponnez à un morceau de bois peint ! » Il aurait fallu oser dire, oser penser devant cette femme rigide, inatteignable : « Moi la cadette, la superflue, la fille de maman – elle aussi vous dérangeait – je suis la fille de votre fils pourtant. » Oser penser et balbutier : « Ne pourrez-vous jamais m'aimer ? » Enfin, elle parvint à murmurer :

— Je vous dérange.

Elle leva les yeux. Leurs regards s'affrontèrent. L'enfant arracha l'oiseau des mains de la vieille femme, le lança par la fenêtre, hurla :

— Jetez-moi par la fenêtre, tuez-moi et vous pourrez remplir vos tiroirs de mes jouets.

Terrorisée par le silence qui suivit, elle sortit en courant, claquant la porte pour démentir sa peur.

Il s'établit dans la chambre d'Anna Barbara un calme extraordinaire. Elsette avait exprimé une souffrance si proche de la sienne. « Tuez-moi », avait osé crier l'enfant qui avait, elle aussi, du sang Zollikofer dans les veines. Et la voix de Georg, comme autrefois, lui confiait : « Les oiseaux savent tout, ils sautillent, ils passent devant les fenêtres, ils nous voient rire et pleurer. » Cherchait-il à lui révéler le cœur presque inconnu d'une petite fille qui demeurait depuis huit ans sous son toit ? Son premier mouvement fut de la faire appeler puis, se ravisant, elle monta jusqu'à sa chambre dont elle connaissait le chemin mais où elle n'avait jamais pénétré. Lentement, marche après marche, elle préparait les paroles qui leur permettraient de vivre côte à côte – face à face peut-être – sans se blesser. La porte était ouverte, la fenêtre aussi, la chambre vide. Si l'enfant avait sauté... Si elle gisait au pied du mur... Tremblante, incapable d'appeler une servante, elle descendit aussi vite que son âge le lui permettait. Priait-elle en son cœur ? Savait-elle encore prier ? Au jardin, sous la fenêtre de la fillette, il n'y avait que les lilas, un peu tristes en cette saison. Elle trouva le banc délaissé et poussiéreux, où Georg autrefois... Elle s'assit, surprise d'être là, regardant autour d'elle. Le soir tombait, elle frissonna et revint au Château. Sur le point de demander aux servantes de partir à la recherche de sa petite-fille, elle eut l'idée d'entrer dans le boudoir où sa bru se réfugiait parfois.

Recroquevillée au fond d'un fauteuil, Elsette, qui fixait la porte dans une secrète attente, la vit s'ouvrir enfin : sa grand-mère était sur le seuil.

— Élisabeth Antoinette ? murmura la vieille femme. Dans la pénombre de la chambre, la fillette demeurait incapable d'articuler un mot, de faire un geste pour signaler sa présence.

— Élisabeth Antoinette, reprit la voix plus ferme avec l'autorité dont on éveille un dormeur. Elle distinguait maintenant le petit visage serrant les lèvres pour surmonter son émotion.

L'enfant s'était laissée glisser à terre. Madame Anna Barbara s'avança. Elle ne se savait pas si grande, si imposante, occupant tant d'espace devant la petite fille qui lui parut si jeune, fragile et solitaire. Les explications et les promesses préparées pendant qu'elle était sur le banc du jardin s'enfuirent. Elles reviendraient peut-être un autre jour, ailleurs, autrement. Madame Anna Barbara s'entendit prononcer deux mots auxquels elle ne pensait jamais, qui n'avaient jamais rien signifié pour elle :

— Pardonne-moi.

C'est-à-dire qu'elle ne les dit pas vraiment. Il n'est pas certain que la petite fille les entendit. Pendant que ses lèvres en ébauchaient les syllabes, son grand corps s'était laissé tomber dans le fauteuil délaissé par l'enfant. Sûrement, Madame Anna Barbara ne pleurait pas. Au château d'Altenklingen, elle avait appris à ne pas pleurer. Pourtant, transie, immobile, l'enfant voyait des larmes couler sur les joues parcheminées.

« Pardonne... » Qu'avait-elle à se faire pardonner ? La fidélité au petit garçon qui l'avait rendue mère ? La joue de Georg contre sa joue, ses bras autour de son cou, ses lèvres humides ? Elle n'aurait plus jamais à s'en séparer ; elle ne les renierait pas en posant sa main sur la chevelure d'Elsette, en saisissant l'épaule ronde, en découvrant la senteur de cette peau ferme, hâlée par l'été. Personne, jamais, ne lui avait demandé d'oublier les yeux brillants de fièvre, les joues un peu trop roses de son fils premier-né. Les souvenirs ne sont pas des branches mortes et pétrifiées mais de vivantes racines fouillant, buvant la terre de plus en plus profondément pour nourrir l'Arbre de Vie qui fleurit en toute saison.

« Pardonne-moi... » Le mot s'était pelotonné sur son cœur. « Pardonne-moi de n'avoir pas compris que la séparation et l'absence étaient aussi douloureuses pour toi que pour moi. Pardonne-moi d'avoir imaginé que nous n'avions rien en partage, que tu n'avais rien à m'apprendre. » S'adressait-elle à sa bru ou à l'enfant ? Comment pouvait-elle, submergée d'émotion, entrer dans une telle paix ?

La petite fille s'était détendue, protégée déjà par un voile de tendresse. Elle voyait, toute proche, l'ample jupe de sa grand-mère, les mains abandonnées sur les genoux, paumes ouvertes, offertes ; les bagues, dont les pierres lui avaient toujours paru menaçantes, ne laissaient voir que l'éclat de leur anneau d'or. La vieille dame et l'enfant demeuraient ainsi sans plus se regarder, sans encore oser s'effleurer. Faire durer ce silence, ce frémissement, cette immobilité, cette certitude et cette attente.

Pour Anna Barbara, c'était hier, il y avait cinquante-cinq ans, c'était juste en ce moment, le Seigneur Anton, le jeune Anton de Gonzenbach, si sûr de lui et de ses vingt-six ans, arrivait au Château d'Altenklingen. Une semaine plus tôt, des flambeaux jalonnaient le chemin jusqu'au pont-levis. Un orchestre avait fait danser la jeunesse de Thurgovie toute la nuit. Qu'importait la ruine des Zollikofer quand il y avait les vingt ans d'une jeune fille à fêter ? Le dimanche suivant, Anton était revenu. Ils étaient montés dans la tourelle. Au-dessous d'eux, la forêt où couraient les cerfs s'étendait à perte de vue. Anna Barbara n'osait se retourner. Anton était derrière elle, tout proche. Elle avait placé sa main sur l'appui de la fenêtre. Elle avait senti le regard d'Anton sur cette main. Entre ce regard et le moment où la main d'Anton s'était posée sur la sienne, s'était glissée une miniature d'éternité.

La cloche annonça l'heure du souper. Madame Anna Barbara se leva. Sa grande main chaude accueillit les doigts glacés de l'enfant. Leonhard et Antoine les attendaient dans la salle à manger.

XIV

Au cours de ces sept années, pour Madame Anna Barbara l'événement inimaginable fut, grâce à Elsette, le changement de ses relations avec les habitants du Schlössli. Avant son mariage, on lui avait inculqué qu'il serait bienséant de rester sur son quant-à-soi ; elle aurait l'occasion d'échanger des nouvelles chaque dimanche, au sortir de la chapelle. C'est ainsi qu'elle apprit la rénovation des plafonds moulés, l'adjonction de médaillons, l'achat des lustres de Venise. Maria, née Pelloutier, de dix ans sa cadette, donnait fête sur fête. Les cousins de la branche aînée, héritiers du fidéicommis, menaient un train de vie ruineux. Et que dire des jardins, des allées aux buis taillés, de ces fleurs et de ces arbustes incapables de s'acclimater au versant nord des Alpes, pour lesquels il avait fallu construire des serres ?

Chaque femme cherche-t-elle inconsciemment à recréer le décor de son enfance dans la maison de son mari ? Pendant que Maria s'entourait du faste et de la vivacité des grandes cités européennes, Madame Anna Barbara imposait autour d'elle le mode de vie intrépide et frugal qu'elle avait mené avec ses sœurs autrefois. L'incompréhension des deux femmes, l'une à l'autre étrangères, était banale. Remarquable en revanche le respect du fidéicommis et des accords instaurés un siècle et demi plus tôt par l'aïeul commun.

* * * *

En automne 1763, au Schlössli, Sabine, épouse de Hans-Jakob, attendait un troisième enfant. Sa belle-mère, Maria, faisait jouer la comédie à Ursula qui venait d'avoir douze ans et à son frère, un Hans-Jakob de plus, qui en avait neuf. L'un et l'autre figuraient déjà dans la galerie des portraits en merveilleux habits d'apparat. Werner leur fit savoir qu'au Vieux Château une petite fille errait solitaire, ne retrouvant vie et sourire qu'au passage de son père ou de son frère. Apprivoisée, Elsette donna bientôt la réplique à ses cousins avec la sauvagerie et l'impétuosité qui leur manquaient. Les jardins étaient superbes, les hôtes nombreux. Elle s'appliquait à dessiner de belles lettres germaniques pour l'allemand, des caractères romains pour le français et sautait d'une langue à l'autre en se jouant. Elle obtint d'assister aux leçons de musique que recevait Ursula. Personne ne lui demandait plus de chanter. Bientôt, les mélodies qui avaient retenti entre les murs du Vieux Château s'oublièrent.

Sabine ne parvint pas au terme de sa troisième grossesse. Après la perte de l'enfant ardemment désiré, elle demeura prostrée pendant plusieurs mois. Parents et amis accoururent pour la réconforter. Un miniaturiste s'installa au Schlössli. Une quarantaine d'années, un très vieil homme aux yeux d'Elsette. Elle le regardait travailler des heures durant. Comment saisissait-il le trait qui, parmi une multitude de détails, déterminait la ressemblance ? Pour les hôtes de passage, qui lui servaient aussi de modèles, il fit plusieurs fois les portraits de Sabine et du maître de maison, d'Ursula et de son frère. Quand Madame Maria s'était récriée, protestant qu'à son âge..., il avait insisté :

— La jeunesse n'est pas gage de beauté. Sur un visage, c'est l'âme qui se donne à voir.

Personne ne lui demanda de faire le portrait d'Elsette. Elle se tenait à côté de lui pendant que ses cousins posaient sagement. Pour l'occuper, il lui donnait du papier et un crayon. À l'âge où deux yeux, un nez, une bouche suffisent pour représenter un visage, elle découvrait la diversité de leurs proportions, leur expression sans cesse mouvante. Pourquoi ne peignait-on pas le rire ou les larmes ?

Soudain les enfants en avaient assez d'être sages, ils se tiraient la langue, inventaient des grimaces. De retour au Vieux Château, Elsette partait à la recherche de Werner. Elle lui ordonnait de s'asseoir dans un fauteuil et de ne plus bouger. Il se prêtait à ce nouveau jeu, n'imaginant pas un instant qu'il laissait voir son cœur. Dans le silence de la chambre, pendant que jour après jour, l'enfant étudiait son oreille, la commissure de ses lèvres, son nez élargi par les années et toutes les rides dont la vie lui avait fait hommage, il se sentait rejoint par ceux qu'il avait un jour connus. Quand il se penchait sur les croquis de l'enfant, il n'y discernait aucune ressemblance : Werner ne consultait un miroir que pour s'assurer de sa tenue.

Le jour où Elsette demanda à sa grand-mère la permission de faire son portrait, le premier mouvement de Madame Anna Barbara fut de refuser, inquiète de s'offrir au regard scrutateur de sa petite-fille. Il était trop tôt pour laisser voir l'enfant qu'elle avait été au château d'Altenklingen, la jeune fille qui descendait en courant jusqu'à la rivière où tournait la roue du moulin. Elles demeuraient silencieuses, comme intimidées l'une par l'autre. Toutes deux cherchaient une issue, sentant qu'elles ne pouvaient se quitter sur ce refus. Le regard d'Elsette tomba sur les mains de l'aïeule. Mains qui n'avaient pas assez vieilli, mains trop lisses et soignées ; l'enfant avait parfois envie de les serrer jusqu'à leur faire mal pour qu'elles s'animent. Ni le visage ni les mains de Madame Anna Barbara n'avaient eu, comme ceux de Werner, leur content de luttes et de fardeaux. La vieille dame avait perçu le regard de l'enfant. C'est elle qui proposa :

— Et si tu dessinais mes mains ?

Elsette mit son cahier de croquis sur la grande table-bureau. Les mains d'Anna Barbara se posèrent tout à côté, les doigts joints par leur extrémité comme pour préserver l'intimité des paumes, puis l'une protégeant l'autre. Un jour enfin, elles s'offrirent, abandonnées, heureuses peut-être de convenir de leur oisiveté. Elles n'avaient pas assez saisi, pas assez caressé, pas assez cueilli, pas assez écrit, mais il était encore temps pour elles de se poser sans peur sur les gens et sur les choses. L'éclat de leurs bagues ne les séparait pas des autres mains à qui, au contraire, elles pouvaient donner force et courage. En effleurant, en fin d'après-midi, la chevelure brune d'Elsette, Madame Anna Barbara accueillait, par-delà les siècles et les frontières, ceux qu'elle avait toujours repoussés, étrangers à son clan. Car ils étaient tous blonds, les châtelains d'Altenklingen. En acceptant sa petite-fille, Anna Barbara acceptait Élisabeth, la fille du riche marchand dont la mère, née en Calabre, descendait peut-être d'un pâtre disciple de Valdo. Au temps de François d'Assise, combien d'entre eux avaient passé de vallée en vallée pour annoncer la Parole de Dieu ? La Bonne Nouvelle, que l'Église menaçait sans cesse d'étouffer, ressurgissait au désert des cœurs assez solitaires pour l'entendre. La Grâce : il suffisait de l'accepter. Anna Barbara découvrait qu'il n'était pas besoin de mérites, de conquêtes ou d'héroïsme pour se laisser aimer.

XV

Sept ans de paix en Europe. Louis XV et Marie-Thérèse d'Autriche avaient signé à Paris, en 1763, un traité qui mit fin, pour un temps, au service mercenaire. Les cadets de famille rentrèrent au pays, parfois invalides mais en âge de procréer. La campagne et les ateliers eurent à nourrir des familles nombreuses.

Sept années durant lesquelles le gel épargna les cultures. Sept ans de relative prospérité où même les plus pauvres, confiants en l'avenir, se marièrent, mirent au monde des enfants, n'hésitèrent pas à emprunter pour construire la chambre du nouveau-né et le métier où s'assiérait un tisserand de plus.

En avril 1768, Sabine, la femme de Hans-Jakob, qui avait déjà dépassé la quarantaine, donna le jour à Daniel, le second fils que personne n'attendait plus.

* * * *

Au Vieux Château, ces sept années ont métamorphosé une enfant en jeune fille. Seul Leonhard sait à quel point Élisabeth Antoinette, aujourd'hui, ressemble à sa mère telle qu'il l'avait vue lors de leur première rencontre. Il en est à la fois heureux et troublé, d'autant plus que l'adolescente choisit pour s'habiller les mêmes nuances et les mêmes façons qu'Élisabeth autrefois. Que sont devenues les robes de sa femme ? La jeune fille les a-t-elle retrouvées ? Interrogée, Elsette se récrie. Elle ne sait pas, elle ne se souvient de rien. Peut-être sont-elles chez sa sœur ? Le casaquin bleu qu'elle porte en ce moment, ce casaquin bordé d'un liséré noir et rehaussé du petit col droit qui met en valeur sa nuque dégagée depuis qu'elle relève ses cheveux, elle l'a imaginé, dessiné, sans demander conseil à personne.

Non seulement la jeune fille ne prononce jamais le nom de sa mère, mais elle évite ceux qui, sympathie ou affection, évoquent son souvenir. Quand un inconnu lui confie : « Vous ressemblez tellement à votre mère. J'ai cru la voir entrer », Elsette demeure interdite et, par la suite, elle l'évite. Si elle osait s'interroger, elle affirmerait qu'elle a oublié la voix de sa mère et ses gestes et son parfum. Un jour pourtant, s'assurant que personne ne l'observe, elle demeure longuement devant son portrait, s'attendant à ce qu'enfin il s'anime, qu'un détail de ses traits, le regard, les cheveux, lui remémorent ne serait-ce qu'une heure de leur vie commune. En vain. L'image impassible lui demeure inexorablement étrangère. En revanche, en fermant les yeux, Elsette retrouve sous ses doigts le grain de la peau où les veines saillaient. Elle s'imagine caressant les mains de sa mère, chacun des doigts et leurs jointures, les beaux ongles lisses (ceux de son père s'épaississent avec des nervures longitudinales). Elsette ne se rappelle pas que sa mère l'ait jamais tenue contre elle, sur ses genoux. Peut-être qu'Antoine et Anna avaient épuisé son pouvoir d'émerveillement et son besoin de tendresse. Les souvenirs de sa sœur sont si différents des siens, comme si elles n'avaient pas eu les mêmes parents ! En quatorze ans, ont-ils changé à ce point ? Leur mère avait eu le temps de se réjouir du mariage d'Anna, mais c'est pour Elsette, pour elle seule, qu'elle est revenue, à elle seule qu'elle est apparue dans cette étrange robe rose d'outre-monde, pour elle seule que, de toute sa volonté, elle a manifesté sa présence. Devant une telle preuve d'amour, l'enfant s'était sentie renaître. Depuis lors, elle respire la confiance, joyeusement, farouchement cramponnée à la surface de la terre. Cependant, en retrouvant le bonheur d'être et la beauté du monde, elle en a saisi l'extrême précarité. Un sentiment d'urgence l'habite. Chaque heure, irremplaçable, doit être estimée à son prix. Elsette se doit d'entreprendre sans délai ce que, peut-être, elle n'aura pas le temps d'achever. Cette hâte, cette ardeur dans la poursuite de ses aspirations, la distinguent des enfants du même âge. Rien ne peut la distraire quand elle se met à dessiner. Parfois, à l'appel de la forêt, elle s'échappe des murs, court sous les futaies. Un jour, face à un parterre d'anémones blanches, elle se sent envahie par un bonheur si intense qu'elle se prend à chérir jusqu'aux cailloux du chemin.

* * * *

Alors qu'Elsette ne parle jamais de sa mère, Leonhard, au contraire, en évoque la mémoire de plus en plus souvent. Ses absences lui avaient fait don de lettres – il ne les savait pas aussi nombreuses – qu'il avait désormais le loisir de lire et de relire.

Parmi les femmes qu'on ne cesse de lui présenter dans l'espoir qu'il se remarie, il préfère Augusta Ott, de Schaffhouse, parce qu'elle est discrète, qu'elle sait écouter, qu'elle témoigne de sa sympathie et de son intérêt par des questions qui lui permettent de rompre certains silences.

*** * * ***

Au cours de ces sept années, Werner a fréquemment pensé qu'Élisabeth veille plus encore que de son vivant sur son mari, ses enfants et ce pays qu'elle aimait. Il demande à se retirer le jour où Antoine est en âge de remplacer son père. Tous se récrient : Werner est de la famille, le gîte et le couvert lui sont acquis jusqu'à son dernier jour avec une affectueuse considération. Il explique qu'un de ses petits-neveux a remis en état le moulin qu'il avait quitté quelque cinquante-huit ans plus tôt. Il désire le faire profiter de son expérience.

Elsette est sur le point de se rendre à Altenklingen. Le moulin est sur sa route. L'adolescente et le vieil homme se retrouvent ainsi côte à côte comme sept ans plus tôt, confortablement installés, avec un jeune cocher veillant à tout et, comme sept ans plus tôt, Werner nomme les lieux-dits, les hameaux, les bois, les plus petits cours d'eau. Les champs de lin bleus côtoient l'avoine et le blé encore verts. Depuis quelques années, les feuilles découpées de la pomme de terre font des taches sombres dans les plantages.

Partis de très bonne heure, ils atteignent le vallon au début de l'après-midi. Un chien aboie, le jeune meunier paraît sur le seuil. Elsette saute à terre pendant que les deux hommes se donnent l'accolade. Rien ne presse, le cheval dételé broute. Empoignant les bagages, le meunier propose à la jeune fille d'entrer pour se rafraîchir. Elle s'assied devant un verre de cidre, face à Werner dont le sourire – du cœur ou des lèvres ? – efface les rides qu'elle a dessinées tant de fois.

Les adieux sont joyeux. Après une longue étape commune, leur route bifurque. Werner rejoint son adolescence, la découverte du monde faite à l'âge d'Elsette aujourd'hui. Avant son départ, elle aussi court jusqu'à l'écluse, puis regarde tourner la roue. Elle saute enfin dans le char, impatiente peut-être de rejoindre ses cousins.

— À bientôt, Werner, je passerai à mon retour. Reviendrez-vous pour l'hiver au Vieux Château ?

— À bientôt, Mademoiselle Elsette, passez un bel été et saluez pour moi le meunier d'Altenklingen.

Ils se sourient, leurs mains s'étreignent. Altenklingen ne sera qu'une étape. Déjà le cœur de la jeune fille, qui vient d'abandonner son enfance au fil du courant, franchit les prés et les bois et les rivières à la rencontre des êtres encore inconnus qui peupleront sa vie.

XVI

Ce jeudi de l'Ascension 1770, on s'est réveillé de très bonne heure à Hauptwil. Quand Ursula écarte les volets de sa chambre, le jour est encore gris. De sa fenêtre, elle distingue mal le Vieux Château caché par les arbres, à cinq cents mètres en contrebas. Antoine a-t-il enfin pu parler à son père ? La jeune fille interroge le jardin, la double rangée de peupliers qui signalent le cours de la rivière. Un merle lance son trille. « Ô Dieu, invoque la jeune fille, pourquoi les oiseaux ont-ils le droit de faire leur nid et d'élever leurs petits, alors qu'Antoine et moi sommes sans cesse séparés ? Ma mère me répète que je n'ai que dix-neuf ans et que mon cœur peut changer. Nous nous connaissons depuis si longtemps ! Jamais je n'aimerai un autre que lui. S'il doit encore voyager, pourquoi ne pas nous marier ? Nous partirions ensemble. »

Le ciel vire au bleu, une splendide journée de mai s'annonce. Des pas feutrés se hâtent dans le couloir. La jeune fille tire le cordon pour appeler une servante et se met aussitôt à sa toilette. Elle n'a pas de temps à perdre si elle veut paraître à la chapelle dans cette nouvelle robe rose et verte qu'il ne lui a encore jamais vue. À la sortie, ils s'esquiveront dans les jardins.

* * * *

« Il faut que le Seigneur Leonhard fasse sa demande aujourd'hui », pense Maria Pelloutier en s'asseyant dans son lit encore plongé dans la pénombre. Elle n'a jamais douté que l'amour si manifeste qui unit sa petite-fille à son arrière-petit-cousin se conclura par un contrat de mariage. Pourquoi ces jeunes gens languiraient-ils un an de plus ? Si la bénédiction nuptiale doit avoir lieu cette année, il faut en fixer la date sans tarder. Ce sera un très grand mariage qui mettra fin à la rivalité des deux châteaux. Les Gonzenbach de Saint-Gall auront quatre ou cinq lieues à parcourir, mais ceux de Genève, ceux de Lyon, ceux qui, à Marseille, Gênes ou Venise, porteurs du nom ou alliés, défendent les intérêts de la famille, doivent être avertis à temps. Certains d'entre eux feront le voyage avec femme et enfants, heureux de venir les présenter et de leur faire découvrir Hauptwil. On en profitera pour réunir le Conseil général auquel tous les tenants et aboutissants du fidéicommis peuvent assister. Les principaux hobereaux de Thurgovie seront invités, ainsi que les meilleures familles de Saint-Gall, Appenzell, Zurich et Schaffhouse. Pour Maria, âgée de septante-deux ans, ce mariage sera avant tout l'occasion de retrouver les cousins Pelloutier dont les ancêtres ont fui le Royaume de France trois générations plus tôt. Ils ont fait souche au Grand Duché de Wurtemberg et dans celui de Bade, en Saxe, ou, comme ses ancêtres, à Berlin. Elle espère bien revoir le jeune Bartholomé, l'ami du philosophe Moses Mendelssohn, qui a séjourné au Schlössli six ou sept ans plus tôt.

« Il n'y a pas une heure à perdre », pense-t-elle en tirant le cordon avec une telle énergie que la chambrière paraît presque aussitôt pour ouvrir les volets et seconder la vieille dame à sa toilette. D'ordinaire, en versant l'eau chaude du broc dans la cuvette, en massant les jointures des mains déformées, les pieds, le ventre aussi parfois, elle donne des nouvelles de la nuit. Le petit Daniel a eu des coliques ; Madame ne l'a-t-elle pas entendu ? Mais il est clair que ce matin, Madame ne prête pas la moindre attention aux propos de sa servante qu'elle congédie sitôt bue sa tasse de lait au miel. Encore en déshabillé, elle ouvre son écritoire. Le Seigneur Leonhard ne peut feindre plus longtemps d'ignorer l'idylle des jeunes gens. C'est à lui de demander la main d'Ursula pour son fils. Il est rentré de voyage l'avant-veille. Elle n'a guère l'occasion de le voir durant ses séjours au Vieux Château ; il trouve toujours un prétexte pour esquiver les fêtes ou les simples rencontres de bon voisinage et il est bien rare qu'on le voie à la chapelle le dimanche. Au cas pourtant où il aurait l'intention d'assister au service ce matin, il faut que ce mot lui soit remis avant qu'il n'ait quitté le Vieux Château. Sachant que son fils et sa bru désapprouveront sa démarche, elle invite le Junker Leonhard de Gonzenbach à venir prendre le thé vers les quatre heures de l'après-midi : elle voudrait lui demander un service à propos de Genève. Madame

Maria se félicite de son astuce ; le vieux châtelain a la réputation de fuir les mondanités, mais il ne se dérobera pas devant un service à rendre. Elle plie la feuille dans un sens, puis dans l'autre, écrit l'adresse au verso, rappelle sa chambrière qui fait fondre la cire, pose son cachet, insiste pour que le courrier parte sur-le-champ. Elle frissonne. En dépit du soleil qui éclaire déjà le jardin, le fond de l'air demeure frais et il y a longtemps qu'on ne fait plus de feu dans les chambres.

Satisfaite, elle se glisse sous ses couvertures et commence mentalement la liste de ses invités. Madame Maria est bien aise de demeurer allongée, prévenant ainsi les petites misères de l'âge ; celles, évidentes, qui l'obligent à saisir une canne pour se déplacer et les autres dont personne ne parle. Assister au long service religieux est pour elle une épreuve physique, que les orgues l'aident à supporter. Elle regarde les petits anges jouant de la trompette qui encadrent le merveilleux instrument, en regrettant qu'il soit impossible de transformer la chapelle en salle de bal. Ne danserait-on pas mieux au jeu si expressif, si riche en timbres des orgues qu'au son des flûtes et des violons ? À la sortie, il y aura le défilé des familles avoisinantes et des protestants de passage, venus autant pour entendre la musique que pour le sermon.

* * * *

Sans s'être consultés, Hans-Jakob et Leonhard, qui se voient rarement et se sont montrés satisfaits de la bonne entente rétablie entre les deux châteaux depuis quelques années, accueillent ce projet de mariage avec une certaine fraîcheur. Ce matin-là, le maître de céans, plus court de taille que Leonhard et plus corpulent, va et vient dans la chambre devant sa femme encore au lit.

— Un gentil garçon ! Tu dis que c'est un gentil garçon ! Tu veux que ton entêtée de fille épouse un « gentil garçon » prêt à faire toutes ses volontés ?

— Pourvu qu'elle soit heureuse...

— Dieu me garde d'être un gentil garçon et j'espère que tu n'es pas malheureuse. Mais enfin, tu me parles d'un blanc-bec à peine sorti de chez lui !

— Il arrive de Gênes.

— Il n'y est resté que six mois !

— Avec le temps du voyage, ces enfants ont été séparés presque toute l'année.

— Pourquoi n'a-t-il pas passé par Lyon à son retour ? Il est important de s'y faire connaître. Les jeunes gens d'aujourd'hui ont une vie trop facile. La famine peut venir d'un jour à l'autre, ou la guerre. La Thurgovie ne sera pas toujours épargnée.

— Eh bien justement, dit Sabine en se redressant un peu, justement : si ces enfants doivent rencontrer des difficultés et être séparés plus tard, pourquoi ne pas leur permettre d'être heureux au moins pendant quelques années ?

— Ursula doit attendre. Je t'ai déjà expliqué que ces alliances de proche voisinage, que l'on soit cousins ou non, dénotent une sorte de repliement sur soi, de refus de voir autre chose et plus loin. De plus, Antoine est le seul fils de Leonhard. Nous avons trop d'intérêts communs. Nous avons besoin d'alliances et d'appuis extérieurs. Enfin, Sabine, il ne faut pas penser seulement à Ursula. Hans-Jakob aura la charge du fidéicommis et cela concerne aussi le gentil Antoine. Qu'est-ce que ces histoires de grand amour, de « Carte du Tendre » ou je ne sais quoi viennent faire dans tout cela ? Un mariage, c'est plus sérieux qu'un baiser sur la terrasse au clair de lune ! Dis à ta fille qu'on en reparlera dans trois ans et que même à ce moment-là, elle n'aura pas d'autre dot que son trousseau.

Pour une fois, Sabine n'est pas une alliée. Elle refuse tout net :

— Tu sais que j'ai mis Ursula en garde depuis longtemps. Aujourd'hui, c'est à elle de faire sa vie, qu'elle soit heureuse ou malheureuse, selon son choix.

— Quel choix ? Que peut-on choisir quand on ne connaît rien de la vie ? Dix-neuf et vingt-deux ans ! Est-ce que j'étais marié, moi, à vingt-deux ans ? Mon père aurait refusé tout net d'entrer en matière et crois-tu que ton père aurait accordé ta main à un « gentil garçon » de vingt-deux ans ? Je compte bien que Leonhard mettra de l'ordre dans tout cela !

Il parle si fort que par la fenêtre ouverte, trois moineaux se précipitent pour applaudir. Enfouie sous ses couvertures, Sabine, soulagée, réprime un sourire. Chaque fois que son mari se met en colère, il est tout près de céder. Sans remarquer les oiseaux, il tonitrue encore quelques minutes, conclut qu'il est affamé et qu'il va faire le tour de la cour avant de déjeuner.

Il est des évidences inavouables. Jamais Sabine ne dira à son mari que la première raison pour laquelle elle ne craint plus de voir sa fille s'installer au Vieux Château est le récent décès de Madame Anna Barbara. Leonhard est veuf, Elsette n'a pas encore l'âge d'être la maîtresse de maison ; Ursula aura d'emblée les coudées franches. Sabine, qui vient d'avoir quarante-quatre ans, a toujours dû s'incliner devant la volonté de son mari et celle de sa belle-mère. Elle ne s'en plaint pas, ou si peu. Mais Ursula, violente et grave, a peut-être besoin d'un mari à peine plus âgé qu'elle, délicat, attentionné, et peut-être Antoine a-t-il besoin d'une femme de tête et de passion.

L'entrée intempestive du petit Daniel la fait s'inquiéter de l'heure. Sur le seuil, Ursula, grande, hiératique, la taille bien prise et les traits du visage modelés dans des proportions si exactes que même le plus indifférent est sensible à sa beauté. Les couleurs vives de sa robe ne parviennent pas à cacher l'anxiété de son cœur. Tendue, résolue, elle paraît plus que son âge, ou du moins plus que sa mère au même âge.

— Que tu es belle ! murmure Sabine, à la recherche du regard volontairement impassible de sa fille. Ne t'inquiète pas : je ne serai pas en retard. Et vous, descendez vite, votre père vous attend.

Puis, dans un élan de maternelle tendresse, confidentielle et complice, embrassant l'enfant avant de le renvoyer :

— Je crois qu'il n'attendra pas très longtemps pour pouvoir jouer avec mon premier petit-fils.

* * * *

Quand les cloches de la chapelle se mettent à sonner, Leonhard, d'habitude si matinal, est encore au lit. Écartant les rideaux, il est surpris de voir la colline habillée de soleil : il a plu si intensément la veille. Pourquoi ces cloches ? N'est-on pas jeudi ? Il se souvient que c'est l'Ascension, la fête qui avait précédé son mariage trente et un ans plus tôt. La conversation de la veille lui revient : son fils Antoine et Ursula, la fille de Hans-Jakob, s'aiment. Il a promis de se rendre au Schlössli dans la journée pour y faire une demande en mariage officielle. Il escompte un refus, définitif ou temporaire. Il faut donner le temps aux jeunes gens d'éprouver leurs sentiments et à Antoine de mieux connaître les pays et les hommes. Voyager avant son mariage lui permettra de rester ensuite auprès de sa femme autant qu'il le voudra. Les petites cloches insistent et voici que l'on tambourine à la porte :

> *Bruder Jakob, Bruder Jakob,*
> *Schläfst du noch ? Schläfst du noch ?*
> (Frère Jacques, frère Jacques,
> Dormez-vous ? Dormez-vous ?)

Ce ne peut être qu'Elsette, ravie d'agacer son frère par ce prénom de Jakob faisant allusion à ses relations avec le Schlössli. Elle ne partage pas l'aversion paternelle contre les sermons et les théologiens. Elle aime se rendre à la chapelle le dimanche matin à cause de la promenade dans les allées, de la musique, des fleurs et des hôtes de passage. Il y a plus : c'est le seul moment de la semaine où ils se trouvent tous ensemble recueillis ou chantant, dans leurs plus beaux atours.

— Bruder Jakob, Bruder Jakob ! La voix s'interrompt brusquement avec une nuance d'inquiétude.

— Père, êtes-vous malade ?

La voix d'Elsette met toujours Leonhard de bonne humeur. Un instant, il a envie de se glisser sous ses couvertures et de feindre un refroidissement, le temps de voir accourir Antoine, consterné et tragique à la pensée que la demande en mariage pourrait être ajournée. Se ravisant, il crie :

— Déjeunez sans moi, je vous rejoins.

Elsette dévale l'escalier et se trouve face à son frère, prêt à partir. Moqueuse devant la perruque neuve, la veste bleue ornée de dentelles au cou et aux poignets, les bottines élégantes et fragiles, elle lui offre sa meilleure révérence :

— Désolée de faire attendre mon frère unique et préféré. Ne veut-il pas manger un morceau en ma compagnie ? Nous avons été si souvent en avance, il n'est pas mauvais de changer parfois ses habitudes et de se faire désirer.

Elsette trouve celle en qui elle voit déjà sa future belle-sœur terriblement mesurée, sachant toujours comment se comporter. Ursula ne change jamais d'avis. Pour Elsette, un des côtés merveilleux de la vie est de pouvoir admettre que l'on s'était trompé, d'avoir le droit de changer de convictions, de passer de vérité provisoire en vérité provisoire comme on saute d'un rocher à l'autre pour franchir une rivière les pieds au sec. La jeune fille s'enthousiasme de projet en projet, imaginant parfois ce qu'elle fera à l'âge d'Ursula puis à celui d'Anna. Ce n'est pourtant pas leur différence d'âge et de caractère qui suscite avant tout les critiques d'Elsette à l'égard d'Ursula. Sans se l'avouer, elle lui en veut de son influence sur Antoine. Comment est-il devenu aussi posé, travaillant avec tant de méthode que leur père hésite entre l'admiration et l'humour ? Sur un point cependant, Elsette approuve Ursula sans condition : même transformé en homme du monde, parfaitement au courant de la politique et des affaires, son frère n'en demeure pas moins le plus beau, le plus intéressant, le plus intelligent de tous les jeunes Thurgoviens.

Elle se verse une seconde tasse de chocolat pour le seul plaisir d'assister à l'impatience de son vis-à-vis. Les petites cloches, engageant les retardataires à se hâter, accélèrent leur rythme. Antoine se lève :

— Viens donc ! Le service va commencer.

— Ne nous attends pas si tu es pressé, raille Elsette.

— Pourquoi nous ? C'est toi que j'attends. Tu sais bien que Père...

— Père m'accompagne aujourd'hui, affirme-t-elle. Nous ferons une entrée tardive et remarquée.

— Pourquoi tardive ? demande Leonhard.

Il s'est habillé en un tournemain, comme un soldat, et regarde avec une surprise désapprobatrice la perruque de son fils. Pour lui, peu importe de déjeuner. Déjà il est à la porte où le carrosse les attend.

— Nous irons à pied, dit Elsette en glissant sa main dans celle de son père.

— Je vous en prie, pas aujourd'hui...

Le ton d'Antoine est si malheureux qu'ils montent tous trois dans la voiture et s'assoient sur la même banquette, Leonhard à gauche, Elsette au milieu, puis Antoine. Père et fils ont passé leur bras sous celui de la jeune fille pour avoir plus de place et peut-être pour se sentir une fois encore étroitement liés. Elsette s'abandonne au bien-être de leur double chaleur. Sous la veste démodée, Leonhard garde cette élégance innée, ce tranquille détachement auxquels même ses proches sont sensibles. À sa droite, elle perçoit physiquement ce que l'habit neuf, les dentelles, la perruque, les bottines, cachent d'ardeur. Elle comprend que le travail acharné des derniers mois, la volonté d'organiser, de rénover, de progresser sont à la fois garde-fou et refuge.

Les cloches se taisent. Elsette n'a plus envie de taquiner son frère et se sent si bien qu'elle voudrait rouler ainsi tout le jour. Les chevaux s'arrêtent à proximité du bassin octogonal. La porte de la chapelle qui donne sur le jardin s'est refermée, scellée de sa grande croix. Ils entrent par la façade ouest et descendent l'escalier des maîtres de maison. Les fidèles sont déjà plongés dans leur psautier. Seule Ursula se retourne. Elsette regarde autour d'elle. Il lui semble voir pour la première fois la chapelle baroque, très claire, sans fresques ni vitraux. Des nervures allègent le plafond doucement incurvé d'une colonne à l'autre. Leonhard, plus gai qu'autrefois et plus indifférent, se souvient des services auxquels, enfant, il assistait avec sa mère.

Après le dernier jeu d'orgue, il propose à Hans-Jakob de faire quelques pas dans les jardins. Surpris de se comprendre à demi-mot, ils tombent d'accord : ce mariage est prématuré ; on en reparlera dans deux ou trois ans. Rassurés l'un et l'autre, ils reviennent du côté du Schlössli. La foule des ouailles se disperse. Madame Maria, très entourée, s'attarde sous la tonnelle couverte de chèvrefeuille.

— Puis-je compter sur vous pour le thé ? demande-t-elle à Leonhard.

Puis, comme il hésite :

— Vous avez bien reçu ma lettre ?

Non, on ne lui a rien remis. La vieille dame ne se laisse pas déconcerter :

— Je vous ai écrit ce matin même, j'ai besoin d'un service à propos de Genève, je compte sur vous.

La lettre de Madame Maria, posée sur la table du petit déjeuner, attend Leonhard au Vieux Château. « Genève ? » pense-t-il avec surprise, pendant que son regard rencontre celui de son fils.

— Sais-tu ce que Madame Maria veut me demander à propos de Genève ?

— Non, répond le jeune homme après une seconde d'hésitation, inquiet que son père ne lui ait rien dit de son entretien avec le père d'Ursula.

Avec son impétuosité habituelle, Elsette s'informe :

— Alors, qu'ont décidé les chefs de clan ? De quel pays viendront les lettres d'Antoine l'hiver prochain ? Pourrai-je l'accompagner ?

— Pourquoi pas ? admet Leonhard, puis, se tournant vers son fils : « Montons, veux-tu ? J'ai à te parler. »

— Et moi ? proteste Elsette.

Ils sont déjà dans l'escalier, comme si, de toute évidence, les affaires importantes ne peuvent la concerner. Elle voit la fenêtre ouverte, le soleil sur les feuilles neuves et court au jardin. Les allées encore humides rient de contentement. Peu lui importe la disposition des massifs et des plates-bandes auxquels personne, depuis le règne de Heinrich et de Sarah peut-être, n'a rien changé. Elle se sait attendue par le rosier précoce, taillé en arceaux, couvert de boutons jaunes qui deviendront presque blancs en s'ouvrant. Les pensées sauvages émaillent le gravier de leurs petits visages bleus. Chaque année, elle doit conjurer le jardinier de ne pas les arracher. Les chiens, enfermés à cette saison pour protéger nichées et couvées, aboient joyeusement à son approche. Là aussi, les femelles ont mis bas. Des boules de poils informes titubent sur des pattes molles. Un valet en choisit une, tremblante et noire, qui ouvre d'étranges yeux clairs et, la posant sur une couverture, la tend à la jeune fille. Assise sur un banc ensoleillé, la petite bête sur ses genoux, bientôt blottie contre son ventre, Elsette s'abandonne au bien-être de cet échange mystérieux de chaleur et de confiance. Elle accueille une joie inconnue qui monte en elle comme la sève. Face au grand soleil qui domine la forêt, son cœur, petit soleil, rayonne sur la maison et le jardin.

Une servante vient l'avertir qu'on l'attend pour le dîner. En apercevant les trois couverts, la jeune fille comprend soudain cette chose extraordinaire à laquelle elle n'a encore jamais pensé : après leur mariage, Ursula et Antoine habiteront au Vieux Château avec leurs enfants. Puis, c'est vraisemblable quoique parfaitement inimaginable, elle se mariera à son tour et quittera Hauptwil. Pourquoi ne peut-on pas rester dans sa famille ? Pourquoi les femmes doivent-elles partir dans la maison de leur mari ? Elsette se voit mal au milieu de belles-sœurs, avec une belle-mère, une aïeule peut-être, qui lui demeureront étrangères. Ses cousins l'ont invitée à passer une fois de plus l'été à Altenklingen, mais elle préfère demeurer avec son frère et son père. Elle ne s'ennuie jamais avec eux, même quand ils la tiennent momentanément à l'écart comme aujourd'hui. Pourquoi ne partiraient-ils pas en emmenant Ursula ? Il y a tant de villes dont elle rêve.

* * * *

Au Schlössli, dans la salle à manger qui domine les terrasses, les convives sont encore plus nombreux qu'à l'accoutumée. Les cousins de Nengensberg ont profité du printemps et de ce jour de fête pour sortir de leur isolement hivernal. Walter, laissant sa femme et ses deux fils raconter leur voyage à Sabine, s'entretient avec Andreas Keller, le prédicateur du jour. Cet historien, déjà chargé de cours au séminaire protestant de Zurich, vient volontiers, malgré la distance, prêcher une ou deux fois l'an à Hauptwil. Il en profite pour visiter des paroissiens sur sa route.

— Comment vont vos écoliers ? demande-t-il au chapelain qui a plus de temps à donner aux villageois depuis qu'un précepteur instruit Hans-Jakob.

— Presque tous ont appris à lire dans les Évangiles avec leur famille. Ils préfèrent le récit d'un miracle au calcul.

Le cousin Walter est indifférent à tant de candeur :

— Vous nous avez souvent répété, Herr Professor, que le Christ s'était pleinement incarné dans notre nature humaine. J'admets que son corps de lumière soit apparu aux disciples et à Marie-Madeleine, qu'il ait traversé les murs, mais son corps physique, son corps charnel, qu'en a-t-il fait ? A-t-il pu le dématérialiser ?

Andreas Keller répond avec prudence, bien qu'il se soit, au cours de ses études, posé un certain nombre de questions. Il voit bien que le sujet laisse Ursula complètement indifférente. L'amour contrarié donne à la jeune fille silencieuse une beauté et une réserve qui le bouleversent. Dans l'espoir d'attirer son attention, il propose :

— Ne cherchez pas d'autre explication que la Grâce. C'est elle qui nous réunit aujourd'hui dans une maison privilégiée, un jour heureux du mois de mai.

Ursula ne lui adresse même pas un regard. Son attitude indique clairement qu'elle ne prend aucune part à ce genre de propos. Elle croit encore sentir la main d'Antoine un peu au-dessus de sa taille, tandis qu'il la tenait tout contre lui, à l'abri d'un bosquet. Ils avaient observé de loin leurs pères qui suivaient une allée et revenaient sur leurs pas. Silhouette élancée de Leonhard, à peine raidie par l'âge ; silhouette plus massive de Hans-Jakob. Leonhard s'était incliné devant Madame Maria. Mais pourquoi ne les avait-on pas appelés ? Pourquoi n'annonçait-on pas aussitôt leurs fiançailles ? En ce moment et en dépit de tous ces invités stupides, pourquoi n'abordait-on pas le seul sujet important de la journée, la date de leurs noces ?

Antoine, résolu à en avoir le cœur net et sachant que son père n'était pas homme à tergiverser, était retourné au Vieux Château après avoir convenu d'un signal : si leur mariage était enfin fixé au prochain été, il ouvrirait la fenêtre de la tourelle que la jeune fille apercevait de sa chambre. La croisée était demeurée fermée. À force d'attendre, Ursula était arrivée en retard pour le dîner.

La cousine de Nengensberg, imposante dans sa robe de soie prune, cache à Hans-Jakob le visage anxieux de sa fille. Heureux d'avoir trouvé en Leonhard un homme plein de bon sens et un allié, il ne se fait plus de souci pour l'avenir immédiat d'Ursula et constate avec satisfaction que les conversations vont bon train et qu'on ne s'ennuie pas chez lui. Quand on en aura fini avec la théologie, il sera heureux d'avoir quelques détails sur les derniers événements de Zurich. Or le cousin Walter – un cousin de sa femme – insiste. Il prépare sans doute une nouvelle communication pour la Société Helvétique. De quel droit cet oisif, qui n'a pas la moindre idée des affaires terrestres, prétend-il trancher de la nature de Dieu ? Une question posée en français l'interrompt :

— Recherchez-vous une certaine audience ou, plus difficilement, la vérité ?

Et comme Walter demeure pantois, n'ayant peut-être pas compris, son interlocuteur poursuit :

— La recherche de la vérité est intime, personnelle. Chacun, un jour ou l'autre, doit défricher, pas à pas, son propre sentier. En ce qui concerne l'audience, il vous suffira d'envoyer votre thèse à l'adresse de Monsieur de Voltaire, qui réside à Ferney dans les environs de Genève, ou à Monsieur de Félice à Yverdon, dans le Pays de Vaud. Elle aura bien des chances de paraître dans l'une ou l'autre des encyclopédies rivales et de susciter une controverse.

Tous les regards se sont portés sur un homme dans la trentaine, d'une élégance discrète, qui n'avait pas encore pris part à la conversation. Le petit Daniel lui sourit, séduit par le timbre de la voix et les intonations d'une langue moins rocailleuse que celle du cousin Walter. Le jeune Hans-Jakob, pour qui la présence d'un professeur de théologie n'est pas une distraction, demeure bouche bée : l'humour parviendrait-il à s'introduire au Schlössli lors d'un interminable repas de fête ? Le professeur Keller, le seul peut-être qui connaisse l'exacte tendance des deux encyclopédies et les diatribes de Monsieur de Voltaire à l'égard des imprimeurs yverdonnois, sourit à l'opportunité du propos.

Sa surdité empirant, c'est d'une voix tonitruante que Madame Maria chuchote à l'oreille de sa bru :

— Rappelez-moi donc le nom de ce garçon.

— Mère, je vous ai présenté David-Emmanuel Develay, intervient le maître de maison. Il nous arrive de Constance et doit regagner Genève avant la fin du mois.

— Genève ! Vous connaissez Genève ! s'exclame l'aïeule avec enthousiasme en adressant au professeur Keller un regard reconnaissant et complice : le prêche, écouté à demi et partiellement entendu, s'avère déjà porteur de bénédiction. Avant la fin de l'après-midi et l'arrivée du Seigneur Leonhard, elle aura trouvé, à propos de Genève, plusieurs sujets d'entretien.

— C'est mon frère César qui habite Genève avec sa famille, répond David-Emmanuel. Il dirige le siège de nos affaires dans cette ville. Mon frère Samuel, l'aîné, à qui les seigneurs de Gonzenbach font confiance pour l'achat des cotons, dirige le siège d'Amsterdam. Étant leur cadet et de surcroît célibataire, ajoute-t-il avec un sourire, j'ai le privilège de voyager une bonne partie de l'année.

La conversation devient générale. On assaille le visiteur de questions. Les routes alentour sont étroites, mal entretenues. Les femmes et les enfants ne montent dans leur carrosse que pour se rendre dans un château voisin. Madame Maria connaît les chutes du Rhin, Sabine est allée jusqu'au lac de Constance. La ville même de Constance se situe en terre étrangère. C'est à Saint-Gall et à Zurich que l'on a le plus souvent affaire. Comme Genève et Berne, Zurich est protestante. Par le nombre de ses habitants, par son commerce, ses écoles, ses corporations puissantes, elle joue en tous points le rôle d'une capitale. On y débat aussi bien de philosophie, de théologie, de politique que de science au sein de ses « sociétés » sans cesse dissoutes et renaissantes. À Zurich, tout récemment, le jeune Johann Heinrich Pestalozzi, fils de pasteur, élève du Collegium Carolinum, eut l'impertinence d'accuser de corruption plusieurs membres du gouvernement. Il n'était pas le seul, d'ailleurs. Les galopins furent mis sous les verrous jusqu'au moment où la « calomnie » s'avéra assez proche de la réalité. La jeunesse devient de plus en plus contestataire. Comment gouverner quand on ne respecte plus les magistrats ? Mais une aussi grande ville que Zurich est-elle gouvernable ? La jeunesse n'est pas seule à protester. La campagne, où des manufactures s'implantent peu à peu, menace de s'insurger : de quel droit des villes comme Berne et Zurich prétendent-elles dicter leur loi à l'ensemble de leur canton ?

— Rien de tel en Thurgovie, se hâte d'affirmer le maître de maison, qui n'a pas seulement la responsabilité des personnes et des biens familiaux, mais qui exerce les fonctions de juge sur toute la région.

C'est à ce moment que le jeune Hans-Jakob, du haut de ses seize ans, prend la parole avec une véhémence que nul ne lui connaissait. Il a honte, dit-il, du sourire de condescendance dont on le gratifie à Zurich en apprenant qu'il est Thurgovien. Ils ont bien raison de sourire et même de rire, les Zurichois ! Qui gouverne à Frauenfeld, leur capitale ? Les Suisses s'y réunissent pour une Diète où les Thurgoviens ne sont même pas représentés ! Il y siège un bailli venu d'Uri, de Schwytz, d'Unterwald, de Lucerne, de Zoug, de Glaris, de Berne ou de Zurich, huit cantons suisses catholiques ou protestants, dont les intérêts divergent souvent mais qui s'entendent fort bien pour exploiter le pays !

Le jeune homme poursuit sur sa lancée, ignorant ou feignant d'ignorer le regard courroucé de son père qui craint que ce discours n'indispose le professeur zurichois.

— Vous m'avez appris, Monsieur – le jeune Hans-Jakob s'adresse au chapelain –, qu'en 1460 quelques généreux cantons suisses nous ont sauvés de l'occupation autrichienne. Ne croyez-vous pas qu'aujourd'hui, trois siècles plus tard…

Le chapelain n'est pas mécontent de son ancien élève, même si, en ce moment, il exprime les idées du nouveau précepteur. On peut être théologien et, sans avoir lu Rousseau, estimer que les peuples tenus en longue soumission ont raison de revendiquer leur indépendance. Sabine et Ursula, qui ont bien d'autres sujets de préoccupation que la Thurgovie et qui savent que la gent masculine, quels que soient le lieu et l'heure, trouve toujours une occasion de dispute, sourient à l'adolescent. Madame Maria approuve de confiance. Elle a toujours pensé que son petit-fils s'affranchirait des idées traditionnellement admises chez les Gonzenbach. Le seigneur Hans-Jakob trouve l'intervention de son fils déplacée. Quand on est encore – et pour combien de temps ? – les sujets d'États dont la puissance, les relations, les richesses, la culture aussi, sont incomparablement plus étendues que les siennes, un minimum de diplomatie s'impose. Devant le professeur Keller, même s'il est devenu un ami, devant le chapelain qui se sent peut-être missionnaire en Thurgovie, devant David-Emmanuel Develay, il faut taire les critiques, même légitimes.

Percevant la tension croissante entre le père et le fils, David-Emmanuel s'empresse de transmettre des nouvelles d'Angleterre. À Glasgow, un ingénieur de son âge, James Watt, a imaginé que la pression de la vapeur remplacerait toutes sortes de forces : celle du cheval, celle de l'homme, celle du vent. Il a déjà construit un moteur.

Sera-t-il possible un jour d'inventer une machine à filer ? à tisser ? Faut-il se préparer à un tel bouleversement ? Les machines libéreront-elles l'ouvrier ? Que coûteront-elles ? Qui sera plus riche ? ou plus pauvre ? Le professeur intervient :

— Nous sommes peut-être à la veille d'un grand bouleversement, comme au temps de Gutenberg. Pourtant l'imprimerie n'a pas supprimé le copiste. De tout temps, l'être humain a désiré et redouté le changement. Il finit toujours par s'adapter. Actuellement, le seul progrès souhaitable pour l'Europe est de maintenir la paix.

Devant la bonne mine de son invité, son aisance, la mise élégante et désinvolte d'une personne accoutumée aux responsabilités, le seigneur Hans-Jakob pense qu'il faudrait du sang neuf à sa famille. On s'allie trop souvent entre hobereaux du voisinage. Si, ce jour-là, le jeune Vaudois entreprenait de faire sa cour à Ursula, il lui laisserait deviner son approbation. Or, en cette année 1770, David-Emmanuel Develay a bien autre chose en tête que le mariage. Amoureux, oui, il l'a été, d'une jeune fille de son âge. Elle a convolé depuis longtemps. Pour lui désormais, les affaires passent avant l'amour. Les voyages comblent son besoin d'aventure. Quant à la paternité, lui, sixième enfant d'une famille de neuf, il n'y pense même pas. Son frère César a un fils, Isaac-Emmanuel, qui pourra lui succéder.

On se lève de table. Ursula s'approche de la fenêtre, son visage s'éclaire. Le professeur Keller suit son regard ; il voit deux jeunes gens traverser les jardins.

— Vous les attendiez, murmure-t-il en effleurant l'épaule de la jeune fille qui s'écarte vivement.

L'instant d'après, Elsette paraît sur le seuil, les joues roses d'avoir gravi la colline au pas pressé de son frère. Sa robe de mousseline blanche contraste avec le taffetas sombre des douairières. Un galon multicolore en resserre les poignets et l'encolure, il égaie aussi la haute ceinture qui affine la taille et souligne la naissance des seins. La jupe légère et ample, soutenue par un jupon baleiné, laisse voir des bottines poussiéreuses :

l'adolescente sacrifie l'élégance au plaisir de la marche. En sauvageonne civilisée, elle fait sa révérence à Madame Maria. Le professeur, qui ne prêtait plus qu'une oreille très distraite aux propos du cousin Walter, suit des yeux la douce courbe de la nuque, la chevelure sombre et bouclée retenue par un simple nœud de mousseline en guise de coiffe.

— Quelle bonne idée d'avoir accompagné ton père ! approuve Madame Maria en cherchant des yeux le Seigneur Leonhard.

La jeune fille recule, embarrassée. Comme d'autres sans doute, elle a vu Ursula s'esquiver à son arrivée pour rejoindre Antoine qui l'attend dans le pavillon du jardin.

— Zette !

Le petit Daniel se faufile entre les jambes et les fauteuils qui lui ont masqué jusqu'alors la jeune fille. Elsette élève l'enfant dans ses bras sans effort apparent, bien qu'il soit lourd déjà et, se retournant, se trouve face à un inconnu. Sa perruque, son col et ses manchettes de dentelle ornent une veste garance dont la coupe ressemble beaucoup à celle d'Antoine. David-Emmanuel lui sourit. Elle se tourne vers le jeune Hans-Jakob, attendant qu'il interrompe son discours pour lui présenter l'étranger. Mais son cousin est bien décidé à ne pas se laisser distraire.

— Pour nous affranchir et former notre propre gouvernement, il faut commencer par nous prêter serment de juridiction en juridiction, affirme le jeune homme avec passion. Nous nous assurerons la confiance, l'adhésion de l'ensemble du pays. Le moment venu, les Thurgoviens déclareront la Thurgovie indépendante et reconduiront à la frontière le bailli représentant les chers Confédérés. Zurich ne prendra pas les armes. Notre revendication est légitime. Ils n'oseront pas provoquer l'impératrice Marie-Thérèse.

Elsette regarde son cousin. Des années durant, elle l'a connu insouciant, indolent parfois, préférant ses aises à un effort soutenu. Aujourd'hui, il expose des projets révolutionnaires. Y pense-t-il depuis longtemps ? Il ne lui en a jamais parlé.

— Genève est libre. Maintenir sa liberté, pour une ville, c'est plus facile, affirme, doctrinal, le jeune Hans-Jakob. Un territoire très étendu, de toutes petites villes, c'est là notre faiblesse. Chez nous, les gens sont mal informés. Ils craignent tout changement. Ils redoutent le moindre risque et se contentent de survivre. Il faut les éduquer, les instruire. Que tous sachent lire, c'est notre premier objectif.

Puis, changeant de ton, presque emphatique :

— Grande plaine de la Thur, si facile à envahir, presque impossible à défendre, tu t'éveilleras d'un sommeil de trois siècles le jour où les enfants épelleront le nom de Liberté !

Elsette n'a pas entendu les derniers mots. Elle cherche des yeux le chapelain. « Notre objectif », a dit Hans-Jakob. Qui donc, au Schlössli, se soucie plus que le chapelain de l'instruction des villageois ?

David-Emmanuel Develay, intrigué par le ton exagérément assuré, quasi professoral du jeune homme, se demande à quel Cercle il s'est rallié. Ami de la Thurgovie ou ennemi des Confédérés ? Tous ont intérêt à compter dans leurs rangs le fils de Hans-Jakob de Gonzenbach, juge et seigneur à Hauptwil.

— Genève est une ville d'accueil, une ville refuge, se hâte-t-il d'affirmer pour changer le cours de la conversation. Longtemps assiégée, asphyxiée, elle doit aujourd'hui sa prospérité aussi bien à ses voisins plus ou moins proches qu'à ses citoyens.

Puis, rejoignant la pensée du jeune garçon :

— Si, quand j'avais votre âge, mon père avait été à la tête d'une maison de commerce comme la vôtre qui fait vivre toute une région, si mon père ou l'un de mes frères exerçait des responsabilités civiques et familiales aussi étendues que celles du seigneur Hans-Jakob, je n'aurais jamais quitté le Pays de Vaud. Car la liberté, c'est aussi l'exercice d'un certain pouvoir. Le renom de Hauptwil ne doit rien aux Confédérés. Votre père traite directement avec Amsterdam, Genève, Lyon, Marseille et Gênes. Sinon je ne serais pas ici. Le nom de Hauptwil, croyez-moi, est connu en Hollande, en Prusse, en Autriche et jusqu'en Hongrie. Ne faites pas de la liberté une baudruche qui éclate au moment où on la saisit, n'en faites pas une abstraction. La liberté d'un État ou d'une ville, tout comme la liberté personnelle, est l'acceptation de contraintes qui parfois –, souvent, dirais-je –, ne résultent pas d'un choix. Mes obligations quotidiennes me sont légères. J'ai le sentiment d'être libre. Comment vous expliquer ? J'ai le sentiment d'être dans le droit fil de ma vie. J'admets qu'on ne suive pas mon avis. Ma marge d'indépendance est étroite. Je crois qu'on se sent libre quand on accepte toutes les circonstances de sa vie, quelles qu'elles soient, tout en restant absolument fidèle à sa foi et à son désir le plus profond. Non, non, ce n'est pas contradictoire, s'empresse-t-il de poursuivre devant un signe de dénégation du jeune homme. Être libre, c'est être en accord avec la minute présente ; l'esclavage, c'est vouloir être sans cesse un autre, ailleurs. Être libre, c'est se nourrir aussi des insatisfactions, des difficultés du jour, en vue du but essentiel, dont on ne discerne peut-être pas encore l'immensité. Pensez au Säntis : de loin, c'est une montagne comme beaucoup d'autres. Si vous décidez d'en atteindre le sommet, il paraîtra s'élever à mesure que vous prendrez de l'altitude. Votre volonté grandira avec votre fatigue. Dans la vie, c'est pareil : en vous rapprochant du but, vous découvrez des perspectives inattendues. La réussite, incertaine, importe moins que la joie de l'effort. Un jour, vous serez très loin du lieu d'où vous êtes parti.

Tout en parlant, David-Emmanuel a fermé les yeux s'imaginant face au Säntis. Il s'interrompt, croyant entendre la voix de son frère : « David, tu rêves ! » Il se retrouve devant la jeune fille qui l'écoute intensément, immobile et vibrante. Libre ? Le mot l'effraie. Elle veut dépendre encore de son frère et de son père. Pourquoi ce désir de partir ? Quel autre but que celui de voir revenir les siens, de les retenir auprès d'elle ? Libre, elle l'a été jusqu'au vide, jusqu'au néant après la mort de sa mère quand elle n'avait personne pour s'inquiéter de son retour, de ses pensées, de son sommeil.

L'étranger a parlé du désir le plus profond. Confusément, la jeune fille sent monter en elle des attentes, des souhaits et des espoirs qu'elle ne saurait formuler.

Madame Maria observe le trio des jeunes gens en écoutant distraitement les propos des femmes qui l'entourent. C'est avec une certaine fierté qu'elle voit son petit-fils retenir l'attention du Genevois. En famille, l'adolescent affiche l'ennui. Sa grand-mère se réjouit de le voir aussi animé, avec des gestes vifs ponctuant un discours de toute évidence passionné. Elsette boit les paroles de ce monsieur Develay. Toujours un peu excentrique, cette petite ! Quelle idée de s'habiller d'une robe aussi légère, presque une robe d'enfant ! S'entendra-t-elle toujours aussi bien avec Ursula quand elles habiteront sous le même toit ? Déjà la lumière se fait plus douce. Où donc sont passés les amoureux et pourquoi le Seigneur Leonhard tarde-t-il à ce point ? Le cousin Walter erre en quête d'un interlocuteur. Elle le prie de lui amener le Genevois.

— Connaissez-vous, dans votre ville, une famille où un jeune Berlinois de quinze ans pourrait poursuivre ses études et son éducation ?

Avant qu'il n'ait le temps de répondre, Antoine et Ursula entrent, graves, très pâles. Ils sont presque de la même taille. Ils s'arrêtent face aux regards qui convergent sur eux. N'étant pas de la famille, David-Emmanuel s'écarte. Il murmure presque malgré lui :

— Est-on libre d'aimer et de se savoir aimé ?

S'est-il adressé à Elsette ou à Hans-Jakob, tout proches ? L'adolescent rétorque, péremptoire :

— Un homme d'honneur n'est pas esclave de ses sentiments. Il sacrifie ses intérêts à son pays.

À nouveau, David-Emmanuel Develay pressent que le jeune homme n'exprime pas une conviction personnelle. Au nom de quel parti l'héritier de la branche aînée des Gonzenbach piétine-t-il son avenir et celui de sa famille ? Mais déjà les cousins de Nengensberg, qui n'ont pas encore été informés du délai imposé au mariage, s'avancent, bras ouverts, elle un peu décoiffée, rose de fatigue et d'émotion.

Elsette se sent exclue. Que d'histoires pour une affaire aussi banale ! Tout le monde ou presque se marie. Avoir des enfants n'est pas toujours une partie de plaisir. La grossesse est pénible, l'accouchement pire souvent. Antoine et Ursula peuvent se voir ou s'écrire tous les jours s'ils le désirent. Quelle folie de vouloir se marier ! Elle regarde autour d'elle. Il lui semble que l'étranger, tout proche, a lu dans ses pensées. Il a un sourire triste :

— À quinze ou vingt ans, le premier amour. Après, ce n'est jamais tout à fait pareil.

Elsette s'écarte brusquement avec l'envie de crier. Elle fuit dans les jardins. Pourquoi ces paroles l'ont-elles bouleversée à ce point ? Pour elle, ni à quinze ni à vingt ans. Jamais plus de premier amour. C'était autrefois, dans des temps si anciens qu'elle ne peut en parler à personne, pas même à Anna. Son premier amour : les bras de sa mère, leur douceur, leur parfum, ce grand corps tiède contre lequel elle demeurait heureuse, dont elle aurait voulu ne jamais se séparer. Cette voix qui tremble au plus profond de sa mémoire, voix de tendresse, d'inquiétude, de confiance, d'attente ; voix de lumière et de larmes qui prenait toutes les couleurs du jour pour dire « Elsette ». Autrefois, son père, sa mère, Anna, Antoine. Aujourd'hui, l'oubli et le refus. Pour Elsette, le désir d'aimer et la peur de mourir.

Le Seigneur Leonhard a tenu sa promesse, il s'incline devant Madame Maria. Il a déjà noté la présence de David-Emmanuel et repéré cet impertinent petit Hans-Jakob dont on lui a parlé à Zurich.

— Alors, demande-t-il à l'aïeule, vous aviez une question à propos de Genève ? Je vous vois en fort bonne compagnie et je suis certain que Monsieur Develay a pu vous renseigner.

Un ange passe. Surpris du silence inattendu, Leonhard se retourne. Les regards se sont fixés une fois de plus sur Antoine et Ursula.

— Aimer et être aimé à vingt ans, c'est une bénédiction !

Personne n'a envie de se moquer du cousin Walter ni de la sueur qui coule jusqu'à la ligne de ses épais sourcils.

Leonhard se souvient : Élisabeth avait vingt ans le jour de leur première rencontre. Et lui, à vingt-sept ans, était-il déjà trop vieux ?

Le maître de maison, le seigneur Hans-Jakob, pressent que sous son toit, le courant de la vie échappe à son contrôle. S'il était homme de discours, peut-être parlerait-il de destin, ou de destinée ou même de la volonté de Dieu. Il consulte le visage de sa femme, plus secret que de coutume. Ne pas montrer sa joie, ne pas rire d'avoir raison. Que le père d'Ursula et le père d'Antoine s'imaginent que tout se déroule comme ils l'avaient décidé.

Madame Maria s'est levée sans l'aide de sa canne. Elle saisit le bras de son fils, pose sa main sur celui de Leonhard et, face à Ursula et Antoine, toujours immobiles, toujours superbes de passion et d'attente :

— Merci d'être venu. Nous ne pouvions célébrer ces fiançailles sans vous.

XVII

David-Emmanuel Develay a pris congé du seigneur Hans-Jakob et de sa famille. Sa chaise est attelée. Il profitera des dernières heures du jour pour gagner Saint-Gall. Au moment de donner ses ordres au cocher, il aperçoit en contrebas, dans une allée, la haute silhouette du Seigneur Leonhard en compagnie d'une ondoyante robe claire : Elsette. Quel est le vrai prénom de la jeune fille ? Un instant, il les regarde s'éloigner, père et fille, deux orphelins exclus de la fête. Il a le temps de les rejoindre. L'attelage dévale le chemin raide qui mène à la grand-route et s'arrête à la sortie des jardins. David-Emmanuel saute à terre, monte à la rencontre des promeneurs du soir. Vu ainsi d'en dessous, le visage d'Elsette, inondé de lumière et de gravité, lui rappelle celui de sa sœur Suzanne qui, dès son mariage, séjournera à La Tour, à l'ouest de Turin, au cœur de ces vallées où la persécution contre l'Église vaudoise, fidèle depuis six siècles au pur

Évangile et à la prédication de Pierre Valdo, peut reprendre d'un jour à l'autre. Dans son cœur, c'est à la jeune fille qu'il s'adresse en s'inclinant devant le Seigneur Leonhard :

— Ce sera pour moi un grand honneur, un grand bonheur, de vous accueillir à Genève par une journée aussi exceptionnelle que celle d'aujourd'hui.

D'un grand geste, il montre les fleurs, les arbres, le ciel d'une limpidité parfaite.

— Je vous ai cherché, nous avons dû nous croiser. Votre frère César s'inquiète autant que moi, répond Leonhard sans préambule. Le printemps est beaucoup trop sec, la récolte de l'an dernier a été désastreuse dans la plus grande partie de l'Europe. Genève a si souvent souffert de la famine qu'elle a pris les devants grâce à l'appui de Monsieur de Necker. Quand j'ai quitté la ville, elle envoyait des émissaires à Marseille. La maison Develay achetait le fret au prix fort. La ville de Zurich sera-t-elle ravitaillée par le Rhin ? ou par Gênes ? ou par le Danube ? En tout cas, les villes seront privilégiées. La campagne devra compter sur le produit de sa terre.

Il désigne les serres, les allées, les pelouses, les massifs de fleurs : « Rien de consommable dans tout cela mais je puis aménager des entrepôts salubres, à l'abri de l'humidité et des rongeurs. Je puis mettre à votre disposition charrettes et chevaux. Dites à votre frère que, dès aujourd'hui, je suis acheteur. »

Douceur de cette fin d'après-midi dans la nature exubérante, à la veille de l'été. Le regard sur la rivière proche bordée de peupliers, David-Emmanuel proteste :

— Seule la guerre ou la révolution paralyserait le ravitaillement. En Europe, on ne se bat plus pour des chimères. Au moment où les toiles de Hauptwil passent toutes les frontières, l'acheminement de denrées de première nécessité, même périssables, ne sera pas la quadrature du cercle.

— Dans les ports de l'Europe et dans ceux d'outre-mer, dans nos caves et nos greniers, il y aura certainement de quoi nous nourrir tous, mais peu mangeront à leur faim. Dès qu'il y aura menace de pénurie, les prix monteront et un sac de blé se cachera comme un sac d'or. Je ne vous demande pas de me croire mais de transmettre mon offre à votre frère. Les lettres suivront. Votre passage me permet de gagner quelques jours.

La voix de Leonhard est dure. Le regard de la jeune fille va du visage de son père à celui de l'étranger. Est-il possible que l'on ait vraiment faim, qu'il n'y ait plus de lait sur les alpages, plus de fromages, de fruits ou de légumes à la cave ? Au Vieux Château comme dans les fermes, on conserve tant de haricots, tant d'œufs, tant de lard salé. Elle regarde les pelouses : ne pourrait-on pas dès aujourd'hui planter des choux ?

L'étranger a pris congé, la chaise s'éloigne. Pour traverser la route poussiéreuse, la jeune fille a saisi la main de son père comme dans son enfance. À l'heure du souper, ils se retrouvent seuls, face à face. Elsette en éprouve un bonheur inattendu. Le mot « famine » lui apparaît comme une menace déjà conjurée. Jusqu'alors, elle ne l'a rencontré que sur la page des livres où il remédie à un mal plus profond : affamées, les armées ennemies acceptent enfin de signer la paix ; c'est pour acheter du blé que les fils de Jacob sont descendus en Egypte où Joseph, qu'ils avaient vendu comme esclave vingt ans plus tôt, a pu leur pardonner enfin. Et le Petit Poucet ! S'il y avait eu suffisamment de pain dans la cabane du bûcheron, jamais il n'aurait pu chausser les bottes de l'ogre qui continuerait à ravager le pays. Légendes et contes foisonnent de princes riches, justes, prévoyants ; Elsette imagine les montagnards accourant au Vieux Château où une généreuse distribution de vivres les attend.

Leonhard pressent que cette soirée en tête à tête avec sa fille cadette est unique. Il voudrait lui dire : « Choisis un mari selon ton cœur et selon le mien. » Mais choisit-on vraiment ? Il se revoit à Saint-Gall, dans la salle à manger de Caspar Straub, écoutant chanter Élisabeth. Les événements les plus importants, ceux qui décident de notre vie, sont-ils toujours imprévisibles ? Ce n'est pas une affaire de hasard, pense-t-il, mais d'ignorance : il y a trop d'inconnues. D'ici quelques années, Elsette s'éloignera-t-elle du Vieux Château comme sa sœur Anna, alors qu'Antoine, l'héritier, se sera allié très jeune à une famille trop proche ? Leonhard se découvre le désir de garder sa fille cadette auprès de lui. C'est elle qui aurait dû se fiancer au turbulent petit Hans-Jakob afin de passer le restant de sa vie à Hauptwil.

— Père !

Pourquoi est-il aussi difficile d'exprimer la joie d'être ensemble et d'avouer que ni l'un ni l'autre n'ont envie de changer rien ?

Leonhard se demande ce que sa fille connaît de l'amour. Un homme, un des jeunes gens rencontrés dans ces bals où ses cousins l'accompagnent, l'a-t-il déjà troublée ? Sa sœur lui a-t-elle fait des confidences ? Elle est une adolescente, comme l'a été Élisabeth autrefois, sans mère ni grand-mère pour l'instruire.

Une servante vient allumer les chandelles. Aux jeux d'ombre et de lumière des petites flammes vacillantes, Elsette remarque sur le visage aimé des signes qu'elle n'a jamais pris le temps de déchiffrer. Le front s'est agrandi et les boucles rousses qui descendent jusqu'aux épaules s'éclaircissent de mèches blanches. Il y a aussi ces deux rides profondes qui partent des ailes du nez pour rejoindre la commissure des lèvres. Cette boursouflure des paupières, fatigue ou maladie ? Elle hésite : se lever, passer ses bras autour du cou de cet homme las, frotter sa joue contre la joue râpeuse, insister : « À quoi pensez-vous ? » Pourquoi ne parle-t-il jamais de lui ? Sa joie est tombée. Le silence l'oppresse. Elle dit seulement, avec une certaine brusquerie :

— Préparer et célébrer le mariage d'Antoine, planter des choux, réveiller la Thurgovie : une rude année pour la famille ! Une fois Ursula et Antoine installés au Vieux Château, une fois le blé des Develay distribué en toute justice, le printemps prochain, c'est mon tour, vous m'emmenez !

Il regarde comme au travers d'elle, n'osant suggérer : « Chante, Elsette, chante comme ta mère autrefois, tu te souviens ? » Car aujourd'hui, elle a le droit, le devoir peut-être, d'oublier et de transplanter sa vie dans une terre inconnue.

Les pensées de ces deux êtres si proches et séparés descendent le même courant. Incertaine de sa voix et de sa mémoire, la jeune fille sent sa gorge se nouer, son cœur battre de plus en plus vite. Dire au moins qu'elle est heureuse qu'il soit son père, heureuse d'être en vie, qu'elle réapprendra à chanter, qu'elle trouvera un professeur et quelqu'un pour l'accompagner au clavecin. Elle va parler quand, par la fenêtre ouverte, ils entendent l'appel des premiers trilles. Elsette retient son souffle. Des notes d'une pureté surnaturelle que Leonhard reconnaît aussitôt : avant la naissance d'Elsette, les rossignols avaient niché en amont du Vieux Château, dans un bosquet de sapins. Ils écoutent sans y croire tout à fait, immobiles de crainte d'interrompre le chant qui monte, intrépide, obstiné, de plus en plus audacieux et cristallin. Ils soufflent les bougies, s'approchent de la fenêtre. Les notes, toujours plus rapides, légères, distinctes et assurées, jaillissent en gerbes d'or dans la nuit. Au-dessus d'eux, sur la gauche, dans son manteau de plumes rousses, un être vivant plus petit que leur poing, invisible, inaccessible, qui ignore tout du cheminement de leurs pensées, exprime ce qu'un cœur de quinze ans et celui d'un homme consentant déjà à vieillir recèlent de tendresse indicible et de pouvoir d'émerveillement.

XVIII

Le mariage d'Antoine aura lieu le 11 novembre, jour de la Saint-Martin, pour permettre aux cousins de l'étranger d'entreprendre le voyage. Au cours de l'été, Elsette rend visite à sa sœur qui ne quitte guère le village de Speicher en Appenzell, rejoint ses cousins Zollikofer au château d'Altenklingen et passe au moulin de Werner sur le chemin du retour.

Werner est encore plus soucieux que Père : l'été est brûlant, le blé, déjà moissonné, n'a donné qu'une récolte misérable. Les paysans refusent de croire que le pain pourrait manquer. Le Seigneur Hans-Jakob, Père et Antoine ont dépêché des courriers à tous les fermiers-tisserands, les exhortant à semer encore, à planter et arroser, à soigner leur bétail ou leur basse-cour. La Thurgovie devrait être privilégiée grâce à son eau vive venue de la fonte des neiges et des glaciers, grâce au lopin de terre que tout un chacun peut sarcler autour de sa maison. Werner et son neveu se sont efforcés de donner l'exemple. Mais le sol maigre et la vermine découragent leurs voisins. Ceux qui ont encore des réserves de coton estiment que tant de soin pour un jardin est temps perdu. Le fil s'enroule, fin et sans défaut, mesurant le travail de la journée ; il suffira de le vendre pour ne pas mourir de faim. Mais déjà le blé a plus de prix que la toile.

* * * *

La date du mariage approche. Le petit Daniel écoute avec émerveillement l'histoire de Martin qui, d'un coup d'épée, trancha son manteau pour le partager avec un miséreux grelottant. Le soleil réapparu et l'air soudain radouci, quelle récompense miraculeuse pour une générosité somme toute mesurée ! Décidé à faire sa part pour la réussite du grand jour, il s'arme d'une paire de ciseaux. Sa mère le trouve s'appliquant à couper, de bas en haut, la veste fourrée qu'il doit porter au mariage de sa sœur et dont il donnera la moitié au premier enfant pauvre rencontré sur le chemin du cortège.

À l'arrivée des Gonzenbach d'outre-frontière, les cerisiers arborent encore leur chevelure de cuivre rouge. La joie de se retrouver, parfois après des années de séparation, efface momentanément tout souci. On se réunit dans la salle du Conseil avec solennité et confiance : les Gonzenbach de Hauptwil sauront toujours tirer parti des pires difficultés.

Le jour même du mariage brille un soleil timide, presque confus, tenu en laisse par le regard complice du petit Daniel. La chapelle est trop petite pour tous les invités ; ses portes restent ouvertes et une partie de l'assemblée debout. Le renchérissement de la vie, qui a déjà atteint la région, impose, par décence, une certaine austérité : moins de volants, de fanfreluches et de dentelles, des couleurs plus discrètes ; sur les visages, davantage de détermination et de solennité. Elsette écoute distraitement le début de la liturgie et le sermon. Un frisson de bonheur la saisit au moment où tous entonnent un des psaumes familiers. Par-delà la distance, les mois ou les années de séparation, une ferveur commune les relie. La jeune fille sent sa voix s'élever sans effort, assurée, nécessaire face aux basses et aux ténors, exacte au rendez-vous des autres voix.

De grands feux joyeux ont été allumés dans les cheminées ; les poêles de faïence peinte entretiennent une température estivale à chaque étage. Dès le crépuscule, des lampes, des bougies, des flambeaux s'allument aux fenêtres et dans les jardins. Les enfants montent et descendent l'escalier ; les plus petits s'endorment sur un coussin, dans un fauteuil ou dans les bras de leur mère. Bartholomé Pelloutier, l'ami du philosophe Moses Mendelssohn, a rejoint Madame Maria, retirée un peu à l'écart dans le salon gris. Il lui donne des nouvelles des cousins de Saxe, de Prusse, de Poméranie. En l'écoutant parler des mariages, des naissances, des morts aussi, Maria, née au siècle précédent, se revoit à quinze ans, au moment de quitter Berlin pour rejoindre son fiancé. Elle s'était imaginée libre d'aimer, de choisir enfin sa vie, une forme d'indépendance ; avait-elle obéi à un appel plus puissant et souterrain que son désir ? Le mariage de sa petite-fille en ce jour est comme l'accomplissement du sien. Quel sera le nombre de ses arrière-petits-enfants et leur destin ? Elle ne pense pas à son avenir. Elle détient enfin le privilège d'accueillir et de célébrer le présent, de faire confiance aux forces d'amour insondables qui transfigurent le trop fragile amour humain.

On se réunit une dernière fois à la chapelle avant le départ des invités. Actions de grâce, prières ferventes, intercession pour ceux qui demeurent dans ce district de Thurgovie et pour la Thurgovie entière, pour les cantons, les villes, les provinces que les voyageurs auront à traverser. Très droit, impassible, le Seigneur Leonhard se tient à la porte, ouverte sur les jardins. D'avoir cédé sa place à d'autres lui permet d'échapper au coude à coude. À son avis, Dieu n'a pas besoin de nos prières pour bénir Sa création : l'Écriture ne rappelle-t-elle pas qu'Il fait luire le soleil sur les bons et sur les méchants ? C'est alors que le cousin Bartholomé Pelloutier, très simplement, se lève. Bien qu'il ne soit qu'un simple laïc, il désire témoigner que la prière est le premier pas sur le chemin de la liberté. Tout être humain peut entrer en relation avec l'Intelligence divine qui l'affranchit des a priori quotidiens, de la fatalité et de la peur.

— Saisissez les promesses de Dieu, dit Bartholomé. Prier, l'acte par excellence, c'est exprimer vos désirs et vos soucis en toute simplicité. Dieu entend, corrige, donne le meilleur.

La voix de Bartholomé a pris une ampleur qu'il ne soupçonne pas :

— Portez votre dernier épi de foi au moulin de Dieu qui vous rendra, selon votre attente, un sac de blanche farine ou le plus croustillant des pains.

Spontanément, un psaume à quatre voix jaillit du cœur de tous les assistants qui, debout, accueillent la bénédiction. On entend déjà du bruit dans la cour. C'est l'heure d'atteler les chevaux.

Cet hiver-là, Elsette apprendra que la bénédiction n'est pas gage de vie facile et d'absence de douleurs.

XIX

Les Develay font savoir très vite qu'ils ne peuvent distraire un seul convoi de l'approvisionnement destiné à Genève. La campagne alentour souffre déjà de la faim. Les bateaux déchargés à Livourne ravitaillent la plaine du Pô. Rien ne s'oppose à ce que les mulets emportent leur chargement habituel de coton, mais les muletiers ne trouveront rien à manger en chemin. Jérémias a succédé à Werner. On le dépêche dans les hameaux et les fermes du district pour faire l'inventaire des ressources, organiser le marché ou le troc et secourir les plus démunis. Mais Jérémias n'a pas l'entière confiance des fermiers. Tous prétendent qu'ils ont à peine de quoi passer la semaine. Heureusement, une entraide spontanée s'établit de maison à maison. Dans les châteaux comme dans les masures, il est impossible de prévoir la durée de la famine et d'évaluer les réserves disponibles. Madame Maria prend des nouvelles de sa petite-fille et de son installation au Vieux Château avec la sérénité des personnes âgées qui ont traversé nombre de catastrophes et savent que la vie s'accroche comme le lichen au rocher.

Le chapelain n'a jamais eu autant de petits écoliers avides d'enseignement. En recopiant de leur meilleure écriture l'histoire d'Élie nourri par les corbeaux puis par la veuve de Sarepta, celle de Joseph à la cour du Pharaon et celle de ses frères venus chercher du blé en Egypte, ils retrouvent l'espoir et, après une généreuse distribution de lait présidée par Jérémias, repartent le ventre moins creux.

Hans-Jakob le jeune triomphe ; il rend les baillis responsables de cette situation. Les districts de Thurgovie vont enfin comprendre qu'ils doivent s'unir contre leurs tyrans. Mais, d'une semaine à l'autre, l'école se vide et les discours de Hans-Jakob ne trouvent plus d'oreille. Une épidémie fait se terrer chacun dans sa maison. Grippe, peste, choléra ? Suivant le nom donné au malheur, il paraît plus ou moins accablant. On meurt dans les chalets les plus isolés de la montagne, dans les fermes de la plaine comme dans les châteaux. Une vague de froid paralyse les nouvelles.

Elsette, encore debout, soigne de son mieux, avec l'aide d'une servante, les alités du Vieux Château. Le mal la prend par surprise. On la trouve évanouie. Elle se souviendra d'une fatigue intense, de vomissements, d'une diarrhée humiliante, puis – mais n'était-ce pas des années plus tard ? – d'images très colorées : elle était seule dans la montagne, seule au milieu des rochers, des blocs énormes qu'elle escaladait un à un sans jamais apercevoir autre chose qu'un peu de neige au pied d'un très lointain sapin tordu. Puis la montagne prit feu. Soif intense. Rochers brûlants. La pierre allait-elle s'enflammer ? Une attention extrême fit place à la peur. Elle se réfugia dans une anfractuosité, culbuta dans un couloir, tomba, glissa, dériva entre deux eaux comme une noyée. À fleur de surface, elle perçut des voix, des ombres sur la berge. C'était trop d'efforts de leur faire signe. Elle s'abandonnait au courant quand, dans un sursaut, elle s'agrippa à des buissons épineux qui surplombaient la rive, en pensant : « Je suis en train de mourir, je ne veux pas mourir. » Tenir, se hisser sur le sol ferme, ramper sous les épines qu'elle ne parvenait pas à écarter. Interminable cheminement. Elle devait poursuivre.

Enfin, la voix de Père.

Son grand étonnement demeurera d'avoir vu la vie aussi pressée de reprendre son cours, comme s'il n'y avait pas eu davantage qu'une tempête sur le lac de Constance.

* * * *

Le printemps venu, les gens de Hauptwil, ceux du Toggenbourg et de la vallée de la Thur, encore dans la stupeur, voient les bourgeons se gonfler et les premières feuilles luire au soleil comme à l'accoutumée. Les survivants se regardent avec tendresse. Les chèvres mettent bas leurs petits. On retrouve un restant de farine. Les premiers légumes soulèvent la terre des jardins. Au Kaufhaus, le fil, la toile et le coton s'échangent à nouveau. Quelques jeunes femmes allant fleurir une tombe fraîche sentent leurs seins douloureux, tendus, et pleines de courage reviennent à leur jardin en prévision du petit être tout neuf qu'elles auront à nourrir.

Pour Elsette, il y aura bientôt la naissance de sa nièce Sabina, un professeur de chant, puis le remariage de Père.

XX

Qui aurait pensé que Père se remarierait un an après le mariage d'Antoine ?

Les enfants connaissent depuis longtemps Augusta Ott. Ils l'appellent la Grande Demoiselle, parce qu'elle est presque de la même taille que Père, peut-être aussi parce qu'elle est intelligente, discrète, attentive et qu'elle parle bien de ce qu'elle connaît. Les voyages, la musique, les livres l'intéressent davantage que les affaires et il semble à Elsette que, lors de chacun de ses passages, les fenêtres du Vieux Château s'ouvrent pour quelques heures.

Pourtant, quand un soir, à la table familiale, Père annonce qu'il va épouser Mademoiselle Augusta Ott, personne ne s'y attend. Ursula, devant la consternation et le silence des enfants, se hâte d'approuver : Mademoiselle Ott sera une compagne idéale pour Père, il ne se sentira pas seul quand Elsette aura quitté le Vieux Château. Pourquoi Ursula a-t-elle dit cela ?

Elsette n'a pas la moindre intention de quitter le Vieux Château. Père, comme surpris de sa propre décision, regarde ses enfants à tour de rôle sans rien ajouter, dans l'attente de leur avis. Eux se taisent et Ursula parle ; elle seule aura parlé ce soir-là.

Quelques jours plus tard, la Grande Demoiselle, passant au Vieux Château et n'y trouvant personne, rejoint Elsette dans les allées. Après l'avoir questionnée sur ses cours de musique, elle dit à quel point elle espère rendre Père heureux. (N'est-il pas heureux avec elle, Elsette, avec Antoine et Ursula ?) Augusta Ott dit sa joie d'avoir les enfants de Père à aimer et des petits-enfants, puisqu'elle ne sera jamais mère. En cette fin de septembre, les arbres jaunissent déjà. Elsette hume les senteurs de la forêt proche. Antoine et Ursula y ont fait tracer de nouveaux sentiers conduisant à des cabanes de verdure d'où l'on peut observer toutes bêtes à poil ou à plume. Mademoiselle Ott ralentit le pas. Elsette sent son regard insistant sur sa tempe. La Grande Demoiselle va parler. Elle va dire que Père et elle, au Vieux Château… Mais il n'y a pas de place pour elle au Vieux Château ! La jeune fille fait brusquement volte-face et l'entraîne :

— Mon père va rentrer. Lui sera heureux de vous accueillir.

* * * *

Elsette reçoit une lettre de sa sœur Anna l'invitant à venir quelques jours en Appenzell. Les enfants grandissent, ils ont si peu l'occasion de rencontrer leur jeune tante. C'est pendant ce séjour, en l'absence de ses deux filles, que le Seigneur Leonhard de Gonzenbach célèbre dans l'intimité son mariage avec Mademoiselle Augusta Ott.

Anna a tenté de raisonner sa sœur : il est bien normal et peut-être souhaitable, même pour elle, que Père se remarie. Mais c'est plus fort qu'Elsette, il lui est pénible de voir aux repas celle qu'elle appelle toujours la Grande Demoiselle en face de Père, à la place occupée par sa mère autrefois.

Elle reçoit des leçons de musique de l'organiste de la chapelle, qui lui prête des livres en français. Un jour, la femme de Père lui annonce qu'un concert va être donné dans un château voisin par un excellent musicien habitant Winterthur. Il accepte de prendre quelques élèves chez lui. Elles vont l'écouter. Elsette lui demande une audition. Un mois plus tard, elle part pour Winterthur.

Cette ville du canton de Zurich, toujours rappelée à l'ordre par la capitale qui lui défend de s'adonner à l'industrie, cultive les arts, la peinture aussi bien que la musique. Elsette s'y plaît et s'y fait des amis. Elle se sait attendue à Altenklingen, elle sera toujours la bienvenue chez Anna. Durant les semaines passées au Vieux Château, elle monte souvent au Schlössli auprès de Madame Maria, si différente de sa grand-mère et qui la lui rappelle pourtant.

C'est Madame Maria qui lui annonce un jour le prochain départ de son petit-fils : le seigneur Hans-Jakob l'expédie en Italie pour lui faire passer ses idées de révolution.

— Il verra Venise, le théâtre, l'opéra. Il apprendra à se tenir en société et, sur les routes, les aventures ne lui manqueront pas. J'étais beaucoup plus jeune que lui quand j'ai quitté Berlin.

— Et beaucoup moins raisonnable !

Le jeune homme est sur le seuil. Il a le temps de voir que la petite cousine devient très jolie. Sans lui en faire compliment, il affirme sa supériorité :

— Ce sont les femmes qui se préoccupent de théâtre, de toilette, d'opéra et s'imaginent pouvoir nous imposer un certain usage du monde. J'espère me faire beaucoup d'amis qui seront prêts à soutenir la Thurgovie.

* * * *

Quelques mois plus tard, Elsette se rend à Saint-Gall pour participer à un concert que la femme de Daniel Scherer, syndic des négociants suisses à Lyon, de passage pour l'été, organise pour les septante ans de sa belle-mère. Dès les premières mesures, la jeune fille sent que son plaisir et le plaisir de ceux qui l'écoutent ne font qu'un. Elle interprète ses morceaux préférés, ceux qu'elle a travaillés longuement à Winterthur, ceux que, tout bas ou à pleins poumons, elle chante pour elle seule ou pour la forêt, en traversant les pièces du Vieux Château ou même à la chapelle, dont les pierres, comme les arbres, l'accompagnent avec des accords imprévus. On l'applaudit, on insiste pour qu'elle chante encore. La jeune Madame Scherer la retient :

— Vos cousines séjournent une année à Lyon pour apprendre les usages du monde et pour améliorer leur français. Pourquoi pas vous ? En musique, c'est à Lyon que vous aurez les meilleurs maîtres et que vous découvrirez les plus beaux airs.

Les yeux d'Elsette brillent. Madame Scherer conclut :

— Nous nous verrons souvent. En été, vous viendrez dans notre maison de campagne. Je vais écrire à votre père demain.

En revenant au Vieux Château, la jeune fille s'inquiète : elle sait qu'on chante autrement à Lyon qu'à Winterthur. Elle a tant travaillé. Tout ce qu'elle a appris ces dernières années ne servira-t-il à rien ? Elle a presque vingt ans, l'âge où sa mère et sa sœur aînée se sont fiancées. Elle attend l'arrivée de la lettre de Madame Scherer pour se confier à Père. Partir pour Lyon, travailler, dépasser tout ce qu'elle a appris jusqu'alors est d'une telle importance !

Père, Antoine, la Grande Demoiselle approuvent sans hésiter le projet d'Elsette. On écrit aux cousines Huber. Elles chercheront une pension pour la jeune fille, veilleront sur elle à son arrivée. Antoine l'accompagnera à Lyon.

La mort de César Develay précipite leur départ. Samuel Develay a fait le voyage d'Amsterdam à Genève pour régler la succession de son frère ; Antoine décide de le rencontrer à Berne, avant le retour du commerçant en Hollande.

En apprenant la mort de César Develay, Père a paru bouleversé. Il écrit à sa veuve, Sarah née Chuard, demande des nouvelles de leur fils Isaac-Emmanuel et de ses sœurs. Un après-midi, alors qu'il est seul avec Elsette, il fait la remarque que le commerçant de Genève a quitté ce monde dans sa quarante-cinquième année, au même âge qu'Élisabeth, sa première femme. Surprise de ce rapprochement, la jeune fille s'écrie :

— Je ne savais pas que vous les connaissiez bien ; vous n'en parlez jamais.

Père reste longtemps sans mot dire. Elsette sait que ces silences recouvrent presque toujours une émotion profonde. En le questionnant par petites touches, elle apprend que onze ans plus tôt, Sarah, qui attendait son second enfant, avait parlé de sa propre mort et Père s'était imaginé que César lui survivrait. Elsette demande :

— Vous étiez à Genève il y a onze ans ? C'était avant ou après la mort de maman ?

Il lui raconte son arrivée à Genève, l'absence de nouvelles, son passage chez les Develay, les lettres trouvées à son retour. Puis ils restent longtemps silencieux, revivant ces jours de séparation et de douleur partagées : lui, ayant toute la Suisse à traverser ; elle, retenue chez sa sœur contre son gré. Elle redevient soudain l'enfant emmenée en Appenzell ; il est encore temps d'accourir au Vieux Château, de toucher une main qui pressera la sienne, de recueillir un mot, un baiser, un souffle, d'abandonner sa tête sur une épaule que la douce chaleur de la vie n'aura pas encore quittée. C'est plus qu'un souvenir. Ces heures de déchirement ont été d'une telle densité qu'elle en portera toujours le sceau dans sa chair et dans son âme. Elle comprend que pour Père, c'est pareil. La nuit où elle l'avait rejoint dans la salle des portraits demeure intacte en lui comme en elle.

Père saisit sa canne à pommeau d'or. Il fait quelques pas dans la pièce (Père a toujours besoin de mouvement), s'approche de la fenêtre. Elsette le rejoint. Ils voient Augusta traverser le jardin, les bras chargés de dahlias multicolores et de feuillages déjà roux. Le visage de la jeune fille est en pleine lumière.

— Comme tu ressembles à ta mère, murmure-t-il.

Il fait quelques pas. Sa démarche, légèrement asymétrique, a gardé sa désinvolture – ou son détachement ?

— L'an prochain, à Lyon, tu auras vingt ans.

Puis, après un moment de silence, comme pour laisser à Elsette le temps d'imaginer le clavecin, le chant, l'opéra, les réceptions dans la grande ville française :

— Il faut que tu saches que dans la vie, dans chaque vie, il y a des moments difficiles... des circonstances... très difficiles. Tu souffriras aussi de ne pouvoir partager avec d'autres ce qui te tient le plus à cœur.

À cette remarque, elle comprend à quel point elle ressemble à Père aussi. Il parle rarement de lui :

— Quelle que soit la voie que l'on choisit ou qui vous est tracée, on ne peut réaliser l'ensemble de ses rêves et de ses aspirations. À ton âge, on voudrait tout faire, tout embrasser, tout connaître et l'on se sent capable de tout mener de front. Un jour, il faut choisir et, plus tard, parfois renoncer à ce que l'on avait choisi.

Augusta est entrée, portant le vase où elle a disposé un somptueux bouquet :

— Il fait encore si beau ! Ne voulez-vous pas faire quelques pas dans le parc ? Viens avec nous, Elsette.

La jeune fille secoue la tête. Elle a besoin d'être seule, de chanter pour exprimer le trop-plein de vie qu'elle sent en elle, pour traduire sa joie et sa tendresse envers Père, sa confiance aussi. Elle a hâte de donner la pleine mesure de ses forces et de son courage. Les difficultés, elle saura les vaincre. De près ou de loin, Père en sera le témoin.

TROISIÈME PARTIE

LE GRAND VOYAGE

BERNE, LE PAYS DE VAUD, GENÈVE
1774-1775

XXI

La route descend légèrement. Les chevaux ont pris le trot. De temps à autre, un cahot plus prononcé que les autres signale une pierre entraînée par les dernières chutes de pluie. Depuis leur départ de Zurich, le brouillard ne les a pas quittés. Les lanternes n'éclairent que des halos de brume. La respiration ample et régulière d'Antoine s'approfondit encore. C'est la deuxième nuit qu'Elsette ne parvient pas à trouver le sommeil. Elle voudrait tout voir, tout visiter en chemin. Le vent plaque une averse contre la vitre du carrosse : le mauvais temps va-t-il enfin les contraindre à s'arrêter ? Elle aurait préféré voyager à la belle saison. Antoine, qui ne perd pas une minute de veille ou de sommeil, ne tient compte ni de l'heure ni des intempéries.

Les nouvelles reçues à Zurich les incitent à passer par Yverdon ; ce ne serait pas un grand détour. Selon le courrier qui leur sera remis en cours de route, ils se dirigeront ensuite vers Lausanne ou directement vers Genève. Genève ! La première ville étrangère. Des cousins les y attendent, des visites de politesse sont prévues et Antoine, comme toujours, y réglera ses affaires. Ensuite, ils auront encore trois jours de voyage pour atteindre Lyon. Même si Antoine se hâte sur la route du retour, cela fera pour lui presque deux mois d'absence. Il ne se fait aucun souci pour le Kaufhaus. Ursula le remplace, elle s'est toujours intéressée aux fileurs, aux tisserands, au commerce. C'est en partie grâce à elle que les affaires ont pris un tel essor ces deux dernières années.

Le cocher actionne la trompe. Elsette se redresse. Antoine s'étire, coiffe sa perruque :

— J'ai magnifiquement dormi, et toi ?

La porte s'ouvre. Pour la jeune fille, chaque arrêt est une aventure. Elle s'amuse de la considération ostentatoire témoignée à « Monsieur son frère ». C'est auprès de lui que l'on s'enquiert : « Et pour Mademoiselle votre sœur ? Que désire Mademoiselle votre sœur ? » À elle, personne ne demande : « Que désire Monsieur votre frère ? » Elle souhaiterait à tous deux une chambre confortable afin de se réveiller, une fois au moins, ailleurs que sur la route. Mais Antoine s'informe déjà de l'heure et du trajet qui lui reste à parcourir : Samuel Develay l'attend à Berne et ne peut différer son départ pour la Hollande. La succession de son frère l'a retenu à Genève près de deux mois.

* * * *

Elsette frissonne. Les couvertures ont glissé. Elle a dû dormir quelques heures. Il fait jour, le vent a tourné, un pan de ciel bleu apparaît sur la croupe d'une colline boisée. Des attelages peinent, de plus en plus nombreux, sur la route détrempée. Antoine est de bonne humeur : les délais sont tenus. Les murs de la ville de Berne apparaissent dans le petit jour brumeux. Les charrettes des maraîchers ralentissent sur le bas-côté de la route pour laisser passer le carrosse. Il traverse les faubourgs, entre dans la ville, suit sans hésitation les rues qui conduisent aux hôtels particuliers, franchit une porte cochère, s'arrête dans une cour. Les laquais s'empressent, on emmène les voyageurs à l'étage où ils pourront prendre du repos. Mais déjà Samuel Develay s'annonce.

Une vingtaine d'années séparent le jeune industriel du commerçant banquier au faîte de sa réussite. Correspondant à longueur d'année, ils n'ont que rarement l'occasion de se rencontrer. De la même taille mais plus élancé que ne l'était César, Samuel paraît plus grand. Son abord réservé, presque froid vient, pense Antoine, de la fréquentation des gens du Nord. Samuel Develay prend des nouvelles du seigneur Leonhard, donne quelques détails sur la maladie de son frère et sur sa fin. Rien ne sera changé à la maison Develay à Genève. David-Emmanuel, qui approche de la quarantaine, a toujours travaillé avec ses frères. Bourgeois de la ville depuis quatre ans, ses remarques au Conseil général sont appréciées. Aucun de ses privilèges commerciaux ne sera contesté.

— Je me rends à Lyon, je m'arrêterai à Genève, je verrai votre frère. Aujourd'hui, dit Antoine en faisant signe au valet qui se tient à la porte avec une malle, je voudrais régler avec vous les affaires d'Amsterdam.

Les deux hommes gardent le silence pendant que se déploient les pièces de tissu allant de l'écru au blanc le plus éclatant, de la toile serrée, presque roide, à la plus légère et la plus aérienne des mousselines. Samuel palpe, soupèse, caresse du bout des doigts ou à pleines mains les superbes tissus. Une fois de plus, le grand *H* de Hauptwil retient son attention par son élégance et la netteté de son dessin. Au centre de la fine barre horizontale qui relie les deux piliers, le petit *g* des Gonzenbach, cœur, source de l'énergie et de la volonté qui transforment la bourre venue d'un autre continent en ces toiles admirables. D'un geste, il interrompt le valet qui déroule l'une des plus grandes pièces et, se tournant vers Antoine :

— Je connais vos exigences. Ni vous ni moi n'y trouverions le moindre défaut.

Il sent naître en lui un sentiment d'amitié envers le jeune seigneur au visage ouvert qui a roulé toute la nuit pour l'atteindre. Depuis que la maison Develay importe le coton sans intermédiaire, celui d'Asie Mineure par Marseille et Genève, celui de Floride par Amsterdam, les tisserands de Hauptwil sont à l'abri de la concurrence anglo-saxonne. Pourtant, un marché n'est jamais définitivement acquis. N'est-ce pas le moment de se mettre à la teinture ? À Glaris, l'impression de grands motifs se poursuit pour une clientèle rurale. Il n'est pas question d'imiter une technique mise au point par deux générations, ni de copier les indiennes de Genève et encore moins les savants brochés de Lyon. Hauptwil doit trouver sa voie d'excellence : teindre le fil avant de le tisser ? Tremper la toile dans un bain colorant ? Naturel ou chimique ? Il y a plus d'un an qu'Antoine s'en préoccupe. Ses collaborateurs font des recherches en Italie et dans les Flandres. Il hésite, ne voulant pas prendre de risques inutiles :

— La mode est si capricieuse, les goûts deviennent de plus en plus raffinés. Pendant quelques mois, l'écarlate a tous les suffrages, puis on ne veut plus que de l'amarante ou du pourpre. Comment prévoir, choisir, décider entre le jaune doré et le jaune de Ravenne ?

— Vous n'aurez pas à subir la mode, nous la ferons ensemble, dit Samuel Develay.

Dans la confiance partagée et une certaine exaltation entretenue par la hâte et la fatigue, les deux hommes évaluent, prévoient, fixent des échéances, les notent dans leurs livres. Derrière les chiffres, Samuel voit le port d'Amsterdam, les docks, les entrepôts, les bureaux où l'attendent ses associés. Antoine imagine de grandes cuves, des écheveaux de fils séchant à l'abri des poussières. Il prendra l'avis de sa femme.

Les deux hommes referment leurs livres. Ils échangent encore quelques nouvelles sur la situation politique et les perspectives économiques des pays avec lesquels ils travaillent. Il semble que les guerres de religion soient à tout jamais terminées.

— Puisque je n'habite pas Genève, dit Samuel Develay, je puis vous avouer que les écrits de Jean-Jacques Rousseau m'intéressent beaucoup. La nature de l'homme est meilleure qu'elle ne paraît. Ces vingt dernières années, beaucoup de mensonges ont été dénoncés. Je voudrais avoir votre âge. Votre génération, à la recherche de valeurs universelles, saura établir la prospérité et la paix.

Antoine s'est rarement interrogé sur la nature humaine. Il a trouvé à travers sa femme et ses enfants une qualité d'amour insoupçonnée. Les deux hommes se quittent avec le sentiment d'avoir accompli leur mission. Samuel Develay est attendu chez le syndic des négociants étrangers. Antoine dînera chez un ami du professeur Keller, le pasteur Genton, qui vient du Pays de Vaud.

* * * *

Elsette a très peu de bagages. Ses cousines l'ont avertie : toutes les robes qu'elle portait en Thurgovie paraîtraient ridicules à Lyon. Elle a juste le nécessaire pour se changer en cours de route et passer quelques semaines dans l'attente d'un nouveau trousseau. Elle quitte son manteau de voyage, fait préparer les vêtements de la journée, puis s'endort sans même avoir bu la tasse de chocolat posée sur sa table de nuit.

Le regard d'Antoine la réveille. La jeune fille sera prête en un tournemain. Elle choisit un châle et une coiffe seyant à son teint. Frère et sœur montent dans un carrosse fraîchement lavé, les chevaux sont fringants. Ils croisent d'autres attelages élégants, des femmes parées en descendent, font quelques pas sous les arcades. Elsette, elle aussi, voudrait se promener ; son frère dit qu'ils n'en ont pas le temps. Ils passent la porte sous la tour de l'horloge, le pasteur Genton habite tout à côté. Le ciel est entièrement dégagé, la bise souffle, Antoine est content de sa matinée, ils ont faim. Depuis quand n'ont-ils pas pris un vrai repas ?

Le ragoût, accompagné de carottes et de pommes de terre en sauce, est une spécialité de la région, dit Madame Genton. Elsette avale le tout avec l'appétit de son âge, en subissant le discours de l'hôtesse : Pourquoi désire-t-elle faire un aussi long séjour à Lyon ? chez qui descend-elle ? quels cours suivra-t-elle ? Il ne faut pas se laisser tourner la tête par la grande ville, il faut prier chaque soir et chaque matin, il faut lire l'Écriture sainte et un livre de méditation, il faut se rendre au temple chaque dimanche. Le pasteur Genton insiste pour qu'Antoine souscrive à l'Encyclopédie d'Yverdon :

— Si vous vous arrêtez dans cette ville, tâchez de rencontrer Bartolomeo de Félice. C'est un passionné et un savant. Grâce à Albert de Haller et à Vinzenz-Bernhard Tscharner, il a pu rester plusieurs années à Berne.

— Pourquoi s'être établi ensuite à Yverdon ?

— Je ne connais pas grand-chose en politique mais j'imagine que les Yverdonnois ont pensé avant tout à l'imprimerie. Peut-être que Leurs Excellences de Berne ont vu en Bartolomeo de Félice un moyen de s'informer sur l'état d'esprit du Pays de Vaud.

— Vous-même, qu'en savez-vous ?

Le pasteur a un geste évasif :

— Il se raconte tant de choses contradictoires. Vous jugerez par vous-même.

— Pourquoi une encyclopédie de plus ? demande Elsette avec étourderie. On en fait partout, en Angleterre, à Paris, à Genève, en Italie, en Allemagne. Les mots qui commencent par *A* en français changeront de place dans une autre langue. Pourquoi accoler cœur et cour ?

— Quel rapport entre un bailli et une balle ? rétorque le pasteur. Un bailli ne renvoie jamais la balle, il la met dans sa poche.

La nuit tombe déjà, les lampes éclairent les rues encombrées. Le carrosse avance lentement. « Je suis à Berne avec Antoine, pense Elsette, nous allons à Lyon. » Elle voudrait fixer ce moment unique, le peindre dans tous ses détails comme elle dessinait le visage de Werner il y a quelques années. Une mélodie, mieux que des paroles lui semble-t-il, exprimerait son bonheur de vivre mêlé d'une mystérieuse appréhension.

Antoine sent la fatigue. Il pense à sa femme et à leurs enfants. Il passera à Yverdon au retour. David-Emmanuel Develay, originaire de cette ville, sera en mesure de le renseigner sur les foires et les marchés de la région.

— Bonne nuit, petite sœur. J'ai demandé qu'on nous réveille à quatre heures, demain.

Elle rit, elle est heureuse, c'est enfin le grand voyage tant attendu.

— Bonne nuit, Monsieur mon frère qui décidez de tout !

XXII

On arrive à la frontière du Pays de Vaud. Le pont de bois couvert est gardé à chacune de ses extrémités. Après l'avoir franchi, on trouve toujours le même paysage vallonné mais, en lieu et place des grandes fermes dont le toit à pans coupés descend à la rencontre de la terre, on ne voit plus que des masures. La route pourtant est bien entretenue. Les carrosses armoriés des baillis ou des notables contrastent avec les charrettes brinquebalantes des paysans.

Antoine regrette de n'avoir pas questionné Samuel Develay plus avant. Vaudois d'origine, ayant encore une partie de sa famille dans les environs d'Yverdon, il aurait été plus à même que le pasteur Genton de l'informer sur l'état de révolte latente ou de soumission du Pays de Vaud. Antoine tâte son gilet : les documents remis par son beau-père avant son départ s'y trouvent dans une poche intérieure, dissimulés sous la doublure. Aux yeux des Thurgoviens, ils ne contiennent rien de compromettant, mais une prudence extrême s'impose : l'adresse d'un commerçant pourrait être, sans qu'ils en soient informés, celle d'un résistant préparant une insurrection. L'affaire des Gonzenbach n'est pas de s'immiscer entre Berne et ses sujets mais d'établir des comptoirs au moment opportun dans les petites bourgades où se tiennent les foires.

Selon le seigneur Hans-Jakob, les francs-maçons, interdits depuis près d'un quart de siècle sur le territoire bernois et dans les pays sujets, entretiennent des rapports clandestins. Des renseignements plus précis pourraient être obtenus à Genève ou à Lyon. À Lausanne, des étrangers influents propagent des idées nouvelles. Ne s'agit-il que de paroles, de conversations de salon, du goût pour le secret qui renforce des liens d'amitié, ou de complots révolutionnaires ? Faut-il s'attendre à une action décisive imminente ? Le rayonnement de l'Encyclopédie d'Yverdon, le passage de Rousseau dans cette ville, prouveraient qu'une certaine liberté de pensée ose enfin s'affirmer.

La route suit la vallée de la Broye avant de traverser le plateau accidenté où des rivières se cachent dans des talus boisés. Sinueuse, elle monte, descend, rencontre des bourgades, des hameaux, deux châteaux du Moyen Age, de belles maisons de maître aux noms de châteaux comme en Thurgovie.

— Quelle est la prochaine étape ? demande Elsette.

— Si tu n'es pas trop fatiguée, nous irons d'une traite jusqu'à Genève.

— Mais alors, il nous faudra rouler encore une fois toute la nuit !

— Et tu arriveras à Lyon un jour plus tôt.

— N'as-tu personne à rencontrer à Lausanne ? insiste la jeune fille déçue. Je croyais aussi que nous allions acheter une encyclopédie à Yverdon.

— Je passerai à Yverdon à mon retour. J'écrirai de Genève pour prendre rendez-vous.

Ils s'arrêtent dans une bourgade pour changer de chevaux. Le relais se trouve sur la place, en face d'une belle maison bernoise, la demeure du bailli leur dit-on. Comme partout, une grande fontaine où le bétail vient s'abreuver sous les yeux d'une femme solide en jupe verte et caraco rouge. Dans la main gauche elle tient le fléau d'une balance, dans l'autre une épée : c'est la Justice de Berne, celle de l'occupant.

— Crois-tu que le Pays de Vaud pourrait être un jour indépendant ? demande Elsette quand ils reprennent la route.

— Comment savoir ? Indépendant, il ne l'a jamais vraiment été ; je crois qu'il faisait partie de la Savoie autrefois.

— Pourquoi les Bernois l'ont-ils occupé ?

— Ils ont traversé le Pays de Vaud pour venir au secours de la ville de Genève attaquée par les Savoyards. C'était il y a deux siècles et demi à peu près. À leur retour, ils ont pris les villes vaudoises une à une, seule Yverdon leur a résisté.

— C'est un peu la même histoire que celle de la Thurgovie, dit Elsette. Les Suisses se sont installés chez nous pour nous protéger, nous avons aussi des baillis depuis plus de trois cents ans, mais j'ai tant d'amis à Winterthur et à Saint-Gall que je me sens Suisse aussi.

— Les Zurichois et les Bernois, tous ceux qui nous envoient des baillis parlent presque la même langue, alors que les Vaudois, qui ont toujours parlé le français, doivent supporter un occupant de langue allemande. De plus, c'est le seigneur Hans-Jakob qui rend la justice dans notre district et personne ne nous a contraints à devenir des protestants ni à chasser moines et nonnes de leurs couvents.

* * * *

Quand ils s'arrêtent enfin pour se restaurer, Elsette, heureuse de marcher, de respirer l'air pur, écoute avidement un parler français un peu différent de celui appris à Winterthur, avec un autre accent. Elle s'approche des lavandières qui rincent leur linge à l'eau glacée en se félicitant :

— Chaque fois que je fais ma lessive, il fait du soleil.

— Tu es de Berne, lui répond sa compagne.

Plus loin des enfants jouent aux billes :

— C'est toujours toi qui gagnes ! Pour sûr, tu es de Berne, proteste le perdant.

La jeune fille hésite à comprendre : être de Berne, c'est être du côté de l'occupant ou du moins dans ses bons papiers, c'est avoir la chance pour soi et peut-être le Bon Dieu qui fait la pluie et le beau temps. Les femmes rient, les enfants rient. Antoine, qui l'a rejointe, constate en allemand pour ne pas être compris des passants :

— La campagne paraît plus pauvre que chez nous. Il est vrai que nous sommes en hiver. Ici, les gens n'ont pas l'air malheureux.

Un des garçons de l'hôtellerie vient leur annoncer que le repas est servi. Ils croisent des chevaux menés à l'abreuvoir, des fillettes chantent dans une cour. Elsette devine plutôt qu'elle ne comprend :

> *Les vaches de l'Emmental
> se font traire à l'étable
> celles du Gros-de-Vaud
> n'ont que peau sur les os
> comme chèvres sans pis
> galopent jusqu'à Paris.*

Pendant qu'on lui prend son manteau, Antoine remarque, sur une étagère, un presse-papiers en faïence : un beau chien couché, tenant un os entre ses pattes. S'approchant, il lit les petites lettres maladroites peintes sur son socle :

> *En rongeant mon os
> je prends mon repos
> un temps viendra qui n'est pas venu
> où je mordrai qui m'a mordu.*

Ils mangent en silence. En reprenant la route, Antoine dit simplement :

— Demain nous serons à Genève.

Elsette n'a plus envie de s'arrêter ; elle voudrait que les chevaux galopent comme les chèvres sans pis qui se rendent à Paris.

XXIII

Elsette écarte les rideaux du carrosse. La lune éclaire à perte de vue des champs où seuls de grands arbres isolés, dénudés, sont les témoins silencieux de leur passage. Antoine dort-il ? pense-t-il à Ursula ou aux affaires du lendemain ? Ce voyage n'a pas la même importance pour lui que pour elle. Il ne compte pas, comme elle, les jours et les heures qu'ils passent ensemble. Il ne se réjouit pas, comme elle, de découvrir Genève, et la France et Lyon qu'il connaît déjà. La jeune fille s'étire, change de position, ferme les yeux. La fatigue et la proximité du but l'empêchent de se rendormir ou d'imaginer, comme elle l'a fait tant de fois, son arrivée à Lyon, ses futures compagnes de pension, les rues, la ville.

Les chevaux ont vu le relais avant les voyageurs. Ils allongent le pas. La lune brille sur la campagne, le sol est sec. Antoine aide sa sœur à descendre.

— Viens, il faut nous dégourdir. Une soupe nous fera du bien.

Ils doivent décliner leur nom, les raisons de leur voyage. Elsette s'endort dans la salle basse en attendant l'arrivée de chevaux frais.

Au petit jour, ils parviennent enfin à Versoix, port et ville française qu'il faut traverser avant de pénétrer dans la libre République de Genève. Elsette ouvre les yeux. C'est la frontière. Depuis quand longent-ils la rive ? Une brume du matin monte du lac.

Le nez collé à la fenêtre, Elsette distingue à peine la Savoie. Enfin apparaît la ville fortifiée. Ils entrent par la porte de Cornavin, passent un pont sur le Rhône, traversent les rues basses, contournent la colline, s'arrêtent à la rue des Belles-Filles où Monsieur Fingerlin, le banquier, leur a réservé un appartement. Rue des Belles-Filles : chacun sait que dans ce quartier bourgeois, la prostitution n'a plus cours ; le joli nom venu du Moyen Âge est resté.

* * * *

Quelques heures de sommeil ont effacé les fatigues du voyage. Quand Madame Fingerlin vient chercher Elsette au début de l'après-midi, elle est prête. Les deux femmes, bien chaussées, montent dans la ville, admirent le Grand-Mézel, la rue des Granges, font le tour de la cathédrale, redescendent dans les bas quartiers. La femme du banquier connaît les meilleurs horlogers et peintres sur émaux. Elle propose :

— Ne voulez-vous pas commander une montre pour le Seigneur Leonhard ?

Elsette rit :

— Elle rejoindrait d'autres montres au fond d'un tiroir. Mon père sait toujours l'heure qu'il est.

En revanche, la jeune fille a remarqué l'élégance de sa compagne. Ne devrait-elle pas se commander un manchon ou un paletot ? Madame Fingerlin la détrompe :

— Je ne m'habille qu'à Lyon. Vous verrez, là-bas, c'est autre chose !

Un message attend la voyageuse rue des Belles-Filles : Madame veuve César Develay la prie à dîner pour le lendemain. À peine a-t-elle le temps de renouer ses cheveux qu'Antoine la rejoint. Ils vont souper en tête à tête. Antoine parle avec satisfaction de sa conversation avec un de leurs principaux clients, membre du Petit Conseil genevois et faisant autorité à la fabrique d'indiennes.

— Nous correspondions depuis des années mais je ne l'avais jamais rencontré. C'est une bonne connaissance des Scherer. Il tient comme eux comptoir à Lyon.

Sur la table, une poularde de Bresse, du vin de France.

Antoine lève son verre :

— Rappelle-toi toujours que tu représentes la famille. C'est par les femmes que se font et se défont les réputations.

La jeune fille s'est redressée :

— Est-ce une pensée de Madame Sabine ou est-ce un message d'Ursula ?

— Ne plaisante pas, c'est une affaire plus sérieuse que tu ne l'imagines. Ta maîtresse de pension, Mademoiselle Guex, t'accompagnera dans tes premières visites.

— C'est entendu, Monsieur mon frère. Je ferai antichambre autant que tu le voudras. Jusqu'à présent, tu n'as pas eu honte de moi. J'ai le droit d'avoir été élevée en Thurgovie et j'ai le droit d'être sincère. J'ai vingt ans : je saurai choisir mes amis.

Elle pense au triple délice d'être à Genève, de dévorer un excellent repas avec Antoine, de passer enfin une ou deux nuits dans un bon lit.

Antoine lui parle du dîner du lendemain, au cours duquel il désire témoigner de la confiance accordée par les Gonzenbach à la maison Develay. Sarah Develay aurait pu se retirer dans un domaine familial du côté de Payerne, à vingt-cinq lieues de là. Elle a choisi de rester à Genève la plus grande partie de l'année pour l'éducation de ses enfants. David-Emmanuel lui en sait gré. Même si la jeune femme n'a jamais secondé son mari, comme Ursula à Hauptwil, sa seule présence inspire respect et confiance aux collaborateurs de son beau-frère. Au cours des dernières années, le commerce des Develay a pris une expansion remarquable. David-Emmanuel saura-t-il remplacer César ? En dépit de son titre de bourgeois de Genève acquis quatre ans plus tôt, il demeure un nouveau venu. Le Seigneur Hans-Jakob disait : « On ne peut rien prévoir. Parfois, dans les familles, les cadets sont écrasés par la personnalité de leurs aînés. David-Emmanuel peut se révéler beaucoup plus ferme que nous ne l'imaginons. »

Elsette n'a jamais pris part à la marche des affaires. Pour elle, David-Emmanuel, demeure « le Genevois ». Elle ne l'a pas revu depuis ce lointain jour de l'Ascension où il avait parlé de la liberté, du but essentiel caché au cœur de toute vie, du désir le plus profond. Elle se rappelle l'une de ses remarques : « La réussite, toujours incertaine, importe moins que la joie de l'effort. » À peu de chose près, la devise de Guillaume d'Orange, que ni l'un ni l'autre ne connaissaient : « Point n'est besoin d'espérer pour entreprendre ni de réussir pour persévérer. »

Est-ce la joie de l'effort ou celle de se surpasser, d'avoir choisi son but, le but le plus élevé, qui lui donne un tel désir d'apprendre ?

En s'endormant, elle s'inquiète de ne pas savoir comment témoigner sa sympathie à Sarah Develay. Tout ce qui touche à la mort l'effraie. Elle ne peut écarter l'image d'une femme encore inconnue face au cadavre de son mari.

XXIV

À LA DEMANDE d'Antoine, Elsette est arrivée à l'heure, c'est-à-dire la première, accompagnée d'une servante. La femme qui l'accueille est à peine plus âgée que sa sœur Anna, vive comme elle, tout attentive à ses devoirs de maîtresse de maison et à ses enfants. Comme chez Anna, Elsette s'installe auprès d'eux. L'aîné, Isaac-Emmanuel, d'apparence délicate, retourne à sa lecture dès qu'il l'a saluée. C'est le filleul de David-Emmanuel. Ses trois jeunes sœurs s'affairent à coller, à découper. Elsette dessine tout ce qu'on exige d'elle : chien, chat, cheval, carriole, maison, bateau...

Profitant d'un moment de répit pendant que les petites colorient, elle trace le profil du jeune garçon penché sur son livre. Il sent son regard, tourne la tête, lui sourit, reprend sa lecture. Elle le voit mieux maintenant, presque de trois quarts : la ligne fine et sinueuse des lèvres, l'aile du nez, la paupière, le sourcil... Il lui faut fixer cette gravité d'enfant secret.

Elle dessine rapidement, craignant qu'on ne l'interrompe, habitée par le bonheur de saisir et de faire durer la beauté d'un instant.

— Oh ! C'est Saac-Nuel ! s'exclame la cadette des fillettes.

Toutes trois applaudissent, commentent. Que c'est agréable d'être avec des enfants ! Sarah les rejoint, déplorant le retard des autres invités.

— Vous devez mourir de faim !

Puis, découvrant le portrait de son fils :

— C'est tout à fait lui ! On ne m'avait pas dit que vous aviez ce talent.

Son regard va du dessin à l'enfant qui a fermé son livre d'un air de reproche, comme pour signifier que les yeux posés sur lui l'empêchent de se concentrer. Sentant qu'il ne faut pas insister, Sarah murmure à l'adresse de la jeune fille :

— Il pourrait aller lire dans sa chambre ; il n'aime pas qu'on le dérange mais il a besoin de nous sentir autour de lui.

La cloche a retenti. Sarah et les fillettes se portent vivement au-devant des invités. Le petit garçon fait le tour de la table. Dès que son regard se pose sur le portrait, il rougit, secoue la tête : lui qui vient de descendre l'Amazone, quelle ressemblance avec cet enfant sage ? Un vent de détresse et d'exaspération métamorphose ses traits. « Comment saisir la vérité ? pense Elsette. La beauté calme de Sarah cache-t-elle une tempête ? »

Entrant pour embrasser son filleul, David-Emmanuel le voit prêt à fuir devant une jeune fille aux joues enfiévrées qui lui dit :

— Pardonne-moi, je n'ai pas eu le temps de deviner.

Puis, désignant le dessin :

— Ce n'est pas entièrement toi, mais c'est un peu toi ; c'est toi tel que tu te donnais à voir, en lisant, à moi qui ne te connaissais pas.

L'enfant part en courant. Elsette pense que jamais personne n'a fait son propre portrait. Si un peintre l'avait esquissé à son insu, l'aurait-elle ressenti comme une indiscrétion ? Elle porte les mains à ses joues brûlantes, se lève, s'approche d'une glace pour rajuster le nœud de ses cheveux. Soudain, à côté de son image, un peu en retrait, il y a celle d'un homme beaucoup plus jeune que son père et beaucoup plus vieux qu'Antoine. Elle croit le reconnaître au moment où, au fond du miroir, leurs regards se croisent. Sans gêne aucune, heureuse peut-être de parler à un adulte après le malentendu qui l'a séparée de l'enfant, elle dit, comme si elle s'adressait à une vieille connaissance quittée la veille :

— C'est en se regardant dans un miroir que l'on se ressemble le moins.

Quand elle se retourne, il lui paraît plus petit que dans son souvenir. C'est elle qui a grandi. Elle s'aperçoit qu'il tient le portrait d'Isaac-Emmanuel à la main et craint qu'il ne le montre à des étrangers. Il dit simplement, en le posant sur un meuble élevé :

— Il ne faut pas qu'il s'abîme. Sarah y tient déjà, je le sais. M'en ferez-vous un autre ?

À cet instant, la voix de Sarah leur parvient :

— Avez-vous vu l'oncle David ? Et Mademoiselle de Gonzenbach qui était avec vous ce matin ?

Ils s'avancent au-devant des enfants. Repoussant de toute sa volonté la gravité de ce moment, Elsette s'oblige à penser : « Me voici à Genève avec Monsieur mon frère, ambassadeur des deux Châteaux. »

En dépit de son deuil, l'accueil de Sarah a gardé sa spontanéité et sa chaleur. À midi, elle reçoit en toute simplicité les membres de sa famille, les intimes, les hôtes de passage.

Au cours des présentations, Elsette retient le nom de Louis Odier, jeune médecin de l'âge d'Antoine, au regard d'une grande bonté. Il a vacciné récemment deux des fillettes contre la variole et c'est lui qui, aux côtés d'un confrère plus âgé, assista César dans ses derniers moments. Elle ne s'attendait pas à faire la connaissance de Suzanne Peyrot, la sœur de David-Emmanuel Develay, qui a épousé un pasteur professeur de théologie à La Tour dans le Piémont. Monsieur Anselme Cramer lui inspire d'emblée moins de sympathie. Il a passé la soirée précédente à son Cercle, où l'on a décidé, à l'unanimité, de mettre fin aux revendications des Habitants et des Natifs.

— N'êtes-vous pas tous des habitants de Genève ? demande Elsette en s'adressant à Sarah.

— On appelle « Habitants » les nouveaux venus qui n'ont pas acheté la bourgeoisie de la ville. Leurs enfants, nés sur le territoire genevois, sont les « Natifs ». L'oncle de Monsieur Cramer, qui siège au Petit Conseil, ainsi que les membres de sa famille sont « Citoyens » de Genève.

— Il faut interdire tout rassemblement, dit Anselme Cramer.

— Que demandent au juste les Natifs ? s'enquiert Sarah. Ne pourrait-on pas accorder certains droits à ceux qui se sont établis à Genève depuis deux ou trois générations ?

— S'ils sont venus à Genève, s'ils profitent de tous les avantages que leur offre la ville, s'ils y restent parce que leur commerce y est plus florissant qu'ailleurs, de quoi se plaignent-ils ? rétorque Monsieur Cramer. On ne peut gouverner si tout un chacun prétend donner son avis.

— Il se pourrait pourtant, avance le docteur Odier, que le Petit Conseil ne soit pas toujours suffisamment renseigné.

— Tout comme à Zurich, s'écrie Elsette. Les corporations ont dû reconnaître que Heinrich Pestalozzi et ses amis avaient bel et bien écrit la vérité.

— Aucun rapport entre Genève et la Suisse, tranche Anselme Cramer.

« Peut-être serait-ce le moment d'en établir », pense Antoine sans entrer dans la conversation. Où Monsieur Cramer, Citoyen de Genève, veut-il en venir ? Est-il en train de tester la loyauté de David-Emmanuel envers la République ? Ou cherche-t-il à dissuader les Gonzenbach de conclure des contrats avec les fabriques genevoises d'indiennes ? Espère-t-il se servir de leur intermédiaire pour implanter des ateliers à Lyon ? Le silence de David-Emmanuel le surprend. Anselme Cramer avait été le collaborateur sinon l'ami de César. Serait-il son successeur ?

Elsette regarde autour d'elle. Les meubles clairs, aux pieds cannelés, plus légers que ceux qu'elle a vus à Berne et Zurich, s'accordent aux rayures et aux petits bouquets enrubannés des rideaux. Aux murs, des tableaux, de grands paysages de campagne où le ciel prend plus de place que la terre. En face d'elle, des nuages qui semblent poussés par le vent côtoient une averse et des prairies ensoleillées. Le sujet est-il ce contraste et cette simultanéité ? Cette pensée dissipe le malaise ressenti devant la personne de Monsieur Cramer. L'artiste nous donne-t-il à voir la coexistence d'émotions contradictoires et leurs modifications constantes ? Au cours d'un repas, les convives peuvent avoir des avis différents. Les oppositions, l'agressivité même sont dans l'ordre de la nature. Elsette s'étonne de n'avoir jamais dessiné de paysages et d'en avoir rarement vu en Thurgovie. Le « portrait » d'une ville, d'un lac, d'un fleuve, d'une montagne, exprimerait, sans qu'on ait besoin d'en fixer tous les détails, ce qui pourrait se nommer leur âme : l'infinité de leurs relations avec les habitants, visibles et invisibles, de ces lieux.

David-Emmanuel a suivi le regard de la jeune fille :

— Ce ne sont pas les environs de Genève mais les plaines du Nord, si différentes de votre pays de montagnes. Je vous montrerai au salon le port d'Amsterdam, tel qu'il était il y a un siècle. C'est mon frère Samuel qui nous a fait découvrir Ruysdael et quelques-uns des meilleurs peintres flamands.

— Mademoiselle de Gonzenbach connaît certainement Ruysdael et Rembrandt mieux que nous, intervient Anselme Cramer, qui supporte mal de ne pas être le centre d'intérêt. Mon oncle possède une collection intéressante de peintres flamands, quelques espagnols, des français. Ce serait pour moi un grand honneur de vous la montrer pendant votre séjour à Genève.

— Je dois vous détromper : je n'avais jamais entendu parler de ce peintre Ruysdael, confesse Elsette. D'ailleurs, dans tous les domaines, je suis encore très ignorante.

— Et très douée, enchaîne Sarah en enveloppant la jeune fille d'un regard de gratitude.

Cependant, le docteur Odier se renseigne auprès de Suzanne Peyrot sur les soins donnés aux enfants dans « les Vallées », comme il est d'usage d'appeler cette partie du Piémont où les disciples de Valdo ont devancé la Réforme. Turin, à moins de deux jours de marche, a une faculté de médecine réputée, mais ses diplômés préfèrent exercer leur art dans les villes. Pourtant, les épidémies de variole et de rougeole font moins de victimes dans les Vallées qu'ailleurs. L'altitude, l'éloignement des villages, la ferveur et les prières y sont facteurs de protection. Pour le jeune médecin, trop d'enfants, à Genève, meurent faute de soins appropriés. Il se tourne vers Anselme Cramer :

— J'ai rendez-vous la semaine prochaine avec l'Officier de santé de notre ville. J'espère que nous pourrons inoculer bientôt un vaccin à tous les enfants dès l'âge de trois ans. Il faut instruire le peuple, prévoir la formation d'infirmiers.

— Avez-vous choisi le meilleur moment pour présenter votre requête ? demande Monsieur Cramer. Chaque fois que nous avons entrepris des travaux pour assainir les fossés, construire des égouts, placer de nouvelles fontaines, le peuple a protesté : « Que de dépenses inutiles ! » ; et une fois l'ouvrage terminé, il s'est lamenté : « Mais c'est insuffisant ! » Que les mécontents aillent voir ailleurs et comparent.

— Il est vrai, dit Suzanne Peyrot, qu'il y a peu de villes où il fait aussi bon vivre qu'à Genève.

— Peu de villes, rétorque Anselme Cramer, où il est toléré que des irresponsables discréditent le gouvernement.

— Expliquez-moi, je voudrais comprendre, intervient Elsette. Chacun peut-il vraiment faire connaître son avis ? À Winterthur, personne n'a pu me dire pourquoi *Le Contrat social* puis *Émile* ont été interdits en France et à Genève, ni pourquoi Monsieur Jean-Jacques Rousseau a dû fuir d'une traite de

Montmorency jusqu'à Yverdon. J'aurais voulu trouver ses écrits sur la musique, sur le chant, l'opéra. Évidemment, le français n'est pas ma langue maternelle.

Elle cherche vainement un signe d'intelligence dans le regard des convives. Elle a une telle soif d'apprendre, de s'insérer, petit pion de peu d'importance dans cette partie d'échecs aux camps mal définis. Mais tous évitent de parler de Rousseau. Silence ou conversations particulières, c'est comme si elle n'avait rien dit. Elle pense : « Monsieur mon frère m'expliquera pourquoi, dans la ville libre de Genève, certains noms ne peuvent être prononcés ». Ses voisins ont-ils lu les livres incriminés ? Peut-être n'y a-t-il pas de raison suffisante pour interdire à l'écrivain de séjourner dans sa ville natale. Une fois le verdict prononcé, ses adversaires n'ont pas eu le courage de reconnaître leurs torts. Elle n'ose répéter que les Zurichois ont loyalement sorti de geôle l'adolescent qu'était alors Heinrich Pestalozzi, après avoir reconnu le bien-fondé de ses pamphlets.

Devant le visage empourpré d'Anselme Cramer, Sarah se lève :

— Allons, les choses ne vont pas aussi mal qu'on cherche à nous le faire croire. Je suis sûre que Monsieur de Gonzenbach n'a pas besoin de théoriciens pour mener ses affaires. Mon mari disait qu'il faut écouter les ouvriers au bon moment, avant que quelques-uns d'entre eux ne formulent officiellement leurs doléances. Ils connaissent les ateliers mieux que nous.

En passant au salon, Suzanne Peyrot remarque le ciel plombé. La neige pourrait tomber d'un moment à l'autre. Les Thurgoviens ne paraissent pas inquiets, leur carrosse est équipé pour sortir par tous les temps.

« Comment prévoir ? se demande Antoine. La France fermera-t-elle à nouveau ses frontières par crainte de la concurrence genevoise ? D'aucuns suggèrent que certaines manufactures de la République pourraient émigrer à Lyon. »

Il décide sans plus tarder d'établir des comptoirs dans le Pays de Vaud. S'adressant à David-Emmanuel, il lui fait l'éloge d'Yverdon, mentionnant la bibliothèque toute récente, les imprimeries, les instituts pour jeunes gens, l'Encyclopédie enfin.

Monsieur Cramer prend congé. Il n'a pas de temps à perdre avec ces jeunes gens ignorants et naïfs, lui, le neveu de Philibert Cramer, conseiller et trésorier général de la ville de Genève, et de l'imprimeur Gabriel Cramer. Il sait que Voltaire qualifie Félice de « polisson, plus imposteur qu'apostat » et Yverdon de « cloaque du Pays de Vaud ». En s'inclinant devant Elsette, il est surpris de s'entendre dire à nouveau qu'il espère la revoir pour lui montrer la collection de peintures de son oncle.

XXV

Après avoir ajusté son pas à la démarche pesante de son visiteur qu'il a raccompagné jusqu'à la porte, David-Emmanuel gravit le large escalier de molasse avec la légèreté d'un écolier. Il s'arrête sur le seuil du salon, face au tableau que forment sa sœur Suzanne, sage et passionnée, Sarah sa belle-sœur, toujours amicale et parfois maternelle, Louis Odier, qui allie l'intelligence du cœur à ses connaissances médicales ; à leur côté, les jeunes Thurgoviens, frère et sœur, différents et complices, dont il aime l'alliage de réserve et de curiosité.

— Ainsi, vous allez rester plusieurs mois à Lyon ? s'informe Sarah.

— Un an au moins, répond Elsette. Tout dépendra de mon travail et de mes professeurs.

— Qu'allez-vous apprendre à Lyon que vous ne trouveriez pas à Genève ? demande le docteur Odier.

— C'est avant tout pour la musique que je vais à Lyon, précise Elsette avec une certaine timidité. Son désir est trop vif pour qu'elle en dise davantage ; ses rêves doivent demeurer secrets.

— La musique ? s'étonne Sarah. Mais vous excellez dans le dessin !

Elsette garde le silence. Elle n'a jamais opposé le chant au dessin. Tous deux lui sont nécessaires. Ils ne s'excluent pas, ils ne se substituent pas l'un à l'autre. Un croquis peut se glisser dans un tiroir où il demeurera intact. Elle le retrouvera des années plus tard pour le donner, le corriger ou le détruire. Le chant dépend de la grâce du moment. Une voix change d'un jour à l'autre, d'une heure à l'autre, d'une minute à l'autre. Chaque note jaillit, on ne sait par quel mystère, lumineuse ou estompée. Il est impossible d'entendre sa voix telle que la capte un auditeur. Il faut un professeur pour juger, corriger, conseiller. L'important n'est pas d'être applaudie. Il y a un tel bonheur partagé au moment où le chant s'élance à la rencontre des frères humains ; il s'amplifie, se nuance à mesure qu'il entre en résonance avec les harmoniques secrètes de ceux qui l'accueillent. Plus Elsette travaille, plus elle se découvre ignorante, avide d'apprendre. Père avait hésité à l'admettre avant de la laisser partir.

Antoine vient au secours de sa sœur :

— À Hauptwil, nous n'avons ni orchestre ni opéra. Nous souhaitons faire de la musique en famille avec nos amis. À son retour, Elsette saura jouer du clavecin, elle sera notre professeur et pourra nous accompagner.

— Nous n'avons pas d'opéra non plus à Genève, concède David-Emmanuel. Mais vous désiriez parler d'Yverdon. Depuis quelques années, la ville connaît une plus grande ouverture et une prospérité relative. Pour combien de temps ? Vous savez que l'ensemble du Pays de Vaud est à la merci d'un décret de Leurs Excellences de Berne et de la personnalité des baillis nommés pour sept ans. L'insécurité décourage beaucoup d'initiatives. Certaines familles genevoises ne sont pas près d'oublier leur ruine et les humiliations subies à Yverdon au siècle passé. J'ai entendu dire ici qu'il est plus facile de faire fortune dans le Mississippi que dans le Pays de Vaud.

— Ma famille, comme la vôtre, a dû composer avec Leurs Excellences de Berne, dit Sarah. Aujourd'hui, nous voici à Genève. Nos descendants seront de purs Genevois, Bourgeois de la ville aussi longtemps qu'ils y séjourneront.

— Tous ? s'étonne Antoine. On m'a dit que la proportion des Bourgeois devenait moindre que celle des Habitants et des Natifs.

— C'est qu'aux Bergues, à la manufacture de toiles peintes de Monsieur Fazy, on ne cesse d'embaucher, dit David-Emmanuel.

— Vous voyez que vos enfants, naturels ou légitimes, ont un bel avenir devant eux ! remarque Louis Odier.

— Les enfants naturels de David ? s'exclame Suzanne Peyrot.

— Ce sont les termes mêmes de tout acte de bourgeoisie, répond le docteur Odier. David-Emmanuel ne vous a-t-il jamais montré le sien ?

— Jean Calvin doit se retourner dans sa tombe, insiste Suzanne.

— Il pourrait avoir des sujets d'inquiétude plus sérieux, observe le jeune médecin. On lit peu Calvin de nos jours, il n'est pas aussi austère que sa légende le prétend.

— Vous qui êtes un vrai Genevois... commence Sarah.

Louis Odier l'interrompt :

— Détrompez-vous : ma famille s'est installée récemment sur le sol de la République. Mon grand-père a reçu la bourgeoisie de la ville il y a tout juste soixante ans. Il venait du Dauphiné.

— Et les Cramer ? demande Antoine.

— Il nous ont précédés de deux générations. Je les crois originaires de Souabe. Ils se sont arrêtés à Strasbourg avant de venir ici.

— Mais alors, s'écrie Elsette, qui sont les vrais Genevois ?

Le docteur Odier sourit :

— Me permettez-vous de ne pas remonter à Jules César, ni même à Charlemagne ? Je suis certain que les Lullin se trouvaient à Genève un bon siècle avant l'arrivée de Calvin.

— Calvin n'était pas de Genève ? s'étonne Elsette.

— Calvin est né à Noyon, en Picardie. Il fit des études de droit à Paris, puis de théologie à Orléans. C'est Guillaume Farel qui apporta la Réforme à Genève ; c'est lui qui invita Jean Calvin à venir y prêcher la juste doctrine et qui lui demanda de rester.

Suzanne Peyrot a parlé d'une voix rapide, confuse de rappeler ce que tout écolier devrait savoir. Mais, au temps de Rousseau et de Voltaire, qu'enseigne-t-on sur les Réformateurs ? Seront-ils un jour oubliés ?

Le visage d'Elsette s'est assombri. Pourquoi son ignorance suscite-t-elle une telle véhémence ? Louis

Odier s'empresse de donner un tour plus objectif à la conversation :

— Il y a toujours de grands mouvements de population au sein des villes. La plupart de leurs habitants n'en possèdent pas le sol. Ils arrivent dans une cité avec leurs désirs, leurs rêves, leurs forces neuves et leur volonté. S'ils y trouvent un terrain d'action à leur mesure, ils y restent. À la campagne – et peut-être est-ce le cas de votre famille à Hauptwil – les gens prennent le temps de s'adapter au climat, d'améliorer le sol ; ils s'enracinent.

« Les voilà repartis dans les idées générales », constate Sarah en réprimant un soupir et en se levant pour aller jeter un coup d'œil à la chambre des enfants.

« À Hauptwil, songe Elsette, deux grands arbres ont mêlé leurs racines. On ébranche celui du Vieux Château pour ne garder que le tronc principal. Depuis quatorze ans, Anna est au Speicher dans le canton d'Appenzell. Antoine et Ursula élèvent leurs enfants à Hauptwil. J'espère habiter une ville assez grande où les arts auront plus d'importance que la politique. » Il lui plaît qu'au-delà de son séjour à Lyon, son avenir demeure imprévisible.

Le docteur Odier conclut :

— La plupart des familles bourgeoises de Genève, celles dont on parle, celles qui ont des responsabilités, une influence, celles qui ont créé l'esprit de Genève, sont venues d'ailleurs.

— L'esprit de Genève ? Qu'entendez-vous par « esprit de Genève » ? demande Suzanne Peyrot. Je n'étais pas revenue ici depuis quatre ans et je ne retrouve rien de ce que l'on a coutume de nommer « esprit de Genève ». On construit, on bâtit, on embauche dans la frénésie et le mécontentement général.

— C'est toi qui as changé, la taquine David-Emmanuel. En bonne femme de pasteur dévouée, tu t'es adaptée à la paroisse de ton mari et tu constates aujourd'hui que l'on vit autrement ici que dans vos montagnes. Que seraient devenus les Vaudois du Piémont sans la prospérité de Genève ?

— Ce n'est pas l'argent des Genevois mais leurs prières et leur compassion qui ont sauvé les réfugiés du Piémont. Pardonne-moi, David, je ne suis pas dans les affaires, j'aurais préféré vivre dans un autre siècle. Depuis que je suis ici, je n'entends parler que d'argent. Chacun en veut davantage en se comparant à plus riche que soi. Pourtant, à Genève les plus démunis ont une vie beaucoup moins dure que dans nos Vallées. Une partie de la ville est devenue catholique. Qui songerait aujourd'hui à prêcher la Réforme ? Vous vous réjouissez de cette tolérance, ne faudrait-il pas dire plutôt « indifférence » ? Les premiers réfugiés, ces « gens d'ailleurs » : les Turrettini, grands soyeux de Lucques, les Micheli, les Lombard, les Candolle, venus de Provence, ont quitté leur pays et leurs biens par fidélité à l'Évangile. Jusqu'à l'Édit de Nantes, puis après sa révocation, Genève fut ville d'accueil, dans un grand échange de compassion et de gratitude. L'esprit de Genève était alors animé par le Saint-Esprit de Dieu, qui change l'eau en vin, multiplie les poissons et les pains. Lui qui rend les cœurs confiants et généreux nous a permis de traverser les plus dures famines. Mais, aujourd'hui, on vient à Genève pour faire fortune et se divertir.

— Voyons, Suzanne, ne sois pas fanatique, reproche tendrement David-Emmanuel. On dirait presque que tu regrettes le temps des persécutions.

— Les persécutions peuvent reprendre d'un moment à l'autre dans le Piémont, dit Suzanne. Nous sommes prêts à les affronter.

La cloche de la cathédrale couvre leurs voix. Sarah revient au salon avec Isaac-Emmanuel :

— Nous avons oublié de vous présenter Clémence, notre plus ancienne cloche. Tous les enfants connaissent le poème qui lui a été dédié.

— Un affreux poème de je ne sais trop quel rimailleur, dit David-Emmanuel. On devrait punir ceux qui gâtent le goût des enfants.

— Qu'appelles-tu « goût » ? demande sa sœur. C'est un poème qui parle de confiance et de pardon. De sentiments vrais, peut-être exprimés avec maladresse. Le son d'une cloche, mieux que des mots, me dit que l'amour et le pardon se vivent cœur contre cœur, joie et larmes mêlées.

Le jour tombe, on allume les bougies.

— Peut-être nous retrouverons-nous tous à la cathédrale demain, dit Sarah pendant que les Thurgoviens prennent congé.

XXVI

Le dimanche matin, la neige fondante rend les rues quasi impraticables. Antoine a fait venir une chaise pour que sa sœur puisse se rendre à la cathédrale à pied sec. David-Emmanuel Develay les attend sous le porche. Il les conduit à des stalles réservées aux hôtes de passage, proches de celles où Sarah et son fils ont déjà pris place. Elsette suit le sermon distraitement, comme s'il s'agissait d'une pièce de théâtre à laquelle elle n'adhère pas vraiment. Est-ce seulement une affaire de langue ? Elle voudrait se trouver tout au fond de la nef ou sur la galerie, en spectatrice. L'attitude des fidèles ou leurs visages lui importent plus que les paroles qui leur sont adressées, comme s'il ne s'agissait pas du même Évangile qu'à Zurich et Hauptwil.

À la sortie, Anselme Cramer les rejoint. C'est avec réticence qu'elle entend Antoine accepter son invitation pour l'après-midi.

Elsette a visité beaucoup de belles maisons à Winterthur, à Zurich ou à Saint-Gall. Combien de portraits n'a-t-on pas présentés à son admiration ! Philibert Cramer, l'oncle, tient à les guider, disant ses choix, ses préférences, ses fidélités et aussi ses rejets. Le trésorier général, devant qui David-Emmanuel Develay a prêté serment en recevant son acte de bourgeoisie, est l'un des grands amateurs d'art de ce siècle.

— Il y a longtemps que je choisis mes amis parmi ces gens-là (d'un geste circulaire, il désigne les murs d'un vestibule bien éclairé où voisinent des gentilshommes d'Italie, de France, d'Espagne, de Grande-Bretagne ou de Rhénanie qui ont vécu un ou deux siècles plus tôt). Nous pouvons ainsi nous brouiller sans éclats et nous ménager de grands moments d'intimité.

Il s'arrête devant un portrait peint par Velasquez. Elsette parle des mains, de l'attitude, du vêtement :

— Quand on aime un être, tout ce qui lui appartient, tout ce qui le touche paraît nécessaire. Pour une œuvre d'art, c'est pareil. Il faut préciser le moindre détail !

Ses propos paraissent enchanter le vieux conseiller, sensible au charme de ses dix-neuf ans et au renom de sa famille.

Au moment où Antoine, s'inquiétant de l'heure, s'apprête à prendre congé, deux hommes font irruption dans la pièce. Elsette, au premier abord, ne voit que le vieillard en longue veste pourpre, la tête coiffée d'une toque de velours, dont le regard, d'une extraordinaire vivacité, a fait d'emblée le tour de la pièce. Pendant que Philibert Cramer se précipite au-devant des visiteurs, le vieil homme s'anime, gesticule, s'indigne, parfaitement conscient de la présence des jeunes gens, comme si tous deux, public inattendu, lui insufflaient plus d'ardeur et de couleur pour jouer son propre rôle.

— Nous étions en train de parler des portraits, dit Philibert Cramer, et voici que nous arrivent Monsieur de Voltaire, l'homme de ce siècle le plus souvent portraituré, et son ami Henri Rieu.

L'extraordinaire vieillard se redresse :

— Il y a portrait et portrait. Le peintre importe plus que le modèle. En 1735, à Paris, j'ai rencontré Maurice Quentin de La Tour. À Genève, sur mes vieux jours, Jean Huber n'en finit pas de me caricaturer.

— Comment la postérité saura-t-elle, sans Huber, que vous plantez des arbres, que vous jouez aux échecs ? dit Henri Rieu. Comment pourra-t-elle vous imaginer au saut du lit ou entouré de vos amis ?

Elsette est fascinée par l'attitude du grand acteur, mais elle ne connaît pas ses écrits. En dépit de la prise de position de Monsieur de Voltaire en faveur d'une famille protestante, les Calas, on accorde peu d'importance, en Thurgovie, aux sarcasmes du prétendu philosophe qui se moque de la religion. C'est de Lessing, de Gotthold Ephraïm Lessing que s'entretiennent interminablement le Professeur Keller et le cousin Bartholomé Pelloutier, Lessing lui aussi philosophe et passionné de théâtre. Mais ce peintre genevois, Jean Huber, serait-il parent avec les cousines Huber qui vont l'accueillir à Lyon ? Aura-t-elle la chance de le rencontrer ?

Henri Rieu s'est approché d'Antoine et lui pose mille questions. Il a vécu à Amsterdam, à Batavia, à la Guadeloupe et conclut au moment où les jeunes gens se retirent :

— Le monde est à vous. À notre époque, il est possible d'établir des relations avec tous les points du globe. Le mieux évidemment, à votre âge, serait d'y aller voir vous-même, mais vous me dites que vous avez une famille, que vous voilà enraciné.

— Nous commençons à peine notre voyage. En Europe, sur les routes, les découvertes ne manquent pas.

* * * *

Le soir, en arrivant rue des Belles-Filles, Elsette trouve un paquet à son adresse. Il contient une boîte à musique en palissandre, décorée d'une rose en marqueterie. Quand elle en soulève le couvercle, un petit air de clavecin se met en route, une mélodie bien connue et si gaie que la jeune fille la fredonne. Dans la boîte, un billet : *Demain il fera beau. À quelle heure puis-je venir vous chercher ? Je ne veux pas attendre votre retour pour tenir ma promesse et vous montrer ma ville d'adoption.* Entendant du bruit dans le couloir, elle replace le billet dans la jolie boîte qu'elle referme. La mélodie s'interrompt. Antoine frappe, entre, annonce qu'ils partiront de bonne heure le lendemain.

— C'est impossible ! Pourquoi es-tu si pressé ? Nous n'avons pas pris congé...

— Je viens de m'entretenir avec Monsieur Develay. Il désire te présenter ses compliments.

David-Emmanuel l'attend dans le salon, debout devant la fenêtre. Il s'avance et, sans lui laisser le temps de le remercier pour son cadeau :

— J'aurai de vos nouvelles par les Fingerlin, les Scherer et leurs amis. À Lyon, vous ne passerez sûrement pas inaperçue, vous penserez aussi quelquefois à

Valdo et vous pardonnerez alors à ma petite sœur son intransigeance. Asseyons-nous, vous avez bien quelques minutes pour moi. Vous souvenez-vous de ce jeudi de l'Ascension, il y a quatre ans, le jour des fiançailles de votre frère ? Le sermon de ce matin était centré sur la prédestination. Peut-être n'avez-vous pas écouté. J'écoute mal les sermons, mais parfois j'ai envie de les corriger. C'est un si vaste sujet et vous partez demain. Je voudrais vous dire qu'il n'y a pas de hasard et qu'il n'y a pas de prédestination. Il faut agir comme si nous étions libres en sachant que notre volonté n'infléchit notre vie que partiellement. Mon frère César aurait sûrement choisi de vivre encore quelques années s'il l'avait pu... Quand je suis en face de vous, j'ai envie de parler... de tout. Quand je suis seul avec vous. Je déteste les conversations de salon, même quand elles réunissent plusieurs très bons amis. Tout le monde alors interrompt tout le monde, on acquiesce par politesse ; dans un salon, il paraît presque indécent de dire le fond de sa pensée. Ma sœur Suzanne, hier, n'a pas fait une seule allusion à sa peine : elle a perdu un enfant, une petite fille, les médecins lui laissent peu d'espoir d'avoir une nouvelle grossesse.

Il se lève. C'est en allant et venant dans la pièce qu'il demande :

— Aimez-vous les enfants ? Vous n'en savez rien, l'important pour vous, c'est de dessiner et de chanter, de vous exprimer, d'interroger la vie et de l'écouter. Je voudrais vous parler des Vallées et je voudrais vous parler d'Amsterdam. Je regrette que vous n'ayez pas rencontré mon frère Samuel à Berne. J'aime beaucoup Samuel. Je suis allé une fois à Amsterdam. C'est un peu par hasard que je suis revenu à Genève. Mais il n'y a pas de hasard, je viens de vous le dire. Vous aurais-je rencontrée si j'avais habité Amsterdam ? Y seriez-vous venue ?

Elsette l'écoute, sans comprendre chaque mot. Tant de garçons lui ont fait la cour ! Des pas, des voix se rapprochent. Antoine et Monsieur Fingerlin sont sur le seuil. En s'inclinant devant elle, David-Emmanuel a le temps de murmurer :

— Je rêverai de vous.

C'est ce qu'elle croit entendre. Elle se sent troublée, comme si cet homme de dix-neuf ans son aîné tenait vraiment à elle. Mais comment, ou pourquoi, lui interdire de rêver ?

QUATRIÈME PARTIE

LES LETTRES DE LYON

1775-1776

XXVII

Les chevaux avancent avec précaution sur la route glissante. Les champs enneigés étincellent sous le soleil qui révèle les secrets du paysage. Grâce aux chaufferettes et à la couverture de fourrure, Elsette ne sent pas le froid. Perdus dans leurs pensées, frère et sœur échangent quelques mots pour se signaler un château, nommer un pont, une rivière, le village abritant le prochain relais. La route, plus large et mieux entretenue que celles qui relient les capitales des cantons suisses, est très fréquentée. Ils croisent à tout moment des voitures plus spacieuses que la leur et des chariots bâchés, en longs convois. Leur carrosse étroit, haut sur roues, adapté aux mauvais chemins de la Thurgovie, leur permet de dépasser les encombrements et de maintenir une allure régulière.

Antoine pense aux entretiens qu'il aura avec le syndic des négociants suisses, Daniel Scherer, et les nombreux cousins qui, peu à peu, après l'exode dû à la révocation de l'Édit de Nantes, sont revenus s'établir dans la deuxième ville du Royaume de France. Les Huber, les Fitler et les von Gonzenbach – qui ont laissé tomber leur particule et ont francisé leur nom en Gonzebat ou Gonzebas –, tous évidemment protestants, se mariant entre protestants et devenant ainsi parents plus ou moins proches. Ces Gonzebat doivent avoir perdu la moindre inflexion de parler alémanique. Il est peu probable qu'ils reviennent un jour en Suisse orientale. Pourtant, ils n'ont jamais cessé de traiter les Junker von Gonzenbach de Hauptwil en cousins ; le Seigneur Leonhard reçoit des lettres de faire part à l'occasion des naissances, des mariages et des décès.

Pendant son court séjour à Lyon, Antoine présentera aux négociants les échantillons, toiles et mousselines de coton, tissés à Hauptwil et dans la région. Il remplira son carnet de commandes, se renseignera sur les désirs de la clientèle, préparera les mois à venir avec ses correspondants. L'expédition des tissus et leur acheminement se feront au moment des foires. Il y en a quatre dans l'année, d'une quinzaine de jours chacune, en janvier (celle des Rois), à Pâques, en août et en novembre, pendant lesquelles les marchandises entrent dans la ville ou en sortent librement, sans douane ni redevance.

Chef d'entreprise et chef de famille, Antoine ne se fie pas à sa seule intuition. À court ou long terme, il est bien décidé à mener ses affaires avec prudence. Il arrivera à Lyon au meilleur moment pour négocier, quelques jours avant la foire des Rois.

* * * *

Elsette est déçue : aux relais où elle se dégourdit les jambes, elle ne comprend pas les propos qui s'échangent. Quelle langue parle-t-on donc entre Genève et Lyon ? Elle apprend qu'il y a dans la campagne plusieurs patois, comme en Suisse alémanique ou en Italie. Combien de langues faudrait-il apprendre pour se faire comprendre au centre de l'Europe ?

D'un commun accord, les jeunes voyageurs décident de rouler encore une nuit. Ils n'ont personne à voir en chemin, aucun site à visiter et l'inconfort de leur petite maison roulante ne les fait pas trop souffrir ; ils y ont leurs habitudes. Elsette rêve d'aller ainsi jusque dans la lointaine Saintonge, au bord de l'océan où Divico avait cru lire dans les étoiles qu'il y avait là une terre fertile offerte au peuple des Helvètes. Pendant qu'Antoine cherche à éviter des erreurs de prévisions, Elsette pense que même les étoiles peuvent mentir et mener un peuple au désastre. Puis elle se revoit chez Sarah Develay, à la cathédrale de Genève, devant la collection de peintures de la famille Cramer. Elle tâte une sacoche à portée de sa main : le carton qui contient la boîte à musique, cadeau de David-Emmanuel Develay, est bien là. Elle n'ose l'ouvrir. C'est un secret. Il est trop tôt pour le partager avec son frère.

Un cahot réveille Antoine. Il tire sa montre :

— Après-demain, si nous arrivons au début de l'après-midi, tu pourras t'installer aussitôt chez Mademoiselle Guex.

La neige fond, la route n'est plus que boue, les encombrements se multiplient. Ils ont à passer une nuit de plus en chemin et trouvent heureusement deux chambres dans un relais. Ils sont tout près de la grande ville maintenant. Elsette cherche vainement les collines surmontant le Rhône, les quais au bord du fleuve, mais elle ne voit que la longue file des véhicules immobilisés.

Ils peuvent enfin repartir dans la matinée. Les pavés ralentissent bientôt leur allure. En traversant la place du Port Saint-Clair, Antoine fait admirer à sa sœur l'hôtel bâti par Henry Scherer, le père de Daniel. Après avoir longé le port de Saône et une partie des quais, le carrosse s'engage dans les rues en pente qui gravissent la colline.

La pension de Mademoiselle Guex est située dans le quartier le mieux fréquenté. Le carrosse pénètre dans une très belle cour rectangulaire. Des galeries, reliées par un escalier, font le tour de chaque étage. La pension occupe le quatrième. Le salon et la salle à manger donnent sur la plaine au-delà du Rhône ; la chambre d'Elsette, plus grande, plus claire, plus élégante que celle qu'elle avait à Winterthur, regarde la colline de Fourvières. Mademoiselle Guex, sans âge ou peut-être la cinquantaine, fait mille grâces à Monsieur son frère. Les pensionnaires entourent la nouvelle venue. Comme elles sont élégantes et jeunes ! Seize ans ? Elsette, qui a toujours eu des femmes plus âgées autour d'elle, en est un peu déconcertée.

Antoine la quitte pour le moment. Il viendra la voir plusieurs fois avant son départ. Mademoiselle Guex annonce qu'il est bientôt l'heure de se mettre à table et qu'elle consacrera son après-midi à la jeune fille ; elles auront ensemble tant de choses à prévoir.

XXVIII

Elsette est assise devant son écritoire. Monsieur Fingerlin est venu la voir ce matin pour s'informer si elle n'avait besoin de rien et pour régler ses premiers frais.

— J'ai rencontré votre frère juste avant mon départ de Genève. Il m'a donné cette adresse pour vous ; sa femme le rejoindra à Zurich où ils comptent rester une bonne semaine. Il sera content d'y recevoir de vos nouvelles.

La jeune fille hésite devant la feuille blanche. Elle n'a pas encore écrit à Père. Comment lui dire que, par moments, elle a le cœur lourd malgré son bonheur d'étudier la musique ? Parfois… Mais non, elle ne veut pas se l'avouer, elle éprouve un immense regret : les jeunes filles de la pension jouent du clavecin depuis des années. L'une d'elles est si douée qu'Elsette peut rester des heures à l'écouter. Comment rattraper un tel retard ? Elle voudrait dire à Père, elle voudrait dire à

Antoine... C'est trop difficile, ils sont trop près de son cœur et ils sont si loin, Père avec Augusta, Antoine plus impatient de retrouver sa femme que ses enfants. Au cours de ces derniers mois, elle a eu parfois l'impression qu'Ursula et Augusta la comprenaient mieux que Père et Antoine. Peut-être les femmes ont-elles plus de sentiment, d'attachement ? Elle enverra une lettre de remerciements à sa belle-sœur.

À Monsieur
Monsieur Heidegger, bourguemaitre,
pour remettre s.v.p. à Madame Gonzebat de Hauptwil
présentement à Zurich, fr^{co} Versoix.

Le 29 janvier 1775

Ma très chère sœur,
Je viens d'apprendre l'arrivée de mon frère à Genève. En lisant ceci, vous aurez déjà le plaisir de le recevoir dans vos bras. Vous avez fait un grand sacrifice pour moi, ma bonne sœur. Ce n'est pas cette lettre qui vous en dédommagera. Je pense déjà au jour où nous nous reverrons et où je pourrai vous récompenser de toute la peine que vous avez prise pour moi. Antoine vous a-t-il raconté notre voyage ? J'espère qu'il vous a dit mille choses de ma part. Au moment du départ, je n'ai presque rien dit : mon cœur était trop plein et trop sensible.
Je suis invitée tous les jours par-ci, par-là. Je n'ai pas encore terminé mes visites à nos nombreux parents, en robe détroussée, sous la conduite de Mademoiselle Guex. À propos, je suis bien aise de n'avoir pas apporté de robes. On a ri du mantelet qui me seyait le mieux. Je vis tout habillée à la lyonnaise, parfaite du pied jusqu'à la tête. Je suis changée...

enfin, l'extérieur est tout autre. Pour l'intérieur, il sera toujours bon suisse ! Je suis souvent obligée de défendre ma patrie car je me fâche quand on en parle d'un ton moqueur, ce qui arrive quelquefois. Je dis « suisse » ; qui saurait ici où situer la Thurgovie ? D'ailleurs, Hauptwil est plus proche de Saint-Gall que de Frauenfeld.

Elsette relit sa lettre. Dès ses fiançailles, Ursula avait insisté pour qu'elle l'appelle « sœur ». Elle ne dirait jamais « ma sœur » ou « ma bonne sœur » avec un peu de solennité, à sa véritable sœur Anna, mais plutôt « vilaine sœur qui m'oublie et qui ne m'écrit pas ! ». Un voyage en tête à tête avec Antoine avait été le rêve de ses quinze ans. Ursula aura son mari tout à elle pendant son absence.

Les dernières lignes ont assez d'allant. Il est temps de conclure.

Les cousines Huber et tout le monde me chargent de vous faire bien des compliments.

Je me languis d'avoir des nouvelles de mes petits choux. N'oubliez pas la pauvre abandonnée. Ah oui ! elle est à plaindre, dira mon méchant frère. Adieu mes chers amis, portez-vous bien. Vous ne manquerez pas de plaisirs et de divertissements à Zurich. Jouissez-en mais n'oubliez pas tout à fait votre reconnaissante et sincère et dévouée sœur

Elsette Gonzebat

* * * *

À Monsieur
Monsieur Antoine Gonzebat
Au Vieux Château
À Hauptwil, près de Saint-Gall, fr^{co} Versoix,
en Suisse.

Lyon, le 11 mars 1775

Mon cher frère et ma chère sœur,
Je me flatte de ce que vous serez toujours un peu intrigués de savoir ce que je fais. Mes trois maîtres me font croire qu'ils sont enchantés de mes petits progrès. Lire, déchiffrer, interpréter la musique est difficile. Cela me demande du temps et beaucoup d'application. J'en suis à ma treizième leçon sur cent : notes pointées, doubles et triples croches, mesures à deux, trois et quatre temps. Tu diras que je suis une nigaude de t'ennuyer avec mes histoires mais j'ai une si grande envie de te donner un récital. Mon premier mois d'étude s'est terminé hier. Je m'imagine qu'il faut bien savoir la musique avant de commencer le clavecin et l'accompagnement. J'apprends à danser le menuet. Mon maître dit que j'ai des dispositions. Pour l'écriture, j'écris encore en grands caractères.

— Ah, ça ! dit Antoine en tendant les quatre feuillets à Ursula. Je n'arrive presque pas à déchiffrer, le papier est trop mince, les lignes trop serrées ! Ce maître d'écriture est ridicule ! D'ailleurs, à dix ans Elsette connaissait aussi bien l'alphabet français que le nôtre.

— Chère Elsette, elle cherche à s'adapter ! dit Ursula. Robe détroussée et écriture minuscule pour se mettre au diapason ! Dis-lui que tu as de mauvais yeux, elle se remettra à écrire à la mode de Hauptwil. Ne t'inquiète pas, mon frère et mon père seront à Lyon dans deux mois, ils nous donneront des nouvelles. D'ici là, le maître d'écriture sera remplacé par un professeur plus utile.

Tournant une des pages où les lignes régulières, serrées, descendant à gauche, remontant à droite, décrivent un léger arc de cercle – « un peu de vague à l'âme courageusement surmonté », pense-t-elle –, Ursula reprend la lecture :

Les maîtres de la pension sont les meilleurs de la ville. Mademoiselle Guex est une personne de mérite. On dit en général que j'ai engraissé. Je me porte très bien. Lyon offre toutes sortes de plaisirs, je reçois souvent des invitations. J'ai dîné chez Madame Fells, chez Madame Scherer. Monsieur Fingerlin vient me voir de temps en temps. Il m'a dit que tu étais bien arrivé avec ta femme à Hauptwil le 19 février.

Mes respects à tous nos oncles et tantes. Embrassez pour moi notre cher Père. J'aurais grande envie de lire une lettre de lui. Il sait que les lettres fortifient le cœur et l'âme. Une seule marque qui me dirait qu'il est content de sa petite Elsette me réjouirait si fort.

Comment trouves-tu mon orthographe, mon cher frère ? Je crois que, dans ce domaine, je n'ai plus besoin de maître.

Je viens de prendre ma leçon de musique. Monsieur Delattre m'a dit que j'ai chanté comme un ange.

— Ta petite sœur étudie à Lyon mieux que nulle part ailleurs, dit Ursula en rendant à son mari les feuillets fruit d'une longue application. N'est-ce pas l'essentiel ?

— Elle ne nous dit rien de Lyon, réplique Antoine. Elle parle de ses robes, de ses leçons, des gens qu'elle voit en ne citant que leurs noms.

Il n'a fait que parcourir la dernière page qui réclame instamment des nouvelles détaillées de chacun et avoue un immense besoin d'affection.

— Elle se fait de beaux souvenirs pour plus tard. Les soucis viennent bien assez vite, dit Ursula en posant doucement la main sur son ventre ; déjà elle perçoit les mouvements de l'enfant attendu pour le mois de juin.

* * * *

10 juin 1775

Un petit billet remis par Monsieur Fingerlin m'annonçait une lettre, mon cher frère. S'est-elle perdue en chemin ? Dédommage-moi de cette perte au plus vite.

Je suis à Lyon au mieux possible. Madame Fingerlin me fait tant d'amitiés. Tu connais, cher ami, cette aimable famille. Je n'ai pas de plus grand plaisir que de vaquer le dimanche à leur campagne et je me réjouis de mercredi prochain où je m'y rendrai pour une certaine fête jusqu'au lundi. On m'offre des billets de concert. Je suis sans cesse invitée.

J'ai d'excellents maîtres. Celui de musique, Monsieur Delattre, est le principal. Je voudrais répondre à son intelligence. Il est souvent malade, le pauvre homme. Je commence à apprendre des duos, des trios, des airs que je chante avec les autres demoiselles, accompagnées du violon. Par exemple « Veillons, mes sœurs ! » et « Rassure mon père » de l'opéra Zémire et Azor, *que tu connais. On sent que Monsieur Grétry a étudié la musique à Rome et c'est un tel bonheur d'exprimer les sentiments de la Belle pour la Bête !*

Tu trouves que la musique est chère ! J'y pense bien, mon cher ami. Je calcule tout ce qui fait diminuer la bourse. Monsieur Delattre me dit que je pourrai bientôt commencer le clavecin.

Je t'avoue que je suis bien bien curieuse de savoir ce qui se passe à Hauptwil et si vous êtes tous en bonne santé…

« J'espère qu'Elsette sait aujourd'hui, et tout Lyon avec elle, que j'ai un deuxième fils », pense Antoine en lisant. « Pourquoi m'appelle-t-elle « mon cher ami » ? Quelle est cette nouvelle mode ? Jusqu'à présent, j'étais son frère, son méchant frère ou Antoine tout simplement. »

Il est superbe, le petit Hans-Jakob. Ursula, si jolie ainsi étendue sur sa chaise longue dans une fraîche mousseline d'été, reçoit de nombreuses visites. Anna s'est mise en route dès l'annonce de la naissance ; elle est repartie hier, laissant l'aîné de ses fils, Georg, au Vieux Château. Augusta monte chaque matin voir les progrès de l'enfant. C'est étonnant qu'Elsette n'écrive pas ; elle s'inquiète un peu :

— N'avez-vous rien reçu de Lyon ?

— Une lettre est arrivéee ce matin, dit Ursula en lui tendant les feuillets.

... Je t'avoue que je suis bien bien curieuse de savoir ce qui se passe à Hauptwil et si vous êtes tous en bonne santé. Qu'on puisse se passer de moi, qu'on saute de joie de se voir débarrassé de moi, tout cela à la bonne heure, j'y consens, mais qu'on ne fasse pas ce crève-cœur à mon petit orgueil de le lui faire sentir. Du commencement du mois de janvier au mois de juin, on pense pourtant une ou deux fois aux absents ! J'ai peur de devenir menteuse : tout le monde me demande des nouvelles, il m'est impossible d'avouer que je n'en ai pas encore reçu, de sorte que je suis forcée de mentir. Ah ! que c'est drôle de bouder quand on n'entend pas la réponse ! Elle ne demanderait pourtant pas un tel effort, mon cher méchant ?

Sois toujours le même heureux père de ta famille, qu'elle s'augmente de plus en plus, aussi facilement que possible, mais représente-toi mon impatience de connaître ce nouvel objet d'une joie générale !

* * * *

9 juillet 1775

Reçois mille remerciements, mon cher frère, pour l'heureuse nouvelle ! Tu connais ma joie et la part que j'y prends.

J'aime déjà ce petit second neveu et je languis de le lui témoigner. Dis à ta chère femme tout ce qu'il y a de plus tendre et de plus amical. Si elle se trouve aussi bien que tu le dis, elle n'éprouvera pas pour longtemps le tourment de la chaleur des plumes.

Mademoiselle Guex est sensible à ton souvenir, elle t'enverra bientôt mon compte. Les cousines Huber te font mille amitiés et prennent part à ta joie.

À quand ta grande épître ?

* * * *

— Avez-vous de bonnes nouvelles de votre père ? lui demande Madame Scherer chaque fois qu'Elsette monte à la Dargoire.

— Racontez-nous un peu ce qui se passe à Hauptwil. Nous aimerions bien connaître un jour votre Vieux Château et le nouveau, disent les cousines Huber.

— Comment va mon cher Georges Léonard ? questionne la tante Antoinette Fitler – « Tata Baby » pour la famille. Dites-lui que nous sommes tous très heureux de vous avoir ici. Nous n'avons pas encore rencontré votre seconde maman ; il paraît qu'elle est intelligente, charmante.

Elsette cherche à couper court. Elle a écrit à Père au début de son séjour. C'est Augusta qui lui a répondu – comme si elle leur avait écrit à tous deux – lui demandant si elle n'avait besoin de rien et lui annonçant qu'ils partaient pour Schaffhouse.

Quel nom donner dans une lettre à Augusta, qui demeure pour elle la Grande Demoiselle, amie de la famille en visite au Vieux Château ? Anna et Antoine lui disent « Mère ». Jamais elle n'a pu s'y résoudre.

Elle se lève, revient à son écritoire : « Chère Augusta » ? Trois jours déjà qu'elle tourne autour de sa feuille de papier. Enfin, le désir de recevoir un mot de Père lui donne assez de courage pour commencer :

Lyon, le 14 juillet 1775

Mon chérissime Papa et Maman,

Elle n'a jamais dit « Maman » en français à sa véritable mère. Elle continue dans l'allemand du Vieux Château :

Voici déjà le deuxième décompte que Mademoiselle Guex vous fait parvenir pour moi. Il est un peu chargé parce que les habits d'été sont compris, mais me voilà donc entièrement habillée pour cette saison, quel que soit le nombre d'années que je passerai ici. Il s'agit, comme vous le voyez, de deux robes faites l'une en taffetas et l'autre en « canicule », tissu très fin qui ne craint pas la pluie et ne risque pas d'être froissé. Madame Fingerlin me l'a conseillée et je la porte tous les jours, tandis que l'autre est une robe de fête.

Je souhaite si fort que le décompte trimestriel et mes progrès s'équilibrent ! Ce sera à vous d'en juger. Je fais de mon mieux.

Admirables Grand-père et Grand-mère, le petit Hans-Jakob mérite mes souhaits de bonheur ! Les voici : que vous viviez aussi longtemps que vos enfants et petits-enfants s'appliqueront à vous rendre la vie douce. Le nouveau-né acquiesce et dit : amen ! Vous avez ainsi toutes sortes de joies, chacun en a sa part sauf moi, pauvre petite chose qui n'ai droit à rien.

Très cher Père, Tata Baby me témoigne beaucoup d'affection. On ne voit pas le temps passer quand elle me parle de votre enfance.

Ce que je ressens à l'égard de mon cher Papa et Maman ne se laisse pas exprimer facilement, c'est trop tendre, mais vous connaissez les sentiments les plus profonds de votre enfant obéissante et pleine de tendresse

Elsette Gonzebat

* * * *

L'été est chaud à Lyon. Que ferait Elsette sans la robe en canicule ? Aucune nouvelle de Hauptwil. De semaine en semaine, elle continue à « mentir » aux questions qu'on lui pose. Elle dit que Père, que la femme de Père, qu'Antoine et les enfants... L'ennui, c'est qu'elle ne peut inventer que des banalités, sinon on lui demanderait des détails et l'on s'apercevrait vite qu'elle ne sait plus rien du Vieux Château.

— La famille voudrait que votre père en soit informé, lui a dit le pasteur Fells. Rendez-moi ce service.

Elle s'était promis de ne pas envoyer de nouvelles avant d'en recevoir, mais c'est un accident si tragique. Sans hésiter, elle commence :

24 août 1775

Mon très cher Papa et Maman,

Notre cousin Sellonf, le fils de ma chère Madame Schlumpfin, est décédé subitement la semaine dernière à Marseille. Il était très habile en affaires et ses collaborateurs sont dans l'embarras. Junker Fitler, qui dirige seul la Dargoire entièrement rénovée, a quitté Lyon pour Marseille sur-le-champ. Tout le monde est consterné de ce décès. On a raconté (mais rien n'est certain et l'on ne veut plus en parler) que notre cousin aimait une demoiselle de Zurich et avait déjà obtenu son consentement. Il partit aussitôt pour Lausanne afin d'obtenir celui de sa mère. Elle le lui refusa ; j'en ignore la raison. Il paraît que lors de ce voyage, entrepris il y a peu, il avait l'air très malheureux. Si la famille Fitler ne l'avait pas rencontré par hasard, il aurait traversé Lyon dans sa chaise incognito. Quelle douleur pour sa mère et quels reproches elle doit se faire ! Cet accident nous fait réfléchir, particulièrement nous les jeunes.

Elsette pose sa plume, va à la fenêtre. On a tant parlé de ce suicide à la pension de Mademoiselle Guex. Le cousin Sellonf aurait-il eu le droit de désobéir à sa mère, ou le devoir ? Le Décalogue ordonne : « Honore ton père et ta mère » ; il ne dit pas : « Sois-leur soumis inconditionnellement et à tout âge. » Christina Speisser aurait passé outre à l'interdiction maternelle. Mais l'avis de Christina ne compte pas puisqu'elle est orpheline. Elsette ne peut imaginer que son propre bonheur fasse un jour le malheur de Père. Dans quelles circonstances aurait-on le droit ou le devoir de se donner la mort ? « Jamais », pour les unes ; « Peut-être pour rester fidèle à soi-même ou à son idéal », pense une autre. La veille, une des jeunes musiciennes avoua qu'elle avait souvent désiré mourir. Elle s'imaginait alors se laissant glisser au fil du Rhône et disparaître. Si elle se mettait au clavecin et improvisait, son infinie tristesse se muait en un réconfort mystérieux. En exprimant sa solitude, son découragement, sa pitié de soi, elle rejoignait la souffrance cachée, diffuse, des arbres, des maisons et la douleur muette de ses frères humains. Quand ses doigts effleurèrent les touches, malgré l'heure tardive, la plus jeune des pensionnaires fondit en larmes. À Elsette, venue un peu plus tard dans sa chambre pour l'embrasser, elle confia que sa mère s'était suicidée, sans véritable cause. C'était comme une maladie dans sa famille. Maladie du corps ou de l'âme ? La sœur de sa grand-mère était morte de la même manière. Pour ne pas avoir d'enfants, elle-même ne se marierait pas. Au cours de la nuit, Elsette se souvint, comme si cela s'était passé la veille, des paroles de sa mère lui donnant, avec l'ordre de vivre, la plus grande preuve d'amour.

J'ignore si vous êtes satisfaits de moi. De brèves nouvelles me suffiraient. J'ai intensément besoin de votre approbation. Un mot de Père me donnerait confiance et courage face à l'avenir.

J'ai terminé les leçons d'écriture et d'orthographe afin de me consacrer à la musique. J'ai commencé le clavecin. Mademoiselle Guex voulait que j'attende la réponse de mon frère. Cette réponse ne venant pas, j'ai craint de prendre trop de retard : il y a presque huit mois que je suis ici. Je voudrais dire à mon frère : coquin qui ne tient parole !

Ma voix s'est encore améliorée et nous quatre musiciennes chez Mademoiselle Guex donnons parfois un concert assez agréable en duos, trios, quatuors. Le violon, joué par notre Maître incomparable, nous accompagne. Parfois, nous avons des auditeurs.

On m'apporte à l'instant des détails sur la mort du cousin Sellonf. Le malheureux jeune homme était chez des amis. Pendant le repas, prétextant des maux de tête, il se retira dans sa chambre. On alla prendre de ses nouvelles une heure plus tard ; il était assis dans un fauteuil, la tête entre les mains. Le croyant endormi, on se retira. Un quart d'heure plus tard, on entendit un coup de feu et le bruit d'une lourde chute. Forçant la porte, on trouva le malheureux baignant dans son sang : il s'était tué d'un coup de pistolet.

On raconte son histoire avec d'autres précisions plus tragiques. Gardez tout cela pour vous, mon cher Papa, même la famille n'en parle pas ouvertement.

On me dit que Junker Gonzebat arrivera dans quinze jours. J'espère qu'il me donnera de vos nouvelles. Personne ne blâmera mon désir d'en recevoir et je crois que ma chère Maman (elle seule sûrement) pense en secret : ma petite fait pitié, quelqu'un devrait lui écrire. Qu'importe si l'on ne me dit qu'une seule fois par an que l'on m'aime un petit peu, je m'en contenterai, même si cela n'est pas beaucoup. À propos, ma chère Maman, quand mes chemises et la robe de maison seront terminées, soyez assez bonne de me les faire parvenir ; j'en aurais vraiment besoin puisque je n'ai que six chemises neuves et que les vieilles sont trop petites. Je n'ai également qu'une seule robe pour travailler ; une seconde me suffira. Merci pour toute la peine que vous prendrez. Je ne resterai à Lyon que quelques années.

* * * *

La vue de Leonhard a baissé. Une loupe lui permet de lire mais elle hache la phrase, il suit mal la ligne. Augusta lui fait la lecture. Le cousin Sellonf devait approcher de la trentaine. On le considérait comme un des futurs directeurs de la maison Fitler à Marseille. Il va être difficile de le remplacer ainsi d'un jour à l'autre. Il était venu dans son enfance à Hauptwil. Leonhard l'avait vu pour la dernière fois à Zurich il y a dix ans peut-être.

« Encore un suicide », pense Augusta avec colère. Les Français ont condamné Voltaire pour ses écrits et les Genevois Rousseau. On a même brûlé leurs livres, mais les Allemands applaudissent le talent de ce jeune écrivain Goethe et laissent toute la jeunesse lire et relire *Les Souffrances du jeune Werther* décrites interminablement. Tout le monde ou presque n'a-t-il pas eu un grand, un immense chagrin d'amour ? Ce n'est pas bien glorieux de se tuer afin de faire le plus de mal possible à vos proches parce que vous êtes malheureux. Le vrai courage, c'est de supporter sa vie, d'aimer en secret peut-être. Quant à la souffrance morale, il lui semble qu'une mère abandonnée avec ses enfants serait plus à même d'en parler. Mais faut-il en parler ? C'est trop facile de faire mourir les gens dans les livres. Werther a réussi sa mise en scène, ou plutôt Goethe. Voici l'écrivain en plein succès et en parfaite santé, ayant immortalisé Werther devenu un héros. Ceux dont il est le modèle ne ressusciteront pas. Elsette a bien raison de parler de la mère du cousin Sellonf et de l'embarras où se trouve la maison Fitler.

Augusta relit : *Je crois que ma chère Maman (elle seule sûrement) pense en secret : ma petite fait pitié, quelqu'un devrait lui écrire.* Elle est émue ; Elsette l'a repoussée si longtemps. Elle avait renoncé à l'apprivoiser et sentait que ses lettres lui causaient peut-être plus de déception que de plaisir quand elle n'y trouvait pas quelques lignes de son père. C'est lui qui devrait écrire, mais on sait bien que Leonhard n'est pas un épistolier et qu'il exprime rarement ses sentiments. Augusta décide de ne plus tenir compte de la lenteur du courrier, de son irrégularité. Une mère ne donnerait-elle pas des nouvelles à sa fille chaque semaine au moins ? Elle écrit, envoie chemises et robe, écrit encore de Hauptwil et de Schaffhouse, insiste pour que famille et amis ajoutent un petit mot.

* * * *

À Lyon, Elsette, radieuse, peut enfin donner des nouvelles du Vieux Château. On l'aime, on voudrait tout savoir de sa santé, de ses progrès, de ses amis. Elle s'assied à son écritoire pour raconter en français les festivités de la grande ville.

Lyon, septembre 1775

Mon silence répond au tien, mon cher frère, sans doute sommes-nous aussi occupés l'un que l'autre. J'ai passé plusieurs jours à la campagne chez Madame Fingerlin et chez Madame Scherer. Mademoiselle Guex ne voulait pas me le permettre, invoquant ce qui avait été convenu entre vous. J'étais donc invitée du samedi soir au lundi matin. Le mauvais temps m'a contrainte à rester. Il n'y avait plus de place dans le carrosse ; je ne pouvais quand même pas partir à pied.

J'ai dîné chez Madame Scherer, l'aînée, le jour de l'arrivée du Seigneur Hans-Jakob et de son fils, notre cousin, que je n'avais pas revu depuis deux ans. Il a mené grande vie à Venise. Lui n'est pas resté bien sage dans une pension comme moi chez Mademoiselle Guex ! Je ne me plains pas, car j'ai de plus en plus de bonheur à prendre mes leçons, mais il me semble que tu pourrais faire davantage confiance à ta sœur et lui accorder plus de liberté : Mademoiselle Scherer m'emmena à la comédie l'autre semaine, elle aurait voulu me retenir à souper, mais Mademoiselle Guex le refusa pour la seconde fois.

Le Seigneur Hans-Jakob avait chargé son fils de toutes sortes de commissions. Comme Hans-Jakob ne connaît pas Lyon, c'est moi qui m'en suis occupée avec l'aide, heureusement, des cousines Huber. Les bracelets m'ont bien embarrassée, sachant qu'ils étaient pour la mère d'Ursula. En courant toute la ville, nous n'avons rien trouvé approchant du prix qu'elle nous avait fixé. Je lui conseillerais de se faire faire des bracelets avec un portrait et de donner ceux en plaques d'or à de jeunes demoiselles. Ils ne sont plus à la mode, ils ont un air trop enfant. Ta chère femme a-t-elle apprécié les dentelles ?

Lundi dernier, j'étais à la Dargoire. Je fais tout ce que je peux pour dissiper les brouillards qui de temps à autre tourmentent les humeurs, de sorte que je suis en paix avec tout le monde. Chez les cousines Huber, je suis comme chez moi.

J'ai commencé le clavecin depuis deux mois avec Monsieur Ghéra. Le pauvre homme, attaqué de la poitrine, monte tous les jours au quatrième où nous sommes. Je crains que cela ne nous l'enlève. Je n'ai plus que les maîtres de musique et celui de la danse. Je ferai un ou deux mois d'arithmétique, ce qui suffira après ce que j'avais appris en Suisse. Mon maître de chant se donne beaucoup de peine pour m'apprendre les cadences et les agréments. Peu à peu, cela viendra. Bien qu'à moitié acteur, Monsieur Delattre est un excellent maître.

J'ai entendu la fameuse chanteuse italienne Bastardella. En l'écoutant, personne ne remarque qu'elle boite légèrement. Je souhaiterais avoir son gosier, construit bien différemment du mien. J'ai assisté à plusieurs opéras avec d'excellents chanteurs de Paris ; cela me donne de l'émulation et du courage. Tout ce qui concerne la musique m'enchante. Il ne faudrait pas l'aimer autant que moi pour ne pas aimer les opéras.

Je sais bon gré au comte de Provence et à Madame, ainsi qu'à la princesse Clotilde, sœur du roi de France, d'avoir passé à Lyon pendant mon séjour. Madame Clotilde, mariée au prince du Piémont, a une très jolie figure, la bonté se peint sur sa physionomie, mais elle est prodigieusement grosse. Chacun célèbre son excellent caractère, sa générosité, son affabilité. Toute la France est affligée de son départ et le roi son frère l'aime tant qu'il parle à son portrait qui se trouve dans sa chambre. Madame de Marsan, sa gouvernante, est désolée d'être séparée d'une princesse qu'elle aime plus que la vie. Pour des raisons de politique, elle ne la reverra pas. La princesse Clotilde a fait ses adieux à toutes les dames de France. On dit que son époux, qui doit être très laid, l'aime beaucoup. Son beau-père, le roi de Sardaigne, lui a dit : « Ma fille, nous connaissons vos regrets d'avoir quitté la France, nous tâcherons de faire en sorte que ce soient les derniers de votre vie. »

Le comte de Provence a une figure aimable, de même que Madame. Ils sont très unis, on en dit beaucoup de bien. Il est le frère puîné du roi et accompagnait sa sœur incognito, sous le titre de duc de Vendôme. Il n'y en eut pas moins de grandes réjouissances, des illuminations, des feux d'artifice pour le fêter. J'ai assisté au spectacle donné en leur honneur et à toutes les festivités, ce qui m'a causé beaucoup de joie et des dépenses imprévues. La Bastardella, par exemple, m'a coûté trois louis mais je ne voulais pas manquer l'occasion d'entendre ce prodige.

* * * *

Antoine vient de passer trois jours à Saint-Gall. Les enfants lui font fête. Il lira son courrier en revenant du Kaufhaus. Tiens, une lettre d'Elsette ! Il la décachette et la tend à Ursula :

— Tu me diras si tout va bien.

Cinq feuillets d'une petite écriture serrée, impeccable il est vrai : les leçons ont été mises à profit. Ursula, qui a devant elle des livres de route et de commandes, appelle Sabine pour qu'elle porte la lettre à son grand-père. Pendant près d'une heure, Augusta s'applique à lire à haute voix, à comprendre, à traduire. Peu lui importent Princesse Clotilde et Bastardella !

À la recherche d'un mot de gratitude et d'affection, elle ne trouve que des affirmations de petite fille sage : « je serai toujours la fille de mon père », « je veux être digne de ma patrie », etc. Un peu amère – Elsette n'aurait-elle pas reçu ses lettres et son paquet ? – elle trace quelques lignes qui partiront le soir même pour rejoindre Lyon franco Versoix en passant par Genève.

* * * *

Elsette, si fière de maîtriser son français – « Vous n'avez plus d'accent, jamais on ne penserait que vous êtes Suisse », lui disent ses professeurs –, comprend que, pour Père et Augusta, il faut revenir à la langue du Vieux Château, à l'exception des mots de tendresse qu'elle ne pourra jamais prononcer en allemand pour une autre que sa mère.

Lyon, le 17 octobre 1775

Ma très chère Maman,

Comment pouvez-vous penser qu'en ne répondant qu'aujourd'hui à vos lettres pleines d'affection, je ne les ai pas appréciées ? Pour vous dire toute la joie qu'elles m'ont procurée, il me faudrait des pages. Merci, chère Maman, pour mes chemises et la robe de maison.

Madame Fells vient d'accoucher d'un fils. Cela s'est très mal passé. L'enfant a souffert à la tête et ne se porte pas bien. Quel chagrin s'il devait mourir !

Très cher Papa, je viens de commencer les leçons de clavecin, comme vous me l'avez permis. Puis-je encore vous demander d'embrasser tous ceux du Schlössli ?

* * * *

Mon chérissime Papa et Maman,

J'ai de nouveau le plaisir d'accompagner le décompte d'une petite conversation écrite. Comment vous exprimer ma reconnaissance ? Je considère le temps présent comme une période de préparation ; des fruits couronneront-ils mes efforts ? Je m'inquiète parfois de ne pas répondre à votre attente et de vous décevoir.

L'hiver est silencieux, calme et froid. Pour se réchauffer, on se couvre bien. Le temps ne va pas s'écouler inutilement, j'ai déjà établi mon plan. Qui sait ce qui se passera au printemps ? Ce qui peut être fait en un jour ne doit pas l'être en deux.

Mon cher Papa, il y a neuf mois que je suis ici, mais je n'ai jamais fait de cadeau à Mademoiselle Guex. Comme elle a eu sa fête il y a quelque temps, j'en ai saisi l'occasion. Chacune voulait lui faire un présent ; j'ai pensé que nous pourrions nous partager les frais. J'ai donc consulté mes cousines Huber et nous lui avons donné deux cuillers à ragoût en argent, à douze louis d'or. Mademoiselle Guex a manifesté une très grande joie et nous a vivement remerciées. Mes cousines avaient fait les emplettes elles-mêmes. J'espère, mon cher Papa, que vous approuvez cette dépense. L'occasion était si bonne, il m'a semblé savoir ce que vous en pensiez. Votre approbation est ma règle de conduite.

Mon cher frère vous a certainement dit que chacune de nous contribuera avec deux louis d'or à un petit cadeau de Nouvel An pour la servante qui ne recevra plus grand-chose pendant le reste de l'année. Je suis si heureuse de rencontrer des gens qui agissent exactement d'après vos principes et me donnent les mêmes conseils. Mon cher Papa, ces douze louis d'or et d'autres dépensés depuis lors pour des achats indispensables ainsi que des pourboires aux domestiques, tout cela a fait fondre ma bourse.

Je me porte très bien. Il faut pourtant que je vous fasse le récit d'une légère indisposition ; il y a environ trois semaines, j'ai attrapé une forte diarrhée qui a duré plusieurs jours. Mademoiselle Guex a fait venir le médecin, qui m'a prescrit des purges quotidiennes jusqu'à ce qu'une jaunisse se déclare. J'ai eu peu d'appétit quelque temps et des maux d'estomac qui ont disparu grâce à divers médicaments ; je les aurai bientôt terminés. Mon appétit est revenu et même plus que jamais ! Hormis un teint jaune or, je suis joyeuse et en bonne santé. J'espère que mon séjour sera désormais sans accroc. Ma chère Maman, ne vous faites donc pas de souci pour moi.

N. B. Maintenant que je suis rétablie, il me faut donner quelque chose à la chambrière qui m'a très bien soignée avec Mademoiselle Guex.

* * * *

25 novembre 1775

Je suis au désespoir de te dire, mon cher frère, que dans l'intervalle de l'autre feuille à celle-ci, il s'est décidé que nous changerons encore de maître de clavecin. Monsieur Ghéra est trop malade pour donner chaque jour leçon au quatrième. Nous prendrons le meilleur qu'il y ait après lui. Je n'ai plus de temps à perdre, il me faut connaître un peu le pouvoir de l'accompagnement.

Tu me feras le plus grand plaisir du monde, mon cher ami, en me donnant une réponse à ce que j'ai demandé à Père dernièrement. Je suis à l'extrémité avec l'argent que tu m'as laissé. Je demanderai à Monsieur Fingerlin de m'avancer la somme que tu voudras bien m'indiquer. Mais dis-moi les sentiments de Père à ce propos. Réponds-moi au plus vite, je t'en supplie, car tu connais les désagréments de manquer d'argent en pension, quand on n'a personne qui puisse payer pour vous. Sur les dépenses inutiles, j'ai la conscience tranquille, mais je ne puis me passer de votre approbation.

Voici un an moins six semaines que je suis à Lyon ; il me semble impossible que le temps ait passé aussi vite. Je profite de l'occasion pour te demander s'il est nécessaire que je donne quelque chose aux domestiques de Monsieur Fingerlin et à ceux des Scherer le jour de l'An. J'ai besoin de savoir à quoi m'en tenir. En dépit des bons conseils de mes amis, je me tourmente, je m'impatiente, me fâche peut-être, qu'importe, pourvu que mon importunité t'oblige à me répondre aussitôt que tu pourras.

J'étais hier au lait d'amandes de Madame Fells. Il y avait plus de quarante personnes. Elle se porte parfaitement bien de même que son fils, un beau bébé de deux mois.

J'arrive au bout de mon épître. Quand je relis ce que je t'écris, je ne retrouve que des niaiseries, pourtant je voudrais que tu saches tout ce qui m'arrive, tout ce que je pense. Je me fais une raison pour abréger chaque fois. Et je voudrais bien que tu m'écrives un peu plus. Car je sais bien que tu m'aimes, mon cœur me dit que je le mérite car il est plein de reconnaissance. Je voudrais te rendre tout ce que tu fais pour moi, mais peut-être que notre différence d'âge te réserve plus de satisfaction dans ce domaine qu'à moi.

Je veux, avant que ma page soit remplie, te prier de faire des amitiés particulières à ta chère femme ; si elle m'aime un peu, ce n'est que pour m'inciter plus fortement à la chérir à mon tour car je l'aime à l'envi. Embrasse-la et embrasse mille fois mes neveux. Tous trois, ils sont bien à moi si tu me les donnes. Présente mon tendre respect à Père et à « Maman ». Si tu faisais toutes les commissions que je te confie, je te prierais de dire à petite Sabine que je lui écrirai bientôt... peut-être et que je lui envoie dans l'immédiat un bon baiser.

Adieu enfin, mon cher frère. J'attends donc une lettre, non, une épître de toi. Ne reste pas inflexible aux instances de ta plus tendre sœur

Elsette Gonzebat

On est déjà à la mi-décembre. Le courrier vient d'apporter, avec d'autres, la lettre d'Elsette. Il attend d'éventuelles réponses. Antoine ajoute quelques lignes à l'adresse de son banquier pour le prier d'aller voir sa soeur dès que possible et de lui remettre l'argent dont elle a besoin. Augusta et Ursula se chargeront de la « grande épître. »

Or Augusta estime que désormais, c'est à Leonhard d'envoyer quelques lignes à sa fille cadette. Quant à Ursula, entre les enfants et le commerce, elle n'a pas une minute.

* * * *

Au mois de janvier, Elsette n'a toujours pas eu d'autre réponse que la visite – bienvenue il est vrai – de Monsieur Fingerlin. Questionnée par ses cousines Huber, elle leur avoue son chagrin. Les deux célibataires, toutes dévouées à la colonie suisse de Lyon, sont d'une franchise tonique : Si Antoine trouvait les dépenses de sa soeur excessives, il lui aurait répondu depuis longtemps. Elsette sait bien que son frère n'aime pas écrire. Pour elle, une lettre est un plaisir, pour lui un pensum. Elle a d'ailleurs beaucoup plus de choses à raconter. Peut-être relisent-ils ses lettres, se réjouissent-ils de la suivante. Il faut accepter que les plus proches ne vous comprennent pas toujours. Tant d'heures de leçons, d'exercices, les fêtes, l'opéra,

Zémire et Azor peuvent paraître futiles à ceux qui ont d'autres intérêts. Il est bon de constater qu'en famille, on peut être très différents les uns des autres.

Elsette travaille de plus en plus souvent avec une pensionnaire de son âge, Christina Speisser. Christina était trop petite à la mort de ses parents pour s'en souvenir. Elevée par sa sœur qui habite Bischofszell depuis son mariage, elle n'aime pas son beau-frère. Elsette a pris son parti de la paresse épistolière de sa famille. Elle taille sa plume pour venir en aide à son amie.

Lyon, 19 mars 1776

Je viens, mon cher frère, te demander ton avis sur une affaire pressante. Il s'agit de rendre un important service à mon amie Mademoiselle Christina Speisser. Tu verras à quel point mon plaisir y est intéressé. Une lettre de Madame Daller, sa sœur, lui annonce qu'elle viendra la chercher au mois de mai prochain. Ayant de bonnes raisons de rester à Lyon, soit par rapport à ses maîtres, soit par attachement pour un endroit aussi agréable, mon amie voudrait différer ce voyage jusqu'à mon départ. Je lui ai proposé de t'écrire afin que tu fasses tout ton possible pour persuader Madame Daller. Je suis sûre que tu auras la complaisance d'aller toi-même à Bischofszell pour la convaincre. Donne-nous sa réponse aussitôt que possible afin que nous sachions quelles mesures prendre. Par la même occasion, dis-moi quand tu as dessein de venir me chercher. Mademoiselle Guex espère que tu l'en avertiras quelques mois à l'avance. J'ai entendu, par les bruits qui courent, que ce serait dans l'hiver prochain. Aucun plaisir n'égale celui que j'aurai à revoir mes chers parents mais j'aurai aussi des regrets, à juste titre, en quittant cette ville où j'ai tant d'amis qui me rendent le séjour si agréable.

Je serai aujourd'hui plus brève qu'à l'ordinaire pour ne pas te confier plusieurs choses à exécuter, car je suppose qu'il te faudra un grand effort pour me donner une réponse ample et surtout bien prompte. Pardon, mon bon ami, cette remarque n'est qu'un badinage et si par hasard j'avais dit la vérité en badinant, c'est sans t'offenser car tu sais pourtant toi-même que tu es un paresseux. Ce qui ne change rien à l'amitié que tu as pour moi, mais bien souvent je désire une lettre de mon cher frère. J'aurai bientôt le plaisir d'écrire à Père. Donne-moi de ses nouvelles ainsi que de ta chère femme, que j'embrasse de tout mon cœur, et de tes chers enfants.

À propos, j'aurais presque oublié de te dire que j'ai demandé huit louis pour le jour de l'An à Monsieur Fingerlin, qui a eu la bonté de me les remettre aussitôt. Mes étrennes en tout m'ont coûté cinq louis, aussi ne sois pas étonné d'une dépense aussi considérable. Je t'en parlerai en détail une autre fois.

Je te supplie de m'écrire dès que tu pourras et d'insister auprès de Madame Daller pour obtenir le délai désiré. Mon amie et moi t'en saurons un gré infini.

Adieu donc, fais mes compliments et présente mes respects partout et n'oublie pas ta bonne sœur

Elsette Gonzebat et son amie

* * * *

3 avril 1776

Tu es bien sage, mon cher ami, de m'avoir répondu aussitôt. Je puis te tranquilliser : je suis certaine que Mademoiselle Christina Speisser n'a pas d'inclination et que son seul attachement est cette ville de Lyon où la vie est si aisée. Tu peux donc agir sans crainte car je réponds de mon amie comme de moi-même. Je sais bien qu'elle ne serait pas fâchée de se marier à Lyon s'il se présentait un bon parti. Mais où le trouver ? Pourrais-tu le nommer ? Ainsi, je ne doute pas que tu feras tout ton possible pour persuader Madame Daller d'attendre mon départ. Me flatté-je trop si je crois que tu viendras toi-même me chercher ? Tes plans seront toujours les miens.

Dans ton grand zèle de me servir, tu as oublié de me donner des nouvelles de ta chère famille et de Père. Je dois t'en faire le reproche car jamais tu n'y penses. Sois bien prompt à me répondre sur l'affaire de mon amie, qui me procure au moins des lettres de mon frère.

Dis-moi comment tu as trouvé l'article de l'argent ? Qu'en a dit Père ? C'est essentiel pour moi de le savoir.

Tata Fitler m'a donné deux louis en or pour le jour de l'An et mon oncle une ravissante bonbonnière couleur de puce et cerclée d'or avec un chiffre contenant « je vous aime sincèrement ». Ce sont de belles étrennes. Nous avons donné à Mademoiselle Guex ses deux louis avec un service complet en porcelaine et un déjeuner. Elle en fut fort contente, mais cela fait de grands objets pour ma bourse.

Je ne te dis rien de mes progrès. Ils vont selon les difficultés de l'art. L'accompagnement me demande beaucoup de réflexion.

Bonsoir mon cher ami, ne m'oublie pas, entends-tu ?

Ils sont dans leur chambre au Vieux Château. Les enfants dorment depuis longtemps. Antoine aime travailler auprès d'Ursula, étendue sur son lit. Après avoir lu une bonne partie de la lettre à haute voix, il enchaîne les salutations et le post-scriptum en marge, comme s'ils avaient été écrits dans un même élan :

Que fait donc ta chère femme ? Souvent je rêve que je l'ai vue et bien embrassée. Au réveil, je n'ai que le regret de cette illusion de tendresse. Fais-lui plusieurs baisers pour moi. M'aime-t-elle un peu ? Assure Père de mon respect et de mon affection.

Voici une lettre de Mademoiselle Speisser à Madame Daller que tu auras la bonté de lui remettre. Ce sera une bonne occasion pour lui parler.

Antoine se lève, s'étire, se dirige vers le cabinet où il s'apprête à faire sa toilette du soir :

— Que penses-tu de ma petite sœur ?

— Qu'elle est un peu notre enfant. Je me sens bien jeune pour lui servir de mère.

— La vie est délicieuse à Lyon pour qui n'a qu'à prendre des leçons de musique, visiter cousins et amis, séjourner à la campagne.

— Soyons justes : Elsette travaille, elle est reconnaissante et enthousiaste. Elle se rend bien compte que ce séjour est exceptionnel et qu'il ne durera pas toujours.

— Peut-être est-il temps de lui faire comprendre qu'à vingt et un ans, il faudrait qu'elle prenne sa vie en main, ne serait-ce qu'en acceptant un « bon parti ». Et peut-être devrait-elle revenir en Thurgovie pour le rencontrer puisque, dit-elle, il n'y a quasi aucune chance de le trouver à Lyon. Qu'en penses-tu ? insiste-t-il après un silence.

— Je me demande, dit Ursula en souriant, pourquoi les frères sont toujours aussi pressés de marier leurs sœurs alors que les pères désireraient les garder aussi longtemps que possible auprès d'eux.

* * * *

9 mai 1776

Tu as certainement fait ton possible, mon cher frère, en ce qui concerne Mademoiselle Christina Speisser. Mon amie me prie de te remercier de sa part. Tu sauras un jour les raisons qui ont contribué à son éloignement. Combien de fois ne se trompe-t-on pas ! Ce sont des choses que nous débrouillerons ensemble quand nous nous verrons, car elles s'expriment plutôt de bouche que de l'écriture.

La nouvelle que tu m'annonces dans ta dernière lettre m'a agréablement surprise parce qu'elle me rapproche de mes chers parents et amis. Je ne croyais pas la date où tu viendrais me chercher aussi proche. D'après ce que tu m'avais écrit, je ne l'attendais que pour l'automne. J'imagine que tes affaires te permettent de voyager en juillet plus facilement qu'à un autre moment. Quoi qu'il en soit, je suis heureuse de tout ce que tu fais. Ma reconnaissance te revient à juste titre et j'espère que tu en verras des effets en leur temps. Mais, mon cher ami, tu t'imagines que ta sœur est assez avancée dans tout ce qu'elle a appris à Lyon. Tu me crois bien savante, bien forte pour le chant, en état de m'accompagner au clavecin. Je m'en effrayerais si je ne te savais pas juge équitable et indulgent. Sur le conseil de gens avisés, je n'ai commencé le clavecin que sept ou huit mois après le chant. J'ai eu deux mois de leçons avec Monsieur Ghéra, qui n'ont servi à rien ; le maître qui lui a succédé m'a fait recommencer à zéro. Sa méthode est bien meilleure. Il m'a donné cinq mois de leçons. Pendant les trois premiers, j'ai joué de petits airs pour délier mes doigts et n'ai passé qu'ensuite à l'accompagnement. Je comprends fort bien ce qu'il m'explique mais il faut un long exercice pour jouer couramment. Il m'encourage, il me dit que c'est dommage que je ne reste pas encore un an. Il me promet que, dans quelque temps, je serai bien forte. C'est le moment de te dire où j'en suis. Avec trois ou quatre mois complets, je me sentirais assez avancée soit pour le clavecin, soit pour le chant, bien que les agréments me manquent ; je ne puis les attraper ! Il faut m'en consoler. Je ferai tout ce qui dépendra de moi pour profiter du peu de temps qu'il me reste.

En juillet, nous serions en voyage dans la plus grande chaleur. Ta femme ne s'en inquiéterait-elle pas ? Envers elle, je suis endettée jusqu'aux oreilles. L'automne serait bien agréable pour voyager. Pardonne-moi de te faire part du cours de mes pensées, tu peux les écouter sans changer ton plan. Père l'approuve-t-il ? Faites-moi part de votre décision sans tarder. Je souhaiterais infiniment que tu puisses m'envoyer un prescript pour commander à Lyon tout ce dont j'aurai besoin en Suisse. Qu'en pense le consulat[1] de famille ? Ah ! si je pouvais te parler ! Réponds-moi promptement, en frère sage. Que de peines te donne une petite sœur comme la tienne !

À propos, qui m'a envoyé le louis d'or que j'aurais dû recevoir le jour de l'An et que Monsieur Fells m'a remis la semaine dernière ? Il ne s'en souvient plus.

Mademoiselle Guex sera enchantée de recevoir ta lettre. Elle la fera encadrer ! Surtout si elle contient les belles choses qu'elle aime terriblement ! Elle devient toute fière après. Enfin… Adieu, mon cher ami, je vais prendre ma leçon de musique.

Me voici de retour. J'ai chanté une ariette avec récitatif, deux duos, déchiffré un trio, j'ai dit deux leçons en solfège d'Italie. N'est-ce pas superbe ? Et ce matin, dans ma leçon d'accompagnement, j'ai travaillé des préludes dans tous les temps. Il me faut te faire rire un peu, sinon tu diras que je n'ai que du sérieux. Adieu, mon bon petit frère, que ta sœur ne t'ennuie jamais, c'est ce que je souhaite ardemment.

Elsette Gonzebat

* * * *

---

1. Par analogie avec le conseil municipal de Lyon, nommé « consulat ».

Lyon, le 30 mai 1776

C'est une des meilleures amies de ta sœur qui te remettra cette lettre, mon cher frère. Je sais que tu auras toujours du plaisir à voir Mademoiselle Christina Speisser et à lui rendre service. Gaie, avec le meilleur cœur du monde, elle suscite l'estime de tous ceux qui la connaissent. Je languis de la revoir, la perte d'une véritable amie est irréparable.

Concernant la date de mon départ, je crains d'avoir abusé de ta complaisance en te demandant de rester à Lyon quelques mois de plus. Je t'assure que, te connaissant, cela m'a coûté de te faire cette proposition. Et pourquoi ne me dis-tu pas que ta famille va s'accroître cet automne d'une nouvelle petite créature ? En l'apprenant, je suis encore plus confondue d'avoir dérangé tes plans mais je suis prête à changer les miens. Monsieur Daller croit que tu viendras me chercher en novembre. Il ne se souvient pas exactement de ce que tu lui as dit. J'ai tant de dispositions à prendre, peux-tu me donner une date plus précise ?

Je dois indispensablement savoir qui m'a offert ce certain louis d'or dont je t'ai déjà tant parlé. J'ai fait des commissions pour la famille de notre belle-mère à Schaffhouse ; elles ne me sont pas encore remboursées, ce qui m'oblige à demander de l'argent plus tôt que prévu à Monsieur Fingerlin. Je cherche à réduire mes dépenses, mais tu sais mieux que moi combien d'occasions se présentent qui exigent des attentions indispensables. Seras-tu assez sage pour me dire enfin une fois si Père approuve tous ces calculs et ma façon d'agir ?

* * * *

Lyon, le 7 juin 1776

  Une grâce que je te demande, mon cher frère, c'est de m'écrire pour l'avenir en français, car je déchiffre cette langue plus aisément et j'en comprends plus vite le sens.
  Je vais cette année tous les samedis jusqu'au lundi à la Dargoire. On m'y fait bien des amitiés. Madame DelIsle, de Marseille, est arrivée cette semaine avec son mari pour demeurer jusqu'en automne à la Haute-Dargoire qui est maintenant superbe ; à beaucoup de beaux appartements, elle joint toutes les commodités imaginables.
  Quel bonheur de savoir que vos chers enfants n'attraperont jamais la petite vérole ! Je suis soulagée d'apprendre qu'ils n'ont pas trop souffert de l'inoculation.
  J'attends tes directives concernant mon départ. Ne tarde pas à me les donner pour que je puisse prendre mes dispositions à temps.

* * * *

Juillet 1776

  Je crois avoir deviné la raison de ton projet, mon cher frère, et je me hâte de te détromper : Mademoiselle Guex n'est pas attaquée de la poitrine. S'il y avait quelque danger ou le moindre fondement à la rumeur qui t'est parvenue, je serais la première à me sauver avant que la mort n'ait pu m'attraper. Il est vrai que Mademoiselle Guex a gravement souffert d'une maladie d'épuisement et d'humeur. Le médecin et l'apothicaire qui la soignent m'assurent qu'elle n'a rien eu de contagieux. Elle va beaucoup mieux à présent. Ton projet, aussi attentionné qu'il soit, est irréalisable : quitter la pension, tenue depuis trois ans à peine, donnerait des soupçons à tout le monde et suffirait à la faire tomber. Sous quel titre l'annoncerais-je à Mademoiselle Guex sans lui faire bien de la peine ? D'ailleurs, partout où je me tourne, je ne vois point d'endroit où aller. Chez mes cousines Huber, il n'y a pas un coin vide pour moi ; elles sortent tous les jours indispensablement pour retrouver les membres de la famille qui exigent leur compagnie ; pour moi, demeurer avec mon oncle ne serait pas du badinage ! Chez les R. de S. ? J'aimerais mieux paître des oies plutôt que de supporter leurs chicanes ! Aller chez Madame Scherer ou Madame Fingerlin ? Mais la place, la famille, l'embarras, la bienséance, la discrétion me l'interdisent et je ne pense pas que tu aies songé à me placer chez eux. Enfin je te dirai que je suis très contente de la pension. J'y suis agréablement. Les maîtres sont excellents, on ne me refuse pas de sortir quand je suis invitée, à la condition que je ne soupe pas dehors. J'ai d'amicales relations avec les autres pensionnaires et je suis très liée avec une demoiselle nîmoise que je quitterai à grand regret.

Faut-il que je te tire par les oreilles pour obtenir une réponse ? Pense bientôt à moi, je t'en conjure. Viens-tu en automne, en hiver, au printemps ou en été me chercher ? Sois persuadé que j'aimerai toujours Lyon au superlatif, sache aussi que Hauptwil m'est bien cher, ou plutôt ses habitants. Je les embrasse tous tendrement.

* * * *

2 septembre 1776

Il s'agit pour cette fois-ci, mon cher ami, d'une chose très importante et ta sœur vient te demander une longue audience.

Premièrement, Mademoiselle Guex part dans huit jours pour la Suisse. Comme elle ne se portait pas bien, les médecins lui ont conseillé de louer une campagne et d'y rester quelque temps. Nous avons passé un mois à la Croix-Rousse, où se rendaient nos maîtres. Nous y étions très bien à tous égards mais Mademoiselle Guex étant de plus en plus malade, nous sommes retournées en ville. Les médecins lui ont alors conseillé l'air natal. Elle a donc décidé de se rendre à Morges, chez son frère qui est ministre du saint Évangile dans cette ville. Une de ses amies, Mademoiselle Mingard, la remplace. C'est une personne de parfaite confiance, amie de mes cousines Huber. Nous nous faisons fête de son arrivée. Mais Mademoiselle Guex demande ton accord. Elle est trop mal pour t'écrire. C'était sa fête la semaine passée et, suivant la coutume et même par devoir, nous avons cherché à lui offrir un présent. Selon les conseils de mes cousines, nous avons pensé que rien ne lui serait aussi utile que de l'argent et nous lui avons présenté, avec un bouquet, trois louis d'or.

Une autre nouvelle : notre pauvre tante Marion de la Platyère, l'aînée, est morte la semaine passée d'infirmité et de vieillesse jointes à une dysenterie dont elle a beaucoup souffert. Elle a bien vécu et sans bruit, elle était fort charitable, elle a pensé à tout le monde en mourant. Je porte le demi-deuil pour un temps.

Monsieur et Madame DelIsle, de Marseille, logent depuis trois mois à la Haute-Dargoire. Elle est la fille de Madame Rigaud. Elle s'est mariée sans le consentement de ses parents car Monsieur DelIsle est catholique. Ils sont heureux, ce sont des gens charmants, aimables, fort simples. Madame surtout est d'une bonté et d'une douceur peintes sur sa physionomie. Sans être régulièrement jolie, elle a une figure très intéressante qui plaît au premier abord. J'espère que je les reverrai en Suisse. Ils n'ont pas beaucoup de santé ni l'un ni l'autre et vont partir prochainement à Langnau, dans la campagne bernoise, chez Schuppach, le paysan dont la réputation ne cesse de croître et qui guérit avec un même bonheur valets, princes, évêques et cardinaux. La ville de

Langnau est-elle sur le chemin de Hauptwil ? S'ils y sont encore, nous pourrions nous y arrêter.

Mon amie Mademoiselle Christina Speisser est triste et s'ennuie en Suisse. Ici, elle manque à tout le monde. Dis-lui combien je languis de la revoir, écris-moi un mot sur son compte. À propos, je pense que peut-être la paresse t'a empêché de me faire part d'une heureuse nouvelle concernant ta chère femme ! Ne te fâche pas de cette remarque, il est vrai que je ne suis pas marraine, mais aucune marraine ne pourrait s'intéresser avec plus de sollicitude que moi à la mère et à l'enfant nouveau-né.

Il me reste un article important à traiter : comme j'ignore le moment de mon départ et que Mademoiselle Guex n'est plus en mesure de veiller à ma garde-robe, mes cousines Huber ont eu la bonté de m'offrir leur aide. C'est ensemble que nous avons dressé la liste de tout ce dont j'aurai besoin. La voici. C'est une espèce de trousseau qui durera, comme vous le pensez, bien bien longtemps. Retranchez-en, rayez-en, soulignez-en tout ce que vous jugerez à propos ; votre petite vous en gardera toujours la même reconnaissance. En voici le détail :

— une robe pour chaque saison et des mantelets à proportion pour le même usage
— quelques paires de bas de soie
— quelques paires de souliers
— des corsets de bassin
— quelques coiffes basses à dentelle
— des mouchoirs de gaze
— des coiffes de nuit
— un manteau de mousseline
— un manteau noir
— quelques paires de poches
— un corps neuf
— quelques paires de gants.

On tirera profit de tout ce que j'ai à présent et on laissera ce qui peut servir sans être remplacé. Mes cousines pourvoiront au superflu. Elles ont calculé que le tout reviendra à quatre cents francs ou à six cents francs. C'est avec peine que je prononce cette somme. Ce qui me console, c'est que vous connaissez mes sentiments et que je ne crains pas de retranchement. Quel est l'avis de Père ? Réponds-moi par le plus proche courrier. Mes cousines, qui ont peu de loisirs, régleront leurs affaires en conséquence. Surtout n'oublie pas de nous dire si je partirai cet automne ou en hiver ou même au printemps.

Tu voudrais connaître mes progrès en musique ; j'ai toujours le plus grand bonheur à chanter et c'est me punir que de manquer un jour ma leçon de chant. Il est vrai que c'est le talent où je suis le plus avancée. Je peux déchiffrer tout ce qui se présente pourvu qu'il ne s'y rencontre pas de difficulté exceptionnelle. Je suis moins avancée dans l'accompagnement, pourtant mon maître, un des meilleurs de Lyon, a dit à Monsieur Scherer combien il était fâché d'apprendre mon départ car, selon lui, j'aurais des dispositions. Pardon, je me vante mais je dis les choses tout comme elles sont, sans détour ni exagération. C'est une si grande satisfaction de te livrer toutes mes pensées. Peut-être trouves-tu mes épîtres bien longues et farcies de nigauderies. Pourtant c'est l'affection et la sincérité qui me les dictent.

Je puis chanter trois ariettes en m'accompagnant. En ce moment, mes amies sont autour de moi et l'une d'elles étudie son clavecin. Ah ! si tu pouvais l'entendre ! Elle joue un morceau superbe, pathétique, qui m'inspire une tristesse dont je ne connais pas la source. Quel mystère que la musique, combien de plaisirs elle procure ! Jamais nous n'avons tant travaillé que le mois passé à la campagne. Tous les matins, nous nous levions, par goût, à cinq heures pour étudier sous la treille délicieuse.

J'arrive au bout de ma page, donne-moi sans tarder des nouvelles du petit nouveau arrivé. Mille millions de baisers à tes chers enfants. C'est sûrement trop demander de répondre à toutes mes questions mais, mon cher Monsieur, on pose la lettre devant soi et, page à page, on n'oublie pas de satisfaire à la curiosité des gens. Bonne nuit, je vais souper et suis, comme à l'ordinaire, ta bonne sœur

Elsette Gonzebat

« Il n'y a pas de temps à perdre », ont dit les cousines Huber en entraînant la jeune fille dans le meilleur salon de couture qu'elles connaissent. « On ne quitte pas Lyon après deux ans sans trousseau ! Au cas où votre frère viendrait cet automne, c'est le dernier moment pour choisir les étoffes et la façon. Nous sommes sûres qu'il approuvera le tout. Vous devez faire honneur à votre famille. »

* * * *

Lyon, le 28 septembre 1776

Et que te dirai-je, mon cher frère, pour répondre à ta lettre, si ce n'est te peindre, s'il m'était possible, tout le chagrin que son contenu m'a causé. Crois bien que ce n'est pas le refus du trousseau demandé qui a suscité chez moi la moindre émotion, mais imagine ma stupeur quand enfin Monsieur Fingerlin a reçu des instructions de ta part et qu'il est venu me lire une lettre m'informant que je ne devais me faire faire qu'un corps et une paire de souliers. Après avoir attendu de jour en jour ta réponse, j'ai fini par suivre le conseil de tout le monde. Encouragée par Monsieur Fingerlin et mes cousines, j'en ai déduit que le silence parlait et approuvait, et nous avons commandé tout ce qui nous paraissait nécessaire, non seulement pour quelques années mais pour la vie. Une fois la dépense faite, elle l'est pour toujours. Aucune de mes robes ne fera scandale en Suisse : j'ai choisi avec soin le plus solide et le plus durable. Je ne t'avais pas parlé d'une robe de rencontre qui est très jolie et fort bon marché et que tout le monde m'a conseillé de prendre. C'est pourtant la pièce qui me tourmente le plus aujourd'hui. J'ai demandé conseil, j'ai agi au mieux et pourtant me voici plongée dans une inquiétude continuelle que je n'arrive pas à cacher et que mes amies mettent sur le compte du regret que j'ai à quitter Lyon. Monsieur Fingerlin a fait de son mieux pour me rassurer, il m'a dit qu'il t'avait écrit, ainsi peut-être es-tu déjà au courant de ma peine. Ce n'est qu'aujourd'hui que je me sens le cœur assez libre pour t'écrire à mon tour et je m'apaise en me confiant. Ce sentiment d'avoir voulu faire tout pour le mieux et d'avoir commis une faute grave, peut-être que toi, mon frère, tu l'as déjà éprouvé. Devines-tu mon besoin d'approbation et de tendresse ? Monsieur Fingerlin t'aura dit qu'il m'a déjà avancé six cents francs ! Cette somme m'a tant occupé l'esprit que je l'écris avec moins d'émotion. J'espère dormir ce soir plus tranquille, t'ayant dit mes peines, mes torts et mes travers.

Je compte partir à la fin de la semaine prochaine et je t'attendrai à Céligny. Tu ne me dis ni quand ni comment tu pars mais je pense que Monsieur Fingerlin le saura.

* * * *

Le 9 octobre 1776

Mon cher frère,
Pardonne-moi de t'avoir accusé de négligence et de t'avoir reproché le retard de ta réponse. Je viens d'en

apprendre la raison. Imagine la part que je prends à la perte de cette chère petite. Ta femme heureusement est bien remise de ses couches. Je l'embrasse de tout mon cœur.

Si tu vois Père avant ton départ, demande-lui un baiser pour moi. Je suis encore à Lyon mais je me ferai conduire à Céligny à la première occasion.

Je vous souhaite une bonne nuit et suis pour la vie ta sœur

Elsette Gonzebat

CINQUIÈME PARTIE

PAR AMOUR DE LA VÉRITÉ…

LE RETOUR À HAUPTWIL : CÉLIGNY, YVERDON, BERNE, ZURICH
1776

XXIX

Il était entendu qu'elle arriverait la première à Céligny. Des amis des DelIsle se rendaient à Langnau, Céligny était sur leur route ; Elsette se joignit à eux. Ils avaient projeté de rester deux jours à Genève. À leur arrivée, Elsette s'annonça chez Sarah Develay. Elle y rencontra un couple d'Anglais, venus prendre congé avant de repartir pour Lausanne où ils avaient rendez-vous avec le célèbre médecin Samuel-Auguste Tissot. Elsette sauta sur l'occasion de gagner du temps ; Céligny n'était plus qu'à une demi-journée de route, elle partit avec eux le lendemain.

Quand, vers une heure de l'après-midi, leur attelage pénètre dans la cour d'une grande maison vigneronne, Elsette croit rêver : un carrosse, le leur, le sien, est là, tout à côté. Elle ne l'avait pas vu depuis bientôt deux ans. Et comment ne pas le reconnaître à sa couleur bleue, au grand *G* stylisé peint sur la portière, à l'écu, de sable à la bande ondée d'argent ?

— Elsette !

La voix qui a crié son nom ne peut être que celle d'Antoine. L'instant d'après, il la serre sur son cœur puis il l'écarte doucement, la maintenant à bout de bras :

— Mademoiselle la Lyonnaise, changée des pieds jusqu'à la tête, méconnaissable ! Que va dire le Vieux Château ?

Les Anglais, pressés de repartir, ne s'arrêtent que le temps de goûter au vin du pays et de présenter leurs hommages à la dame du lieu, qui ne quitte plus guère sa chambre.

Elsette ne s'est jamais souciée de préciser ses liens de parenté avec cette lointaine cousine de son père, veuve sans enfant, dont tous semblent avoir oublié le nom, le prénom et qui est pour chacun « la tante de Céligny ». Le passage des « petits-neveux » thurgoviens est un événement pour la vieille dame. Elle leur a fait préparer des chambres, les feux ont été allumés dans la salle à manger et le salon. Pourtant, les récits des jeunes gens la fatiguent bientôt. Comme il n'est pas question de se remettre en route avant le lendemain, frère et sœur ont la fin de la journée à eux. Ils font le tour du grand parc paré de toutes les nuances de jaune, d'ocre, de roux et de brun. Le lac s'embrume. C'est à peine si l'on distingue la rive opposée. De gros oiseaux noirs s'abattent au large du port puis reprennent lourdement leur vol en direction de Genève.

— Des cormorans, dit Antoine. Ils nichent à l'autre extrémité du lac.

Un pêcheur sort du port avec ses filets. Elsette pense : « Que tout est simple quand je suis avec Antoine. Quel bonheur de nous retrouver en l'absence d'Ursula, des enfants, des intendants et de pouvoir parler. » Appuyé au parapet de pierres ajourées qui clôture la terrasse, il lui confie à quel point les six semaines de vie de la petite Barbara les ont bouleversés.

— Tu comprends, Elsette, il y avait des moments où nous reprenions espoir. Elle luttait. On nous disait que chaque jour de gagné lui donnait de meilleures chances de vivre. Nous nous attendions d'heure en heure à la perdre, mais aussi à la sauver. Les nuits blanches se succédaient. Et ta lettre est arrivée, qui parlait de trousseau... Je n'avais pas le cœur d'y répondre.

Alors qu'elle cherche, sans les trouver, des mots pour exprimer sa compassion, il entoure ses épaules de son bras :

— Ma petite sœur me dira-t-elle son secret ?
— Quel secret ? Il n'y a pas de secret !
— Pourquoi es-tu si affligée d'avoir quitté Lyon ?
— J'aurais voulu poursuivre mes études, j'étais en train de faire de réels progrès.
— À Schaffhouse, Zurich ou Saint-Gall, tu trouveras d'autres maîtres. Nous inviterons des musiciens l'été prochain.
— Oui, je sais, et tu dois me trouver bien ingrate, vous avez dépensé une fortune pour moi. En quittant Hauptwil il y a deux ans, j'étais certaine d'y revenir, tandis que j'ai quitté mes maîtres et mes amis de Lyon pour toujours.
— Rien ne t'empêchera de refaire le voyage de Lyon avec Madame Scherer et d'y passer une saison.
— C'est maintenant que je désire apprendre. Je me sens déjà très vieille, j'ai perdu tellement de

temps. Il me faut progresser chaque jour. Mais après tout, toi aussi, Antoine, tu cherches sans cesse à te perfectionner dans ton domaine. Nous avons l'âge de vouloir faire mieux que ceux qui nous ont précédés, nous ne sommes pas encore des gardiens de musée !

* * * *

Le serein les surprend avant même la tombée de la nuit. Ils entrent dans la maison au moment où la servante allume les bougies. Des bûches de hêtre brûlent dans la cheminée du salon. Elsette veut tout savoir des deux châteaux ; du petit Daniel devenu, pour Sabina, petite-fille de Sabine, le grand Daniel ; de Georg Leonhard, bientôt quatre ans, qui doit avoir oublié sa tante Babeth. La jeune fille regarde autour d'elle, s'attendant à revoir l'escalier du Vieux Château, la disposition des chambres, la grande salle à manger donnant, comme ici, sur les jardins. Au fond de la pièce, dans la pénombre (elle aurait pu le remarquer plus tôt), un clavecin. Elle en effleure les touches, s'attendant à le trouver désaccordé. C'est au contraire un excellent instrument, parfaitement entretenu. Elle a vite fait de régler le tabouret à bonne hauteur, de réveiller sa voix, lèvres closes, comme on le lui a enseigné, pour préluder par un petit air, le plus facile et le plus entraînant de son répertoire. Prenant de l'assurance, elle en commente un passage pour Antoine. Toutes ses appréhensions l'ont quittée. Ici ou ailleurs, il lui sera toujours possible de chanter. Et même... Est-ce le dépaysement, l'absence de toute oreille professionnelle, l'indulgence, l'affection, l'admiration de son frère peut-être ? Est-ce la complicité du bel instrument et celle de la vieille maison silencieuse ?

Quand elle parvient aux fameux trilles qu'elle n'a jamais pu exécuter, si bien qu'elle a pris l'habitude d'en sauter les mesures, sa voix s'élève exacte, joyeuse : pour la première fois, Elsette ajoute des ornements dans le tempo et le rythme voulus. Sur le clavier, ses doigts accompagnent la mélodie sans même qu'elle y prenne garde. Elle se sent écoutée avec une attention et une émotion croissantes. Au dernier accord, elle se retourne : Antoine a quitté son siège ; avec l'aide de la servante, il soutient la tante de Céligny qui s'avance vers elle à pas prudents. La jeune fille se lève, inquiète soudain : a-t-elle fait trop de bruit ? Aurait-elle dû demander la permission de jouer ? La vieille dame est à côté d'elle maintenant. D'une main, elle prend appui sur l'épaule de la jeune fille et, de l'autre, enfonce une touche noire, ré dièse, mi bémol ? On avance un fauteuil. Elsette se remet au clavier. Sa voix monte, mais est-ce sa seule voix ? Elle se sent tout habitée de rêve, de douces images venues d'ailleurs. Elle atteint la dernière note, le dernier accord sans aucune intervention de son intelligence ou de sa volonté. Elle devine qu'elle peut alors se retourner, s'agenouiller, prendre dans les siennes une très vieille main. La tante de Céligny parle par petites phrases plus ou moins cohérentes, parfois presque inaudibles, serties de mots parfaitement articulés. La main, comme les lèvres, à sa manière dit merci.

XXX

— À propos, dit Antoine au petit matin du lendemain, où sont les malles de la princesse ?

— Oh ! Antoine, ne te moque pas ! Perruques, vestes brodées, jabots de dentelle, culottes et bottes, n'as-tu pas toujours été plus élégant que moi ?

— Qui te dit que je me moque ? Mais il n'est pas question d'abandonner ici les robes des quatre saisons !

— Eh bien ! il te faudra attendre un peu avant de les admirer. Elles nous rejoindront ; c'est Monsieur Fingerlin qui s'est chargé de leur expédition.

Et maintenant, trottez, braves chevaux de relais ! À leur gauche, sur les coteaux, les vendanges s'achèvent. Des troupes de jeunes gens s'égaillent, pressés de disputer les grappes dorées aux vols d'étourneaux qui s'abattent sur les derniers parchets.

Ils s'arrêtent à Morges pour la nuit. Le lendemain, au moment de leur départ, le port, agrandi et consolidé dix ans plus tôt, est déjà en pleine activité.

— L'administration de Leurs Excellences n'est pas aussi négative que le prétendent certains Vaudois, dit Antoine. Ou peut-être s'est-elle modifiée profondément depuis une trentaine d'années. Il semble qu'une nouvelle compréhension du monde s'établisse en Europe. Tu verras, Yverdon est une ville d'avenir.

Ils prennent la route qui remonte le cours de la Venoge. Plusieurs moulins tournent au fil de l'eau. Vers midi, ils arrivent à celui de Pompaples. Ils s'arrêtent au relais pour se restaurer et changer de chevaux. Une enseigne se balance et annonce *Le Milieu du Monde*.

— Je ne savais pas que Pompaples était au milieu du monde ! s'écrie Elsette.

L'aubergiste est venu au-devant d'eux :

— On ne l'a pas toujours su ! C'est ici la grande route de France et le village doit son nom à un pont. Mais regardez ce bel étang derrière vous : ses eaux se déversent d'un côté dans la Venoge et le lac Léman, de l'autre dans le Nozon, la Thièle et le lac de Neuchâtel ; le bassin du Rhône et le bassin du Rhin. C'est pourquoi l'on appelle Pompaples le « milieu du monde ».

— Les Yverdonnois m'ont parlé d'un canal qui aurait dû passer tout près d'ici, dit Antoine.

— Bien sûr ! On en parle encore. Il faudrait reprendre les travaux. Imaginez que de Genève on puisse rejoindre Amsterdam par voie d'eau ! Ce n'est pas une utopie. De l'autre côté du Jura, au Royaume de France, canaux et écluses fonctionnent parfaitement.

— Pourquoi a-t-on abandonné le canal ? demande Antoine.

— C'est toujours la même histoire, dans ce pays ! grommelle l'aubergiste, qui s'éloigne après avoir pris les commandes.

Une histoire qu'Antoine est bien décidé à élucider. L'homme revient, souriant, et pose sur la table deux pichets de vin :

— Le vin du Léman, de La Côte que vous venez de traverser, et le vin pressé à Orbe. Au milieu du monde, on se doit de vous servir le meilleur de ce qui se fait côté Rhône et côté Rhin !

— Vous avez sûrement le temps de le boire avec nous, propose Antoine en jetant un coup d'œil à la salle encore vide. Racontez-nous un peu l'histoire de ce canal.

— Mais je n'y étais pas, Monsieur, c'était il y a plus de cent ans.

— Racontez-nous ce que vous en savez, ce qu'on en dit encore aujourd'hui.

— C'est un ingénieur genevois, Monsieur Jean Turrettini, qui en eut l'idée. Il y laissa sa fortune. Le projet avait été soigneusement étudié. Il fallait l'appui de Leurs Excellences de Berne ; le canal leur serait d'un immense profit. Dès les accords signés, les Yverdonnois commencèrent à construire un port sur les Thièles et l'on se mit à creuser non loin d'ici. Les travaux durèrent plus de quinze ans.

— Mais pourquoi furent-ils interrompus ? insiste Antoine.

L'aubergiste lève les bras en signe d'impuissance :

— Le pays était pauvre, Monsieur, et Leurs Excellences les baillis avaient d'autres soucis, leurs propres dettes à régler. L'ingénieur Jean Turrettini se souvint à temps des malheurs d'un autre Genevois...

Antoine l'encourage :

— Il me semble avoir entendu parler d'un homme remarquable, Pyramus de Candolle.

Le visage de l'aubergiste s'éclaire. Il fait signe à la servante d'apporter encore un pichet :

— Je vois que vous êtes gens de qualité. Oui, c'était un demi-siècle plus tôt.

— Mais n'est-ce pas à Genève qu'il avait une imprimerie ?

— À Genève et Lyon, puis à Montbéliard. C'est l'imprimerie de Montbéliard qu'il transféra à Yverdon, où il avait ouvert quelques années plus tôt une manufacture de draps. Ici, même scénario : Leurs Excellences de Berne donnèrent leur accord et s'engagèrent à bailler un tiers des fonds, la ville d'Yverdon un autre tiers, le reste étant à la charge de Monsieur de Candolle. Les affaires commencèrent d'une manière prometteuse. On formait des tisserands sur les bancs de l'école. Vous savez comment vont les choses, il y a toujours des années où les ventes ralentissent, où l'on manque de liquidités. La guerre, celle qui dura trente ans, avait repris non loin d'ici. Leurs Excellences, qui en avaient largement les moyens, n'ont pas soutenu une industrie dont aurait pu vivre toute la région. Elles préférèrent rester assises sur leurs coffres remplis de pièces d'or. Et puisque vous voilà en route pour Yverdon, il faut que vous sachiez que la femme de Monsieur de Candolle, ses filles et son neveu furent emprisonnés pour dettes des mois durant au château d'Yverdon, pendant que lui-même, âgé et malade, s'était réfugié sur un petit bien qu'il avait dans les environs de Versoix, où il tentait de rétablir ses affaires. Il mourut peu après, sans avoir revu sa femme. Son beau-frère…

— Je meurs de faim !

La porte s'est ouverte sous la poussée d'un homme de haute et large stature, en bottes de cavalier. Il s'approche des voyageurs, s'incline devant Elsette :

— Charles de Gingins. Pardonnez-moi d'être en retard, j'ignorais que j'aurais l'honneur de vous accueillir aujourd'hui.

— Comment savoir que nous aurions le plaisir de vous recevoir à notre table ? rétorque la jeune fille.

Les manières directes du nouveau venu – traits accusés, la quarantaine –, les reparties d'Elsette établissent une entente immédiate. Charles de Gingins est né au château de La Sarraz tout proche qu'ils ont touvé sur leur route.

— C'est presque une forteresse.

— Nous l'avons vu de loin. Il nous a fait penser à Altenklingen, d'où venait l'une de nos grand-mères : même lieu escarpé dans les bois, murs élevés et rivière proche.

— Je ne peux pas vous y inviter, nous sommes en train d'y faire des travaux. On y gèle, des gravats encombrent la cour et les couloirs, mais j'espère que les appartements seront habitables l'été prochain.

En apprenant l'importance du tissage pour les seigneurs de Hauptwil, Charles de Gingins sort et revient aussitôt avec une sacoche. Le paquet qu'il en extirpe contient une frise de tissu, trop longue pour être déroulée sur la table et même pour être tendue d'un bout à l'autre de la salle.

— C'est une tapisserie que ma mère aimait profondément. J'ignore sa provenance. Elle se trouvait dans la chapelle du château quand nous étions enfants. Comme nous insistions pour mieux la voir, elle fut accrochée à hauteur de nos regards dans un vestibule bien éclairé. Ici, le Père Éternel crée Adam. Là, Ève surgit d'une des côtes de l'homme endormi. Les scènes se succèdent et s'enchaînent. C'est l'expression naïve et si évidente des visages qui enchantait ma mère : la bonté du Père Éternel, le ravissement de l'homme en découvrant sa compagne.

Charles de Gingins, debout, déroule et replie la tapisserie au fur et à mesure, pour permettre aux jeunes gens de revivre l'histoire connue de tous, ravivée par la ferveur d'une châtelaine.

— J'imagine qu'elle a été brodée par une de mes aïeules. Les femmes de nos châteaux prenaient alors le temps de tisser, de broder, d'enfanter.

— Le serpent rampe dans la poussière d'un petit air guilleret, remarque Elsette. L'homme bêche avec ardeur et regardez le visage émerveillé de la femme quand elle lui tend leur enfant.

— C'est justement ce que je voulais vous donner à voir, approuve le châtelain. Ma mère disait que pour tous trois, le serpent, la femme et l'homme, donc pour nous, il y avait eu plutôt récompense que condamnation. Parce qu'enfin, si Ève n'avait pas cueilli la pomme, si Adam n'y avait pas mordu, si, avant toute chose, le serpent ne leur avait pas soufflé une question, nous serions tous encore au Paradis, aussi irresponsables que des angelots. La folie de l'homme, c'est de se croire maudit.

Un plat fumant et odorant de marcassin les attend. Pendant que les deux hommes parlent du Pays de Vaud, Elsette, songeuse, regarde la délicate volute de fleurs qui encadre la frise.

* * * *

Ils se quittent à la porte de l'auberge. Charles de Gingins se dirige sur Nyon, au bord du lac Léman. Les Gonzenbach prennent la direction opposée.

— Crois-tu vraiment que tu vas pouvoir faire de brillantes affaires à Yverdon ? demande Elsette à son frère.

— C'est la seule ville qui résista à la conquête bernoise, il y a deux siècles et demi, et qui se battit vaillamment jusqu'à l'effondrement de ses remparts. Au temps des Helvètes et des Romains, Eburodunum était déjà au carrefour des grandes voies de communication. Sa situation, au sud du lac de Neuchâtel, relie son port à l'ensemble du bassin du Rhin. J'y ai ouvert un comptoir à mon retour en Thurgovie, il y a deux ans.

— Sans savoir que Pyramus de Candolle s'y était ruiné !

— Rassure-toi, je connaissais cette faillite dramatique et je ne compte pas te laisser en otage dans la prison du château. Il me semble qu'aujourd'hui mes chances sont meilleures et cela pour plusieurs raisons. Messieurs de Candolle et Turrettini venaient tous deux de Genève, ville libre, indépendante. Ils ne pouvaient pas soupçonner les efforts de diplomatie nécessaires dans ce pays qui n'a jamais été autonome. De plus, Hauptwil dépendant partiellement de la ville de Berne, Leurs Excellences ont tout intérêt à protéger un commerce dont une partie du bénéfice leur revient indirectement. Enfin, mon français imparfait, mes maladresses, mes germanismes qu'après deux ans passés à Lyon tu dois trouver détestables, éveillent moins de méfiance que l'accent genevois. À Yverdon – Ifferden – les actes officiels sont truffés de mots allemands et beaucoup d'habitants de la ville parlent le français avec hésitation, comme si ce n'était pas leur langue maternelle. On ne m'y considère pas comme un étranger.

Le carrosse avance sur une mauvaise route le long des derniers contreforts du Jura qui dominent les marais. Les vols d'oiseaux migrateurs se succèdent, puis le brouillard noie tout le paysage. Le cocher allume les lanternes. Antoine regarde sa montre. Elsette somnole déjà.

XXXI

Depuis quelques années, une des portes de la ville d'Yverdon, gardée, reste ouverte toute la nuit. Ils la franchissent tard dans la soirée, traversent des rues endormies et s'arrêtent sur la place devant la Maison de l'Aigle où leurs chambres les attendent. Trop fatiguée pour manger, Elsette monte se coucher pendant que son frère rédige de courtes missives pour confirmer les rendez-vous du lendemain. À son réveil, la jeune fille admire le confort de l'hôtel, qui vient d'être remis à neuf. Antoine l'attend au salon avec un marchand. Tous trois partent à pied pour se rendre à sa boutique.

L'hôtel donne sur une place assez vaste, presque carrée. On distingue mal dans le brouillard les maisons mitoyennes du côté opposé. En revanche, il est impossible d'ignorer l'énorme masse du château à leur droite. Avec ses grosses tours rondes reliées par un mur où s'ouvrent de rares meurtrières, il paraît, en dépit de l'absence de créneaux, plus ancien que le château de La Sarraz ou que celui d'Altenklingen. Ses tours sont coiffées de toits coniques, peut-être assez récents. Alors qu'Elsette le regarde avec un peu d'effroi, imaginant la longue captivité de la famille de Candolle et se demandant si d'autres prisonniers croupissent à l'intérieur de ces murs, le marchand leur dit que c'est la demeure du bailli et que Son Excellence Monsieur Lerber s'est absenté pour quelques jours.

— Dans ce cas, répond Antoine avec soulagement, nous nous rendrons directement chez Monsieur de Félice en sortant de chez vous.

Prenant à droite, ils contournent le château, traversent un pont sur la rivière, débouchent sur la rue de la Plaine, aussi large que la place qu'ils viennent de quitter. Le nom enchante Elsette, qui a monté et descendu tant de fois les escaliers et emprunté les traboules de Lyon :

— Ma première ville plate ! s'écrie-t-elle.

C'est jour de marché. Chars et chariots se rangent essieu contre essieu. Les bancs de foire s'alignent le long des façades, ne laissant qu'un étroit passage aux piétons. La foule s'affaire, silencieuse dans la brume et le froid. Ils sont vite arrivés à la maison du marchand qui, avant de monter à l'étage avec Antoine, propose à Elsette de visiter la boutique. Outre les toiles de Hauptwil, on y trouve des draps venus d'Angleterre, de la futaine, du linon et de la mousseline de Saint-Gall, des fichus et des mouchoirs de Milan, des dentelles d'Appenzell, des taffetas et des brocarts de Lyon, des rubans de soie. Des clientes se font montrer des étoffes et passent leurs commandes. À son entrée, tous les regards se sont portés sur la jeune fille : son maintien, le léger fard, la coiffe, les bottines la désignent à l'attention des Yverdonnoises. Elle a jeté sur ses épaules un vieux manteau tissé et coupé à Hauptwil, seul capable de supporter tous les aléas du voyage, dont le col et les manchettes ont été ornés de droguets chamarrés à la mode de Lyon. Tout en la complimentant, la couturière attachée à la maison lui demande l'autorisation d'en relever le modèle. Étonnée, la jeune fille proteste :

— À qui le destinez-vous ? Il faut adapter tissu et coupe à chaque silhouette.

Encouragée par cette franchise, une des clientes sollicite son avis : coupe, couleur, longueur, style enfin. Se retournant et se voyant entourée d'inconnues attentives, Elsette est saisie d'un élan de solidarité :

— Moi-même, je demande constamment conseil. On est mauvais juge en ce qui nous concerne. Je puis vous dire ce que je sens, ce qui me plaît avec la lumière d'aujourd'hui, mais ne vous fiez pas à mon seul regard ni à mon goût. Prenez d'autres avis. Je ne connais pas votre manière de vivre, votre caractère. À qui désirez-vous plaire ? À votre mari, votre grand-mère, vos amis, vos enfants ?

À sa gauche, un regard attentif s'angoisse soudain et se détourne. Elsette s'interrompt, comprenant qu'elle a touché une plaie à vif. Dans le silence brusquement établi, une voix claire et rieuse intervient :

— Nos enfants, notre grand-mère, notre mari nous connaissent mieux que notre chemise ; le plus exquis des déguisements ne leur fera que hausser le sourcil un instant. Il faut se parer pour l'étranger de passage, pour l'ami d'enfance secrètement aimé, pour le frivole qui vous engluera dans le miel de ses compliments avant de disparaître sans un adieu.

Elsette alors, dans une de ces confidences imprévisibles qui ne peuvent tomber que dans des oreilles étrangères, avoue soudain :

— Depuis plus de vingt ans, c'est à mon père et à mon frère que je cherche à plaire. C'est difficile, ils ont d'autres amours.

Le visage attentif et douloureux a disparu. Le cercle des femmes s'est ouvert. Antoine descend l'escalier, escorté par le marchand. La nouvelle venue, vive, souriante, emmitouflée dans une cape au col de fourrure, s'avance :

— Permettez-moi de me présenter : Jeanne de Félice, la femme de Bartolomeo. Je vous propose de venir avec moi à la rue du Lac pour vous montrer l'imprimerie avant de rejoindre mon mari. Puis nous vous emmènerons à Bonvillars, en deux petites heures de route. Nous comptons sur vous pour la soirée, quelques amis vous y attendent.

Onze heures sonnent. Ils se retrouvent bientôt face à la Maison de L'Aigle jouxtant le nouvel hôtel de ville, superbe. Le brouillard s'est dissipé. Sous le ciel bleu, l'ocre clair de la façade contraste avec la grisaille du château.

— C'est la couleur naturelle des pierres, dit leur guide. Elles sont simplement recouvertes d'un enduit protecteur car le calcaire du Jura est sensible aux intempéries. Les blocs, taillés à Saint-Blaise près de Neuchâtel, ont été transportés par le lac. Si vous vous arrêtez à Neuchâtel, vous verrez que presque toute cette ville est d'un jaune du plus bel effet. Mais venez, entrez, il faut que vous admiriez le vestibule et l'escalier. Au premier étage, nous avons la salle du tribunal et, au-dessus, celle des fêtes. Il s'y donne des bals et des concerts. Pourquoi ne viendriez-vous pas faire un séjour à Yverdon ?

Les Thurgoviens échangent un regard : après tout ce qu'ils ont vu et entendu concernant l'occupation bernoise, l'élégance et l'opulence relatives de la ville surprennent.

— En quelques années, poursuit leur compagne, les bourgeois d'Yverdon ont fondé une société économique, une bibliothèque, une société scientifique. Les maisons se modernisent.

— Changera-t-on le visage des fontaines ? lance Elsette en désignant celle de la place à quelques pas d'eux, dominée comme tant d'autres par une Justice aux formes puissantes, multiplement enjuponnée. Elle n'attend pas la réponse ; tournant le dos au château, elle se trouve devant une façade monumentale, à peine plus haute que large, avec un perron imposant. Un fronton de pierre, massif lui aussi, à la courbe sans envol, porte en son centre un soleil rayonnant. C'est incongru, provocant et attirant tout à la fois.

— Un opéra ! Vous avez construit un opéra ! s'émerveille la jeune fille.

— C'est le Temple, le nouveau Temple, rectifie sa compagne. De conception tout à fait nouvelle, comme vous vous en êtes aperçue.

— Un temple ?

— Le Temple.

Elsette examine les hautes fenêtres sans vitraux, les deux étages de colonnes encastrées, la grosse horloge au cadran bleu, le fronton.

— Mais regardez, c'est le soleil ! Vous n'adorez pas le soleil ?

— Je crois qu'il faut y voir la Lumière, la Lumière qui luit dans les ténèbres, comme il est dit au début de l'Évangile de Jean. La Lumière personnifiée avec, en son centre, l'œil du Grand Architecte de l'univers et, juste en dessous, le Livre. Ce doit être l'Arche de l'Alliance à gauche. À droite, vous distinguez la Croix puis, appuyées au caducée posé horizontalement, les Tables de la Loi.

— La croix est comme renversée, dépassée, reléguée derrière les nuages, prête à disparaître sous l'éclat de la Lumière, tandis que l'inscription qui proclame que Jésus était le roi des Juifs est à moitié arrachée, constate Elsette troublée.

— Le Tabernacle et les Tables de la Loi, adossées au caducée symbole de la Science, demeurent intacts, ajoute Antoine.

— Et sur le clocher, il y a une croix et la croix est surmontée d'un coq. Quelle est la religion des Yverdonnois ? s'inquiète Elsette en pensant à la grande croix qui figure sur la porte de la chapelle de Hauptwil.

— Officiellement, ils sont chrétiens et protestants, mais je ne sais pas si les pasteurs et les fidèles ont été consultés pour l'édification du Temple, répond Jeanne de Félice.

Antoine lit l'inscription au-dessus de l'horloge :

— SUPERNA QUAERITE : cherchez ce qui est supérieur. MDCCLV.

— 1755, l'année de ma naissance ! s'écrie Elsette. Mais pourquoi, sur les Tables de la Loi, a-t-on supprimé le cinquième commandement ?

— C'est vrai, je ne m'en étais jamais aperçue. Que dit le cinquième commandement ? demande Jeanne.

— Honore ton père et ta mère, répond Elsette après un moment de réflexion.

Elle voit qu'au-dessus du porche il y a un autre soleil, plus petit, sans regard. Se retournant, elle contemple le château, l'hôtel de ville, les maisons mitoyennes. Elle revient à la façade du temple. Pourquoi se sent-elle bouleversée à ce point ? Qu'en pense Antoine ?

Jeanne de Félice les entraîne :

— Passons par la rue du Milieu ; nous y trouverons la fontaine romaine de Neptune, qui vient d'être restaurée. Une ville garde au cours des siècles l'empreinte de ses occupants. Prenons par là, nous tombons sur la rue du Lac.

— Pourquoi la rue du Lac ? On ne voit pas le lac, constate Elsette.

— C'était autrefois la rue la plus proche du lac. Ses maisons s'adossaient aux remparts, qui subsistent partiellement. Des anneaux pour amarrer les bateaux y demeurent encastrés.

Ils entrent dans l'imprimerie. Les typographes, absorbés par la composition, ne prennent pas garde à eux. Jeanne les conduit jusqu'à la presse où se tirent les gravures. Elle leur désigne une grande feuille in-quarto consacrée à l'optique et plus précisément à la réfraction de la lumière. Une série de dessins rendent parfaitement explicites l'utilisation des prismes et des lentilles, la divergence et la convergence des rayons.

— Voici un schéma scientifique, dit la jeune femme. Il y a des planches plus poétiques. Je désirais simplement vous montrer les lieux. Je ne sais si vous vous intéressez à la technique même de l'imprimerie, au choix des caractères et du papier. Je pourrais vous faire tout un cours sur le sujet, depuis le temps que j'en entends parler. Le plus simple serait de vous renvoyer à l'article *imprimerie* ou *typographie* de notre Encyclopédie. Pour savoir si les renseignements donnés sont exacts, vous pourriez la consulter sur le coton, le fil, la toile ou quelque autre domaine familier. C'est ce qui fait l'intérêt des encyclopédies : on doit pouvoir y trouver tout ce que l'on connaît déjà complété par tout ce que l'on ignore et y découvrir ce que l'on ne soupçonnait même pas.

— L'Encyclopédie parle-t-elle de la musique ? s'enquiert Elsette ; du chant, du clavecin ?

— Certainement, bien que les volumes n'aient pas tous encore paru. Allons consulter ceux que nous possédons déjà.

Elle leur fait traverser la rue.

— Savez-vous, dit-elle en les introduisant par une grande porte cochère, que Monsieur de Voltaire a dû reconnaître la valeur de ce que nous faisons ? Bien entendu, il ne le dira jamais ouvertement ; mon mari ayant eu la sincérité d'écrire, il y a dix ans, dans l'une de ses *Lettres aux désœuvrés* : *Tout en chérissant ton génie, on déteste ton cœur*, il lui en voudra jusqu'à sa mort. Pourtant, quelques années plus tard, il constata, dans une lettre à son imprimeur genevois Gabriel Cramer : *Messieurs d'Yverdun ont l'avantage de corriger dans leur édition beaucoup de fautes grossières qui fourmillent dans l'Encyclopédie de Paris* et conclut : *Pour moi, je sais bien que j'achèterai l'édition d'Yverdun et non l'autre.*

— Comment avez-vous eu connaissance de cette lettre ? s'étonne Antoine.

— Vous le demanderez à mon mari. Dans l'édition, tout se cache et tout se sait.

Au nom de Cramer, Elsette est devenue plus attentive :

— Vous avez dit Cramer ? N'est-ce pas le trésorier de Genève, qui aime la peinture ? Nous avons rencontré Monsieur de Voltaire chez lui.

— Gabriel est le frère de Philibert, répond Jeanne de Félice, surprise. Seriez-vous des familiers de Monsieur de Voltaire ?

— Pas du tout, répond la jeune fille. C'était un pur hasard. J'aimerais tellement rencontrer Jean-Jacques Rousseau par hasard !

Ils sont entrés dans la bibliothèque, au rez-de-chaussée. Jeanne pose un volume sur la table, l'ouvre :

— Voici votre clavecin.

Il y a le dessin de toutes sortes de clavecins et leur histoire. Elsette voit le sautereau, mécanisme par lequel la touche actionne la plume qui pince la corde ; comment le son émis s'amplifie, le bois servant de caisse de résonance. Il y a des cotes, des notes précisant l'emplacement exact et le rôle de chaque pièce. Elle ne sait que dire, jamais elle n'a eu la curiosité de se demander comment et par qui l'instrument sur lequel elle s'exerçait avait été fabriqué. À Lyon, Mademoiselle Guex louait un clavecin à son intention puis Monsieur Fingerlin ou Antoine acquittait la facture. Soudain, avec effroi, Elsette pense à sa voix. Y a-t-il dans l'Encyclopédie une planche reproduisant son larynx, ses cordes vocales, l'intérieur de sa bouche et de sa tête ? Qu'est-ce qui peut être reproduit et qu'est-ce qui ne le sera jamais ? Qu'est-ce qui est pareil pour tous et qu'est-ce qui est unique ? « Quand je chante, pense-t-elle, je suis bien attentive à donner à chaque note sa hauteur, sa durée exacte, mais, dans la courbe de la mélodie, il y a autre chose. Le timbre de ma voix m'appartient. Je ne chante jamais deux fois tout à fait de la même manière. J'exprime des sentiments que l'on ne peut décrire et moins encore dessiner. On dit que les Parisiens se sont amusés à dresser la Carte du Tendre, mais c'est une plaisanterie, un jeu de société pour ceux qui ne savent pas aimer. Oui, il y a dans chaque chose, dans chaque être, ce qui est commun à l'espèce, qui peut se reproduire à l'infini et il y a ce qui est particulier, unique et pourtant transmissible puisque les autres le perçoivent. »

On entend une porte s'ouvrir à l'étage, des pas, des voix. L'une d'elles, chaude, rapide, bien articulée, domine.

— C'est l'heure du dîner, dit Jeanne. Nous mangeons avec nos pensionnaires.

L'imprimerie coûte cher et l'édition procure des revenus aléatoires. Dès son arrivée à Yverdon, Bartolomeo de Félice, qui est peut-être le seul Européen à n'avoir pas besoin d'une encyclopédie, a fondé un institut d'éducation. Pour ses élèves, il rédige des cahiers de mathématiques, d'astronomie, de physique, de philosophie, de théologie, d'histoire, de géographie. Le jour où il installa sa famille à la campagne, la maison de la rue du Lac accueillit davantage d'étudiants.

XXXII

Fortunatus Bartolomeo de Félice ne porte pas la perruque mais un bonnet de velours à revers, qui donne de la hauteur à son visage. Son ample veste et son foulard contrastent avec les vêtements ajustés d'Antoine de Gonzenbach. Elsette croise un regard à la fois sombre et vif. Elle n'a pas le temps de détailler des traits réguliers ; déjà Bartolomeo la fait asseoir à sa droite, déjà il parle. Le repas est le meilleur moment pour enseigner. Jetant un coup d'œil à son frère, elle voit que, pour une fois, Antoine se laisse emporter par la conversation sans penser à regarder sa montre. Pendant que le Maître, rédacteur, imprimeur, éditeur, se plaint de la lenteur de ses correspondants et se réjouit d'avoir enfin reçu les articles du savant Albert de Haller, une question tourne dans la tête de la jeune fille. Elle la lance dans le premier interstice de silence venu :

— Pourquoi avez-vous décidé de faire une encyclopédie alors qu'il en existe déjà plusieurs ?

— Par amour de la vérité, Mademoiselle, ou par haine du mensonge. Quand j'avais votre âge, un ou deux ans de plus peut-être, à Naples, déjà professeur, désireux d'en savoir plus que ce que j'avais appris dans mon pays, j'ai traduit pour mes élèves la préface de d'Alembert à l'Encyclopédie « française ». Jugez de ma consternation : elle fourmillait d'erreurs. Je les ai rectifiées mais il y a eu, dans ma vie, des réformes que je n'ai pu entreprendre. J'étais prêtre, on voulut faire de moi un évêque.

— Vous étiez catholique ?

— Ne le saviez-vous pas ? J'avais demandé l'ordination avec la foi la plus sincère. Très vite, je me suis insurgé contre la hiérarchie, la course aux honneurs. Mais vous demandiez pourquoi je fais une encyclopédie : pour exprimer ma conviction profonde, celle que je partage avec de nombreux sages de ce pays et d'ailleurs, avec des exilés, des écrivains dont le meilleur de l'œuvre est censuré.

— Comme l'*Émile* de Jean-Jacques Rousseau ? dit Elsette.

— Que savez-vous de cet écrivain ? demande Bartolomeo de Félice.

— Très peu de chose, admet Elsette en rougissant.

Elle ne veut pas parler de *La Nouvelle Héloïse,* ce roman qu'une amie lui avait prêté à Lyon, ni de la passion de Saint-Preux pour Julie de Wolmar. Pourtant, dans *La Nouvelle Héloïse*, elle n'a pas découvert seulement les promenades romantiques des amants, une étreinte dans un bocage, l'orage qui les a retenus de l'autre côté du lac, à Meillerie ; elle a relu plusieurs fois, dans les lettres que Saint-Preux écrit de Paris à son amie, ses réflexions sur l'opéra et le théâtre.

Elsette a l'intuition que l'art doit révéler une certaine vérité sous-jacente au monde sensible. Tout cela est si difficile à exprimer. La poésie y parvient parfois.

— En Rousseau nous avons un prophète, dit Bartolomeo. Un prophète rejeté comme le furent tous les prophètes, par sa ville natale et par ses contemporains. Beaucoup détestent ses écrits sans avoir jamais eu la curiosité d'en lire quelques pages, simplement parce qu'on les présente comme une menace pour l'ordre établi. Supprimez la signature, la rigueur et l'originalité de la pensée demeurent intactes. Sans s'en douter, plusieurs adversaires de Rousseau le lisent et l'approuvent tout au long de notre Encyclopédie.

La conversation devient politique. Elsette ne comprend pas pourquoi les hommes sont aussi avides de changement, ni pourquoi ils en précisent d'avance les modalités puisqu'il est impossible de tout prévoir.

— Je me suis fréquemment référé à Rousseau dans mon *Dictionnaire de Justice naturelle et civile,* dit Félice en s'adressant aux étudiants. Rousseau n'est pas le seul précurseur. Dans toute l'Europe, on s'interroge. L'*Exposé de Morale universelle* devrait être sous presse dans moins d'un an.

Elsette se laisse reprendre par le discours de cet homme de cinquante-trois ans si résolument tourné vers l'avenir. On est au Siècle des Lumières, ses enfants et ceux d'Antoine connaîtront l'âge d'or. Chacun trouvera sa place, jouera un rôle à sa mesure.

— Notre raison et notre cœur nous crient de choisir la paix et la justice. L'égalité des droits ne signifie pas l'uniformité mais l'estime et le respect qui s'échangent d'homme à homme, insiste Bartolomeo.

Un typographe entre, apportant des épreuves. La pendule sonne une heure. Antoine a rendez-vous avec son marchand, Jeanne doit regagner Bonvillars. Elle propose à la jeune fille de l'emmener ; Antoine et Bartolomeo les rejoindront en fin d'après-midi.

XXXIII

Le CABRIOLET franchit la Thièle, roule dans la plaine, le long d'une rangée de peupliers. Le paysage change peu à peu. À droite, les roselières masquent le lac ; sur la gauche, une vigne encore rousse couvre les coteaux. La ville de Grandson est en vue.

— Grandson, la défaite de Charles le Téméraire, dit Jeanne. Vous vous souvenez certainement du duché de Bourgogne, de l'habileté du roi de France Louis XI qui persuada les Confédérés de déclarer la guerre à son rival.

— Je n'ai jamais entendu parler de tout cela, confesse la jeune fille. On n'apprend que l'histoire qui concerne le coin de terre où l'on est né, et encore...

— D'où la nécessité d'une encyclopédie !

Le cheval s'est mis au pas pour aborder la pente raide de la rue principale. La voiture débouche sur l'esplanade.

— Encore un château ! Et quel château ! Le château et le lac ! s'exclame la jeune fille, saisie par le contraste entre la hauteur, l'importance des fortifications et la douceur du paysage.

Elles font quelques pas au pied des remparts et du donjon. Sur l'autre rive, la plaine et les collines laissent au ciel toute son étendue. Jeanne parle de la construction du château puis de sa reconstruction, de la famille de Grandson et des ducs de Savoie. Elsette écoute distraitement ; jamais elle ne retiendra tous ces détails et pour le moment, que lui importe une histoire aussi ancienne ?

Reprenant la route, elles se trouvent bientôt à flanc de coteau entre le vignoble et les champs fraîchement labourés. En amont, les paysans ramassent les noix, les dernières pommes à cidre. Quelques vaches pâturent dans les vergers et le long des talus. Après un silence, Elsette s'étonne de la longueur du trajet :

— Allez-vous à Yverdon chaque jour ? Pourquoi habitez-vous à une telle distance de l'imprimerie et de l'institut ?

Jeanne n'est pour rien dans cette décision. Bartolomeo avait fait construire cette maison avec sa seconde femme, une Neuchâteloise, morte dans un accident à Bonvillars même en le laissant avec leurs trois enfants et les cinq du premier lit.

— Les enfants vous ont-ils bien acceptée ? demande Elsette, pensant à la femme de Père.

— J'étais leur institutrice. Je le suis encore, ajoute Jeanne en riant. Pardonnez-moi d'avoir accumulé des détails historiques dont vous n'avez que faire.

La jeune fille tente de s'imaginer avec sept frères et sœurs, bientôt huit puisque sa compagne lui a confié qu'elle est enceinte.

En traversant le village de Champagne, Jeanne de Félice lui désigne l'église :

— Nous y venons fréquemment. Le pasteur est un de nos amis.

— Vous êtes très croyante ? demande Elsette.

— Qu'entendez-vous par « croyante » ? Chacun croit à sa vérité, surtout si elle s'oppose à celle des autres. On peut même croire à ses doutes.

— Je pensais aux paroles du Christ, dit Elsette. Certaines sont si difficiles à comprendre, à admettre. Sont-elles toutes de Lui ? S'adressent-elles à nous aujourd'hui ?

— *La sainteté des Évangiles parle à mon cœur. Se peut-il qu'un livre à la fois si sublime et si sage soit l'ouvrage des hommes ? Se peut-il que Celui dont il fait l'histoire soit un homme Lui-même ?* récite Jeanne à mi-voix. Vous avez parlé de Jean-Jacques Rousseau pendant le repas. Ce sont les paroles qu'il met dans la bouche du Vicaire savoyard. Nous les avons faites nôtres, mon mari et moi. Quel homme aurait osé prêcher l'amour des ennemis, le pardon septante fois sept fois ? Les paroles du Christ ne sont pas difficiles à comprendre, elles nous indiquent le chemin de la vie.

Elles dépassent une ferme puis une autre. Elsette aperçoit le clocher d'une petite église, le cabriolet tourne à droite, s'arrête.

— C'est ici, dit Jeanne en désignant une maison vaudoise en contrebas.

La porte d'entrée s'ouvre et les enfants paraissent, descendant les marches du perron par une, deux ou trois selon leur âge. Des pleurs venus de l'intérieur se mêlent à cet accueil joyeux. Plus preste qu'Elsette, la jeune femme saute à terre. Elle disparaît dans la maison et revient avec la petite dernière, une fillette de trois ans. « Tout à fait comme chez Anna », pense Elsette. Elles font le tour de la maison presque carrée. Au sud-est, face au lac, s'étend le jardin momentanément déserté. Le port d'Estavayer se devine sur l'autre rive :

— Une ville très catholique et fribourgeoise, dit Jeanne. Une enclave en Pays de Vaud. Mais vous devez être lasse. Une chambre vous attend chez nos voisins, je vais vous y conduire. Vous pourrez vous reposer jusqu'à l'arrivée de votre frère. Nous soupons de bonne heure ; la soirée sera longue et animée.

Sur le chemin, Elsette se retourne pour mieux voir dans son ensemble la maison, où elle n'a pas encore pénétré. Façades régulières, toit à deux pans, bref avant-toit abritant le perron. Au-dessus de la porte d'entrée, une inscription qu'elle ne parvient pas à déchiffrer.

— C'est du latin, dit Jeanne qui traduit aussitôt : « Cette maison est petite mais elle est bien à moi. » Elle s'appelle Le Tertre et mon mari, s'il en avait eu les moyens, l'aurait sûrement préférée plus vaste. Pour l'Encyclopédie également, il désirait offrir à ses lecteurs des volumes de plus grande dimension. Je crois bien que ses ressources n'ont jamais été à la hauteur de ses projets. Le manque de fonds disponibles n'est pas seul en cause ; Bartolomeo voudrait doubler les heures d'une journée, les jours d'une semaine. Il se voudrait lui-même plus rapide, plus précis, plus intelligent et plus savant. Exigeant pour lui-même, enthousiaste, pressé, il bouscule amis, collaborateurs et s'étonne parfois de les avoir blessés.

* * * *

Dès qu'elle est seule dans une petite chambre proprette, Elsette découvre qu'elle n'a nulle envie de se reposer. Elle emprunte une paire de bons souliers à sa logeuse et monte à travers champs et vignes jusqu'à l'orée des premières forêts du Jura. La marche, l'air vif ont dissipé les tensions et les courbatures du voyage. La vue sur le lac s'élargit, superbe. Sans pensée ni inquiétude, elle suit un chemin à mi-côte. Le petit clocher qui domine Le Tertre est repérable de partout. Au-delà et pourtant tout proche, le lac, reflet du ciel, où courent des risées d'argent. Elle reste là, contemplant ce pays qui accueille son regard et son amitié. Les sonnailles d'un troupeau la font s'inquiéter de l'heure. Les vachers lui indiquent un raccourci pour rejoindre les vignes. La nuit tombe, elle se hâte. Le carrosse n'est pas encore en vue et personne ne s'est inquiété de son absence.

Au Tertre, Jeanne s'occupe de la toilette et du coucher des plus jeunes. Dans la salle d'étude, les garçons sont penchés sur leurs cahiers de devoirs, deux fillettes tricotent en se récitant mutuellement un poème, tantôt en français, tantôt en allemand.

— De qui est-ce ? leur demande Elsette qui les a écoutées sans les distraire.

— C'est d'un ami de Papa. Il s'appelle Albert de Haller, lui répondent-elles. Ne le connaissez-vous pas ? Papa dit que c'est un grand savant. C'est grâce à lui que nous avons du sel dans le Pays de Vaud, c'est lui qui a su comment exploiter les salines de Bex.

— Et pour qui tricotez-vous ? demande Elsette à la fois curieuse et embarrassée, se disant que, décidément, elle est entrée dans la maison du Grand Savoir.

La cadette, Suzanne, confectionne une chemise pour l'enfant que Jeanne porte. C'est facile : il suffit, une fois sur deux, de revenir en arrière avant d'avoir terminé l'aiguille. L'encolure se fait d'elle-même, avec de petits jours où passer un ruban. Catherine, plus experte, tricote des chaussettes à ses frères. Elle est en train de relever les mailles du talon puis, de tour en tour, elle fera les diminutions convenables pour avoir la forme du pied. On les sent pressées d'avancer dans leur ouvrage avant d'aller se coucher. Elles tendent le poème à l'intruse pour qu'elle vérifie que la récitante n'omet ni un vers ni un mot. « Comme c'est gai, pense Elsette, tous ces enfants dans la même maison ! » Après avoir décerné le prix d'excellence à ses nouvelles élèves, elle leur propose de chanter en guise de récréation. Une ombre passe sur le visage de Catherine. Devinant que pour l'adolescente, le chant évoque un chagrin mystérieux, Elsette n'insiste pas et, presque timidement, demande une feuille de papier et un crayon. Elle dessine de mémoire la tapisserie de Charles de Gingins ou plutôt la dernière scène, celle où la femme tend à l'homme leur enfant. Tout en dessinant, elle fredonne une berceuse oubliée, retrouvée intacte dans la bibliothèque secrète de son cœur. Catherine s'approche :

— Chantez encore, apprenez-moi ; il me semble que je connais cette mélodie.

Elsette s'étonne de se souvenir de trois couplets. Elles n'entendent pas l'arrivée du carrosse, l'entrée des derniers invités. Elles ne voient pas la silhouette trapue de Bartolomeo qui les écoute dans l'ombre du couloir. Enfin, il vient embrasser ses enfants. Ce n'est que beaucoup plus tard, au moment de se séparer, qu'il demandera à la jeune fille :

PAR AMOUR DE LA VÉRITÉ...

— Comment connaissez-vous cette berceuse ? C'est celle que me chantait ma mère, ou ma grand-mère, celle que chantait ma première femme pour que nos enfants entendent la langue de mon pays.

XXXIV

Ils sont huit à table. Lors des présentations, Elsette n'a retenu que le nom du pasteur Mingard – le même que celui de la remplaçante de Mademoiselle Guex à Lyon. Elle n'a pas pris un instant de repos depuis le matin et se sent soudainement épuisée. Elle cherche le regard d'Antoine, surpris comme elle de s'être détourné de sa route et comme elle étranger pour le moment à la conversation.

Jeanne lève son verre :

— Comment trouvez-vous le vin du domaine ? Vous êtes sûrement des connaisseurs ! J'espère que vous aimez les beignets au fromage du Jura.

Elsette boit par petites gorgées, dévore les beignets, sourit à Jeanne.

— Nous n'avons toujours rien reçu de Berlin, s'indigne Bartolomeo de Félice. Jean-Louis-Samuel Formey, secrétaire perpétuel au service du grand Frédéric, est sans doute fort occupé, mais il doit savoir que nous ne pouvons pas attendre son article plus longtemps !

Le pasteur Mingard cherche à faire diversion :

— Fortunatus, vous êtes incorrigible ! dit-il, donnant à son ami le prénom qu'il avait pris lors de son ordination. Pourquoi tant insister sur la « Souveraineté générale » ? N'avez-vous pas, une fois de plus, repris des pages de notre grand Rousseau ?

— Quel est l'avis de notre censeur ? demande le maître de maison.

Tous les regards se portent sur un convive athlétique et jusqu'alors silencieux. Jeanne intervient :

— Mademoiselle et Monsieur de Gonzenbach ne savent pas qu'Alexandre Chavannes est notre mathématicien. Théologien aussi, bien sûr. Il s'est remis d'une dépression due à la théologie en découvrant un traité d'Euclide ; vous voyez bien que les livres sont utiles ! Il eut ensuite la bonne fortune d'être nommé suffragant à Bâle, où il s'adonna aux mathématiques avec la famille Bernoulli. Aujourd'hui, il enseigne la morale à l'Académie de Lausanne.

— Il est aussi un anthropologue réputé et Leurs Excellences l'ont désigné comme l'un des censeurs de notre Encyclopédie, complète Bartolomeo de Félice.

C'est à peine si le beau visage calme, réfléchi, d'Alexandre Chavannes laisse paraître un sourire :

— Je n'ai évidemment pas pu lire *Émile* et *Le Contrat social* puisqu'ils sont interdits en Pays de Vaud, mais j'ai pesé chaque mot de l'article intitulé *Souveraineté générale* et je n'y trouve rien à redire.

Elsette, qui a fait honneur au rôti de porc macéré durant trois jours dans le vin du domaine, retrouve toute son attention et sa vivacité :

— Attendez, j'ai peine à vous suivre. À plusieurs reprises, vous avez parlé de tolérance. Pour vous, les différentes confessions de la foi chrétienne sont divisions humaines, en contradiction avec l'enseignement du Christ qui nous a donné l'ordre de demeurer unis. Vous venez de parler longuement des méfaits de la Tour de Babel et pour vous, le schisme qui a séparé l'Orient et l'Occident n'est pas une affaire de divergences dogmatiques : au IXe siècle déjà, on ne savait plus le grec à Rome ; ce serait parce que les lettres des Églises d'Orient demeuraient sans réponse que la rupture entre Constantinople et Rome fut consommée. Vous avez dit que l'immense aventure des encyclopédies en Europe était née du besoin de traduire, du souci de transmettre exactement la vérité, qu'elle fût d'ici ou d'ailleurs. Vous avez dit que l'Encyclopédie française, celle que vous aviez commencé à traduire à Naples, s'est voulue au départ la traduction de l'Encyclopédie anglaise. Tout cela pour nous faire partager votre conviction profonde qu'il n'y a qu'un Dieu, que l'enseignement du Christ est le même pour tous et que chacun en comprend ce qu'il peut selon la révélation qu'il en reçoit. Alors...

La jeune fille hésite : ne prend-elle pas trop de place dans cette docte assemblée ? N'interrompt-elle pas une séance de travail qui ne peut être différée ? Elle rencontre le regard si vif et chaleureux de Bartolomeo de Félice, si attentif, avide de découvertes et d'imprévu.

— Alors ? l'encourage-t-il.

Par souci de ne blesser personne, elle ne pose pas sa question directement :

— En Thurgovie, il n'y a plus d'affrontements entre protestants et catholiques. À Hauptwil, la chapelle protestante est au Château. Deux couvents, catholiques bien sûr, sont tout proches...

— Alors ? répète Bartolomeo.

— Puisqu'il n'y a qu'un Dieu, qu'un enseignement donné dans les Évangiles, pourquoi changer de confession ? Vous vous référez sans cesse à Jean-Jacques Rousseau, qui de protestant est devenu catholique, et vous, prêtre de l'Église romaine, vous vous êtes rallié officiellement à notre religion réformée.

— « Officiellement » parce que je l'étais déjà intimement depuis des années. Je n'ai pas changé de religion. En ce qui concerne Rousseau, je ne partage pas toutes ses idées et l'Encyclopédie d'Yverdon n'est pas la somme de ses écrits. Rousseau n'est pas un philosophe mais un poète, un romancier. Il peut mettre des vérités contradictoires dans la bouche de l'un ou l'autre de ses personnages.

Comme Elsette garde le silence, il l'invite à poursuivre :

— Mes réponses ne vous satisfont pas tout à fait ? Que désirez-vous savoir encore ?

On en est au dessert. Les tartes aux pommes, aux poires, au raisiné, annoncent l'heure de la détente.

— Pourquoi, demande Elsette, avez-vous choisi de vous établir à Yverdon ?

— Choisi ? Disons qu'il y a eu des rencontres, des coïncidences, un concours de circonstances qui m'ont permis d'y travailler depuis près de quatorze ans. Je vous ai déjà dit qu'il m'était impossible de vous raconter ma vie.

Elsette rougit violemment avec le sentiment d'avoir été indiscrète, ce qui lui vaut l'indulgence de la tablée. Les Thurgoviens sont seuls à ignorer la raison pour laquelle le jeune savant, protégé du prince

San-Sévère et de l'Église, avait quitté Naples et fui l'Italie en mai 1756 : il venait d'arracher à son couvent une jeune femme cloîtrée par un mari jaloux. Là encore, il aurait pu parler de rencontre, de coïncidences, de concours de circonstances plutôt que de choix. Agnese avait été, à Rome, le rêve de son adolescence. Quel ange ou quel démon les avait remis en présence l'un de l'autre à Naples, dix ans plus tard, alors qu'elle avait fait un mariage malheureux et que lui était entré dans les ordres ? Ils allèrent à Marseille où la famille de l'évadée refusa de les accueillir. Bartolomeo espérait trouver un havre à Lyon ou à Genève. Contraint de passer en Pays de Vaud, il y rencontra Vinzenz-Bernhard Tscharner, sûrement le plus cultivé de tous les baillis, qui l'introduisit à Berne dans le cercle des admirateurs de Rousseau et de cette « schweizerische Aufklärung » si différente de l'Esprit des Lumières parisien et de l'« Aufklärung » germanique. Vinzenz-Bernhard Tscharner avait déjà traduit *Les Alpes*, ce grand poème qui avait rendu célèbre Albert de Haller dans sa jeunesse bien avant qu'il ne fût connu en Europe comme médecin, physiologiste, savant dans toutes les disciplines offertes à l'honnête homme de son temps.

Le couple illégitime ne pouvait prolonger son séjour aux dépens de ses nouveaux amis. Il fallait obtenir la dissolution du mariage d'Agnese. À leur retour à Marseille, la famille de l'aimée se montra aussi impitoyable que les gens d'Église. On ne rend pas publiques une liaison, une passion – un amour, aurait rectifié Bartolomeo – qui n'auraient gêné personne si elles étaient demeurées secrètes. Les amants, qui avaient refusé l'hypocrisie, éprouvaient-ils malgré tout un sentiment de culpabilité ou s'imaginèrent-ils pouvoir obtenir la clémence du Saint-Siège ? Ils allèrent faire amende honorable à Rome et se retrouvèrent chacun dans un couvent, à des centaines de kilomètres l'un de l'autre.

À Yverdon, après avoir lu et relu le long article sur Dieu que Gabriel Mingard lui avait apporté, Félice lui avait confié sa détresse pendant sa retraite au couvent de l'Alvernia. Cherchant désespérément à retrouver sa vocation de prêtre, il avait craint de perdre à tout jamais le Dieu d'amour qui lui avait fait don d'une douce femme de chair. La Règle, au lieu de soutenir sa prière et ses travaux, l'asphyxiait.

Il n'y avait pas lieu d'en reparler à Bonvillars. Félice dit simplement :

— J'étais en relation avec l'anatomiste Morgagni, de Padoue, dont je publierai les travaux. Il me fit savoir que son ami Albert de Haller, longtemps professeur à Göttingen, choisissait de revenir à Berne bien que plusieurs universités d'Angleterre et d'Allemagne l'eussent sollicité. Vinzenz-Bernhard Tscharner m'offrait le gîte et le couvert. J'acceptai et, dès mon arrivée, je travaillai avec lui au *Panorama des littératures européennes*. C'est ainsi que, au fil des années, nous avons publié trente-six volumes. Avec ses amis, Kirchberger, Fellenberg, Zimmermann, Iselin, Wilhelmi, tous admirateurs de Rousseau, nous avons fondé la Société typographique. Bientôt, j'animai un café littéraire. Il y avait là Julie Bondeli. Le poète allemand Wieland faisait partie de sa petite cour. Nulle part, je n'avais trouvé tant d'esprits ouverts et chaleureux.

— C'est la première fois que l'on me parle de l'esprit ouvert des Bernois, remarque Elsette sans penser à mal, surprise simplement qu'il y ait une aussi grande divergence d'opinions au sujet d'une ville où elle n'a fait que passer.

— Mademoiselle de Gonzenbach, ordonne de Félice comme s'il s'adressait à l'un de ses étudiants, cessez de penser en termes collectifs quand il s'agit de relations et de qualités personnelles. Combien de fois me suis-je fait traiter de Romain ou d'Italien ? Il y a toujours une nuance de mépris dans ces généralisations hâtives. À Berne comme à Genève, à Lyon comme à Zurich, vous trouverez facilement toute la gamme de l'avarice à la générosité, de la sincérité à l'hypocrisie. En outre, les habitants d'une ville peuvent ne pas partager l'avis de leur gouvernement et se taire, du moins provisoirement.

— Mademoiselle de Gonzenbach est si jeune, intervient le censeur, mathématicien et professeur de morale. Elle n'était pas née quand, en 1749 à Berne, trois têtes sont tombées pour s'être opposées au Conseil.

— Eh bien, aujourd'hui elle est en âge d'apprendre que, vingt ans plus tard, quand les livres de Rousseau furent interdits, Tscharner et ses amis firent mieux que braver la censure. Ils lurent les pages incriminées et se forgèrent une opinion personnelle. Le moment venu, ils en parlèrent et, lorsque Rousseau séjourna à Môtiers, ils allèrent le trouver. Pour qu'un nouveau courant de pensée s'établisse, il faut qu'une étincelle jaillisse de personne à personne, qu'un feu s'allume et qu'il soit entretenu pour devenir un brasier. Sans ma collaboration, Vinzenz-Bernhard Tscharner serait venu difficilement à bout de ses travaux. Sans lui, sans ses amis, « sans mes amis », insiste-t-il en se tournant vers Mingard et Chavannes, jamais le premier volume de l'Encyclopédie d'Yverdon n'aurait paru, jamais nous n'aurions eu les moyens de dire à nos contemporains que ce ne sont ni les dogmes ni la raison qui gouvernent le monde.

Ce langage paraît très nouveau, très abstrait à la jeune fille. Elsette ne s'est jamais posé la question du pouvoir en ces termes. Il y a bien entendu des chefs d'État, des rois, des empereurs et, au-dessus d'eux, des éléments qui échappent à leur contrôle : bienvenus ou redoutés tour à tour, la pluie, le vent, la neige, le soleil ; il y a les étés étouffants de la Vallée du Rhône, les longs hivers et les avalanches qui isolent les villages du Toggenbourg ; il y a, dans des pays lointains, des volcans, des cyclones, des raz-de-marée, des tremblements de terre. On les subit en s'en accommodant plus ou moins. Ni la raison ni les dogmes n'ont prise sur eux. Chacun le sait et il faut être un encyclopédiste pour chercher à convaincre des convaincus !

— Les dogmes sont des pierres tombales, dit une voix. Ils maintiennent le souvenir de croyances pétrifiées.

— De nos jours, on change l'inscription des pierres tombales, remarque la voix sereine du professeur Alexandre Chavannes.

— Pourquoi toujours parler de dogme et de raison quand il s'agit de mystère, de révélation ? s'insurge le pasteur Mingard. Les *Lettres sur la Révélation* du savant Albert de Haller, écrites pour sa fille il y a quelques années, seront sans doute son testament. La révélation entraîne l'adhésion, l'évidence, une certitude plus forte que toutes les démonstrations mathématiques. Le verbe croire prend un sens plus profond : on croit en la parole de Dieu comme on croit à l'air que l'on respire. La révélation baigne notre être entier comme la pluie et la lumière ruissellent sur la forêt au premier printemps.

Onze heures sonnent. Le maître de maison conclut :

— Je souhaite que mes successeurs tiennent à jour l'Encyclopédie afin que les lecteurs y trouvent toute la science de leur temps. La politique y occupe bien des pages, et la morale et la religion. Je voudrais que la présence de Dieu se discerne dans chacun des caractères et dans chacune des fibres du papier.

En ouvrant la porte, ils sont saisis par le froid. Le vent du nord s'est mis à souffler.

— C'est la bise, dit Jeanne. Elle va tomber à l'aube en vous laissant une ou deux heures de répit. Si vous vous réveillez de très bonne heure, vous pourrez vous embarquer au péage de l'Arnon, non loin de la frontière du Pays de Vaud et de la principauté de Neuchâtel. La traversée du lac vous mènera au port d'Estavayer.

XXXV

La crête des vagues blanchit et les embruns inondent le pont. La bise balaie nuages et brumes. Ils se dirigent vers le soleil qui émerge de la colline. À l'abri dans la cabine du timonier, Elsette a l'impression d'avancer dans un torrent de lumière. Elle n'a pas dormi. Elle croyait voir le Dogme, énorme, cramponné à son trône, et la Raison en face de lui, enchaînés par leur haine mortelle responsable des plus grands carnages de l'Europe. Le Dogme, la Raison, la Révélation, et tous ces livres ! Elle s'était tournée et retournée dans son lit jusqu'au moment où, apaisée, elle s'était souvenue de la présence de sa mère, qui s'était manifestée des semaines après sa mort. La Révélation, ce n'était pas des mots et des phrases dans les livres ; ce ne pouvait être qu'une présence.

La traversée du lac n'a pas duré une heure. Déjà, le transbordeur entre dans le port. Des chevaux attendent. Carrosse et passagers débarquent en quelques minutes. Pourtant, il n'est pas question de reprendre la route aussitôt. Il faut exhiber les autorisations de passage et ouvrir les malles : Estavayer étant dans une enclave fribourgeoise, on doit montrer patte blanche, même si l'on retrouve le Pays de Vaud à moins d'une lieue. Fribourg la très catholique s'était alliée à la Suisse primitive en même temps que Soleure en 1481. À la Réforme, elle soutint Berne dans sa conquête du Pays de Vaud. Les nécessités économiques l'emportèrent sur les convictions religieuses. « Ah ! si seulement, pense Antoine en apposant sa signature au bas du document que lui tend le douanier, les lois du commerce et du marché, l'intérêt matériel le plus terre à terre et le plus personnel pouvaient décourager les hommes de guerroyer ! »

L'attelage franchit la porte de la cité. Les cloches des églises carillonnent. Ils côtoient un château moyenâgeux – encore un château ! pense Elsette – franchissent une nouvelle porte ; Estavayer est déjà derrière eux. Les bourrasques dépouillent les cerisiers de leurs dernières feuilles pourpres. Au sommet de la falaise, Elsette se retourne. Le ciel demeure couvert au-delà de la chaîne du Jura. À mi-côte, les hêtres mêlés aux sapins éclairent la pente de larges taches claires. On devine encore le village de Bonvillars au-dessus du lac, d'un bleu intense comme le collier de lapis-lazuli que portait Tata Baby à Lyon. La route descend en pente douce vers la vallée de la Broye. Le carrosse tourne le dos au Jura et à Dijon, la capitale de l'ancienne Bourgogne. Elsette se sent de nulle part et de partout.

* * * *

Le pasteur Genton les attend à Berne pour le souper.

— Comment va notre Pays de Vaud ? demande-t-il en les accueillant.

Les jeunes gens hésitent à répondre. Il répète sa question en les invitant à s'asseoir dans son bureau et en leur servant un doigt de porto.

— Vous savez mieux que nous, remarque Antoine, que chacun y dissimule son maigre profit pour alléger redevances et impôts, et que nombre de hobereaux vaudois viennent chaque année faire acte d'allégeance à Berne devant Leurs Excellences. Ce serait à moi de vous demander ce qu'on pense à Berne du Pays de Vaud.

— Il faut tout d'abord comprendre que, à Berne, sont gens de bien ceux qui possèdent la terre, ceux qui administrent les pays occupés, ceux qui, à la tête de leur régiment, s'engagent au service des puissances étrangères. Les Bernois ne remettront jamais en cause leur suprématie. Ils sont convaincus que cette grande terre conquise il y a deux siècles et demi leur appartient légitimement. Les dernières tentatives de rébellion leur paraissent suffisamment lointaines pour ne pas se reproduire. Dites-moi plutôt comment va mon ami Bartolomeo de Félice.

— Passionné, épuisé, enthousiaste, tel que vous le connaissez sans doute, répond Antoine.

— Combien de volumes encore pour terminer l'Encyclopédie ?

— Sept ou huit probablement. Vous savez bien qu'on ne finit jamais tout à fait.

Le pasteur prend un volume, l'ouvre, le referme :

— C'est un travail de bénédictin.

Ils gardent le silence, partagés entre l'admiration pour l'éditeur et une certaine inquiétude : quelle sera l'influence de tant de pages sur les générations à venir ?

En s'enquérant de leur itinéraire, Monsieur Genton propose aux jeunes gens de passer voir Heinrich Pestalozzi au Neuhof, presque sur leur route en Argovie.

— Je constate aujourd'hui que les hommes ont assez palabré. Une conviction est vaine quand elle ne débouche pas sur l'action.

— Que fait Heinrich Pestalozzi au Neuhof ? demande Elsette.

— Depuis deux ans, trois peut-être, il recueille tous les enfants pauvres qui se présentent à sa porte. Il veut les éduquer, les instruire, il leur apprend à tisser pour subvenir à leur entretien.

— Quel homme merveilleux ! dit Elsette. Y a-t-il beaucoup d'enfants abandonnés en Argovie ?

— Abandonnés, pas vraiment. Leurs familles ont vite vu le profit qu'elles pourraient tirer de Heinrich : elles viennent réclamer leurs enfants – sont-ce bien les leurs ? – après quelques mois, dès qu'ils ont pris assez bonne mine pour être placés ailleurs afin de leur rapporter quelques sous. Cher Heinrich ! Il a cru que tous partageraient son désintéressement et sa générosité.

— Est-il marié ? Qui est sa femme ? Ont-ils des enfants ? demande Elsette.

— Un seul fils, Jakob, qui doit avoir quatre ou cinq ans. Sa femme, Anna, a dix ans de plus que lui. Elle est la fille des confiseurs Schulthess à Zurich. Je crains que le Neuhof n'ait englouti sa dot.

— Même en m'arrêtant une semaine au Neuhof, je ne serais pas d'un grand secours. Mais je vais faire de mon mieux pour lui envoyer de l'aide, dit Antoine en pensant au chapelain.

— J'attends beaucoup des hommes de votre génération, insiste le pasteur. Johann Heinrich Pestalozzi doit avoir votre âge, un ou deux ans de plus peut-être. Je sais, il est Zurichois, vous Thurgovien, cela fait une différence profonde, même si vous êtes nés à moins de vingt lieues l'un de l'autre, lui au cœur d'une grande ville, vous à la campagne, lui presque pauvre mais citoyen d'un pays qui vous assujettit, vous dans l'aisance et la dépendance tout à la fois. Je vous imagine la même sincérité et le même courage, tous deux hommes de terrain.

* * * *

Bien avant d'avoir quitté la frontière bernoise, on ne parle plus qu'allemand aux relais. Une longue lettre d'Ursula les attend à Zurich. Après un foisonnement de détails sur les maux et les occupations des enfants, elle annonce que sa grand-mère Maria, victime d'une mauvaise bronchite, se trouve dans un état alarmant. Verra-t-elle le mariage de son petit-fils ?

— Comment ? s'exclame Elsette, Hans-Jakob se marie ? Pourquoi mon incorrigible frère ne me dit-il jamais rien ? Qui est l'heureuse élue ?

— L'annonce de ces fiançailles est prématurée. Hans-Jakob épouse la petite cousine Dorothée Zollikofer, d'Altenklingen. De toute façon, le mariage n'aura pas lieu avant les vingt ans de Dorothée.

Peu à peu, le frère et la sœur se créent leur langage où le français est truffé d'expressions germaniques, où l'allemand s'interrompt pour des plaisanteries en français, où le dialecte surgit pour exprimer d'intraduisibles nuances.

La lettre d'Ursula dit encore que son frère Hans-Jakob est allé à Constance pour prendre livraison d'un carrosse splendide exigeant un attelage de trois chevaux. Combien de mois ou d'années devra-t-il attendre pour pouvoir rouler d'Altenklingen à Hauptwil ? L'élargissement des routes sera un moyen de sortir la petite Thurgovie de son isolement. On a trop misé sur le commerce avec la France et l'Italie, simplement parce que les Suisses se méfient du Saint-Empire. Lors de la déclaration d'indépendance de la Thurgovie, le Saint-Empire ne deviendra-t-il pas son principal allié ?

— Crois-tu vraiment que l'indépendance de la Thurgovie se prépare ? demande Elsette.

— Je sais que beaucoup y pensent et citent les États de l'Amérique du Nord en exemple.

— Mais toi, Antoine, la souhaites-tu ?

Avant la Thurgovie, Antoine se sent responsable des tisserands, des fileuses, du travail assidu et bien organisé qui leur permet de vivre sans s'expatrier. Il pense à la maison de commerce héritée de Père, à Ursula et aux enfants. Il sait qu'une révolution ou simplement quelques émeutes peuvent compromettre l'ouvrage patient de plusieurs générations.

Les dernières heures du voyage sont envahies par la hâte d'arriver.

SIXIÈME PARTIE

« Aimer, c'est aimer plus »

FIN 1776-1778

XXXVI

Qu'il paraît petit, le Vieux Château, après les hautes maisons lyonnaises !
Les enfants.
Ursula.
Père !
Antoine aurait dû la prévenir : Père coiffé d'une perruque ! Qu'a-t-il fait de ses cheveux ? Craint-il de prendre froid ? À la voix d'Elsette, le vieil homme s'est levé presque sans effort. D'une taille à peine moins haute qu'autrefois, il se trouve juste à bonne hauteur pour qu'elle lui mette les bras autour du cou. Elle appuie sa joue sur le velours de la veste.

Mais pourquoi la pressent-ils tous de se rendre dans sa chambre, sa nouvelle chambre, celle qui servait de boudoir à sa mère autrefois ? Son ancienne chambre, elle doit le comprendre, est désormais celle de ses neveux.

— Père est installé au rez-de-chaussée depuis qu'il ne peut plus monter les étages. Il t'entendra.

Elle hésite à comprendre. Antoine ouvre la porte, tous guettent sa surprise et sa joie. La jeune fille reste sur le seuil, la gorge nouée. Enfin elle s'assied sur le tabouret, pose ses mains sur le clavier, écoute l'acquiescement des solives et des vieux murs. Elle revient à eux, les bras ouverts : comment les embrasser tous ensemble ?

— Tu comprends, Elsette, le clavecin, il y avait si longtemps que nous y pensions, si longtemps que nous l'avions choisi, si longtemps qu'il t'attendait ! Bien avant que tu ne nous parles de trousseau ! Aujourd'hui, tu as l'un et l'autre, tu joueras pour nous et pour le Vieux Château dans tes plus jolies robes des quatre saisons.

Le lendemain, après avoir passé une heure avec ses neveux, elle se fait annoncer chez Madame Maria. La vieille dame, qui n'a pas cessé de penser à elle pendant ces deux ans, la questionne sur Lyon et sur son récent voyage. Face à l'épuisement de la malade, la jeune fille interrompt son récit et, timidement, car Madame Maria n'est pas sa grand-mère, effleure le poignet abandonné sur l'édredon. La paix et la tendresse l'envahissent à ce contact. Les mains parcheminées ont de grandes taches brunes, comme celles de Werner autrefois. Le vent plaque aux fenêtres les dernières feuilles ruisselantes de pluie. Enfin, Madame Maria sourit, cherchant le regard de la jeune fille :

— J'avais quinze ans quand j'ai quitté Berlin pour Hauptwil. Et vous, où ferez-vous votre vie ?

Une semaine plus tard, en fin d'après-midi, Ursula, revenant du Schlössli, avertit Elsette que

Madame Maria la demande. C'est le Seigneur Hans-Jakob qui l'introduit. Soutenue par des oreillers, un peu de rose aux pommettes, le visage entouré de dentelles, Madame Maria parle d'une voix faible mais parfaitement distincte :

— Je tenais à prendre congé de vous, mon enfant. Ayez confiance. Chantez, ou peignez ou écrivez et ne craignez pas de mettre au monde des enfants. Quoi qu'il arrive, n'ayez pas de regrets. Vous saurez faire face aux circonstances.

Comme la jeune fille reste là, trop émue pour trouver un mot d'affection ou d'adieu, elle insiste :

— Ne craignez pas d'avoir mis des enfants au monde, quel que soit leur destin.

Elsette sent une main sur son bras ; le Seigneur Hans-Jakob la guide vers la porte.

« Ne craignez pas d'avoir mis des enfants au monde. » Toute la soirée, elle s'interroge sur les raisons de ce passé. Madame Maria ne peut l'avoir confondue avec une autre. De quoi a-t-elle voulu la prévenir ? Elle ne dit rien de son trouble et tous ceux que la mourante a fait appeler ce jour-là gardent pour eux des paroles qui, au cours des années, se révéleront prophétiques.

Le cœur de Madame Maria a cessé de battre dans la nuit. Ceux avec qui elle s'était entretenue ne parlent que de la chaleur de son adieu et de sa sérénité. Son départ laisse aux deux châteaux plus de confiance que de chagrin.

* * * *

En cet hiver d'isolement relatif, Elsette joue au professeur pour ses neveux, exerce son répertoire, s'efforce de progresser. Son amie Christina Speisser, qui se plaisait si peu à Bischofszell, a obtenu de suivre des cours à Zurich. Hauptwil est sur son chemin ; elle s'y arrête quelques jours, pendant lesquels les jeunes filles s'adonnent à toutes formes de duos. Elsette a écrit à son ancien professeur de Winterthur. Il viendra la voir. L'été prochain, on fera de la musique de chambre au Vieux Château et dans les jardins. En attendant, on parle du mariage de Dorothée Zollikofer d'Altenklingen avec Hans-Jakob von Gonzenbach de Hauptwil, qui sera célébré au mois de juin. Mais bien avant, dès le printemps, les invitations se multiplient. L'aisance, la spontanéité d'Elsette, ses espiègleries, ses jolies robes aussi, la font rechercher. Elle aime briller, elle aime rire et danser, elle aime aussi découvrir ces grandes demeures tout encombrées de portraits de famille qui évoquent des récits de guerres ou de voyages, de fabuleuses aventures, le panache dissimulant parfois une tare ou le secret d'une mésalliance.

Catherine de Félice lui a envoyé une aquarelle : ce sont, vus de sa fenêtre, le lac de Neuchâtel, les collines, le ciel. Elsette joint à sa réponse — quatre grandes pages, bonheur d'écrire en français — un croquis de l'allée de peupliers où elle se promène souvent. Pour l'anniversaire d'Antoine et pour celui d'Ursula, elle fait le portrait de l'aîné de ses neveux, Georg Leonhard, petit-fils de Georg Leonhard.

Père et Antoine la convoquent un jour avec solennité. Il s'agit d'une demande en mariage. Elsette ne peut, cette fois-ci, l'écarter d'un haussement d'épaules : une famille protestante de Saint-Gall, des plus considérées, un prétendant qu'elle a rencontré...

— Nous ne nous sommes vus qu'une fois ! Laissez-moi le temps de le connaître ! J'ignore son âge.

— Vingt-neuf ans, dit Antoine.

— Je ne sais même pas s'il a les yeux gris, verts, bruns ou bleus.

— Tu as dansé avec Heinrich, proteste Antoine.

— Il ne m'a donc pas laissé un souvenir impérissable ! Je crois qu'il portait une perruque. Quelle est la couleur de ses cheveux ?

— Saint-Gall est une ville très agréable, insiste Antoine. Tu t'y ferais beaucoup d'amis. Tu pourrais y continuer tes études de musique. Nous nous retrouverions ici en été.

— Monsieur mon frère, j'ai décidé de suivre ton exemple et d'attendre d'être amoureuse pour me marier. Un homme que je connais à peine, comment savoir si je pourrai l'aimer ?

— À force d'attendre, peut-être ne le sauras-tu jamais !

Que veut-il dire ? Doit-on toujours et à tout prix se marier ? Comment se lier pour la vie alors qu'on ne sait pas encore qui l'on est ?

Elle se réveille au milieu de la nuit. Ne parvenant pas à se rendormir, elle allume trois bougies et décide d'écrire à Sarah Develay « juste quelques mots pour prendre des nouvelles ». Quand enfin elle plie soigneusement les grands feuillets couverts de sa plus fine écriture, le ciel pâlit. Elle court au jardin. Depuis les semaines passées dans la campagne lyonnaise, l'été précédent, elle ne s'est jamais levée dès potron-jaquet avec pareille envie de chanter, de rire et de danser. Elle enlève ses chaussures pour courir dans l'herbe mouillée. C'est encore presque la nuit, pourtant quelle effervescence chez les oiseaux du bois voisin !

Elle ne s'imaginait pas avoir tant à raconter. À son arrivée à Hauptwil, elle avait envoyé quelques mots à

Sarah pour la remercier de son accueil. Elle était sans nouvelles depuis. « Je rêverai de vous » : les derniers mots murmurés par David-Emmanuel sortent de leur léthargie. Il ne lui a jamais écrit – pourquoi ne s'y est-il pas autorisé ? – et il ne se trouvait pas à Genève lors de son retour. C'est à peine si, de temps à autre, elle a entendu prononcer son nom par M. Fingerlin. À Lyon, quand elle avait été malade et qu'elle avait dû garder la chambre pendant quelques semaines, elle ouvrait souvent la petite boîte de palissandre qui se mettait à jouer rien que pour elle. S'il y avait eu de sa part à lui plus que simple galanterie, c'est à ce moment-là qu'il aurait dû se manifester. Non qu'elle en fût amoureuse, mais David-Emmanuel, à Genève, avait porté sur elle un autre regard que les membres de sa famille. Elle avait l'impression qu'il l'avait vue telle qu'elle était, telle qu'elle serait. À Lyon, une fois rétablie, entourée de nouveaux amis, elle n'y avait plus pensé ou plus voulu y penser.

Cette nuit, au Vieux Château, ce n'étaient pas seulement Sarah, son beau-frère et les enfants qui l'engageaient à donner tant de détails, mais aussi le souvenir de Genève : les conversations sur Jean-Jacques Rousseau, le sermon à Saint-Pierre, une collection de peintures fabuleuses, l'apparition de Monsieur de Voltaire. Tout ce dont on ne lui parlerait jamais à Saint-Gall.

La réponse arrive en moins d'un mois. Sarah écrit que ses filles se portent à merveille mais qu'Isaac, sans appétit, souffre de troubles nerveux. Son père doit lui manquer profondément, bien qu'il en parle peu. Il est sans cesse plongé dans les livres et cette passion ne vaut rien pour sa santé. David-Emmanuel, l'éternel célibataire, souvent en voyage, a endossé le sérieux de ses frères. En dépit de la bonne marche des affaires, il se fait plus de souci qu'autrefois. La tension sociale persiste à Genève, pourtant on ne manque ni de travail ni de pain. Revendiquer devient une habitude.

Elsette envoie à Sarah des croquis des deux châteaux et des jardins, des « portraits de paysages » comme elle dit. Elle parle d'Altenklingen, du prochain mariage de Hans-Jakob et Dorothée, de ses neveux. Elle parle des routes de Thurgovie, de son passage à Yverdon puis à Bonvillars, de l'Encyclopédie et même de Heinrich Pestalozzi. Elle raconte à Sarah tout ce qui ne peut intéresser ses amies lyonnaises. Elle reçoit bientôt des poèmes d'Isaac-Emmanuel. Elle apprend que Samuel Develay, toujours à Amsterdam, est l'un des premiers souscripteurs de l'Encyclopédie d'Yverdon.

Ce n'est pas Sarah qui répond à la lettre racontant en détail le grand mariage célébré à Altenklingen, mais David-Emmanuel. Il craint que la jeune fille ne s'inquiète de rester longtemps sans nouvelles : Sarah est à la campagne avec ses enfants. Elle espère que ce changement d'air redonnera de l'appétit et des couleurs à son fils qui prend trop à cœur les événements genevois. Suivent des salutations conventionnelles. Elsette regarde la mise en page parfaite, l'écriture fine, si bien dessinée. Sa réponse est tout aussi conventionnelle et appliquée, quelques lignes qui lui prennent l'après-midi. Puis elle replie la lettre de David-Emmanuel et la met dans la boîte musicale de palissandre.

Tout l'été, tout l'automne, les lettres d'Elsette à David-Emmanuel se succéderont, mesurées, prudentes, alors que celles destinées à Sarah et aux enfants garderont leur spontanéité. L'important est la rapidité des réponses, cérémonieuses, qui lui parviennent de Genève.

* * * *

Le mois de juillet amène de nombreux amateurs de musique. Elsette les accompagne au clavecin. Jamais elle n'a si bien chanté. Antoine s'en réjouit :

— Tu n'auras bientôt plus rien à envier à la Bastardella !

Jamais Elsette ne dansera aussi bien qu'à Saint-Gall, l'automne venu.

En dépit de la réponse plus qu'évasive qui a accueilli sa demande en mariage, Heinrich ne peut croire à un refus définitif. Il fait inviter Elsette et Christina Speisser au mariage de sa sœur. Les deux jeunes filles en profitent pour passer quinze jours dans la ville, se servant mutuellement de chaperon. Elsette a mis dans ses bagages la boîte de palissandre contenant les lettres de David-Emmanuel, qui parle si peu de lui. Son nom et son adresse :

À Mademoiselle
Mademoiselle Élisabeth Antoinette de Gonzenbach
Au Vieux Château
Hauptwil, en Suisse, par Versoix

lui renvoient son image comme un miroir. Chaque matin, elle en glisse une dans son corsage, papier si fin, soie sur sa peau. Avec Christina, elles ne parlent que de leurs chevaliers servants saint-gallois. Promenades en ville et dans la campagne, musique de chambre, désir de plaire et, le soir de la grande cérémonie, Elsette élégante et légère, gaie, insouciante en apparence et si attirante dans sa soif d'être aimée, inconditionnellement, infiniment, maternellement aussi. Douceur des mots d'amour de Heinrich qui s'envolent par la fenêtre ouverte comme feuilles dans le vent. Murmures, tendresse inavouée dans la soyeuse lettre de David. En ces jours-là, pour elle, un bonheur qui porte peut-être les noms d'espace et de liberté.

Elsette doit choisir tout ensemble une famille, une ville, la langue dans laquelle s'exprimeront ses enfants. À Saint-Gall, elle passerait des années enracinée dans la stabilité et la tolérance ; une maison l'attend, de beaux meubles anciens avec leur histoire, des portraits de juges, de théologiens, de bourgmestres, de professeurs dont ses enfants hériteraient les prénoms. À Genève, il n'y aurait pas de portraits ni d'ancêtres, mais une amie, Sarah, la veuve de César, et ses enfants. Il y aurait une tradition d'exil, de revers, de luttes, de résistance, de foi ardente et d'opiniâtreté. Elle serait la femme d'un nouveau Bourgeois, descendant d'ancêtres vaudois anoblis et ruinés.

Comment choisir, comment connaître, avant le mariage, l'homme qui lui révélera les secrets de son corps, de leurs corps à tous deux ? D'elle-même, de sa propre chair, la jeune fille sait si peu de chose. Tant d'années, tant d'heures pour apprendre le solfège, le clavecin, le chant. Des dépenses somptuaires pour habiller une taille, une gorge, un sexe qui donnent tout leur attrait aux rondeurs offertes et dissimulées. Elsette, ardente, courtisée, incapable de préférer Heinrich au Vieux Château, sent monter assez de vie en elle pour tenir un homme et des enfants dans ses bras.

Heinrich n'est pas le seul prétendant de la jeune fille. C'est par sa sœur Anna qu'elle connaît Joachim. Et Johannes vient de Bischofszell comme Christina. Albrecht est à l'aise avec toutes les femmes, peut-être parce qu'il ne tient à aucune vraiment. Il passe fréquemment, en voisin. Il connaît Budapest, Vienne, Prague. Il est disert et toujours intéressant. Mais à quoi bon décrire ceux dont le souvenir se dissipera comme la poussière sur une route d'été ?

*** * * * ***

Ursula va donner le jour à son cinquième enfant. Dès le mois d'octobre, il n'est plus question de tenir table ouverte au Vieux Château. Christina Speisser, qui ne supportait pas l'autorité de son beau-frère, a trouvé une place d'institutrice à Zurich. Elle pourra y poursuivre ses études. Elsette propose de l'accompagner ; elle passera deux ou trois semaines dans la grande ville en logeant chez les cousins Zollikofer.

Quelques jours avant son départ, en fin d'aprèsmidi, Heinrich arrive au Vieux Château à l'improviste. Il tombe mal : Antoine est absent, ses deux aînés ont la coqueluche, Ursula s'est retirée dans sa chambre. Toute la journée, Elsette s'est efforcée de distraire ses neveux. Enfin, elle s'assied au clavecin. Plus que jamais, sa place au Vieux Château lui paraît provisoire. Elle vient à peine de commencer à chanter que Heinrich se fait annoncer. On l'introduit au salon. Un quart d'heure plus tard, Elsette, qui l'a oublié, se lève à la recherche d'une partition. Ils se trouvent soudain face à face ; elle, dans sa robe de maison, contrariée et si éloignée du désir de plaire ; lui, décontenancé par ce visage fermé dont le front et les tempes se cachent sous le désordre des cheveux. Elle cherche vainement un mot aimable, ne pense même pas à l'inviter à s'asseoir. Ils restent debout à une certaine distance l'un de l'autre. Glacée, elle se sent dériver vers elle ne sait quoi d'irrémédiable. Puis il parle et c'est comme si elle ne reconnaissait pas sa voix. Il lui demande de lui rendre ses lettres. Quelles lettres ? Où sont-elles ? Il lui a écrit si peu, quelques pages à peine qu'elle n'a pas conservées. Il dit qu'il en a assez de ses minauderies, de ses coquetteries, de son indifférence, qu'elle s'est moquée de lui.

— Mais enfin, Heinrich, nous ne sommes pas fiancés ! Je ne vous ai jamais menti. C'est vous qui êtes venu ici, c'est vous qui m'avez invitée au mariage de votre sœur. Je vous ai dit clairement que je ne pouvais décider de mon avenir pour le moment, ni prendre d'engagement.

Elle parle sans le regarder, sans voir qu'il se mord les lèvres, sans voir qu'il souffre. À Saint-Gall, ils ont passé ensemble des moments heureux, légers. Pourquoi lui en veut-il à ce point ?

Il fait un pas vers elle.

Pourquoi son regard est-il si dur ? Pourquoi ne la prend-il pas dans ses bras en lui disant qu'il comprend, qu'il l'attendra, que les années n'ont pas d'importance, qu'elle lui a déjà donné tant d'heures de joie qu'il lui en sera reconnaissant même si la vie les sépare ? Mais il garde les dents serrées. Le silence devient intolérable.

Il se détourne et disparaît sans un adieu.

Cette agressivité, cette souffrance, cette violence sont très nouvelles pour Elsette. Elle ne s'est jamais imaginé qu'elle pourrait faire le malheur de qui que ce soit. En se rafraîchissant le visage et les mains, elle s'aperçoit que ses genoux tremblent mais elle n'a pas envie de s'étendre, de laisser Heinrich et son ressentiment envahir ses pensées. Elle trouve Père dans le fauteuil que lui, le grand voyageur, ne quitte plus guère. Elle s'assied sur un tabouret bas, tout à côté. Il pose sa main sur la tête bouclée, heureux de la sentir ainsi, sans apprêt, comme lorsqu'elle était enfant. Et pour elle, plus rien ne compte que le poids et la caresse de cette main qui bientôt s'abandonne sur l'accoudoir. La jeune fille suit alors du bout des doigts le dessin des veines saillantes, y pose le front. Quand elle le relève, elle voit que Père dort et peut-être a-t-elle dormi elle aussi.

* * * *

Sarah et sa famille ont regagné Genève. Elsette leur a envoyé son adresse zurichoise, comptant y trouver de leurs nouvelles. Ce ne n'est pas une lettre qui l'attend un soir, après un concert au Grossmünster, mais David-Emmanuel. Ayant à faire dans la ville, dit-il, il a saisi cette occasion de la revoir. Ils se sont tant écrit ! Elle le regarde, cherchant à reconnaître ses traits. Le timbre de sa voix lui remémore leur lointaine conversation à Genève : « Il n'y a pas de hasard et il n'y a pas de prédestination ; il faut agir comme si nous étions libres... » Depuis quand est-il là ? La maison paraît déserte ; les cousins âgés fêtent un anniversaire chez des amis. Elle ne parvient pas à lui dire qu'elle s'attendait si peu à le trouver ce soir mais qu'elle était sûre qu'il viendrait un jour. Il parle de Sarah, des enfants, de son voyage. Il parle, ils parlent. Soudain elle se sent pressée contre lui. Depuis quand a-t-elle fermé les yeux ? Elle ne sait pas et ne saura jamais comment leurs lèvres se sont jointes. Son souffle, leurs souffles. Quand il s'écarte, c'est pour elle comme un arrachement.

Ils se sont assis, il tient ses mains dans les siennes, il dit :

— Puis-je rêver qu'un jour, à Genève... ?
— Vous viendrez me chercher.

Elle voudrait qu'il l'accompagne à Hauptwil. Faire le voyage ensemble n'est pas convenable.

La même nuit, il écrit sa demande en mariage : il est en mesure de lui assurer un train de vie digne des deux châteaux. La lettre arrive le jour de la naissance de Johann Anton.

XXXVII

Elsette raconte, dessine, chante pour ses neveux. Antoine dit que sa petite sœur est faite pour avoir des enfants qui parleront français. Père n'approuve pas tout à fait :

— Tu seras si loin de nous. Ta vie à Genève sera très différente de celle que tu avais à Lyon. Bien entendu, je n'ai pas d'objection ; c'est une famille honorable, avec qui nous sommes en affaires depuis longtemps.

— Oui, Père, vous m'avez raconté que vous étiez chez César Develay à la mort de maman et que vous avez vu ce jour-là David-Emmanuel pour la première fois.

— Ma petite Elsette sait si peu de chose de la vie. Je la voudrais bien entourée. Heinrich, de Saint-Gall, me paraît avoir les pieds posés plus solidement sur terre.

Elle garde le silence. Comment dire à Père que sa petite Elsette, élevée pour paraître et briller, pour chanter, jouer du clavecin et danser, se remémore chacune des paroles de David et son étreinte ; son amour et sa chaleur l'enveloppent comme un manteau. Comment faire comprendre à Père qu'elle n'a pas le choix, que sa confiance est totale, que David ne la quitte plus ? Mais déjà la jeune fille ne pense plus à Père. Elle se retrouve à Zurich, David tient ses mains dans les siennes, ils se connaissent depuis toujours. Il viendra la chercher.

* * * *

Leonhard tourne les pages de la lettre de David-Emmanuel Develay lui demandant la main de sa fille :

Depuis des années, vous nous honorez de votre confiance, mes frères et moi. Permettez-moi de vous présenter ma famille.

Les « de » Velay viennent évidemment de ce pays de France entre la Saône et la Loire, près du Massif central, que l'on nomme Velay. Ils furent nombreux à se réfugier à Genève ou à passer le Jura lors de la Saint-Barthélemy ou après la révocation de l'Édit de Nantes. Les Develay dont nous descendons, bourgeois d'Yverdon, s'établirent dans le Pays de Vaud dès la Réforme. Depuis lors, leur histoire a dépendu étroitement de leur terre d'adoption. Les uns composèrent avec l'autorité bernoise qui avait facilité leur établissement et devinrent bannerets, conseillers, avocats. Les autres, j'ose dire les plus travailleurs et les plus audacieux d'entre eux, exercèrent leur esprit d'entreprise outre-frontière. C'est ainsi que des cousins de mon arrière-grand-père, Jean-Pierre, Claude et Jean-Louis, purent organiser la retraite de l'armée franc-comtoise à la fin de la guerre de Trente Ans. Ils eurent l'insigne honneur de recevoir pour eux et leur descendance des lettres de noblesse avec confirmation d'armoiries.

Leonhard examine la reproduction d'un vitrail et l'acte délivré par l'empereur Ferdinand III le 6 mars 1647 :

Ferdinand troisième par la grâce de Dieu élu Empereur des Romains (...) à nos chers et féaux du Saint-Empire, Jean-Pierre, Claude et Jean-Louis De Velay frères, salut et dilection impériale (...).

Apprenant donc que vous Jean-Pierre, Claude et Jean-Louis De Velay frères, étant issus d'Yverdon (...) vous vous seriez étudiés de tendre la main et secourir vos voisins de Bourgogne, soit lorsqu'ils se sont voulus défendre par les armes soit lorsqu'ils ont été contraints de quitter leur pays (...) Nous vous acceptons vous les susnommés, élevons et dénombrons au rang (...) de nobles du Sacré Empire et de Nos Royaumes (...) et cecy compris vos enfants, héritiers et descendants nés par légitime mariage et qui sont à naître à l'avenir jusqu'à l'infini, tant mâles que femelles, vous disant et nommant (...) comme nés et procédés de race, maison et famille noble.

Or afin qu'il y ait un document perpétuel de votre noblesse (...) nous n'avons pas seulement favorablement approuvé et ratifié les anciennes armes desquelles vous vous êtes servis selon ce qu'en a été représenté, mais même par une grâce spéciale nous les avons augmentées et enrichies, même octroyé et concédé que les puissiez avoir, tenir, porter en la manière et formes ci-après décrites, assavoir un écusson divisé en quatre parties, en la partie gauche (inférieure) duquel et la partie supérieure à droite contiendra et exhibera un champ d'or, un lion de sable, rouge jusqu'au nombril, à queue double retroussée et les pieds devant en disposition et posture de sauter, à gueule béante et la langue tirée ; et la partie droite inférieure et la gauche supérieure un champ de sable, deux lions couronnés, réduits en bonne forme, se tournant l'échine et ayant la face en arrière ; et sur l'écusson se reposera un casque ou heaume ouvert en treillis avec une couronne d'or enrichie et les plumages ou bardes à droite de sable et or et à gauche de sable et argent, duquel heaume dentellera ou procédera un lion jusqu'au nombril avec les pieds, queue et langue tel qu'il est fait mention au regard de l'écusson selon que le tout peut être plus naïvement et au vif reconnu au milieu de ces présentes nos patentes par l'industrie du peintre.

Donné en notre château impérial de Presbourg le sixième de mars de l'an du Seigneur mille six cent quarante sept, l'an de notre règne romain l'onze, Hongrie vingt deux et de Bohème vingt.

Les armoiries de la famille Develay laissent Leonhard songeur. Elles sont à l'opposé de celles de la bande ondée d'argent, qui évoquent pour les Gonzenbach le ruisseau du Gunzo.

Il semble que David-Emmanuel ait pressenti les réticences de celui qu'il considère déjà comme son futur beau-père :

Je suis né à Villars-sous-Champvent, au pied du Jura, sur une terre que mon frère aîné Jean-Daniel exploite encore aujourd'hui. Mon frère Samuel, que vous avez connu, s'est établi à Amsterdam. Comme mon frère César, j'ai acquis la bourgeoisie de Genève qui assure, vous le savez, la sécurité économique et politique non seulement à son bénéficiaire, mais à sa femme et à ses enfants pour autant qu'ils séjournent sur le territoire genevois.

* * * *

Elsette passe ses soirées à écrire. Les enfants, Ursula et Antoine, Père et Augusta se retirent de bonne heure dans leurs appartements. La jeune fille aime la solitude de la nuit. Elle écrit à David, elle écrit à Sarah, à Christina Speisser, aux amies de Lyon, elle écrit à Jeanne de Félice.

Jeanne attend son deuxième enfant. Elle se sent isolée à Bonvillars, qu'elle quitte plus rarement et où son mari ne parvient pas à la rejoindre aussi souvent qu'il le voudrait. Bartolomeo est très affligé par la mort de son bienfaiteur, Albert de Haller. Il se reproche de lui avoir envoyé des lettres trop vives quand ses articles ne lui parvenaient pas dans les délais convenus. Il traduira et publiera en français son œuvre de philosophe et de théologien. La Suisse sait-elle qu'elle vient de perdre un grand poète, un chercheur, un savant aux connaissances quasi universelles, doublé d'un homme de foi courageux, généreux ?

Les lettres de Sarah sont celles d'une sœur. Elles consolent Elsette des silences de sa véritable sœur, Anna, enracinée dans sa terre d'Appenzell.

Il faudra fixer la date du mariage. Antoine parle du printemps ; à quoi bon attendre ? Son futur beau-frère a plus de quarante ans, Elsette bientôt vingt-trois. Père suggère que les noces pourraient se célébrer le dimanche précédant la Pentecôte, comme le sien trente-sept ans plus tôt avec la mère de ses enfants. La jeune fille acquiesce. Depuis quelque temps, elle perçoit plus intensément l'absence et la présence de sa mère, comme si une sollicitude d'outre-monde répondait à son besoin de protection.

Du côté de David-Emmanuel, il n'y aura que quelques invités, relations ou amis séjournant momentanément à Zurich, à Schaffhouse, à Constance ou Saint-Gall. Aucun membre de sa famille n'assistera à la bénédiction puisque ses parents sont morts depuis plusieurs années, que Samuel s'est définitivement fixé à Amsterdam et que sa sœur Suzanne, épouse du pasteur Peyrot, demeure à La Tour dans les Vallées du Piémont. Suzanne ferait sans hésiter deux mois de voyage ; David n'y tient pas. En une telle occasion, toute cérémonie lui paraît superflue. Il lui suffirait d'arriver un soir à Hauptwil et de repartir avec Elsette le lendemain. Il voudrait l'arracher à sa tribu, il se découvre étonnamment sincère et sauvage, il voudrait parler de rapt plutôt que de mariage. Il écrit : *Je voudrais que nous traversions la Suisse en affrontant de grands périls : je vous sauverais de l'incendie, des torrents furieux, des plaines inondées, des insurrections, des tremblements de terre, car la terre tremblera au moment où, enfin, je vous tiendrai dans mes bras.* Dans une autre de ses lettres, dont Elsette guette la venue, qu'elle lit et relit : *Je voudrais que vous fussiez orpheline ; je n'ai pas besoin de contrat de mariage ni de trousseau. Pardonnez-moi, mon amour, je ne veux pas vous blesser, j'ai le plus grand respect, la plus vive affection pour le Seigneur Leonhard votre père, pour toute votre famille, pour tous ceux qui vous sont proches et qui vous témoignent de l'amitié. Quelle folie de vouloir me glisser entre eux et vous, de m'imaginer que je pourrais compter pour vous un jour autant que l'un d'eux ! Pourtant je voudrais être à moi tout seul le Vieux Château, la rivière et la forêt proche dont vous me parlez souvent, je voudrais avoir partagé vos jeux d'enfant à Glaris, je voudrais connaître le moulin de Werner, si bien décrit dans la lettre que je viens d'ouvrir.*

Au Vieux Château cependant, l'on ne parle pas rapt mais dot et trousseau : nappes, serviettes, draps de lin et de coton, taies, couverts, livres admirablement reliés, plats et théières d'argent. Le clavecin ne quittera pas Hauptwil, afin d'accueillir Elsette lors de ses brefs séjours. Elle en louera ou en achètera un à Genève. Dans le même temps, David écrit : *Ce ne sont pas nos familles qui concluent une alliance, c'est vous seule que je viendrai chercher. Vous que j'ai rencontrée un jour de l'Ascension, il y a bientôt huit ans. Vous si indépendante, si gaie, si solitaire aussi. Vous pour qui je voudrais être un mari, un père, une mère, un frère et une sœur tout à la fois. Vous serez tout pour moi.* Il y a longtemps que la boîte de palissandre est beaucoup trop petite pour contenir les lettres de David-Emmanuel. Elsette les serre maintenant dans le tiroir à secret où elle enferme ses bijoux.

* * * *

À la fin de février, on lui remet en main propre un petit paquet soigneusement cacheté. Il contient une miniature ovale montée sur un bracelet en or : le portrait de David. C'est une surprise, il ne lui en a jamais parlé. Elle cherche, elle rencontre le regard sombre et ardent. Elle interroge la bouche sensible et découvre comme une fragilité au méplat de la joue. Elle reste plusieurs jours en tête à tête avec le bijou, sans en parler, sans le montrer, plusieurs jours presque sans écrire. Elle pose le bracelet sur la table devant elle ; à la flamme de la bougie, le visage aimé s'anime, sort du petit cadre. Parfois elle se retourne, s'imaginant entendre la voix de David, s'attendant à ce qu'il la prenne dans ses bras.

Elle porte le bracelet pour la première fois le dimanche matin, au moment de monter à la chapelle. Avant la fin de la journée, tous les habitants du Schlössli et du Vieux-Château sont venus lui demander de leur présenter son fiancé. Ils se penchent sur la miniature, louent le talent du peintre et celui de l'orfèvre. Elle accepte leurs compliments sans s'apercevoir qu'ils s'adressent à l'élégance de David-Emmanuel Develay et à sa fortune plutôt qu'à l'intelligence de son regard, et que son cœur leur demeure caché.

La date proposée – la fin du mois de mai – réunit tous les suffrages. Christina consulte le meilleur couturier de Zurich, Ursula et Anna se concertent pour le cortège des enfants.

La veille de Pâques, Père est terrassé par une attaque d'apoplexie. Il demeure entre la vie et la mort pendant plusieurs semaines. Elsette relaie Augusta à son chevet. Le mariage est ajourné. Quand Père retrouve enfin son regard, Elsette, croyant le réconforter, lui promet de ne pas le quitter avant sa convalescence. Elle lit de l'angoisse dans ses yeux. Préférerait-il ne pas se remettre plutôt que de vivre dans une telle dépendance ? Progressivement, il parvient à articuler quelques mots. Un après-midi, alors qu'elle est seule avec lui et qu'elle essuie tendrement la sueur qui perle sur son front, tout en lui répétant qu'elle est si heureuse de lui tenir compagnie, elle perçoit son désir de s'exprimer et elle se tait, infiniment patiente. Père lui fait comprendre qu'il s'en veut de la retenir au Vieux Château.

— Dès que vous irez mieux, dès que vous pourrez reprendre votre place à la chapelle auprès de nous...

Encore une fois, elle a mal saisi sa pensée. Elle guette les syllabes si douloureusement, si difficilement articulées. Il y a tant d'amour dans le regard de Père. Elle comprend qu'il regrette de ne pouvoir hâter sa mort afin de lui permettre de se marier. En larmes, elle appuie sa joue contre la sienne, le visage enfoui dans l'oreiller. Les paroles de Sarah, si souvent citées par Père, lui reviennent en mémoire. Elle se redresse ; lui aussi a les yeux humides, mais un sourire dans le regard. Elle murmure les mots qu'il ne peut prononcer :

— Les liens d'amour sont indestructibles. Nous ne nous quitterons pas.

De retour dans sa chambre, face à son miroir, elle commence son portrait pour le donner à Père. Elle s'étonne de n'avoir pas eu cette pensée pour David.

XXXVIII

L E MARIAGE sera célébré au cœur de l'été, après la fête de Pierre et Paul (29 juin) et la Diète qui réunit chaque année à Frauenfeld les délégués des treize cantons suisses. En dépit de la maladie de Père, Antoine tient à inviter tous les parents et amis du voisinage.

Un après-midi, Sabine parle à la fiancée de David-Emmanuel comme une mère ou une grand-mère pourrait le faire. Elles se sont retrouvées sous les hêtres à la recherche d'un peu de fraîcheur. Une servante leur apporte du sirop de framboise. Sabine questionne la jeune fille sur sa future famille et sur Genève ; puis, comme si le parfum des framboises et leur couleur lui soufflaient chaque mot :

— Il faut du temps pour s'accoutumer l'un à l'autre, même si l'on est fait l'un pour l'autre, même quand on ne change ni de langue ni de pays. Il faut faire confiance. Fais confiance à ton corps et au corps de ton mari. Exprime tes désirs à mesure que tu les découvriras. Tous les hommes, même et surtout peut-être ceux qui ont déjà vécu dans l'intimité des femmes, doivent apprendre à connaître leur femme. De ton côté, ne t'imagine pas trop vite avoir compris ou deviné. Parle. Un couple heureux est un couple qui parvient à se dire. Interroge David-Emmanuel et apprends-lui à t'interroger. Sache qu'il est aussi important d'apprendre à t'aimer toi que d'aimer ton mari ; aussi important de découvrir les richesses qui sont en toi que les siennes. Les tâches quotidiennes, les soucis, la fatigue peuvent vous ensabler, les voyages, le commerce, la politique et même les amis, la maladie parfois. Quoi qu'il arrive, veille sur ce qu'il y a de plus tendre, de plus vivant, de plus joyeux aussi en chacun de vous.

Le regard perdu au-delà de la terrasse et des jardins, Elsette, touchée par l'affection et la sincérité de Sabine, écoute sans comprendre. Seuls lui importent l'heure de son mariage, son départ avec David, leur première nuit, leur premier jour, suivis de toutes les nuits et de tous les jours. Sabine interroge le front large, volontaire, intelligent sous les boucles brunes. Personne ne peut dire encore si la femme de David-Emmanuel sera belle, ou jolie ou charmante. Ce sont son ardeur, sa mobilité, sa vivacité qui la différencient d'Ursula ou d'Anna. Mais en ce moment, Elsette, immobile, se tait. Sabine se demande si ses paroles ont inquiété ou blessé la jeune fille. Elle se lèverait, lui ouvrirait les bras, la serrerait sur son cœur si elle n'avait pas observé depuis longtemps que tout geste maternel la fait fuir, tellement elle demeure attachée au souvenir charnel de sa mère. Revenir aux préparatifs du grand jour, au prédicant, aux tables disposées dans les jardins du Vieux Château, aux friandises qui feront le bonheur des enfants, à la robe de quelques heures, éphémère et légère comme l'aile d'un papillon qui ne connaîtra pas d'autre saison.

Pour la fiancée de Hauptwil, où se tissent les plus beaux cotons, Antoine a donné des aunes de mousseline blanche. De Glaris, Lucas Tschudi lui a envoyé de grands carrés ornés de fleurs éclatantes. Elle les a disposés selon son désir, créant la mode du Vieux Château, puis elle a pris sa boîte de couleurs pour nuancer de violet et de vert le pourpre et l'indigo. La veille, Sabine, Ursula et Antoine ont été admis au dernier essayage. Si bien placé, un coquelicot écoute les battements du cœur ; une ceinture d'eau se noue à la taille et, sur la jupe, s'évasent les fleurs dessinées dans les ateliers de son grand-père, Caspar Straub. Seule l'écharpe du voyage sera écharpe de toute sa vie. Elsette y a peint l'allée des peupliers, les fontaines, les jardins, les deux châteaux, la route, le village, le Kaufhaus et les champs alentour.

— Tu es une artiste ! s'est écrié Antoine. David-Emmanuel Develay n'a pas le droit de t'enlever !

Au Vieux Château, on se prépare à accueillir Anna, Johannes et leurs cinq enfants. Le Junker Hans-Jakob et Sabine recevront David-Emmanuel chez eux. Ce sera l'occasion pour les deux hommes de s'entretenir de leurs affaires communes. Sabine et Elsette passent encore une fois en revue les invités pour qui un gîte est prévu dans le voisinage. Tout en énumérant les détails à régler, Sabine se souvient de son mariage ; Hans-Jakob, comme elle, était alors si confiant. À cette pensée, une bouffée de joie lui réchauffe le cœur : son mari, si différent aujourd'hui du jeune homme qu'elle a épousé ou du moins du souvenir qu'elle en garde, Hans-Jakob, un peu corpulent avec des rides profondes sous ses cheveux gris, avec ses moments de colère et d'entêtement ou d'inattention, lui est devenu si proche, plus cher encore aujourd'hui qu'alors. Elle dit :

— Aimer, c'est aimer plus.

Puis, se reprenant et cherchant à exprimer ce qui a mis tant d'années pour germer en secret dans son cœur :

— J'avais pensé qu'il suffisait de réussir le jour de son mariage pour réussir sa vie. Il y a tant de monde autour de vous, tant d'approbation, cette explosion de joie en quelques heures... Je ne savais pas que l'union d'un homme et d'une femme est comme la transplantation de deux arbres, même pour celui qui ne change pas de pays ni de maison. Il faut du temps pour que leurs racines se mêlent, que leurs troncs se soudent et deviennent arbre de vie.

— Babeth ! Babeth !

Daniel arrive en courant :

— On avait décidé de tout répéter sans toi pour te faire la surprise, mais Monsieur l'organiste dit que ça ne va pas, que ce sera raté ! Dès que Christina Speisser arrivera, c'est elle qui battra la mesure, mais aujourd'hui, il faut que tu viennes pour nous faire répéter !

* * * *

Elsette est à sa fenêtre. Dès le matin, elle guette la venue d'une calèche annoncée pour la fin de l'après-midi. Chaque fois qu'elle s'éloigne, il lui semble entendre le pas des chevaux. Elle court à son miroir avant de se précipiter à la fenêtre, pour ne voir qu'une charrette ou un cavalier. Quelle est la bienséance ?

Que décidera David ? S'arrêtera-t-il d'abord au Vieux Château ? Pourrait-il monter le chemin du Schlössli sans qu'elle l'aperçoive ? Impossible d'avaler une bouchée en dépit des taquineries d'Antoine et d'Ursula.

Trois heures ! Et s'il ne venait pas ? S'il avait eu un accident ? S'il était malade ? Si… Ne plus regarder le jardin, ni la route, ni le Schlössli.

Quatre heures ! Sûrement, il ne viendra pas, elle ne se mariera jamais, il n'y aura pas de fête. *O cessate di piagarmi !* Elle passe dans la chambre de Père, puis elle se met au clavecin. *O lasciatemi morir !* Les enfants montent et descendent les étages. Elle n'entend plus que la voix du Vieux Château faisant écho à la sienne…

— Elsette !

Il se tient sur le seuil, un peu surpris. Elle s'interrompt, incapable de se lever, d'aller au-devant de lui.

— Pardonnez-moi d'arriver sans me faire annoncer. Je n'ai rencontré que des enfants courant dans les jardins. Ce n'est pas tout à fait le château de la Belle au bois dormant, mais…

Il s'avance, elle est dans ses bras.

— David !

* * * *

Il regarde autour de lui :

— C'est ici que vous travaillez ! Voilà votre clavecin ! Mais il est temps d'aller présenter mes respects à votre père. Peut-il me recevoir ?

Elsette soudain voudrait crier « Non ! » C'est impossible : l'arrivée de David sera pour Père l'annonce qu'elle s'apprête à quitter le Vieux Château et la déchéance physique du malade sera plus douloureuse encore sous le regard d'un étranger.

Mais David n'est plus un étranger !

Augusta s'approche. Elle s'exprime si mal en français et David-Emmanuel a toujours proclamé qu'il ne comprenait traître mot de la langue détestée des baillis bernois... Or voici que, souriant, il converse avec elle puis avec Ursula venue accueillir le fiancé de sa belle-sœur. Augusta les introduit dans la chambre de Père, toujours alité, le buste soutenu par des oreillers. David-Emmanuel passe au chevet du lit, s'avance à la gauche du malade, son côté valide comme Elsette le lui a écrit. En allemand, lentement, il dit qu'il veillera sur sa femme comme sur ce qu'il a de plus cher. Lui n'a plus ses parents. Le Junker Georg Leonhard l'accepte-t-il comme un fils ? Consent-il à être leur père à tous deux ? David-Emmanuel met un genou à terre. La main du vieux seigneur s'élève un peu ; c'est un tel effort, son bras est devenu si lourd. David-Emmanuel lui vient en aide et la main qui a si souvent caressé les boucles d'Elsette se pose un instant sur sa tête en signe d'acquiescement et de bénédiction. David se relève, voit le portrait d'Elsette ou plutôt un visage plus grave que celui qu'il connaît ; pendant qu'elle dessinait face au miroir et en pensant à Père, la jeune fille revoyait tout un passé commun, très aimé et parfois douloureux. Quand elle lève les yeux vers David, c'est le rêve de l'avenir qui l'éclaire.

Il se tourne vers le malade :

— Je ne vous l'enlève pas, constate-t-il. Votre enfant reste auprès de vous.

Ils se tiennent debout au chevet du lit, main dans la main, incapables d'en dire plus, face à Leonhard dont le regard exprime toute la joie de les contempler et l'infinie tristesse de ne pouvoir se lever et les étreindre.

Par la fenêtre ouverte, des cris d'enfants montent du jardin. La porte s'ouvre ; Antoine entre, impatient de donner l'accolade à son futur beau-frère.

* * * *

Douceur des longs crépuscules de l'été. David-Emmanuel a présenté ses hommages au Seigneur Hans-Jakob et à sa femme. Suivi pas à pas de Daniel, il est allé reconnaître sa chambre et il a fixé l'heure de son déjeuner avec Hans-Jakob le jeune, qui voudrait s'entretenir avec lui tout à loisir. Hâte de retrouver le Vieux Château. Elsette lui a montré sa chambre d'enfant, occupée par la petite Sabine aujourd'hui. Ils marchent dans les allées.

— Et Werner ? demande soudain David. Werner dont le nom revenait dans vos lettres avec vos souvenirs d'enfance ?

— Il était beaucoup plus âgé que Père. Il est mort il y a quelques semaines, heureux de savoir que son neveu, marié et dont il a vu naître les enfants, n'abandonnera pas le moulin.

Ils ont pris le sentier du bois et reviennent face au couchant rouge et or, où se profilent les murs du Vieux Château.

— Le temps sera superbe demain, constate Elsette.

— Comme tous les jours de notre vie, promet David.

* * * *

C'est l'heure du souper. Dans la salle à manger, les portraits d'Antoine et d'Ursula se font face, ceux de

Leonhard et d'Augusta, côte à côte, regardent le jardin. Que leurs modèles soient alités ou en voyage, ils accueillent les visiteurs en tout temps. Augusta, Ursula, Antoine, prennent place sous leur portrait, David est à la droite d'Ursula, puis Elsette.

Les questions se précipitent. Quelle sera la vie des nouveaux mariés à Genève ? La jeune fille entend la conversation sans y prendre part, comme dans son enfance quand elle ne percevait que le timbre des voix et s'abandonnait au plaisir d'un repas partagé. En face d'elle, Augusta s'étonne de son calme, de son silence inhabituels, de l'éclat de son visage. Elsette et David-Emmanuel se sont beaucoup écrit, mais ils se sont vus si rarement. Antoine et Ursula sont des amis d'enfance, elle-même fut la confidente de Leonhard pendant des années avant de l'épouser. Est-il raisonnable de choisir un étranger pour compagnon de vie et futur père de ses enfants ?

— Genève est sur la route de Lyon, dit Antoine. Je m'arrangerai pour y avoir affaire plus souvent.

— Et pour me laisser seule durant des mois ? proteste Ursula.

— Tu m'accompagneras.

David-Emmanuel s'empresse de les inviter :

— Vous logerez chez nous.

— C'est un voyage si intéressant, dit Elsette.

— Et les enfants ?

Tous les regards se tournent vers Augusta, qui avertit :

— Je serai toujours disponible pour les enfants, mais vous savez bien que je n'entends rien au commerce.

— Le Seigneur Hans-Jakob y veillera avec notre intendant, dit Antoine. Nous trouverons un précepteur.

Sabine et vous n'aurez que le bonheur de tenir le rôle privilégié des grand-mères qui comprennent tout, voient tout, consolent de tout et racontent de merveilleuses histoires !

Il est l'heure de se séparer. La lune éclaire les chemins. David s'apprête à monter au Schlössli à pied, en compagnie d'Antoine. Ses lèvres effleurent la chevelure brune d'Elsette, il pose deux doigts à la naissance de son front et murmure :

— Mon petit bélier du Toggenbourg ne regrettera-t-il jamais les bois du Vieux Château ?

Elle cherche son regard. David l'aime comme elle n'a jamais été aimée, comme elle ne savait pas que l'on pouvait aimer, sans partage.

* * * *

Il y a plus de livres que de portraits dans la salle du Schlössli où le Seigneur Hans-Jakob accueille David-Emmanuel. Après les compliments et les félicitations d'usage, les deux hommes analysent les grands courants commerciaux et politiques des dernières années. Il s'agit de prévoir les fluctuations du marché, d'envisager certains investissements. Quel sens faut-il donner aux troubles sociaux qui tournent à l'émeute au sein des campagnes et de villes prospères comme Genève et Zurich ?

— Le calme règne heureusement en Thurgovie, constate le Seigneur Hans-Jakob. Vous nous arrivez juste après la Diète et l'élection du nouveau bailli, à qui nous avons prêté serment d'allégeance.

— Heureux Thurgoviens ! Vous n'avez qu'un seul bailli, il change tous les deux ans et vient chaque fois d'un autre canton, si bien que Son Excellence bernoise ne fait sa ronde que tous les seize ans ! dit David-Emmanuel Develay pour préciser qu'il est parfaitement au courant de la situation politique de la Thurgovie et pour rappeler à quel point le peuple vaudois est défavorisé.

— Peut-être ne savez-vous pas que, sitôt après son élection, le nouveau bailli fait le tour de nos quatre quartiers. Son escorte, haute en couleur, qui impressionne les paysans, indigne mon fils aîné. Il voudrait que nous refusions de le recevoir. Mais comment le pays de la Thur pourrait-il se passer de protecteurs ? Indépendants, nous serions aussitôt la proie de nos voisins. Les Confédérés, qui se partagent la manne du pays, entretiennent une armée et une administration. L'acte d'allégeance les engage autant que nous. C'est un contrat ; grâce à lui, notre commerce ne cesse de se développer pour le plus grand bien de tous. Je voudrais que la même surveillance et la même sécurité règnent sur le port de Marseille.

— J'ai appris en effet qu'un de vos neveux, Zollikofer de Nengensberg, travaille pour la maison Fitler et qu'il s'y montre fort capable, bien qu'il n'ait pas encore l'expérience du regretté Monsieur Sellonf, dit David-Emmanuel.

— C'est sur son conseil que nous avons préféré Marseille à Gênes, précise le seigneur de Hauptwil, satisfait de constater que son visiteur est au courant de la situation. Nous cherchons d'une part de nouveaux débouchés pour les toiles de Hauptwil et d'autre part à offrir des articles variés à notre clientèle. Ma fille et mon gendre – votre futur beau-frère Antoine – se consacrent exclusivement au commerce des toiles de lin et de coton. Il est indéniable qu'aujourd'hui filage et tissage suffisent à faire vivre notre région. Mais pour combien de temps ? Tout évolue, il faut sans cesse innover, anticiper. Les grands échanges se font outre-mer. Au cas où une occasion s'offrirait de travailler avec des hommes d'expérience comme votre frère et vous, je serais partie prenante.

David-Emmanuel connaît les difficultés rencontrées par la maison Fitler à la suite du suicide d'un de ses futurs directeurs. Il sait aussi qu'à Lyon, deux ans plus tôt, pendant qu'Elsette et ses cousines Huber faisaient les emplettes du jeune Hans-Jakob, le Seigneur de Hauptwil cherchait vainement à trouver acquéreur pour mille six cents paires de bas de soie, cent brasses de rubans et cent rouleaux de papier bloqués à Marseille. Aujourd'hui la cargaison, déchargée à Cadix, partiellement avariée, se vend à perte. Il comprend que le Seigneur Hans-Jakob possède encore largement de quoi investir, qu'il cherche à faire des placements. David-Emmanuel a-t-il devant lui un homme de flair ? d'observation ? La chance et la rigueur sont deux piliers nécessaires pour soutenir l'édifice vulnérable du commerce outre-mer.

— Votre confiance m'honore, Monsieur, répond-il prudemment. J'en ferai part à mon frère et à ses associés ; vous recevrez de nos nouvelles prochainement... J'ai eu plaisir à rencontrer hier votre fils aîné. Il m'a invité à voir ses collections. J'imagine qu'après son séjour à l'étranger, il est en mesure de vous seconder activement.

— Hans-Jakob a de multiples intérêts. Il est brillant, aimé de tous. Je ne suis pas moitié aussi savant que lui. C'est un idéaliste ; je l'incite à la prudence. Il serait regrettable qu'il sacrifie vainement nos intérêts familiaux à la cause de la Thurgovie. En ce siècle, les progrès se font à pas de géant. C'est déjà beaucoup de les suivre et d'assurer l'arrière. La tolérance est sans doute le plus grand des biens récemment acquis ; elle nous évitera de nombreux conflits. Quant aux prétentions du peuple à Genève et à Zurich, elles deviennent une mode dangereuse. Une émeute ne peut déboucher que sur un durcissement du pouvoir. La Thurgovie et le Pays de Vaud, dont vous êtes originaire, sont heureusement à l'abri de ces excès.

Un geste de David-Emmanuel l'interrompt. Il comprend que son interlocuteur ne partage pas son opinion concernant le Pays de Vaud. Après quelques secondes de silence, il reprend :

— Quelle évolution ici même depuis ma jeunesse ! Nous avions un précepteur chargé de l'instruction des enfants du château. Aujourd'hui, notre chapelain enseigne tous ceux du voisinage. Voyez encore le souci que plusieurs ont de l'éducation des pauvres et des enfants abandonnés. Heinrich Pestalozzi n'est pas seul à s'en préoccuper. Et si vous me permettez de revenir au Pays de Vaud, nous avons entendu parler jusqu'ici du docteur Auguste Tissot et de ses *Avis et conseils au peuple sur la santé*. Les hommes de mon âge savent à quel point la mentalité a changé : si l'on se bat dans les Amériques, on n'imagine pas en Europe le retour aux terribles conflits d'autrefois. Mais je vous ai retenu trop longtemps. Mon fils n'est pas le seul à vous attendre ! Vous aurez tous un bel avenir devant vous.

* * * *

Elsette et David-Emmanuel sont à la chapelle. C'est une sorte de répétition générale. Place des invités d'honneur, arrivée des futurs époux, ordre du culte : le chapelain et Sabine s'assurent d'avoir tout prévu. Le jeune Daniel en profite pour actionner les soufflets des orgues. David-Emmanuel s'arrête devant le buffet et lit à haute voix : « *MUSICA NOSTER AMOR* ».

— Vous n'avez pas encore entendu jouer nos orgues, dit Sabine. Elles ont été installées à la fin du siècle passé. Elles viennent des ateliers de Monsieur Ziegler, qui a choisi de s'établir à Genève comme vous. Le buffet est saint-gallois.

David-Emmanuel se penche à l'oreille de Daniel et lui désigne les chérubins soufflant dans leur trompette sur chacun des côtés :

— Regarde bien s'ils battent des ailes au moment où Elsette dira « oui » !

* * * *

C'est au bras d'Antoine qu'Elsette entre dans la chapelle où l'attend son fiancé. Le professeur Keller est de la cérémonie. Il sait qu'il faut être bref en pareille circonstance et prononce quelques mots paternels, célébrant la fidélité des époux. La porte de la chapelle – trop petite pour contenir tous les amis – reste ouverte et les cantiques de Kaspar Zollikofer font briller les feuilles du jardin. Le chapelain lit l'Écriture sainte en allemand et pose en français les questions rituelles.

— Oui, répond Elsette.
— Ja, promet David.

Un murmure parcourt le banc des enfants, avertis malicieusement par Daniel : ils ont vu les chérubins élever leur trompette pour entonner la marche nuptiale...

Elsette se retrouve en plein soleil au bras de son mari, devant la foule de tous ceux qui ont attendu le moment de les acclamer. Au-delà des jardins en terrasses, des roses, des massifs cernés de buis, se dresse le Vieux Château avec ses volets portant en diagonale la bande ondée qui rappelle le ruisseau du Gunzo. Elsette regarde l'allée de peupliers, le bois, la forêt sombre avec son feuillage d'été, qui monte en direction du Toggenbourg. Toute son attention demeure lovée en son cœur où elle accueille, où elle recueille l'amour et la tendresse de David. À ses côtés, les invités voient un homme élégant, attentif, ému. Celui qu'elle porte en elle est soleil et promesse de joie, promesse de vie, seigneur et maître déjà de son souffle et de la course de son sang.

Ceux qui veulent témoigner de leur présence et réitérer leurs vœux de bonheur s'avancent en un long défilé. Les enfants en cortège conduisent les nouveaux époux jusqu'à la porte du Vieux Château. Un petit bouquet à la main, ils chantent, récitent un compliment de circonstance avant de s'attabler dans le jardin. Pour le mariage d'Elsette, les Gonzenbach ne sont pas venus d'outre-frontière, mais tout le voisinage, le neveu de Werner, les Zollikofer de Zurich et d'Altenklingen, les musiciens de Winterthur, Mademoiselle Scherer de Saint-Gall, les protestants de Bischofszell, d'Appenzell, et Christina Speisser, bien sûr, dans une robe ravissante.

Plus heureuse que la princesse Clotilde, sœur du roi Louis, qui avait passé par Lyon pour rejoindre son fiancé, Elsette présente son mari aux gens de Hauptwil, avant de traverser la Suisse, de franchir la frontière, de s'établir dans la ville libre de Genève.

L'après-midi avance. Selon la coutume, les nouveaux époux doivent prendre le chemin de leur future demeure. Ils passeront leur nuit de noces à deux heures de route du Vieux Château, dans une maison amie prête à les recevoir. Pour Elsette, il est temps de revêtir son costume de voyage. Augusta l'accompagne jusqu'à sa chambre pour s'assurer que rien ne lui manque puis, avant de s'esquiver, appliquée à cacher son émotion :

— L'amour offert n'est pas toujours reçu. Il peut rester des années comme une lettre cachetée que plus personne ne songe à ouvrir ; on croit en connaître le contenu, on se l'imagine inaltérable. David-Emmanuel vous aime, ma petite Elsette. Prenez grand soin de cet amour, faites-le grandir entre vous.

C'est la dernière fois qu'Elsette peut laisser couler l'eau de Hauptwil à la saignée de son coude. Elle abandonne son pied à la chambrière, un pied de campagnarde, heureux de courir sur l'herbe et sur les sentes de l'été. Pourtant, quand son mari le tiendra dans ses mains, il ne verra qu'une jambe parfaite, fine, nerveuse, musclée, impatiente de découvrir des terres nouvelles. Gainés de bas de fil, jambes et pieds disparaissent sous un jupon. Le fond du corsage est d'un bleu saphir. Il sied si bien à son teint qu'Elsette sourit à son image. On n'en aura jamais fini avec les trousseaux ! Les « robes pour la vie » confectionnées à Lyon reprennent la route de Genève où elles feront encore tout leur effet, avec des capes, des manteaux, des robes d'intérieur, des chemises et des fichus, des jupes et des corsages de Thurgovie qui interprètent à leur manière les quatre saisons. Ursula l'a taquinée :

— Ma petite belle-sœur n'aura pas le temps d'user son trousseau ; la taille d'une jeune mariée change vite !

Elsette entre, avec David, une dernière fois dans la chambre de Père.

— Vous savez que Genève n'est pas à l'autre bout du monde, vous qui avez fait ce voyage si souvent. Nous reviendrons l'été prochain.

Elle parle autant pour elle-même que pour Père. En un tel jour de fête, il ne peut être question d'adieu.

Toute la famille l'entoure au moment du départ : Anna et Johannes, Antoine et Ursula, Hans-Jakob et Dorothée d'Altenklingen, Sabine et le Seigneur Hans-Jakob, Augusta, comme pour prouver que, chez les Gonzenbach de Hauptwil, seules la maladie et la mort séparent les époux.

XXXIX

La calèche louée par David, plus confortable que le bon vieux carrosse familial, a des ressorts qui amortissent les cahots. Il fait encore clair, les glaneurs s'égaillent dans les champs récemment moissonnés. Ils traversent un village où sonne l'angélus. Le bras de David entoure ses épaules. Elle ferme les yeux et la lumière dorée du soleil couchant demeure prisonnière de ses paupières. Elsette respire profondément l'odeur, la senteur, le parfum de David dont la main effleure son sein et dont les lèvres se posent, légères, sur son front, sur ses paupières, sur sa tempe et tout près de l'oreille et dans le cou. De se donner à voir, le visage de la jeune femme rayonne. Elle s'abandonne sur l'épaule proche. Confiance, émerveillement, engourdissement, murmures : « Mon amour, mon cœur, ma lointaine enfin rejointe, toute proche. Ensemble enfin. »

Hâte de parvenir à l'étape et désir de rouler sans fin dans le crépuscule. Mari et femme, ignorant encore ce que cela représente pour l'un et pour l'autre. Pour David, son tout, son dernier amour, le seul réalisable, le seul réalisé, une famille, des enfants. Pour Elsette, le passage de la campagne à la ville, l'abandon de l'allemand, un changement de pays, mais surtout, insoupçonnée, la découverte d'une part de son identité, la plus profonde peut-être.

En théorie, elle connaît depuis longtemps les liens charnels qui l'uniront à son mari. Au cours des derniers mois, elle s'est sentie souvent soulevée de terre par l'ardeur de son propre désir. Ni elle ni David ne peuvent prévoir comment ils vivront le mystère de leur union. Elsette se sent aimée au-delà de son attente. David a l'âge de la passion et de la délicatesse, l'âge de l'expérience aussi. Jamais elle ne l'interrogera sur son passé : pour elle, il est né le jour de leur rencontre.

* * * *

La jeune femme, qui a toujours été sévère pour son corps, découvre qu'il n'a qu'à être, heureux de rendre heureux. Elle se sait bien éduquée, relativement instruite, vive, primesautière, avec un besoin de créer et de s'exprimer qui n'habite ni Anna, ni Ursula, ni même son amie Christina Speisser. Il lui arrive de rougir de ses pieds qui ont couru dans la campagne, de ses épaules étroites, de ses hanches un peu fortes dont, au moment de l'adolescence, son frère se moquait. Le regard de David la rend parfaite. De son genou, il est descendu à sa cheville, il a pris dans ses mains un pied, puis l'autre : « de faux jumeaux », décrète-t-il. Elle se sent confuse ; telle une femme chinoise, elle s'était promis que jamais son mari n'apercevrait ses pieds. Il devine son embarras, insiste : « Superbes, longs et larges pieds de ma femme, infatigables, capables de marcher des jours durant et de danser toute la nuit, ils la maintiendront en équilibre au milieu d'une forêt d'enfants et de petits-enfants ! » Quand il rit, David découvre des dents très blanches. Soudain sérieux, cherchant le regard d'Elsette, il déclare :

— Ma femme a les plus beaux pieds du monde et je vous défends, Mademoiselle de Gonzenbach, de garder jusqu'à Genève les idées grises qui nichaient dans votre tête en Thurgovie.

La main de David suit la courbe de sa nuque, de ses épaules, de son dos qu'elle ne connaît pas. Il admire ses bras, ses avant-bras, ses poignets... Elle aime tout de lui. Avant d'enlever sa perruque, il a hésité à découvrir son front et ses cheveux, rares déjà ; elle ne se lasse pas de ce nouveau visage qu'elle dit plus beau, plus équilibré que l'autre et qui n'appartient qu'à elle.

Il parle de son enfance, de sa mère et de ses sœurs, de la maison de Villars-sous-Champvent, de la campagne, du château moyenâgeux dont les tours dominent une plaine et ses marécages. Il ne veut pas la posséder avant qu'elle n'ait appris à mieux connaître son propre corps et qu'elle ose regarder le sien. Qu'elle sache ce qu'elle vit, même en fermant les yeux. « J'aime quand tu fermes les yeux, c'est comme si tu me voyais doublement. » Il veut être accepté tout entier. Merveille de se voir de tout près, murmures : « Mon amour, mon cœur, ma chérie, ma sœur, mon étrangère. M'apprendras-tu un jour le dialecte rocailleux de ton pays ? » Elle peut lui parler de sa mère, de sa hantise des cimetières. Elle lui avoue qu'elle a craint de mourir loin des siens pendant sa maladie à Lyon. Elle n'en avait dit mot à personne. Bien vivante, délivrée de ce souvenir, elle s'abandonne à des caresses plus intimes, découvrant les plages incroyablement délicates du corps de David. Il la déflore si tendrement, si amoureusement qu'elle en pleure de joie. Non, non, elle n'a pas mal, jamais il ne lui fera mal. Silence et paroles, les plus simples et les plus sincères. Celles qui se prononcent au moment du don de soi, ce don qui surprend même ceux qui s'imaginent savoir aimer. Au petit matin, elle voit le sang sur le drap : elle est sa femme. Elle guette son premier regard.

* * * *

En arrivant à Baden, elle est terrassée par une migraine. Le rite du souper en tête à tête est interrompu. Comment peut-elle avoir la migraine en compagnie de David ? Ils diffèrent leur départ. Le lendemain, elle se sent assez bien pour faire le tour de la ville et visiter les installations thermales où les curistes, depuis des siècles, se baignent pour recouvrer la santé. En chemin, il lui rappelle que Baden a été l'un des fiefs de la famille de Habsbourg, honnie des habitants de la Suisse primitive. Aujourd'hui, la ville se retrouve capitale d'un territoire soumis aux Suisses, un bailliage commun comme l'est la Thurgovie, à cette différence près que ses baillis bernois, zurichois, glaronais sont, depuis les guerres de Villmergen, exclusivement protestants.

— Je n'avais jamais entendu parler de Villmergen, dit Elsette.

— C'était avant votre naissance et la mienne. En 1712 (mon père avait vingt-quatre ans), catholiques et protestants s'affrontaient une fois de plus. Leurs Excellences de Berne avaient rassemblé toutes les troupes de leurs sujets. Donc, côté protestant, Zurich, Berne, Argovie et le Pays de Vaud. Les catholiques prenaient le dessus et c'est grâce au courage et à la stratégie d'un Vaudois, le major Davel, que la victoire changea de camp.

Le nom de Davel est prononcé avec une telle ferveur qu'Elsette, indifférente aux batailles, prête une meilleure attention à la suite du récit.

— Après la défaite des catholiques, les habitants de Baden se retirèrent dans leur ville, prêts à soutenir un siège. Jean-Daniel-Abram Davel avait fait grande impression sur les champs de bataille. Il était renommé non seulement pour sa bravoure, mais aussi pour sa loyauté. Les protestants l'envoyèrent avec le général-major Jean de Sacconay en ambassade auprès du maire de la ville pour négocier la libération de prisonniers : ils étaient chargés de promettre officieusement une amnistie générale si la ville se rendait. Au cas où le siège se prolongerait, elle serait détruite sans pitié. Craignant une destruction totale, quelques échevins remirent, sans le consentement de leur maire, les clés de Baden aux assiégeants zurichois qui ne tinrent pas compte de l'amnistie promise par la médiation du major Davel et du général-major de Sacconay. Seule la garnison catholique, sous les ordres de son commandant von Reding, put s'enfuir. La ville fut pillée, ses fortifications rasées et les principales églises transformées en temples protestants. Le major Davel se sentit trahi dans sa loyauté. Il n'eut dès lors plus d'autre but que d'insuffler au Pays de Vaud le courage de se libérer.

David parle avec exaltation. Pourquoi toujours revenir au passé ? Elsette pose la main sur son bras :

— Regardez, ce parc est si beau ! Arrêtons-nous et faisons quelques pas, voulez-vous ?

C'est en marchant dans les allées que David raconte à sa femme l'histoire de Jean-Daniel-Abram Davel telle qu'elle se transmet de bouche à oreille depuis un demi-siècle. Le héros vaudois, muet sous la torture et qui, avant son exécution, commença son discours par : « Ceci est le plus beau jour de ma vie », demeure pour son peuple le symbole du courage, de l'honneur et de la liberté. Cet homme de guerre, après vingt ans passés dans les Flandres au service du roi de France puis de Guillaume d'Orange, avait rêvé, oui, rêvé de libérer son pays sans verser une goutte de sang.

— Peut-être à Genève, poursuit David, entendrez-vous certaines plaisanteries sur les Vaudois, passifs, résignés, prudents à l'excès. Peut-être vivrons-nous assez longtemps pour voir s'accomplir le désir profond de Jean-Daniel-Abram Davel. Pour qu'un peuple retrouve son indépendance, pour qu'il reprenne confiance en ses forces vives, il suffit qu'un ou deux hommes se lèvent, prêts à donner leurs biens et leur vie.

Elsette écoute les derniers mots avec un peu d'effroi. Son mari se sent-il l'héritier de Davel ? Veut-il hâter le moment où son peuple aura le courage de se libérer ? Le major Davel n'avait sûrement pas une femme et des enfants. À Bonvillars, Bartolomeo de Félice lui avait appris que les Bernois n'étaient pas tous en accord avec leur gouvernement. Il serait donc injuste de tenir Albert de Haller, Vinzenz-Bernhard Tscharner ou tant d'autres pour responsables de la mort de Davel. Elle frissonne, appuie sa tête sur l'épaule de son mari :

— Vous avez choisi d'être Bourgeois de Genève et c'est à Genève que nous habiterons. Nos enfants, comme vous, seront Bourgeois d'une ville libre dont vous m'apprendrez l'histoire.

Il la presse contre lui, sans rien ajouter.

Elle est heureuse de retrouver leur chambre, cette enclave à l'abri de la politique, où l'heure présente suffit à remplir l'univers.

* * * *

David a prévu de brèves étapes pour éviter toute fatigue à sa jeune femme. Il y trouve des lettres auxquelles il répond parfois, pendant qu'elle est à sa toilette. Il a reçu des nouvelles de son frère Samuel, fixé à Amsterdam. Jamais le commerce avec la Floride et les Indes n'a été aussi prospère. David n'est pas retourné en Hollande depuis dix ans. Dès qu'il pourra s'éloigner des affaires genevoises, ils descendront le Rhin.

À Morat, où ils s'arrêtent pour la nuit, Elsette raconte ce qu'elle sait de Rousseau et de ses amis bernois. David parle de la Bourgogne, de Charles le Téméraire et de la Savoie. Des années de prospérité succèdent aux guerres, les guerres pulvérisent la paix. Il semble à Elsette que les siècles se bousculent, creux et crêtes de vagues à perte de mémoire, dont il ne reste presque rien.

Ils traversent le Pays de Vaud, passent une nuit à Lausanne. Des vignes descendent de la place Saint-François vers le lac où de grandes barques, encalminées, prennent patience. Les belles maisons de la rue de Bourg leur cachent la colline de la Cité et la cathédrale gothique, vouée maintenant au culte réformé. David sait qu'en retrait se dresse le château, lieu de trahison, de supplice, de condamnation du major Davel. Mais en ce très beau soir d'été, dans la ville à demi assoupie par la chaleur, qui pense encore au major Davel ? Du balcon de leur chambre, ils dominent le lac. À l'est, dans le lointain, l'échancrure de la vallée du Rhône. En face d'eux, les sommets aigus des Alpes dévorent le ciel du soir ; leurs contreforts, déjà dans l'ombre, tombent en pentes abruptes jusqu'à l'eau.

— C'est la Savoie, dit David, la Haute-Savoie. Aujourd'hui, sur les cartes de géographie, sa frontière avec le Pays de Vaud traverse le Léman dans toute sa longueur, cependant que les deux pays qui se contemplent demeurent unis secrètement à trois cents mètres de fond. De leur séparation apparente, ils ont fait un berceau pour le lac que vous avez sous les yeux.

En direction de Genève, le soleil couchant couvre d'or le ciel et l'eau.

Ils arrivent à Morges le lendemain en fin de matinée. Une grande activité règne autour du port. De la terrasse où ils s'attablent, ils observent le déchargement des barques et la manœuvre des voiliers. La brise souffle, légère. Le lac est d'un bleu plus intense que le ciel et l'on ne sait plus lequel réfléchit l'autre. La jeune femme suggère de poursuivre leur voyage sur l'eau mais David, gardant des souvenirs mouvementés de la navigation lacustre, hésite. Quand on leur annonce qu'une des barques part pour Rolle, où ils pourront retrouver leur calèche avant la nuit, il cède.

Les hautes voiles sont hissées perpendiculairement à la coque, comme les ailes d'un oiseau géant. Le bateau file à bonne allure, sans bruit, vent arrière, et seule l'embouchure de la Venoge trouble un instant la limpidité de l'eau. Les coteaux de la rive vaudoise s'étagent en pentes douces. Elsette fredonne une barcarolle. La main de David, épousant son épaule, suit avec elle le balancement rythmé du chant.

Soudain, des cris, des ordres, la mobilisation de tous les marins au pied des mâts, les voiles s'affaissant d'un coup, reçues à pleins bras, ligotées aussitôt, cependant qu'Elsette se sent saisie au coude avec autorité. Elle se retrouve à l'abri dans la chambre. La bourrasque tombe sur la barque, sans trouver d'appui qui lui permettrait de la renverser. David rajuste sa perruque :

— Ne craignez rien. Les coups de joran ne durent pas. L'important est de les voir venir.

Au large, des vagues écument. Quand le calme se rétablit, le vent a changé de cap, il faut tirer des bords sur une eau grise qui réfléchit un ciel assombri. Enfin le soleil réapparaît, affleurant la crête du Jura, et son reflet trace un chemin de lumière menant au port de Rolle.

— Avec vous, les tempêtes ne dureront jamais plus qu'un coup de joran, dit David, vous m'aiderez à les affronter.

En ce moment, Elsette est incapable d'imaginer qu'il puisse y avoir dans sa vie une tempête ou le moindre coup de vent. Elle remonte sur le pont pour ne rien perdre des manœuvres d'accostage. Les voiles se replient lentement, la barque ralentit son allure. Sur le quai, la calèche les attend. Tous deux pensent à la nuit et chaque nuit diffère des autres nuits.

SEPTIÈME PARTIE

Le Bonheur et la Révolution

Genève 1778-1783

XL

À GENÈVE, David occupe, dans la maison Develay, l'appartement du deuxième étage, au-dessus de celui de Sarah. Selon le vœu d'Elsette, à l'exception du lit et du cabinet de toilette, il n'a rien changé, pour qu'ils choisissent ensemble rideaux et tentures. Le clavecin est apporté au moment où elle commence à défaire ses malles.

Sarah, qui a passé l'été à La Bretonnière, revient avec ses enfants au début de septembre. Elle voit qu'Elsette est devenue belle et que David a retrouvé sa gaieté.

On décide d'une réception pour présenter la nouvelle épouse aux Genevois. Le troisième jeudi de septembre est choisi car les Fingerlin et les Scherer seront alors dans la ville. Les deux salons réunis ne permettent pas d'inviter aussi largement qu'on le souhaite. Elsette apprend que, momentanément, un hôtel peut remplacer un château. La fête est une réussite :

accueillir, mettre chacun à l'aise lui est naturel. Elle est heureuse, si heureuse de revoir les Scherer, jeunes et aînés, la famille Fingerlin et les DelIsle, sur la route de Marseille, les amis et collaborateurs de David, tous anciens ou nouveaux Bourgeois. Elle retrouve Monsieur Anselme Cramer, qui s'est marié récemment, le docteur Louis Odier. Elle retient quelques noms de personnes appartenant au cercle de David ou qui partagent ses convictions politiques, comme Monsieur François d'Ivernois, ou de paroissiens comme la famille Vieusseux, qu'elle rencontrera dimanche après dimanche et parfois le jeudi à la sortie du culte. David a commandé des fleurs, des vins, des mets délicieux. Elsette, qui se sait habillée avec goût, rayonne du plaisir de faire honneur à son mari.

Dans les semaines qui suivent, les Develay reçoivent de nombreuses invitations à souper. Elle découvre bientôt avec surprise, parmi leurs relations, des écarts de fortunes, des divergences d'opinions et d'intérêts considérables. Il y a donc des classes, des castes, des coteries à Genève ! Pendant les deux ans passés à Lyon, elle n'avait fréquenté qu'un seul milieu, celui des protestants aisés, la plupart originaires de la Suisse orientale, grands amateurs d'opéra et de comédie. Elle apprend la discrétion ; il ne faudrait pas parler avec enthousiasme de la Bastardella chez les Vieusseux, excellents hommes d'affaires à la piété irréprochable, pour qui les promenades dans la campagne le dimanche, l'assistance au culte, sont des divertissements et les spectacles un danger. Le neveu de Philibert Cramer regrette que l'on ne donne plus la comédie dans les salons depuis quelques mois ; Voltaire vient de mourir, la même année que Rousseau qui avait dix-huit ans de moins que lui et que la jeune femme n'a plus l'espoir de rencontrer.

On cultive peu la musique à Genève. Elsette donne des leçons de chant chaque jour à ses neveux. Avec Sarah et ses enfants, elle découvre la ville, emprunte les rues et les chemins inaccessibles aux attelages impatients qui roulent à toute allure, manquant de vous renverser. Elle écrit à Père, à Antoine, elle invite Christina Speisser à la rejoindre dès que possible pour reprendre leurs duos. Elle raconte à ses cousines Huber qu'elle a dû mettre une sourdine à son élégance et que, à Genève, jamais le dimanche après-midi on ne dansera ou ne chantera comme à la Dargoire chez les Scherer.

À la cathédrale, elle s'est familiarisée avec les cantiques de spectable Bénédict Pictet et la liturgie de spectable Jean-Frédéric Ostervald. Le sermon dure une heure. Que de paroles pour exprimer ce que l'on sait déjà ! Elsette ose bientôt se lamenter en riant :

— Le culte est aussi long qu'un grand opéra ! Pas d'entracte et on y chante beaucoup moins bien. À la sortie, mine épuisée ou soulagée, tout le monde est pressé de rentrer chez soi.

David sourit. Les longs sermons ne sont jamais ennuyeux aux côtés de sa femme. S'ils traînent en longueur, il les commente ou les corrige mentalement, pour son plaisir.

Un soir, lors d'un souper, Elsette est surprise de s'entendre déclarer :

— Les pasteurs disposent de trop de temps pour préparer leurs prêches. Ils mettent leurs idées bout à bout la semaine durant et nous en sommes gavés en une seule matinée. Si je n'écoute pas, je me sens coupable et si j'écoute, je perds le fil ou j'ai envie de protester et je me sens coupable tout aussi bien. Dieu ne nous a jamais ordonné d'être savants ou ennuyeux, mais d'être heureux.

Comme le mot, tombé dans le silence, n'est pas repris, elle insiste :

— L'amour, la joie et la paix nous sont promis. Pourquoi ne serions-nous pas heureux ?

— Il y a tant de gens qui souffrent. On est heureux en soulageant le malheur des autres, soupire une voix.

— Vous êtes une nouvelle venue dans notre ville, intervient la maîtresse de maison. Il y règne encore de nombreuses injustices. Tant de promesses n'ont pas été tenues.

Elsette suit distraitement la fin de la conversation. Elle se demande pourquoi, à Genève, les véritables questions sur l'art et sur la religion débouchent inévitablement sur des palabres économiques et politiques. Un soir, elle se confie à son mari :

— Je prie mieux ici, chez nous, que dans un temple ; je sens Dieu tout proche pendant que j'écris ou que je chante. Quand je pense à vous, quand nous sommes ensemble, quand je sens que vous m'aimez, Dieu est là.

* * * *

Vers la mi-mars, constatant les progrès en musique de ses neveux, Elsette propose à Sarah de monter avec eux une comédie musicale. La mode est à la spontanéité et à la simplicité. On s'amuse en échangeant des bouts-rimés. Les enfants inventent les mélodies et imaginent le scénario. Elsette et Sarah écrivent le texte ; l'ajuster à la musique n'est pas une petite affaire. Isaac-Emmanuel, qui a fermement refusé de monter sur scène, se révèle un excellent parolier et il s'occupe des décors. Les invitations partent au début du mois de mai. Tout en chantant dans le prologue, Elsette accompagne le spectacle au clavecin. L'enthousiasme du public est si convaincant que l'on donne trois représentations. Les adultes décident de suivre l'exemple des enfants. Des manuscrits circulent : quel rôle va-t-on se donner ?

XLI

Sarah passe l'été à la Bretonnière avec ses enfants. David désire présenter à Elsette sa maison natale de Villars-sous-Champvent. Il profitera de ce voyage pour rendre visite à Gaspard Burman, qui vient d'agrandir le château de Mathod et dont il gère la fortune. Il prévoit de passer deux jours à Yverdon – Elsette espère bien revoir Jeanne de Félice et les enfants – et de revenir par Lausanne.

La jeune femme prépare son départ comme un deuxième voyage de noces. Elle regrette parfois de ne pas collaborer avec son mari comme le fait Ursula avec Antoine. Elle sait peu de chose du commerce et de la banque : livres, ducats, florins, louis, guinées changent de poids et de valeur selon leur origine. Ils s'achètent et se vendent, ils se prêtent, on fixe des intérêts et David fait inscrire dans ses livres des dates, des noms, des chiffres. Depuis que Jacques Necker a été nommé ministre des finances à Paris, la confiance des Français envers les banquiers genevois s'est accrue. Quand David lui revient le soir après des heures d'écoute, d'examen, de décisions, Elsette le sent comme immergé dans une sorte de brouillard. Elle ose lui dire un jour qu'elle n'a pas besoin d'autant d'argent pour vivre et qu'elle regrette de le sentir si souvent fatigué. Il lui assure que l'effervescence des affaires est toute provisoire : il profite de circonstances favorables qui lui permettront d'ici quelques années de consacrer beaucoup de temps à sa famille. Elle se trouble, elle hésite, elle voudrait pouvoir lui annoncer la naissance d'un enfant.

* * * *

Ils partent au début de septembre, après les grandes chaleurs. Elle va refaire avec David la route suivie avec Antoine trois ans plus tôt. Son mari compte les heures, plus encore que son frère. Ils rendent visite pourtant à la tante de Céligny, heureuse de revoir la jeune femme, et Elsette joue si bien sur le merveilleux clavecin, le parc est si beau, les murs si accueillants que David accepte d'y passer la nuit. Ils s'arrêtent aussi au Moulin de la Venoge. Quand ils se trouvent face au château de La Sarraz, Elsette veut entrer dans le parc : sûrement les réparations entreprises par Charles de Gingins sont terminées. Où a-t-il accroché la tapisserie représentant Adam et Ève ?

Charles de Gingins est en voyage. David refuse de visiter le château en son absence comme l'intendant le lui propose. Pour dissiper la déception de sa femme, il l'emmène à l'auberge où elle avait mangé avec Antoine et le seigneur de La Sarraz. Elsette regarde autour d'elle, engage la conversation, intéressée à son habitude par la manière de vivre de tous ceux qu'elle rencontre. Au moment de se remettre en route, David la taquine :

— Vous m'avez parlé du seigneur Anton qui, parti le matin de Hauptwil pour Saint-Gall où il était attendu en fin d'après-midi, n'y arrivait qu'une semaine plus tard, tant son plaisir était grand de s'arrêter chez ses amis ou ses fermiers.

Le seigneur Anton, son grand-père, qu'elle n'a pas connu. A-t-elle son rire, son entrain, son enthousiasme, sa générosité, sa chaleur ? Dans la calèche, à demi assoupie par le vin et le repas, il lui semble que ses parents, ses grands-parents, ses arrière-grands-parents et une lignée d'ascendants qui se perd à l'infini les regardent passer avec ceux de David.

La route à flanc de coteau évite les marécages et les tourbières de la plaine. Il fait encore jour quand ils aperçoivent en amont les tours et le donjon de Champvent, qu'elle n'avait pu voir en passant sur la même route, à la nuit tombée, avec Antoine.

— Un rectangle de très hauts murs, quatre tours coiffées de toits coniques ; c'est presque le château d'Yverdon, observe Elsette.

— Il a été construit lui aussi au XIIIe siècle par Henri de Grandson.

— Y a-t-il une prison dans ce château ? demande-t-elle en se rappelant la longue détention de la femme et du neveu de Pyramus de Candolle, pour montrer à son mari qu'elle n'est pas complètement ignorante de l'histoire de son pays.

Après un silence, David répond avec une gravité inattendue :

— Oui, dans le donjon, qui était plus élevé autrefois. Mon père fut baptisé en la chapelle du château. Il ne parlait jamais de son enfance. Mon grand-père, comme beaucoup d'autres, connut-il la prison ?

Ils arrivent déjà au hameau de Villars : quelques grandes maisons rectangulaires, réunissant sous un même toit l'habitation des maîtres et les communs. Ému, David s'inquiète soudain à la pensée que sa femme va se sentir dépaysée dans la campagne vaudoise :

— Je ne suis pas né dans un château, dit-il en lui prenant la main.

Le corridor en croix, traversant la maison de part en part, les murs recouverts de boiseries, le grand poêle de faïence verte avec ses frises de dessins bleus rappellent à Elsette le Tertre à Bonvillars. Jean-Daniel Develay vit avec son fils, sa bru, ses petits-enfants et sa sœur Louise, l'aînée, qui doit avoir à peu près l'âge de Sabine. Elle donne des nouvelles de toute la parenté, énumère les noms des morts et ceux des nouveau-nés, les mariages et les baptêmes. Jean-Daniel parle du domaine, de la vigne nouvellement plantée sur le versant le plus ensoleillé de la colline, des sources, du sel si nécessaire à la conservation des viandes ; on l'obtient enfin à un prix raisonnable depuis qu'Albert de Haller a rénové l'exploitation des salines de Bex.

La ville d'Yverdon est à quelques lieues. L'Esprit des Lumières, la liberté de jugement y font souffler un petit vent d'indépendance. Il semble que les Vaudois relèvent enfin la tête. Ce qui n'empêche pas la jeunesse d'émigrer en Angleterre, en Prusse, jusqu'en Russie. Les jeunes filles sont fort appréciées comme institutrices ou gouvernantes de maison ; un homme réfractaire au métier des armes peut devenir précepteur ou commerçant.

Elsette écoute distraitement, tout absorbée par la présence de David, par sa voix, sa chaleur. La chambre d'ami, une chambre d'angle, s'ouvre sur la plaine, les champs et les jardins. Ils sont très loin de Genève, plus loin encore de Hauptwil. Ils s'aimeront cette nuit comme ils ne se sont encore jamais aimés.

* * * *

Le lendemain, ils n'ont guère plus d'une demi-heure de route pour se rendre au château de Mathod.
— Quelle jolie maison ! s'écrie Elsette quand ils s'engagent dans l'avenue centrale qui mène au perron. Elle regarde, ravie, la façade horizontale couleur ocre, le péristyle et ses colonnes, le fronton hollandais d'inspiration italienne.
— Vous habitez une maison d'ailleurs et de nulle part, dit-elle au maître de maison venu les accueillir.

Gaspard Burman, ancien écuyer de Louis XV, passionné d'architecture, est enchanté d'expliquer comment il a transformé une maison traditionnelle du XVIe siècle, nommée « château » bien qu'elle n'ait que deux étages d'habitation, en une grande demeure toscane acclimatée aux intempéries du pied du Jura. La superbe toiture du manège, les arbres immenses, la plaine qui lui remémore son enfance ont déterminé son choix. Devant l'intérêt de la jeune fille pour les maisons, la femme de Gaspard Burman lui fait visiter les pièces nouvellement aménagées.

Le nombre des convives et la salle à manger ouvrant sur les jardins rappellent à Elsette les étés de Hauptwil. En face d'elle, une femme de son âge, Marianne Jenner, venue en pèlerinage : sa grand-mère,

Marianne Wyss, élevée dans ce château, y avait épousé Albert de Haller.

— Vous êtes la petite-fille du professeur Albert de Haller grâce à qui Monsieur de Félice put venir travailler à Berne ? Le poète savant Albert de Haller anobli par le roi d'Angleterre George II ? s'écrie Elsette, incrédule et ravie. Parlez-nous de vos grands-parents !

— Ma grand-mère n'avait pas vingt ans, lui en avait vingt-trois. Leur installation à Berne fut difficile. Mon grand-père cherchait un emploi qui lui permettrait de faire vivre sa femme et leurs enfants, deux garçons et une fille. Quand il postula la direction de l'hôpital, on lui répondit qu'un poète ne saurait être bon médecin et quand il pensa à se présenter à la chaire d'histoire de l'Académie, on lui fit comprendre qu'un médecin ne saurait être un historien. Il fut heureux de répondre à l'appel de la nouvelle Université de Göttingen. Leur arrivée dans cette ville avec sa famille fut dramatique : leur voiture se renversa, ma grand-mère mourut quinze jours plus tard. C'est pour elle qu'il avait écrit le poème *Doris*, c'est ma grand-mère qu'il aimait *plus qu'il ne pouvait le dire, plus qu'il ne l'avait cru lui-même,* pour qui *le cœur a ses larmes quand les yeux cessent d'en verser.*

On décide que Marianne Jenner fera route avec eux quand ils se rendront à Yverdon. David a plusieurs parents dans la ville, dont un oncle banquier et un cousin ministre du Saint Évangile. Heureuse à la perspective de revoir Jeanne et Bartolomeo de Félice, Elsette tente de transmettre autour d'elle son enthousiasme pour les livres de l'éditeur. La femme de Gaspard Burman l'écoute avec intérêt :

— Nous pourrions installer une bibliothèque au château.

— Et nous aussi à Genève, pour nos amis, dit Elsette.

— Je crains que les Genevois ne gardent pas un excellent souvenir d'Yverdon, remarque David.

— Vous n'allez tout de même pas rendre Monsieur de Félice responsable des malheurs de Pyramus de Candolle et de sa famille, proteste Elsette. Bartolomeo de Félice est né à Rome un siècle plus tard. Votre ami le docteur Odier a souvent répété qu'une des qualités des Genevois est de savoir faire face et d'oublier leurs échecs. Ce sont les Vaudois qui ont une mémoire d'éléphant pour leurs déboires. Mais surtout, David, on ne peut sans cesse refaire l'histoire et réhabiliter les perdants. Vous ne vous appelez pas de Candolle ni Turrettini. Ce n'est pas vous ni votre arrière-grand-père qui fûtes ruinés. Nous n'avons pas aujourd'hui à jouer les redresseurs de torts à Yverdon.

David sourit, sans chercher le moins du monde à se défendre. Il aime la véhémence de son petit bélier du Toggenbourg, la manière dont, d'une minute à l'autre, l'amoureuse se transforme en femme réaliste, ardente dans sa soif de convaincre.

— Oublions le siècle passé, propose Madame Burman. Monsieur de Voltaire et Jean-Jacques Rousseau viennent de mourir ; n'est-ce pas le meilleur moment pour réconcilier leurs éditeurs ?

Et, pour les Genevois, de découvrir des pages inconnues de Rousseau en consultant l'Encyclopédie d'Yverdon.

XLII

David et Elsette Develay, accompagnés de Marianne Jenner, descendent à l'hôtel de l'Aigle où plusieurs messages les attendent. Les de Félice espèrent leur passage à la rue du Lac le jour même et comptent sur eux pour le souper. Pendant que David fixe les rendez-vous du lendemain, Elsette se repose dans le jardin ombragé de l'hôtel, aux côtés de sa compagne attentive et discrète. La lumière s'adoucit. Les deux femmes changent de toilette et, légères, rafraîchies, traversent la place avec David. Tous trois s'engagent dans la rue du Lac, à l'heure où les pressiers et les compositeurs de l'imprimerie terminent leur travail. David s'intéresse moins qu'Antoine à la fabrication du livre et à son côté artisanal. Ils se rendent tout droit au pensionnat où Bartolomeo et sa femme les attendent.

Pour Elsette, un choc, ces retrouvailles : Jeanne est enceinte pour la troisième fois. Elle arrive de

Bonvillars sans avoir pu prendre un instant de repos. Une ride sépare ses sourcils, ses lèvres se sont amincies, ses joues ont perdu leur éclat, deux mèches grises se mêlent à sa chevelure sombre. Peut-être n'y a-t-il pas moins de passion et de feu dans le regard de Bartolomeo, mais il s'est encore épaissi et comme tassé. Sa voix reste chaude, bien timbrée, avec cet accent indéfinissable, coloré de toutes les langues qu'il fréquente. Il souffre moins que sa femme des difficultés financières du moment : n'a-t-il pas déjà une bonne partie de son œuvre derrière lui ? C'est une mauvaise saison à traverser. Il regrette que le *Tableau raisonné de l'histoire littéraire du XVIIIe siècle*, prévu en trente-six volumes et qui devait donner un panorama complet de la littérature européenne avec, selon le prospectus, *tout ce qu'il y aura de plus important dans l'histoire des sciences et des arts*, n'ait pas rencontré le succès escompté. Il va devoir interrompre la publication de ce mensuel : les typographes, des Allemands, les seuls capables, demandent des augmentations de salaire ; le papier renchérit, les frais de transport et de diffusion augmentent. En fait, Bartolomeo n'a jamais été un gestionnaire. Les mécènes qui l'ont soutenu pendant de nombreuses années ont quitté ce monde. Les plus fidèles collaborateurs, les meilleurs amis ne se remplacent pas.

David souscrit sur-le-champ à l'ensemble du programme d'édition. Marianne Jenner est trop réservée pour offrir son aide mais elle achète deux volumes en espérant trouver de nouveaux mécènes. Il y a chez l'Italien une telle volonté de tenir ses promesses et de mener son œuvre à bonne fin que le moindre espoir ranime sa confiance. Il se lève, entraîne ses hôtes, leur fait admirer les dernières planches sorties de ses presses et les manuscrits qu'il donne à composer page après page.

Un peu plus tard, David et Bartolomeo parlent du changement de société qui s'amorce dans toute l'Europe, de leur désir de former l'intelligence et le goût d'une clientèle qui a peu de moyens. Comme ils insistent sur l'instruction et l'hygiène à donner aux enfants des pauvres, Elsette demande des nouvelles de Heinrich Pestalozzi. Elles sont franchement mauvaises. Les enfants qu'il a tenté d'instruire et d'éduquer se sont révélés de plus en plus difficiles, paresseux et chapardeurs. On ne rattrape pas en quelques mois des années de négligence et de sécheresse de cœur. Sa femme et leur fils Jakob, malades tous deux, ont été contraints de repartir se soigner à Zurich. Pour transmettre les idées généreuses qu'à trente-deux ans il n'est pas encore parvenu à concrétiser, l'éducateur s'est mis à écrire, en allemand bien sûr. Qui sera son éditeur ? Le regard de Bartolomeo se pose sur les visiteurs :

— Les amis de Heinrich sont venus me trouver. Si vous avez l'occasion de le soutenir, n'hésitez pas. Je suis certain que ses vues sont prophétiques : un jour, tout adolescent saura compter et lire, pourra se prendre en charge, choisir sa vie et son métier en écoutant la voix de Dieu. Un homme avec une telle vocation reçoit la force et les moyens d'y répondre.

— Comme vous, dit Marianne Jenner. Vous aussi avez une vocation.

— Il me reste tant à faire, répond simplement Félice.

* * * *

Tout autres sont l'accueil et les préoccupations des cousins de David. Le banquier Samuel Develay se félicite de l'essor économique d'Yverdon. Il les emmène aux établissements de bain. L'eau sulfureuse sort de terre à une température engageante. L'hôtel, remis à neuf, n'a plus une chambre de libre. L'établissement public ouvert aux pauvres vient lui aussi d'être rénové. On termine l'après-midi par une promenade en calèche sur le port et les berges de la Thièle.

Une lettre rappelle David à Genève. Ils ne peuvent prolonger leur séjour et renoncent à passer par Lausanne. Il n'est plus question d'aller à Bonvillars. *Quand nous reverrons-nous ?* écrit Elsette à Jeanne. Elle invite Catherine de Félice, qui lui avait envoyé à Hauptwil de si jolis croquis et qui doit être une adolescente aujourd'hui, à venir terminer ses études à Genève.

XLIII

À LA FIN de février 1780, plusieurs lettres arrivent de Hauptwil par le même courrier. Père est mort. De semaine en semaine, la jeune femme redoutait d'en recevoir la nouvelle. Pour le seigneur Georg Leonhard de Gonzenbach, du Vieux Château de Hauptwil, l'abandon de son corps à la terre est une délivrance. Il avait pris congé de sa fille cadette et Elsette sait que la sollicitude paternelle ne la quittera jamais. Pourtant, l'impossibilité d'assister aux funérailles lui cause un chagrin profond. Il lui semble que sa place aurait été aux côtés d'Anna et d'Antoine pour ce dernier adieu. Plus jamais elle ne commencera une lettre par *Mon chérissime papa*. Elle sent comme un creux, un vide à la pointe du cœur. Elle reçoit encore des lettres, beaucoup de lettres et y répond longuement. Parler de Père, c'est le sentir présent, vivant, comme si le temps n'avait aucune importance, comme si l'on pouvait aller et venir dans sa propre vie et dans celle des êtres aimés, descendant ou remontant le fil des années comme on monte et descend le cours d'un fleuve, en découvrant à chaque voyage un détail demeuré jusqu'alors inaperçu.

Elle fait un rêve. Est-ce un rêve ? Elle montre à Père son appartement, il lui demande de jouer pour lui, elle se met au clavecin. Quand elle se retourne, il a disparu.

Le deuil lui interdit toute mondanité ; elle n'y pense pas d'ailleurs. Le printemps s'avance, elle fait quelques excursions dans la campagne avec Sarah et les enfants. Ils identifient des plantes sauvages qu'ils ramènent pour leur herbier et qu'ils font sécher avec les racines.

* * * *

Ce sera enfin l'occasion de nous revoir, écrit Antoine à sa petite sœur en lui annonçant la naissance de son septième enfant, un fils, Caspar. David accepte-t-il d'en être le parrain ? La veille, Elsette a essayé les robes de l'été, celles de tous les jours, celle d'apparat. Sa taille change, les corsages enserrent des seins douloureux. Trois mois déjà qu'elle n'a pas eu ses règles. Écrire à Antoine que ce n'est pas pour elle le moment d'un voyage, qu'il se pourrait bien qu'il soit à son tour oncle et parrain à la fin de l'année.

Joie de David, joie de Sarah et des neveux, accueillies par Elsette dans une irrésistible torpeur. Maux de tête, maux de reins, maux de gorge : son corps d'amoureuse se méfie de la maternité. Besoin d'être bercée, caressée, réconfortée, encouragée, enfant plutôt que mère. David inquiet, trop inquiet sûrement devant sa femme mangeant ou refusant de manger, somnolant et ne dormant pas, avide d'air frais et partant en promenade avec leurs neveux, si lasse au retour. Elsette soudain capricieuse, se mettant au clavecin et ne pouvant pas chanter, Elsette ne sachant plus qui elle est, qui elle sera, ce qu'elle veut, habitée d'une angoisse tissée d'attente et de passivité.

— L'œuvre de ma vie qui se fait sans moi ! dit-elle à Sarah. Impossible de choisir la couleur de ses yeux ou de ses cheveux, la forme de ses pieds ou celle de son intelligence. Je voudrais présenter à David un enfant qui nous ressemble à tous deux, un enfant qui voie plus loin, plus grand que chacun de nous.

— Mais enfin, chère petite folle de Thurgovie, réplique Sarah, c'est avec David que vous avez donné la vie à cet enfant, c'est ensemble que vous l'élèverez et il vous ressemblera autant que l'un et l'autre avez ressemblé à vos parents.

Sans rime ni raison, Elsette fond en larmes. Sarah la prend contre son épaule et la persuade tendrement :

— Prenez patience quelques mois, mon petit, vous verrez que tout ira bien.

Ce sont les paroles que répète le docteur Louis Odier à chacune de ses visites. Il arrive avec David un soir à l'heure du souper. Après avoir mangé en parlant de tout et de rien, c'est-à-dire de la saison, de leurs familles, de leurs amis, d'une motion à faire accepter au Conseil des Deux Cents, son regard cherche celui d'Elsette :

— Auriez-vous souhaité avoir d'autres parents que les vôtres ?

La question la surprend à tel point qu'elle n'en cherche pas la réponse. En mettant deux morceaux de sucre dans sa tasse de café, le docteur Odier reprend :

— D'une génération à l'autre, quel héritage ! La vie se transmet dans l'amour ou la révolte, parfois dans la résignation. Je vois tant de sentiments contradictoires au sein des familles. Je sais bien que vous aimerez le petit être qui se forme en vous, même s'il ressemble à votre arrière-grand-mère, au seigneur Anton ou au grand-oncle de David.

Une fois de plus, confuse, Elsette ne peut contenir ses sanglots. Il lui semble que depuis des semaines, elle ne sait que dormir ou pleurer. Ce soir-là pourtant, ce sont de bonnes larmes libératrices.

Avant de se séparer, on ne peut faire autrement que parler politique. Des troubles sporadiques continuent à agiter la ville. Ceux que l'on nomme les Natifs, nés à Genève depuis une ou plusieurs générations, se sont rapprochés des Bourgeois dans l'espoir d'obtenir les mêmes droits qu'eux. David les soutient. Tout en admirant sa générosité, Louis Odier l'incite à la prudence :

— N'oubliez pas que vous êtes un nouveau venu dans notre ville. En quelques années, vous y avez acquis la fortune, l'estime, la bourgeoisie.

— Dix mille cinq cents florins, un fusil et encore cent florins pour la bibliothèque : elle ne fut pas donnée, croyez-moi ! C'est pourquoi il me paraît injuste que des horlogers, des artisans qui ont fait la réputation de Genève depuis plusieurs générations n'aient pas les mêmes privilèges qu'un commerçant récemment établi.

— Je vous en prie, soyez discret. Les envieux ne croiront pas à votre désintéressement. Plusieurs familles vous considèrent comme leur bienfaiteur, mais c'est une étroite minorité. La sagesse ou la stupidité populaire prétend que les dieux sont jaloux du bonheur des hommes. Les dieux ? certainement pas ! Dieu moins encore. Les médiocres qui ne savent pas tenir le gouvernail de leur vie ont les yeux rivés sur ceux qu'ils admirent, envient, n'égaleront jamais. Ils s'affublent de ces vies d'emprunt jusqu'au moment où ils peuvent piétiner leurs héros. C'est la fameuse Schadenfreude, comme disent vos amis zurichois.

Les propos pessimistes du médecin n'entament pas le désir de David-Emmanuel Develay d'être utile à sa ville d'adoption. En dépit des émeutes, des tentatives de révolution et de contre-révolution, en 1780 ce sont des Genevois qui gouvernent leur ville et leur petit État, alors qu'en deux siècles et demi le Pays de Vaud n'est pas encore parvenu à se libérer de la férule de Berne et de ses baillis.

* * * *

Le lendemain, au réveil, Elsette croit sentir dans son ventre un mouvement insolite : serait-ce l'enfant ? Elle reste immobile, pleine d'attente, mais ce n'est qu'une semaine plus tard, en s'habillant, qu'elle perçoit en elle comme un tressaillement. Bouleversée, elle s'étend, pose ses mains sur le berceau de son ventre qui se soulève et s'abaisse au rythme de leur souffle commun. Jusqu'au jour de la naissance, de la séparation, du vis-à-vis, Elsette respirera pour leurs deux vies, alors que le cœur de son enfant bat déjà indépendamment du sien.

Au fil des jours et des nuits, leur dialogue s'établit : « Comme tu grandis ! Tu me fais mal, qu'y a-t-il aujourd'hui pour que tu n'arrêtes pas de bouger ? Tu vois bien que je te fais de la place, toute la place que je peux. » Elle regarde son nombril ; Anna ne lui a jamais dit que ce petit creux doux, souvenir de ce temps si mystérieux où elle était nichée en sa mère, où elles étaient à la fois une et deux, allait devenir saillant, agressif. Quelques jours plus tard, elle s'inquiète : « Il y a si longtemps que tu dors ! Où est ta tête ? Où sont tes pieds ? Donne-moi un signe de vie. » Les derniers mois, elle lui raconte le monde : « Quelle promenade nous avons faite aujourd'hui ! Tu sauras bientôt que le ciel est bleu quand il fait du soleil. J'avais froid sous un ciel bleu, cela peut arriver. Le chaud, le froid, les couleurs, les parfums, je t'apprendrai. » Certains soirs, elle s'approche de David, espérant son étreinte dans son désir de le serrer en elle, de le sentir tout près de l'enfant. Il s'écarte, craignant de leur nuire ; elle souffre de son éloignement.

Ils ont cherché des prénoms : Jean-David ? David-Léonard ?

— Et si c'est une fille ? demande Sarah.

— Amelia, comme ma grand-mère, répond Elsette.

Elle s'est remise à rire, à manger ; elle s'est remise à chanter, à jouer du clavecin. Le soir, elle parle à David du trousseau de l'enfant, des visiteurs, des menues occupations de la journée, des jeux avec leurs nièces, des conversations avec Isaac-Emmanuel. Habituée aux moments de distraction de son mari, elle ne s'inquiète pas de ses silences et ne voit que tendresse dans son regard exténué.

* * * *

On est à la mi-décembre, tout est prêt depuis longtemps car on sait bien que les enfants peuvent naître avant terme. De semaine en semaine, de jour en nuit, Elsette et David attendent. Louis Odier passe à l'improviste quand il se trouve dans le voisinage et se délasse en buvant un verre de porto. Il presse Elsette de se mettre au clavecin :

— Je suis sûr que vous avez entendu votre mère chanter avant votre naissance. Il faut que l'enfant de David soit musicien comme vous.

Elle feuillette des partitions, heureuse à la perspective d'un plaisir partagé. Son répertoire s'est étendu, John du Velay lui ayant fait envoyer de Londres la copie de ballades, ainsi que des airs de Haendel, oratorios et opéras.

Elevée au milieu des jardins, Elsette a un besoin physique de nature, mais comment gagner la campagne par le froid et les chemins boueux ? Elle soigne chaque jour ses fleurs, cyclamens, jacinthes, jonquilles plantés au mois de septembre déjà et qui commencent à fleurir dans la chaleur de l'appartement. Elle dit à Louis Odier :

— Une plante sait mon bonheur de la voir grandir. Si une fleur habite votre chambre ou votre jardin, elle devient votre amie.

— Pourquoi n'en faites-vous jamais le portrait ?

— Peut-être ai-je vu trop de fleurs sur des étoffes à Lyon ? Parlez-moi plutôt de votre journée.

Le docteur Odier raconte sa visite à l'hôpital le matin, les patients de l'après-midi. En l'écoutant, Elsette voit des infirmes, des visages ravagés par l'angoisse ou la souffrance. Ce sont eux qu'elle voudrait prendre pour modèles et non des fleurs. Il lui semble que son regard, se posant sur la plaie, aiderait à la guérir. Pensant au pasteur Lavater de Zurich, qui peut lire le caractère d'un homme sur sa physionomie, elle demande :

— Croyez-vous que l'on puisse discerner une maladie de l'âme avant qu'elle ne devienne maladie de l'intelligence et du sentiment, et ne provoque un mal physique sans remède ?

Toute à sa réflexion, elle n'a pas entendu la porte s'ouvrir :

— Un mal sans remède ? répète David, une nuance d'inquiétude dans la voix.

— Nous parlions des visages et des portraits, dit le docteur Odier.

— Et vous n'avez pas vu que la première neige tombait !

Elsette se lève avec la même vivacité que quelques mois plus tôt, appuie le front contre la vitre pour mieux voir. La main protectrice de David se pose sur son épaule, ses lèvres effleurent sa tempe.

« Deux amoureux regardant tomber la première neige, quel joli tableau ! » pense Louis Odier.

XLIV

Est-ce à cause de la mort de Père ? À cause de l'amour qu'elle porte à David et à Antoine ? Est-ce parce qu'Isaac-Emmanuel est le seul petit-fils de feu François-Louis Develay ? Elle s'était imaginé avec David qu'elle mettrait au monde un garçon.

— C'est une fille, une magnifique petite fille ! lui annonce la sage-femme au moment de la délivrance.

Elsette, oubliant angoisse et douleur, en est secouée d'émotion. Une fille qui aimera David comme elle a aimé Père, à qui elle pourra parler de Hauptwil, de Glaris, à qui elle racontera son enfance, tout ce qu'elle croyait avoir oublié. Elle ne peut la prénommer Amelia : sa vie qui débute à peine est faite pour la joie. En lui donnant le sein, elle hume le fin duvet de ses cheveux. Penchée sur son souffle, son avidité et sa confiance, elle retrouve une part d'elle-même très ancienne.

David propose pour marraine sa sœur Suzanne. Antoine se réjouit d'être le parrain. On attend leur arrivée pour baptiser Suzanne Antoinette Develay, née le 30 décembre 1780.

Depuis quelques mois, spectable Fells seconde les pasteurs de la grande paroisse du Temple Neuf. En arrivant à Genève, Elsette avait considéré la façade de cet édifice avec méfiance : elle ressemblait beaucoup à celle du temple d'Yverdon. Mais elle s'était vite rassurée ; le Temple Neuf de Genève, construit au début du siècle quand la ville avait vu croître soudainement le nombre de ses habitants à la suite de la révocation de l'Édit de Nantes, ne porte pas sur son fronton un soleil à œil de cyclope. À l'intérieur, une grande croix verticale accueille les fidèles.

Le 28 février 1781, quand son parrain et sa marraine s'engagent à « l'instruire dans la doctrine chrétienne révélée dans les Livres sacrés », la petite Suzanne est déjà en âge de leur sourire. Elle accepte sans effroi l'eau baptismale et les paroles de bénédiction de spectable Fells. Les grandes orgues la font s'inquiéter de se trouver dans des bras inconnus, son regard dévisage Suzanne Peyrot, les coins de sa bouche s'abaissent. Elsette reprend contre son cœur le petit corps tiède dont elle connaît – parfum et odeur – la moindre ligne de peau et la petite fille, confiante, s'endort aussitôt.

Les amis viendront l'admirer après le dîner en félicitant parents, parrain et marraine.

— Ce fut une fête aussi réussie que le lait d'amandes de Madame Fells, déclare Elsette quand enfin, le soir venu, ils se retrouvent en famille.

Suzanne Peyrot raconte la vie de l'école de théologie à La Tour et la bonne entente qui règne dans les

Vallées. Antoine parle du Vieux Château, du Schlössli, du Speicher, d'Altenklingen, de Saint-Gall, puis il demande :

— Pourriez vous m'expliquer, mon cher David, pourquoi depuis des années la ville est peuplée de Natifs mécontents, criant justice, et de Négatifs refusant de faire la moindre concession ? La situation paraît se durcir. Vos affaires ne s'en ressentent-elles pas ?

David, aux côtés des Bourgeois Représentants, défend les droits des Natifs. Il espère y parvenir, il a des amis parmi les membres du Petit Conseil et comprend aussi leur point de vue. Si tant d'étrangers sont venus et viennent encore s'établir à Genève et dans sa banlieue, c'est qu'on y trouve du travail, un certain bonheur de vivre, plus de vivacité d'esprit qu'ailleurs. Des savants étrangers – anglais pour la plupart – y séjournent volontiers. Le lac baigne les remparts, le Jura est à portée d'excursion. Le grand pays de Thurgovie, tout au contraire, ne voit pas croître le nombre de ses habitants ; il est bien loin de la prospérité genevoise.

— L'esprit des Vallées est très différent, dit Suzanne Peyrot. Si nous suivons la politique du duc de Savoie et du roi de France, ce n'est pas par souci d'économie mais pour prévenir les persécutions. Il nous faut très peu pour vivre, pourvu que nous ayons la liberté de lire l'Écriture sainte, de nous réunir à l'heure du culte le dimanche et quelquefois en semaine pour prier.

Antoine de Gonzenbach, Suzanne Peyrot, David-Emmanuel Develay, chacun est heureux dans le pays où se déroule sa vie et n'envisage pas d'avoir un jour à le quitter.

* * * *

Elsette s'inquiète peu des troubles sociaux qui agitent de nouveau la ville ; elle s'y est habituée. C'est à Genève que se prépare l'avenir de l'Europe, à Genève que son mari peut donner la pleine mesure de son intuition, de son expérience, de sa générosité.

Le bonheur, quelles que soient les circonstances, n'est-il pas fait de ce pouvoir ou peut-être de cette grâce d'accueillir dans la confiance tout le prévu et l'imprévu du quotidien ? Bienvenue la pluie qui chasse les poussières et avive les couleurs, joie de voir apparaître le soleil qui réchauffe les chambres, merveille des premières fleurs dans les parcs et les jardins.

Elle s'assied à sa fenêtre pour allaiter sa fille, comme l'a préconisé Rousseau, mais elle est si active que bientôt son lait tarit. La petite Suzanne, pourtant, n'a pas besoin de nourrice. Elle a bon poids, bon appétit, bon teint, bon œil. Elle dort toute la nuit et une partie du jour. Ses sourires creusent une fossette sur sa joue gauche.

Auprès du berceau, Elsette écrit à sa sœur en Appenzell, à Christina Speisser à Zurich, à Jeanne de Félice à Bonvillars, aux Fingerlin, aux Scherer, aux cousines Huber de Lyon. Le visage de Suzanne change d'un jour à l'autre : ses cils s'allongent, ses petits doigts se ferment avec plus de force sur les siens, les cheveux châtain, raides, qu'elle avait à sa naissance, sont tombés et déjà de toutes petites boucles sombres les remplacent ; les yeux hésitent entre le bleu, le gris, le vert ou le brun selon le jour et la lumière. Chaque fois qu'elle en a le loisir, Elsette tente de fixer sur son carnet de croquis l'expression fugitive, les traits indécis de la petite fille. Elle se hâte, craignant que ne s'atténuent tant de beauté et tant d'interrogations de regard à regard. Isaac-Emmanuel et ses sœurs n'ont plus, n'auront plus jamais un tout petit corps maladroit, avide de vivre, et ce visage empli d'ombres et de rêves où s'impriment et se dissipent elle ne sait trop quels souvenirs ou quelle prescience.

Elle chante à mi-voix des mélodies oubliées qui s'imposent soudain. Par quelle réminiscence ? Et elle se retrouve toute petite dans la chambre de sa mère pendant qu'une servante lui brossait les cheveux ; ou, la main dans la main de son père, sur quel chemin ? Un jour, une chanson lui vient aux lèvres avec des mots inconnus. Une mélodie répétitive, insistante. Elle désire la transcrire, s'assied au clavecin, s'étonne : je chante en fa dièse ! Impossible de transposer en do ou en sol, ce qui serait si commode. Elle n'en dit rien à personne, note le tout après avoir dessiné des portées dans un cahier où elle écrit : *Le cahier de Suzanne*. Puis elle revient au berceau. Elle ne sait pas ce qui l'émeut le plus : le regard de la toute petite fille interrogeant le sien, rivé au sien, dans l'attente de sa voix ou, quand elle la prend dans ses bras, cet abandon de tout le corps qui lui ouvre la porte du sommeil.

XLV

Comme chaque année, Sarah passera l'été à la Bretonnière avec ses enfants. Son appartement demeure bien entendu à la disposition d'Elsette qui pourra y loger tous les amis et parents de Lyon ou de la Suisse orientale désireux de venir admirer la petite Suzanne et de passer quelques jours à Genève.

Christina Speisser s'est annoncée depuis longtemps. Elle fera le voyage avec une des nièces appenzelloises d'Elsette, une fille d'Anna et de Johannes, Gertrud, qui désire apprendre le français à Genève. Elle y découvrira, dit David, que si les usages changent de la campagne à la ville et d'un pays à l'autre, les désirs, les passions, les rêves et les désillusions demeurent pareils. Il est heureux de cet arrangement : sa femme, bien entourée, souffrira moins de ses absences, car son activité professionnelle et ses engagements politiques lui laissent – provisoirement, pense-t-il – de moins en moins de loisirs. Quelle que soit sa fatigue, il guette avec une joyeuse impatience les plus petits progrès de son enfant. Un jour, le voyant jeter un bref coup d'œil au miroir avant de se pencher sur le berceau, Elsette le taquine :

— Vous inquiétez-vous déjà de ne pas plaire à votre fille ?

— Comment ne pas en être amoureux ? elle est votre portrait !

Elsette prend l'enfant dans ses bras pour interroger de tout près la courbe à peine distincte des sourcils, l'implantation des cheveux, le lobe de l'oreille, chacun des doigts. Petit corps chaud, vivant contre le sien, Suzanne n'a pas sa pareille et ne ressemblera qu'à Suzanne. La pensée que sa fille parlera le français sans avoir besoin de l'apprendre ravit Elsette. Suzanne saura chanter, danser, jouer du clavecin, on lui fera donner des cours d'histoire et de géographie comme ceux dont elle avait été exclue et que son cousin Hans-Jakob avait reçus au Schlössli.

David les regarde toutes deux avec tendresse :

— Vous voici rassurée, notre fille aînée ne pourrait vous ressembler davantage, elle est parfaite.

L'aînée ! La fille aînée, pour Elsette, c'est Anna, elle aussi parfaite et désormais dame patronnesse en Appenzell. En un de ces éclairs de pensée qui changent le cours prévu d'une réflexion, la jeune femme se demande si elle n'a pas toujours été, depuis sa naissance, envieuse à l'égard d'Anna. La réponse, instantanée, est si violemment affirmative qu'elle se penche sur l'enfant pour dissimuler sa confusion. David comprend que c'est le mot « aînée » qui a déchaîné une telle tempête dans les sentiments de sa femme. Il chérit cette ardeur, ces excès dans la joie ou la douleur suscités par un mot, une association d'idées, une réminiscence qui n'éveilleraient chez une autre que sourire ou légère contrariété. S'imaginant que sa femme craint de ne pas lui donner d'autres enfants, il se hâte d'ajouter :

— Notre petite Suzanne, perfection des perfections, pour l'instant fille aînée et fille cadette.

Elsette se redresse, lui tend la petite fille. Il la prend avec maladresse, elle se blottit contre lui. Et Elsette, délivrée, sait qu'elle s'est réconciliée avec Anna, alors qu'elle n'avait jamais mesuré la profondeur du fossé qui les séparait.

* * * *

Gertrud aura une journée de voyage pour venir du Speicher en Appenzell jusqu'à Hauptwil. Sa mère l'accompagne et se réjouit de faire la connaissance du dernier-né d'Antoine et d'Ursula, le petit Caspar, qui commence déjà à trouver son équilibre et marche fièrement sur le gravier des allées quand on le tient par les deux mains. Avec der junge Georg Leonhard, Sabina (déjà sept ans), Hans-Jakob V (qui se contente de son premier prénom pour se différencier de tous les Hans-Jakob qui l'ont précédé) et Johann, il paraît petit, le Vieux Château. Les après-midi où Daniel (treize ans) quitte le Schlössli pour rejoindre ses neveux, que de cris et que de rires, que de poursuites dans les bois, le jardin et les étages ! Ursula et Antoine y sont si bien accoutumés qu'ils n'y prennent pas garde. Anna remarque que jamais, au temps de son adolescence, les vieux murs n'avaient renvoyé l'écho d'une telle gaieté. En faisant repeindre les façades, Antoine en a-t-il fait disparaître les souvenirs douloureux ? La vie des maisons, imprévisible, a sa part de mystère, comme celle des humains. Les demeures qui abritent les secrets d'une famille pendant plusieurs générations savent que l'amertume et l'adversité ne sont pas éternelles et que le bonheur, éphémère, menacé, demeure à portée de ceux qui se souviennent, qui espèrent et qui s'arrêtent pour le cueillir en bordure des chemins.

Pendant le séjour des Appenzelloises à Hauptwil, le temps est superbe. On mange sous les arbres. Des parents et des amis rejoignent le noyau familial presque à chaque repas. Tous, bien sûr, déplorent l'absence d'Elsette. Ne reviendra-t-elle pas pour quelques semaines l'été prochain ? Depuis son départ, personne n'accompagne plus le violon et la flûte au clavecin. Les enfants braillent à qui mieux mieux n'importe quoi car l'organiste de la chapelle ne sait pas, comme elle, leur apprendre de petits airs entraînants qu'ils chantent à plusieurs voix.

— Mais, s'écriera Elsette au récit de Gertrud, c'est ici que nous allons chanter et faire de la musique de chambre ! Écris à tes cousins que nous les attendons et raconte-leur ton voyage pour les encourager.

* * * *

Gertrud ne connaît pas encore Zurich. Elle se réjouit de voir le Grossmünster, les maisons des corporations, la halle aux grains, la belle façade du Meisen, l'église de Saint-Pierre et la Tour des cigognes, mais elle ne restera que deux jours : Christina, fiancée, ne peut différer leur départ. Le mariage est prévu pour le mois d'octobre et il reste peu de temps pour rendre visite à Elsette avant les derniers préparatifs du grand jour.

LE BONHEUR ET LA RÉVOLUTION

Vive, gaie, sereine, on ne reconnaît pas en Christina la jeune fille esseulée qui mourait d'ennui à Bischofszell entre sa sœur et son beau-frère, ni la compagne un peu fantasque d'Elsette à Saint-Gall, avide de s'amuser pour témoigner qu'elle appartenait à la jeunesse dorée de son temps, et moins encore la célibataire qui en voulait à sa famille et qui avait décidé de faire sa vie à Zurich sans rien demander à personne. « Je ne me laisserai pas enterrer », avait-elle répété à Elsette en refusant les partis que lui proposait sa famille. Ses amis n'auraient pas imaginé qu'elle se fiancerait à Andreas Bachmann. Pour tout bien, il n'a que son diplôme de la Faculté de théologie, son amour des enfants, la vocation de les instruire et de les éduquer tous, riches ou pauvres, doués ou non, colériques, égoïstes ou désarmés. Quand on lui parle de Heinrich Pestalozzi, de son échec au Neuhof dont la faillite vient d'être prononcée, Andreas Bachmann dit :

— Ce n'est pas un échec mais un moment d'arrêt pour lui permettre d'exposer ses convictions par écrit. Nous sommes en un temps de progrès, tout est en train de changer.

Lienhard und Gertrud, le premier roman de Heinrich Pestalozzi, vient de sortir de presse. La petite Gertrud est fière de son prénom quand on lui explique que l'héroïne du livre sauve sa famille et son village de l'alcoolisme.

Christina a relevé l'horaire des coches. Elles partiront le dimanche de Zurich à quatre heures du matin et arriveront à Berne le mardi soir. De là, le coche pour Lausanne ne repart que le vendredi. Heureusement, un cousin du banquier Fingerlin, qui doit se rendre à Genève, les attend à Berne et les prendra dans sa voiture particulière. Elles acceptent de rouler deux nuits d'affilée ; elles se reposeront chez les Develay.

* * * *

Elsette regarde Christina et Christina regarde Elsette. Chacune tellement la même et pourtant autre. Amies pour la vie, comme toujours, ayant vécu chacune de son côté tant d'événements qu'il leur faudra des jours pour se les raconter. Presque deux ans pendant lesquels leurs lettres, peu nombreuses – elles ont été si occupées –, ont jeté des ponts sur l'absence.

Gertrud écoute, regarde, joue avec le bébé. À treize ans, elle a une tête de moins qu'Elsette, un visage bien proportionné qui, selon la manière dont elle noue ses longs cheveux blonds, la fait paraître encore enfant ou déjà femme. Ses yeux bleus passent très vite de la candeur à l'enthousiasme.

Même pour Christina, qui compte les semaines la séparant de son mariage, ce mois de juillet est trop court. Elsette est fière de leur montrer la ville, sa ville. Elle en connaît maintenant l'histoire mieux que la plupart des vieux Genevois. Des amis les invitent à la campagne. Gertrud s'étonne des postes frontière si nombreux et si rapprochés :

— La ville occupe presque tout le pays ! Genève est comme une île !

— C'est un peu cela, répond Elsette. Parmi ses habitants, il y a les indigènes (les anciens Genevois), des naufragés heureux d'y avoir retrouvé la terre ferme et des commerçants qui apprécient un port aussi sûr et aussi actif.

— Comment ça, des naufragés ? demande Gertrud.

— C'est ainsi que l'on pourrait appeler les réfugiés venus après la Réforme, la Saint-Barthélémy et la révocation de l'Édit de Nantes.

— Et les Develay ? Pourquoi oncle David et ses frères sont-ils venus à Genève ?

— Tu le lui demanderas, répond Elsette.

— Mais il est si occupé !

— Il a toujours le temps quand il s'agit de parler de son enfance et du Pays de Vaud.

Elles prennent le thé. C'est la fin de l'après-midi, il fait encore chaud dans la demi-obscurité du salon. Les persiennes entrouvertes laissent filtrer des rais de lumière dorée, présage de beau temps. La petite Suzanne joue sur le tapis. Elsette se sent envahie par un sentiment bouleversant de sécurité et de gratitude. C'est un tel privilège de vivre à la fin d'un siècle de tolérance. Pourquoi Genève ne serait-elle pas la première ville à signer un contrat social ? Ville libre, ville d'accueil, ville d'avant-garde, elle permet aux catholiques romains de célébrer leur messe alors qu'elle demeure la capitale de la Réforme. Au dire de David, le mécontentement des deux dernières années, qui a suscité des émeutes en janvier et février, est légitime : au lieu de respecter l'Édit de 1777, on a changé les lois deux ans plus tard. Cependant, dans un monde en pleine transformation, les affrontements sont inévitables ; l'ordre reviendra.

— Qu'est-ce que l'Édit de Nantes ? demande Gertrud qui a des notions sur l'histoire de l'Autriche et du Saint Empire romain germanique, mais pour qui la France est une terre hors de vue donc hors d'intérêt. Sous le regard bleu de sa nièce, Elsette comprend que, de la Thurgovie ou de Genève, on ne voit pas le même versant de l'Europe. Elle répond :

— L'Édit de Nantes fut décrété par Henri IV vingt-six ans après la Saint-Barthélemy, c'est-à-dire une génération, le temps que de part et d'autre, le désir de paix l'emporte sur le désir de vengeance. À partir de là, les protestants français purent se réunir et exercer leurs droits civiques.

— Tu as dit que des réfugiés étaient venus après la Saint-Barthélemy et après la révocation de l'Édit de Nantes. Mais qu'est-ce que la Saint-Barthélemy ? insiste Gertrud.

— Ce fut une nuit de terreur pour la France. La veille du 24 août 1572, le roi Charles IX, à l'instigation de sa mère Catherine de Médicis, donna l'ordre d'exterminer les chefs des protestants du royaume, ce qui provoqua un massacre. C'est ainsi que la fête d'un saint, martyr des premiers temps de la chrétienté, est l'anniversaire d'un massacre.

— Pourquoi les catholiques ont-ils toujours persécuté les protestants ?

— Pas toujours. Avant même la Saint-Barthélemy, à Nîmes ce sont les protestants qui ont tué les catholiques. On parle encore de la Michelade.

— Alors, quand l'Édit de Nantes a-t-il été révoqué ?

— Un siècle après sa proclamation : le 18 octobre 1685.

— Mais pourquoi ? Qui l'a voulu ?

— Ce fut un décret du roi, de Louis XIV. Tu en as certainement entendu parler, on l'appelait le Roi Soleil.

— Mais il devait avoir des conseillers ! Pourquoi les Français ne se sont-ils pas opposés à cette révocation ? Chez nous aussi, il y a des protestants et des catholiques et chez nous aussi, ils ne s'entendaient

LE BONHEUR ET LA RÉVOLUTION

pas. Alors, en Appenzell, on a divisé le pays en deux : nous les protestants, nous avons Herisau pour capitale et les catholiques ont gardé Appenzell. Aujourd'hui, Herisau est la plus grande ville du pays.

Elle n'a pas besoin d'en dire plus. Elsette et Christina savent que les hommes d'Appenzell se réunissent une fois l'an sur la plus grande place de leur capitale pour y décider, en votant à main levée, des affaires du pays.

Elsette, malgré elle, ne peut s'empêcher d'avoir de la sympathie pour la famille royale. Elle se souvient avec une joyeuse admiration du passage du comte de Provence et de la princesse Clotilde à Lyon. Pour elle, les princes sont des magiciens qui suscitent des fêtes somptueuses sur leur passage.

— En quelle année as-tu dit, la révocation de l'Édit de Nantes ? reprend Gertrud.

— 1685, le 18 octobre.

— Et nous voici déjà en 1781 ! s'écrie Christina. Que nous réserve la fin de ce siècle ?

— On n'imagine pas de guerre de religion au Siècle des Lumières, dit Elsette.

La petite Suzanne lui tend les bras. Elle la prend sur ses genoux. La réalité, c'est cette fillette de quelques mois aux cheveux bouclés plus clairs que les siens. Ce sont ce rire et ces sourires laissant voir des gencives nues, ces poings minuscules agrippés à son collier et qui tirent à lui faire mal.

David rentre de bonne heure. Les bagages de Christina sont prêts, Elsette lui promet de copier encore quelques chansons françaises pour ses futurs élèves. Elle est si enthousiaste, Christina, si certaine de pouvoir aider l'homme qu'elle aime à changer la mentalité des campagnes zurichoises quand elle affirme que le bonheur est une affaire de décision, peut-être d'habitude. Il faut apprendre aux enfants à jouer, à travailler, à partager le peu qu'ils ont sans jalousie. Elsette échange un regard avec son mari : apprendre à partager sans jalousie... Ils sont prêts à soutenir les efforts de la jeune fille, même si elle rencontre plus de difficultés qu'elle n'imagine.

Elsette écrit à Jeanne de Félice : elle attend Catherine, qui poursuivrait ses études à Genève tout en tenant compagnie à Gertrud.

Une lettre d'Antoine vient de leur annoncer la naissance d'une petite fille, Ursula, en pleine santé.

— Combien ton frère a-t-il d'enfants ? demande Christina.

— Sept, répond Elsette. Il en aurait huit si la petite Barbara, née à la fin de mon séjour à Lyon, avait vécu.

— Je ne nous imagine pas avec huit enfants, sourit David.

— Il se pourrait bien que nous en ayons deux l'été prochain !

XLVI

Au cours de l'automne et de l'hiver, Elsette a le sentiment que la vie autour d'elle s'ordonne, confiante, joyeuse. La petite Suzanne mange avec appétit, Gertrud et Catherine rivalisent d'entrain de taquineries, de zèle dans leurs études. Quand elle perçoit les premiers mouvements du petit être qui se forme en elle, Elsette s'étonne de n'avoir ressenti aucun des malaises ou des appréhensions, des inquiétudes de sa première grossesse.

Des pamphlets d'un certain Monsieur Cornuaud attisent l'insatisfaction des Natifs. David fait relire aux membres de son cercle une lettre d'un ami momentanément en voyage d'affaires dans le Midi : Pierre Vieusseux croit discerner dans la prudence du Conseil, dans l'impuissance des malintentionnés, dans les idées pacifiques dont le roi de France et Leurs Excellences de Berne sont animés au milieu même de leur prévention, des circonstances laissant espérer la modération de ses concitoyens. Il invoque la bienveillance du Très-Haut qui conserve visiblement cette petite nacelle au milieu de la tempête. *L'expérience du passé doit nous rassurer pour l'avenir en dépit de l'agitation qui demeure dans les esprits. Nous sommes heureusement dans un siècle d'humanité, on ne pense pas en général comme on le faisait il y a cinquante ans ; il y a moins d'énergie mais aussi moins de férocité dans les âmes. Les grands veulent bien dominer les petits mais non les écraser.*

Elsette pense que le Très-Haut a du mal à démêler les querelles des hommes. Pourquoi les plus pieux des Genevois persistent-ils à condamner le théâtre et l'opéra ? Si l'on pouvait voir sur la scène les Représentants face à ces Négatifs qui se sont donné le nom de Constitutionnaires afin de légitimer leur pouvoir, si deux caractères bien typés, comme dans la comédie italienne (par exemple un ouvrier de la fabrique Fazy et Monsieur Fazy en personne), exposaient clairement leurs points de vue, une soupape de sécurité serait placée au cœur de Genève qui respirerait plus amplement. C'est passionnant de vivre ainsi dans une ville indépendante, toujours en mouvement, à l'avant-garde de l'histoire.

* * * *

La petite Suzanne fait ses premiers pas. Le printemps s'annonce. Les bourgeons des marronniers gonflent déjà. À la mi-mars, une foule nombreuse de Natifs réclame l'application des mesures votées depuis longtemps. Gertrud et Catherine suivent les événements avec un joyeux intérêt. Elsette approuve les efforts conciliateurs de son mari. La bonne cause et la générosité des Représentants finiront par l'emporter.

Le 8 avril 1782, elle reçoit une lettre de sa sœur, disposée à venir pour la naissance attendue et à la seconder pendant quelques semaines ; elle repartirait avec Gertrud. Elsette décide de lui répondre sur-le-champ. Elle est à son secrétaire quand elle entend dans les rues basses des mots hurlés, scandés, un coup de feu. Elle ouvre sa fenêtre : personne en vue. Elle descend chez sa belle-sœur. Un chant lui parvient de la salle d'étude qui donne sur la cour. Son arrivée intempestive suscite de vives protestations : on lui préparait une surprise. Comme elle reste sur le seuil sans parvenir à s'expliquer, Sarah s'imagine qu'elle est en train d'accoucher avant terme. Enfin, on court au salon, on se penche aux fenêtres : toujours à quelques rues de distance, ce tapage et ces cris. Sarah entre dans la chambre de son fils avec l'intention de demander au précepteur d'aller en ville se renseigner. Clémence, la cloche de la cathédrale, sonne le tocsin. Isaac-Emmanuel, plus rapide que son maître, a déjà gagné la porte d'entrée. Impuissante à le retenir, Sarah le voit disparaître au tournant de la rue.

L'attente s'installe avec, pour les deux femmes, l'angoisse, qu'elles cherchent à maîtriser. À la cuisine, Gertrud se trouve nez à nez avec un inconnu : c'est le mari d'une des servantes, un ouvrier de la fabrique d'indiennes, installé à Genève depuis peu. Il ne sait rien de la politique et son premier souci est de garder son gîte et son emploi. Il dit que l'émeute a été provoquée par ces Natifs qu'il connaît à peine. Il offre de remplir les réservoirs, le porteur d'eau ne venant pas. C'est un de ces soirs de printemps déjà doux, plein de promesses, avec un ciel un peu vert, très pur, doré en direction du Jura. Le crépuscule n'en finit pas. Il règne maintenant un silence inhabituel dans le quartier, personne n'osant s'aventurer dans les rues.

Isaac-Emmanuel et son maître reviennent à la nuit. Ils n'ont pas rencontré David mais on dit que des Constitutionnaires ont été pris en otage. En otage ! L'incrédulité se mêle à la peur. Est-ce la guerre civile ? De l'enfant qui grandit en elle, de la petite Suzanne prête à s'endormir qui se frotte les yeux de ses deux poings serrés, de Gertrud et de Catherine sous sa responsabilité, Elsette reçoit une volonté de calme dont elle ne se serait pas crue capable. On n'échange plus que les mots nécessaires, chacune des femmes de la maison économisant son énergie pour faire face à toute éventualité.

Elsette entend le marteau de la porte d'entrée. Catherine et Gertrud dorment. Isaac-Emmanuel dévale l'escalier ; l'instant d'après il apporte à sa tante un billet de David. Il ne faut pas qu'Elsette s'inquiète, même s'il ne rentre pas de la nuit. *Vous savez que Dieu nous garde. Ne craignez rien.* Il a souligné le verbe craindre puis, trois fois, le mot *rien.* C'est si peu dans ses habitudes ! David, par pudeur peut-être, parle de Dieu rarement. *Ne craignez rien* : c'est un ordre. Elsette s'efforce d'y obéir de toute sa volonté alors que, d'heure en heure, clameurs et coups de feu éclatent tantôt du côté de la porte de Rive, tantôt en direction de Cornavin.

David ne réapparaît que le lendemain, peu avant midi, exténué, grave, avec ce sentiment de soulagement qui suit l'accomplissement d'une mission. Grâce aux Représentants, la ville a été sauvée du désastre. Ils exercent momentanément le pouvoir et veilleront sur la sécurité des otages. Une commission de sûreté se forme. Jacques Vieusseux, procureur général, père de son ami, accepte de la présider, conscient du risque encouru : « Je signe peut-être mon arrêt de mort. » Les Constitutionnaires sont en si forte minorité qu'ils seront contraints de céder, c'est l'affaire de quelques jours. Genève, ville libre, se choisit son gouvernement.

— Quand allez-vous voter ? demande Gertrud.

David explique à sa nièce que les Genevois sont trop nombreux pour voter à main levée comme on le fait dans son canton. On élira dans les cercles des délégués qui se réuniront pour voter.

Gertrud et Catherine errent d'un étage à l'autre, dans l'attente des nouvelles. Elles écrivent presque chaque jour à leurs parents : qu'ils ne s'inquiètent pas, on a libéré trois des otages, les Natifs et les Constitutionnaires ont trouvé un terrain d'entente, l'ordre règne, tous leurs amis sont contre la violence et c'est déjà une victoire pour les Représentants d'avoir mis fin aux émeutes. De jour en jour, de semaine en semaine, elles répètent les propos d'oncle David qui fait confiance à sa patrie d'adoption. Les portes de la ville étant sévèrement gardées, leurs lettres sont acheminées avec le courrier de la maison Develay.

* * * *

À la mi-mai, Jacques Vieusseux, président de la Commission de sûreté, fait part à David de son inquiétude et de son indignation :

— Ce sont les Constitutionnaires qui ont provoqué les émeutes. Nous en avons la preuve aujourd'hui. S'ils ne cèdent pas, c'est qu'ils ont l'appui inconditionnel du roi de France et de Leurs Excellences de Berne. Le roi de Sardaigne, dont les troupes occupent la frontière sud de la République, a peut-être déjà conclu une alliance avec nos ennemis. Nous devons nous attendre au pire. J'ai décidé de mettre ma famille en sécurité. Le Pays de Vaud n'étant pas sûr et fourmillant d'espions, ma femme et mes enfants seront accueillis dans la principauté de Neuchâtel.

Catherine partira avec les Vieusseux car Yverdon et Bonvillars sont sur leur route. Elsette ne veut pas quitter David. Gertrud décide de rester auprès de sa tante. Sarah, qui depuis longtemps projetait de rejoindre La Bretonnière mais ne voulait pas laisser son fils à Genève, se résigne enfin à emmener ses filles et leurs amies : la ville sera bientôt en état de siège, les vivres ont été rationnés, elles n'ont pas le droit de manger le pain des soldats. Sa décision prise, elle retrouve son calme. César l'aurait approuvée, Isaac-Emmanuel est en âge de tenir un fusil.

Elsette se souvient du frère et de la sœur du roi, rencontrés à Lyon. Comment Louis XVI peut-il envoyer des troupes pour attaquer Genève ? Il est sûrement mal informé. Elle sait aussi que tous les Bernois ne partagent pas l'avis de leur gouvernement. Bartolomeo de Félice pourrait se rendre dans la ville qui l'avait accueilli quand il avait fui l'Italie et convaincre ses amis de la loyauté des Représentants genevois. Elle écrit d'une traite une lettre adressée à Louis XVI, roi de France, résidant à Versailles, puis une autre à l'imprimeur yverdonnois et les confie toutes deux à Catherine.

Les semaines suivantes, les lettres de Gertrud ne parlent plus que de l'espièglerie de Suzanne. À quoi bon inquiéter les siens ? Des chiffres alarmants courent de rue en rue : six mille soldats français s'approchent de Genève ; deux mille Bernois traversent le

Pays de Vaud ; sur la rive sud du lac, trois mille soldats des États sardes ont déjà pris position. La grande cité, qui compte presque vingt-cinq mille habitants, au lieu de se rendre devant une supériorité militaire écrasante, prépare sa défense dans la fièvre. Elle se souvient de la nuit de l'Escalade et de la mère Royaume qui avait donné l'alarme en lançant sa marmite bouillante sur la tête d'un assaillant. Depuis un demi-siècle, elle se croit imprenable grâce à ses formidables remparts – demi-lunes, contregardes et chemins couverts – construits par La Ramière.

Les femmes et les enfants se sentent aussi concernés que les hommes. On dépave les rues, on fait de la charpie. Les syndics introduisent la carte de pain. Le Temple Neuf, où fut baptisée la petite Suzanne, servira d'hôpital. Ceux qui, persécutés pour leur foi, ont trouvé un refuge dans la ville, sont prêts aux plus grands sacrifices. « Mieux vaut mourir sur les murs de Genève que de se rendre. » Septante quintaux de poudre sont déjà entreposés à la cathédrale Saint-Pierre, en dépit des protestations de David.

— On ne fait pas d'un temple un arsenal ! s'écrie Elsette à cette nouvelle. Si tout le quartier sautait, ce serait le châtiment de Dieu.

La Commission de sûreté parvient difficilement à éviter l'anarchie.

Elsette dort peu ; l'enfant prend tant de place en elle et pèse si lourd. La servante sarde, fidèle pourtant, peut disparaître d'une heure à l'autre. Gertrud ne quitte plus sa tante. Elle sait parfaitement s'occuper de Suzanne et pourra aller chercher la sage-femme, qui loge deux rues plus loin.

* * * *

Le 29 juin, la ville est réveillée par des sonneries de trompette. David part sur-le-champ avec Isaac-Emmanuel. Le comte de La Marmora, à la tête de l'armée sarde, somme la ville de se rendre et d'exiler les chefs des Représentants. La réponse est attendue pour dix heures. Il n'y a pas d'autre réponse que de se préparer à l'attaque. D'heure en heure, la tension monte. Le peuple genevois désire prendre les devants et donner l'assaut. De grandes clameurs parcourent la ville. L'attente s'étire, interminable, insupportable. Comment se renseigner ? David ne revient pas. *Ne craignez rien,* avait-il écrit trois mois plus tôt. Elsette s'endort dans la chambre de Gertrud et de Suzanne, rassurée par son désir de les protéger.

Même attente, mêmes clameurs, même impatience et même ardeur toute la journée du lendemain et toute la nuit.

Le 1er juillet, les membres de la Commission de sûreté sont toujours prêts à se battre mais le sacrifice de leurs vies sauvera-t-il Genève ? Ils craignent l'écrasement de la ville et offrent de s'exiler si leur départ peut faciliter les négociations. Les cercles vont élire cent vingt délégués qui se réuniront en fin de journée pour voter. Elsette sait qu'elle n'a pas à attendre David de la journée et peut-être de la nuit.

Vers deux heures du matin, elle est réveillée par des mouvements de troupes dans la ville, accompagnés de coups de fusil. On tire du canon en direction du port.

David revient au matin, hâve, exténué. La ville s'est rendue. Rendue ! Mais pourquoi ?

— Rendue mais sauvée, dit David. Le peuple était comme fou. Nous avons craint qu'il ne mette le feu aux réserves de poudre et ne fasse sauter tout le quartier de la cathédrale.

— Mais le vote ? N'y a-t-il pas eu de vote ? Que s'est-il passé ?

— Les délégués ne se sont réunis qu'à dix heures du soir. J'étais parmi les scrutateurs.

David s'assied, la tête dans ses mains. Besoin d'oublier le cauchemar et besoin de raconter.

Le résultat avait été sans équivoque : la grande majorité voulait tenir, résister, voire passer immédiatement à l'attaque. À ce moment, le pasteur Mouchon bondit à la tribune, criant que les Genevois eux-mêmes venaient de décider de la destruction de leur ville. Aucun doute possible, il en avait la conviction après son entretien le matin même avec le comte de La Marmora : la résistance n'offrait aucun espoir. Les bras levés, sa grande voix dominant l'assemblée, il fit un tableau désespéré de la ville rasée. On décida d'un second vote, d'autres scrutateurs furent nommés. Falsifièrent-ils le résultat ? À quelques voix de majorité, la reddition de la ville fut décidée ainsi que l'exil de la Commission de sûreté. Alors, dans la confusion extrême, les officiers brisent leurs épées et les Genevois veulent incendier leur ville pour qu'elle ne tombe pas aux mains des ennemis.

Vers deux heures du matin, David avait accompagné Julien Dentand, l'ancien syndic, Jacques-Antoine Du Roveray, Etienne Clavière, Jacques Vieusseux et son fils, qui s'étaient fait ouvrir les chaînes du port et avaient pu s'embarquer avec leurs amis. Il les avait vus s'éloigner à la rame sous les coups de fusil.

Isaac-Emmanuel écoute, très pâle, muet. Des soldats français passent dans la rue : tous les habitants de Genève doivent rester chez eux, les armes déposées devant la porte de leur maison. Isaac-Emmanuel tremble, les mains crispées sur son fusil.

— Tu n'as pas le choix en ce moment, dit David. Il te faut peut-être plus de courage pour accepter la reddition que pour te battre. Un jour, tu prendras ta revanche.

Le lendemain, un dimanche, aucune cloche n'appelle les fidèles à un service divin. Oncle et neveu cherchent l'oubli dans le sommeil. Pour Elsette, les savoir indemnes, c'est la confiance et le calme retrouvés. La servante a disparu ; elle est allée sans doute rejoindre sa famille. Comment lui en vouloir ? Elsette et Gertrud ne regardent pas les hautes façades de Genève mais le ciel de juillet, d'un bleu intense.

— Les foins doivent être terminés depuis longtemps au Speicher, dit Gertrud. Et, dans quinze jours, on commencera les moissons.

— Mais c'est demain que la Diète se réunit à Frauenfeld ! s'écrie Elsette.

Elle est à l'aise dans la robe ample de canicule. Le silence règne en ce moment aux alentours. Elle se souvient des paroles de David quand ils avaient abordé au port de Rolle quatre ans plus tôt : « Avec vous, les tempêtes ne dureront jamais plus qu'un coup de joran. » La vie à Genève va-t-elle reprendre sans heurts, comme avant ?

Le lendemain déjà, alors que les conseillers Constitutionnaires sont réintégrés dans leurs fonctions, plusieurs familles s'apprêtent à quitter la ville. Vers la fin de l'après-midi, un des membres les plus écoutés de la Commission de sûreté, Monsieur Jean-Charles Achard, âgé de soixante-sept ans, vient leur faire ses adieux. Il les rassure au sujet des amis que

David avait vus s'embarquer dans la nuit, tous sont sains et saufs. Ils ont été poursuivis par un brigantin français ; les plus jeunes se sont alors jetés à l'eau avec l'amarre et ont pu tirer la barque sur la grève de Cologny, où ils ont été rejoints par d'autres Représentants en fuite comme eux.

* * * *

Oppressée, Elsette ne tient plus en place. Pourquoi l'enfant ne veut-il pas la quitter ? Refuse-t-il de venir au monde parmi tant d'incertitudes et de révoltes ?

Au milieu de la nuit, c'est Isaac-Emmanuel qui court chercher la sage-femme. Gertrud met de l'eau à bouillir. La petite Suzanne pleure. Elsette se cramponne aux barreaux du lit. Sarah n'aurait pas dû quitter Genève. David frappe à la porte de la maison voisine ; Louis Odier l'a averti que, pour un second enfant, la délivrance peut être plus rapide que pour le premier.

Jean-Emmanuel pousse son premier cri une semaine après la reddition de la ville, le 10 juillet 1782, à trois heures du matin.

— Un fils ! Vous avez un fils, David ! Un fils qui défendra à vos côtés le véritable esprit de Genève et qui libérera le Pays de Vaud !

C'est de nouveau dimanche, un de ces dimanches d'été où les promeneurs cherchent la fraîcheur des bois, où Jean-Daniel Develay, dans la maison de Villars-sous-Champvent, regarde le blé presque mûr, où les trois petites cloches de Hauptwil, ignorantes encore de la grande nouvelle, disent aux fidèles que la chapelle du Schlössli les attend.

À Genève, Clémence, qui célébrait autrefois l'amour et le pardon, demeure sans voix. Les généraux sardes et français, qui ont pris la qualité de plénipotentiaires, demandent que la comédie soit jouée pour la distraction des officiers. On parle déjà de la construction d'un théâtre.

Certains pasteurs sont interdits de culte, d'autres se sont exilés. Au temple de la Madeleine tout proche, spectable Vautier implore encore pour ses fidèles la miséricorde de Dieu. C'est là que David présentera son fils, âgé de deux semaines, à l'assemblée des fidèles et le portera sur les fonts baptismaux. Au premier rang, la petite Suzanne joue avec le collier de sa mère. « Ne craignez pas d'avoir mis des enfants au monde, quel que soit leur destin », avait dit Madame Maria à l'heure de la suprême lucidité.

Les soldats étrangers demeurent en faction aux carrefours de la ville. La bruyante satisfaction de l'occupant est odieuse au peuple genevois, pour qui la capitulation est le pire déshonneur et qui accuse la Commission de sûreté de l'avoir trahi. Mais les traîtres sont-ils ces Représentants qui ont fait face aux émeutes, qui ont ramené l'ordre dans la ville à leurs dépens et ont préservé la vie des otages ? Grâce à eux, la guerre civile est évitée. Aujourd'hui, ils servent de bouc émissaire, alors que les Constitutionnaires, depuis des décennies, ne font que défendre leurs prérogatives et ont livré la ville aux armées ennemies. Quel succès pour la France d'avoir déstabilisé la ville forte, imprenable, de Genève et de l'occuper sans coup férir !

Le courrier est enfin rétabli. De Hauptwil, du Speicher, de Zurich, d'Yverdon, de Lyon, on réclame anxieusement des nouvelles. Plusieurs familles ayant des relations à l'étranger ont déjà quitté la ville. Les Sardes, les Français, les Bernois et huit Genevois du parti des Constitutionnaires élaborent un Édit de pacification. Avant même d'en connaître la teneur, plusieurs de leurs amis envisagent d'émigrer.

Une lettre de Jeanne de Félice rappelle à Elsette le soutien que Bartolomeo reçoit de fidèles admirateurs bernois. Elsette propose à David d'inviter Messieurs Tscharner et Steiger, qui travaillent à l'Édit de pacification, pour qu'il les éclaire sur les événements des derniers mois. Il lui interdit toute démarche en ce sens. C'est la première fois qu'ils ont un profond différend.

* * * *

Les orages de la fin août éclatent sur le Jura. Sarah et ses filles – les deux aînées, Angélique et Louise, sont des adolescentes déjà – ont repris possession de leur appartement. Le pasteur Fells, qui était à Lyon lors du siège de Genève et qui retourne avec sa famille en Suisse orientale, s'arrête quelques jours dans la ville. Gertrud repartira avec eux. On se réunit une dernière fois autour de Jean-Emmanuel, petit garçon solide qui pleure rarement, dort douze heures chaque nuit et sourit aux visages inconnus qui se penchent sur son berceau.

Après tant d'émotions, on prend de la distance :

— Quel sera le gouvernement de Genève en 1802, le jour des vingt ans de Jean-Emmanuel ? demande Sarah.

— Dans vingt ans, j'aurai les cheveux blancs, dit Elsette.

— Gertrud aura mis au monde des jumeaux ! s'écrie Angélique.

— On se retrouvera tous au mariage de Suzanne, se réjouit Louise.

— Dans vingt ans, les ouvriers surveilleront sans fatigue des machines qui feront le travail plus vite qu'eux.

— Grâce aux bateaux à vapeur, même par calme plat, on se rendra de Genève à Villeneuve.

— On se sera débarrassé des Sardes, des Français et des Bernois. Genève, à son tour, sera puissance garante. Le Dauphiné demandera sa protection, Neuchâtel, Bâle, Strasbourg, Bruxelles seront ses alliés.

On ne plaisante qu'à demi. Un siècle d'or suivra le Siècle des Lumières.

Le pasteur Fells a remarqué le silence du maître de maison :

— Et vous, David, que prévoyez-vous ?

— Prévoir ? Comment, prévoir ?

Regardant son beau-frère, Sarah comprend qu'il n'a pas écouté la conversation. Elle sait qu'avec ses associés, il travaille activement à protéger les biens des familles qui ne reviendront pas à Genève et de celles qui envisagent leur départ.

Elsette offre des gâteaux. Le pasteur Fells insiste :

— Comment voyez-vous l'avenir, cher ami ?

David ne se sent pas encore autorisé à parler d'une lettre qu'il a reçue d'Angleterre : le jeune imprimeur et libraire François d'Ivernois est allé plaider la cause des Représentants à Londres. Les Anglais soutiennent un projet du vice-roi d'Irlande qui offrirait aux Genevois des terrains à Waterford, au sud-est de l'île. Étienne Clavière a rejoint son ami pour examiner les perspectives financières de ce projet. Le rêve de fonder une Nouvelle Genève industrieuse, fidèle à la foi réformée, se précise.

XLVII

Elsette discute avec sa couturière : après cette seconde grossesse, il faut élargir la robe lyonnaise de l'automne. Madame Fingerlin et Madame Scherer ont annoncé leur venue pour la fin de septembre. Sera-ce l'occasion de les inviter à un lait d'amandes ?

Madame Scherer aînée, sur le chemin de Lyon, ne s'arrête que quelques jours. Elsette devine ce qu'elle a déjà lu entre les lignes des lettres d'Antoine et d'Anna : en Suisse orientale, on juge malencontreuse l'intervention des Représentants. Sans eux, il n'y aurait eu que des émeutes d'ouvriers, comme celles qui se multiplient en cette fin de siècle dans les villes et les campagnes. Les Constitutionnaires, obligés d'y faire face, auraient été contraints de respecter les clauses des édits qu'ils avaient bel et bien signés. Il fallait laisser les deux camps extrêmes régler leurs comptes et ne pas sous-estimer la voie diplomatique.

Pour son commerce extérieur, Genève ne peut se passer de la France. La famille Scherer avait craint de devoir abandonner Lyon à tout jamais après la révocation de l'Édit de Nantes ; aujourd'hui qu'elle y a rétabli ses comptoirs, non sans pertes, et qu'elle participe à la prospérité de la ville, elle n'approuve pas la politique des Représentants, en dépit de toute sa sympathie pour le mari d'Elsette.

Trouvant mauvaise mine à sa protégée d'autrefois, Madame Scherer l'emmène en calèche dans la campagne voisine. Devant les arbres aux couleurs de l'automne, la jeune femme, qui n'a pas quitté la ville de l'été, pense aux allées du Vieux Château où la petite Suzanne pourrait courir et jouer tout à son aise.

— Nous reverrons-nous avant mon départ ? demande l'exquise vieille dame en la quittant. Demain après-midi ou demain soir ? Nous ferons de la musique, j'inviterai quelques amis.

Elsette prétexte la fatigue, n'osant demander le nom des invités ; jamais son mari n'admettrait qu'elle divertisse les membres du Petit Conseil, même étant les hôtes des Scherer.

* * * *

À peine prend-on connaissance de l'Édit de pacification qu'on le baptise Code Noir. Une cinquantaine de Représentants, dont Jacques Vieusseux, l'avocat Jacques-Antoine Du Roveray, Etienne Clavière, François d'Ivernois, Julien Dentand, le notaire Rochette, sont exilés à vie. L'impétueux pasteur Gasc est banni pour dix ans ; le pasteur Vernes, si estimé, et le doyen Anspach sont destitués de leurs fonctions. Il sera désormais impossible au Conseil des Deux Cents et au Conseil général d'intervenir dans l'élection des membres du Petit Conseil. Pourtant, il faut donner l'illusion que la démocratie est respectée : le Conseil général est convoqué à la cathédrale Saint-Pierre un jour pluvieux de novembre. Les Représentants et tous ceux qui s'étaient ralliés à leur gouvernement en sont exclus. Le vote n'est pas secret. Malgré le courage du corps pastoral et de quelques familles à manifester leur opposition, le Code Noir est accepté. Tout Genevois devra lui prêter serment sous peine de perdre ses droits. « La France et la Sardaigne s'engagent à ne pas souffrir qu'il soit modifié sans leur agrément. » On parle même d'abattre une partie des remparts pour faciliter l'intervention de l'étranger.

David-Emmanuel Develay n'est pas banni.

Qu'importe ! Il partira, ils partiront. Depuis juillet, il envisage de rejoindre son frère à Amsterdam. Il lui annonce son arrivée. Quelques mois lui suffiront pour liquider ses affaires ; il les remettra à Monsieur Fingerlin, le banquier des Gonzenbach.

— Vous verrez, ma chérie, nous serons tous très heureux là-bas. Samuel y a beaucoup d'amis. Evidemment, Sarah ne pourra pas nous suivre. Nous serons bien loin de votre famille mais les voyages se font aujourd'hui avec beaucoup plus de sécurité qu'autrefois.

En quelques heures, David, si sombre ces derniers mois, si accablé par la proclamation du Code Noir, retrouve sa joyeuse vivacité. Le feu crépite dans la cheminée du salon, les deux enfants sont couchés, elle s'est faite belle pour lui.

— Nous partirons au printemps, dit David. C'est au printemps que le voyage sera le plus facile pour les enfants.

— Jean-Emmanuel aura quelques mois de plus en automne, suggère Elsette qui souhaite revoir sa famille avant leur voyage.

David est pressé. Rester serait accepter officiellement les clauses de l'Édit de pacification ou s'exclure de la bourgeoisie de Genève, perdre tous les droits acquis.

— Vous pourriez passer l'été à Hauptwil avec les enfants, puis vous me rejoindriez à Amsterdam.

Pendant qu'Elsette revoit les murs du Vieux Château, David pense au port d'Amsterdam, aux maisons patriciennes au bord des canaux. Sept ans – depuis la mort de César – qu'il n'a pas vu Samuel.

Le jour de l'An, ils sont tout habités de projets. Samuel meurt à la mi-janvier.

Au reçu de la nouvelle, David décide de partir pour Amsterdam aussitôt. La dernière lettre de son frère ne faisait aucune allusion à la maladie ; il parlait seulement de la joie d'accueillir sa famille, lui qui n'avait pas d'enfants. David sera de retour dans moins de deux mois. Il a toute confiance en ses associés et ses collaborateurs. Isaac-Emmanuel s'initie déjà aux affaires de la maison Develay, où l'on apprécie sa vive intelligence. Il veillera sur sa mère et sur sa tante.

* * * *

David passe au poignet de sa femme le bracelet qui enchâsse son portrait. Elle ne l'a porté que les jours de fête depuis qu'ils vivent sous le même toit, par crainte de l'abîmer. Elle glisse dans son bagage une petite toile, peinte lors de sa seconde grossesse – son visage et celui de Suzanne joue contre joue –, avec un carnet de croquis où elle a saisi les traits encore indécis et par moments si expressifs de leur fils.

Une chaise est à la porte, plus légère, plus rapide que calèche et carrosse.

— Ne craignez rien, murmure David une dernière fois à l'oreille de sa femme. Votre amour me protège.

Il s'arrache de ses bras.

* * * *

La petite Suzanne ne quitte pas sa mère, devinant son chagrin.

Ne pas montrer son inquiétude, jouer avec les enfants dans l'appartement, vide en dépit des allées et venues de Sarah.

C'est la nuit, les enfants dorment. Elsette s'assied à son écritoire, regarde longuement l'adresse que lui a laissée David. Elle se met à écrire. Pendant que les lettres, les mots, les lignes courent sur la page, exprimant ce qu'ils n'ont pas pu se dire les derniers jours, ce qu'elle a enfin le temps de penser, la paix s'établit dans son cœur, habite la chambre, rejoint le voyageur qui s'éloigne au galop.

VON GONZENBACH

Branche aînée (fidéicommis)

Schlössli

Situation en 1783

ANTON
1683-1744
∞
ANNA MARIA PELLOUTIER
1699-1776

HANS-JAKOB
né en 1719
∞
SABINE ZOLLIKOFER
née en 1726

URSULA
née en 1751
∞
ANTOINE VON GONZENBACH
né en 1748

HANS-JAKOB
né en 1754
∞
DOROTHEA ZOLLIKOFER
née en 1757

DANIEL
né en 1768

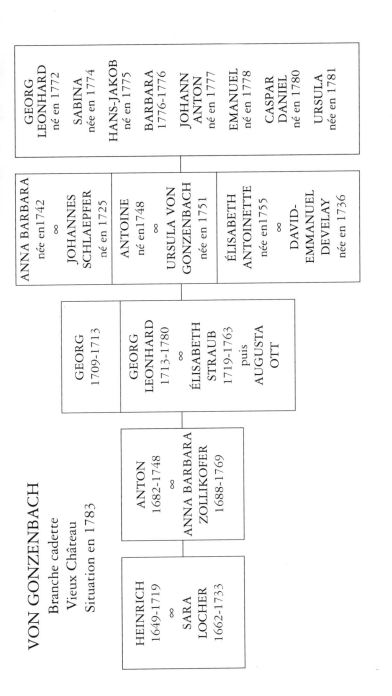

DEVELAY
Situation en 1783

- LOUISE, née en 1724
- JEAN-DANIEL, né en 1726
- SAMUEL, 1728-1783
- CÉSAR, 1730-1774 ∞ SARAH CHUARD, née en 1736
  - ISAAC-EMMANUEL, né en 1764
  - ANGÉLIQUE-ROSE, née en 1766
  - LOUISE, née en 1768
  - SUZANNE, née en 1773
- SUZANNE, née en ? ∞ DANIEL PEYROT
- DAVID-EMMANUEL, né en 1736 ∞ ÉLISABETH ANTOINETTE VON GONZENBACH, née en 1755
  - SUZANNE ANTOINETTE, née en 1780
  - JEAN-EMMANUEL, né en 1782

Parents : FRANÇOIS-LOUIS, 1688-1744 ∞ JUDITH HACHARD, 1698-1765

CHRONOLOGIE

1308	*Première mention du nom d'Ulrich von Gunzenbach (ultérieurement Gonzenbach, parfois francisé en Gonzenbat).*
1460	La Thurgovie devient un bailliage commun.
1536	Première arrivée de Calvin à Genève - Prise du canton de Vaud par Berne.
1572	Saint-Barthélemy (nuit du 23 au 24 août).
1598	Édit de Nantes.
1618	Début de la guerre de Trente Ans.
1643	Louis XIV devient roi.
1647	*Anoblissement des Develay par l'empereur d'Allemagne Ferdinand III.*
1648	Fin de la guerre de Trente Ans (traités de Westphalie).
1682	*Naissance d'Anton von Gonzenbach (père de Leonhard, grand-père d'Élisabeth Antoinette, dite Elsette).* Loi sur la gravitation universelle de Newton.
1685	Révocation de l'Édit de Nantes (18 octobre). Naissance de J.-S. Bach et de G. F. Haendel.
1688	*Naissance d'Anna Barbara Zollikofer (mère de Leonhard, grand-mère d'Elsette).*
1694	Naissance de Voltaire.
1699	*Naissance de Maria Pelloutier (mère de Hans-Jakob von Gonzenbach).*
1707	Invention du bateau à vapeur par D. Papin.
1709	*Naissance de Georg von Gonzenbach (frère de Leonhard).* Invention des premiers pianos par B. Cristofori.
1712	Naissance de J.-J. Rousseau. Guerre de Villmergen.
1713	*Naissance de Georg Leonhard von Gonzenbach. Mort de Georg von Gonzenbach.*
1715	Mort de Louis XIV et régence de Philippe d'Orléans.

1717	Naissance de d'Alembert.
1719	*Naissance d'Élisabeth Straub (mère d'Elsette).*
	D. Defoe : *Robinson Crusoé.*
1722	Louis XV est sacré roi.
1723	Mort de J.-D.-A. Davel.
	Naissance de B. de Félice.
1724	*Naissance de Louise Develay (sœur de David).*
1725	Mort d'Alessandro Scarlatti.
1726	*Naissance de Jean-Daniel Develay (frère de David).*
	Naissance de Sabine Zollikofer (ép. de Hans-Jakob von Gonzenbach).
1728	*Naissance de Samuel Develay (frère de David).*
1729	Naissance de Catherine II de Russie.
1730	*Naissance de César Develay (frère de David).*
	Marivaux : *Le Jeu de l'Amour et du Hasard.*
1734	Voltaire : *Lettres philosophiques.*
1736	*Naissance de David-Emmanuel Develay.*
	Naissance de Sarah Chuard (ép. de César Develay).
1741	*Mariage Leonhard von Gonzenbach - Élisabeth Straub .*
	Mort de Vivaldi.
1742	*Naissance d'Anna von Gonzenbach (sœur d'Elsette).*
1743	Naissance de L. Agujari (la Bastardella).
1744	*Mort de François-Louis Develay (père de David).*
1746	Naissance de J. H. Pestalozzi.
1747	Principe du paratonnerre par B. Franklin.
1748	*Naissance d'Anton von Gonzenbach (Antoine).*
	Mort d'Anton von Gonzenbach (né en 1682).
1749	Naissance de J. W. von Goethe.
1750	Mort de J.-S. Bach.
1751	*Naissance d'Ursula von Gonzenbach (de Hans-Jakob).*
	Parution du premier volume de l'*Encyclopédie* de Diderot et d'Alembert.
1754	*Naissance de Hans-Jakob von Gonzenbach (de Hans-Jakob).*
1755	*Naissance d'Élisabeth Antoinette von Gonzenbach (dite Elsette).*

CHRONOLOGIE

	Naissance d'Élisabeth Vigée-Lebrun.
	Tremblement de terre de Lisbonne.
1756	Naissance de W. A. Mozart.
1759	Voltaire : *Candide*.
	G. E. Lessing : *Fables*.
	Mort de G. F. Haendel.
1761	Création de la Société Helvétique.
	J.-J. Rousseau : *La Nouvelle Héloïse*.
1762	J.-J. Rousseau : *Du Contrat social* et *Émile*.
	Catherine II impératrice de Russie.
1763	*Mort d'Élisabeth von Gonzenbach (mère d'Elsette).*
1764	*Naissance d'Isaac-Emmanuel Develay (de César).*
1765	*Mort de Judith Develay (mère de David).*
	Réhabilitation de Jean Calas (affaire Calas).
1766	*Naissance d'Angélique Develay (de César).*
1768	*Naissance de Louise Develay (de César).*
	Naissance de Daniel von Gonzenbach (de Hans-Jakob).
	J. H. Pestalozzi construit le Neuhof.
1769	*Mort d'Anna Barbara von Gonzenbach.*
	Première machine à vapeur brevetée par J. Watt.
1770	*Mariage Antoine von Gonzenbach - Ursula von Gonzenbach.*
	Mozart, âgé de 14 ans, entend la Bastardella à Parme.
	Famine et épidémies en Europe (hiver 1770-1771).
1772	*Naissance de Georg-Leonhard von Gonzenbach (d'Antoine).*
1773	*Naissance de Suzanne Develay (de César).*
1774	*Mort de César Develay.*
	Naissance de Sabine von Gonzenbach (d'Antoine).
	Louis XVI roi.
	J. W. von Goethe : *Les Souffrances du Jeune Werther*.
1775	*Naissance de Hans-Jakob von Gonzenbach (d'Antoine).*
	Mariage de Charles-Emmanuel, prince du Piémont, et Clotilde de France.

1776   *Mort de Maria Pelloutier.*
        Déclaration d'indépendance des États-Unis.
1777   *Naissance de Johann Anton von Gonzenbach (d'Antoine).*
1778   *Mariage David-Emmanuel Develay - Élisabeth Antoinette von Gonzenbach.*
        Naissance d'Emanuel von Gonzenbach (d'Antoine).
        Mort de J.-J. Rousseau et de Voltaire.
1780   *Mort de Leonhard von Gonzenbach.*
        Naissance de Caspar von Gonzenbach (d'Antoine).
        Naissance de Suzanne-Antoinette Develay (de David).
1781   *Naissance d'Ursula von Gonzenbach (d'Antoine).*
        J. H. Pestalozzi : *Lienhard und Gertrud* (première partie).
1782   *Naissance de Jean-Emmanuel Develay (de David).*
        Révolution à Genève (10 avril) ; invasion de Genève par les Français, les Sardes et les Bernois (2 juillet) ; exil des Représentants ; Édit de pacification (Code Noir).
1783   *Mort de Samuel Develay.*

Glossaire

Achard, Jean-Charles (1715-1793) : Genevois, un des membres les plus actifs du parti des Représentants, membre du Conseil des Deux Cents en 1782 et de la commission de sûreté dès le 16 avril 1782, banni après les événements du 2 juillet 1782. Est à Bruxelles en 1787-1788, avec d'autres Genevois réfugiés. De retour à Genève après l'amnistie du 10 février 1789, reprend sa place au Conseil des Deux Cents le 29 novembre 1790. Meurt à Perroy (VD).

Altenklingen : Château de Thurgovie appartenant à l'origine aux barons de Klingen (famille remontant au IXe siècle). En 1585, Leonhart Zollikofer acquiert la seigneurie et le château d'Altenklingen qu'il reconstruit en 1586. Il institue Altenklingen en fidéicommis pour les descendants de ses frères, fidéicommis qui dure à ce jour.

Anspach, Isaac-Salomon (1746-1825) : D'une famille originaire de l'électorat de Mayence, bourgeois de Genève en 1779, pasteur, destitué en 1782, puis pasteur à Bruxelles en 1783. De retour à Genève en 1789, y joue depuis lors un rôle politique de plus en plus important.

Baden : Ville fondée au XIIIe siècle sur la Limmat, à 20 km de Zurich, au croisement des routes Bâle-Zurich et Schaffhouse-Berne.

Bailli : Sous l'Ancien Régime, le bailli est le représentant de la ville ou du canton souverain, au nom duquel il agit et gouverne. Il a toute l'Administration sous ses ordres, exécute les ordres du souverain et les sentences judiciaires.

Bailliage : Territoire dans lequel le bailli exerce ses fonctions.

Bailliages communs : Bailliages administrés en commun par les Confédérés, par opposition aux baillages possédés par un canton seulement. Se distinguent des bailliages ordinaires en ce sens qu'ils ont plusieurs souverains qui, à tour de rôle, désignent les baillis.

Barbes : (du piémontais *barba*) : Nom sous lequel les Vaudois disciples de Pierre Valdo désignent leurs prêtres.

Bastardella (la) : Agujari Colla, Lucrezia (1743-1783), dite aussi la Bastardina. Cantatrice italienne née à Ferrare. Fille illégitime d'un riche seigneur, d'où son surnom, elle débute à Florence en 1764, chante dans toute l'Italie ; à Paris, Turin puis Londres entre 1774 et 1777. L'étendue de sa voix est phénoménale : du sol grave de l'alto à l'ut 6 (3 octaves et demie). Mozart l'entend à Parme en 1770 et écrit qu'elle *possède premièrement une belle voix, deuxièmement un gosier galant, troisièmement une élévation de voix incroyable*. En 1780, elle épouse Giuseppe Colla, maître de chapelle à la cour, prend sa retraite la même année et meurt à Parme de tuberculose.

Belles-Filles (rue des) : devenue rue Étienne-Dumont, à Genève.

Bernoulli : Famille de mathématiciens originaires d'Anvers, réfugiés à Bâle vers la fin du XVIe siècle, dont notamment Jacques (1654-1705), son frère Jean (1667-1748) et un fils de ce dernier, Daniel (1700-1782).

Bischofszell : Ville thurgovienne à 13 km de Saint-Gall, issue d'un chapitre de chanoines fondé au IXe siècle par l'évêque de Constance. En 1529, Bischofszell embrasse la Réforme. En 1533, la foi catholique est restaurée et dès lors l'église collégiale et paroissiale sert au culte des deux confessions.

Bondeli, Suzanne-Julie (1731-1778) : Originaire de Berne, l'une des femmes les plus instruites et les plus connues du XVIIIe siècle. À Berne, est le centre de la vie littéraire, entretient des relations et une correspondance avec les écrivains, les artistes, les hommes d'État et les philosophes les plus en vue de l'Europe. Admiratrice de Rousseau.

GLOSSAIRE

Brasse : Une brasse vaut 12 grosses ; 1 grosse vaut 12 douzaines.

Brigantin : Petit navire à deux mâts.

Calas, Jean (1698-1762) : Négociant calviniste de Toulouse, il cache le suicide de son fils aîné. Accusé de l'avoir assassiné pour l'empêcher de se convertir au catholicisme, il est condamné au supplice de la roue et exécuté. Sa famille, avec l'aide de Voltaire notamment, réussit à prouver l'erreur judiciaire et à obtenir sa réhabilitation en 1765. L'« Affaire Calas » devient un exemple de l'intolérance et de la persécution catholiques à l'égard des protestants.

Calvin, Jean (1509-1564) : Réformateur religieux et écrivain français, adhère à la Réforme en 1533. En 1534, quitte la France pour Bâle. En 1536, est à Genève où il devient l'auxiliaire du réformateur Guillaume Farel. Prend part à la Dispute de Lausanne qui impose la Réforme dans le Pays de Vaud. Renvoyé par les autorités en 1538, se rend à Bâle puis à Strasbourg avant de revenir en 1541 à Genève, où il parvient à instaurer un régime politico-religieux fondé sur l'autorité de la parole de Dieu et la théocratie de la Bible. En 1599, fonde, avec le concours du Conseil, le Collège et l'Académie, destinés à former des générations de pasteurs et de magistrats animés de la crainte de Dieu et de l'amour de la science.

Candolle (de), Pyramus (1566-1626) : D'une famille originaire de Provence, établie depuis 1552 à Genève dont elle acquiert la bourgeoisie en 1594. Il fonde l'Imprimerie Caldorienne qui, à Genève, Lyon et Yverdon, connaît une certaine célébrité.

Carte du Tendre : Imaginée par Mlle de Scudéry (1607-1701), carte de la géographie du pays des sentiments, des émotions tendres.

Céligny : Village sur la rive droite du Léman, entre Nyon et Coppet ; enclave genevoise en Pays de Vaud.

Champvent : Village près d'Yverdon. Château construit au début du XIIIe siècle.

Chavannes, Alexandre (1731-1800) : D'une famille vaudoise, professeur à Bâle puis à l'Académie de Lausanne et censeur de l'*Encyclopédie d'Yverdon*.

Clavière, Étienne (1757-1793) : Négociant genevois membre du Conseil des Deux Cents en 1770. Devenu chef des Représentants, est exilé en 1782 et part pour l'Angleterre avec François d'Ivernois dans l'espoir de fonder une nouvelle Genève sur terre d'Irlande. Se rend ensuite à Paris, où il se lie avec Mirabeau dont il rédige la partie financière de presque tous les écrits. Ministre des Finances en 1792, crée les assignats. Emprisonné comme Girondin en 1793, se donne la mort en apprenant les noms des juges qui doivent prononcer sa sentence.

Clotilde (princesse) (1759-1802) : Marie-Adélaïde-Clotilde-Xavière, sœur de Louis XVI. Épouse le 16 août 1775 à Versailles, par procuration, Charles-Emmanuel IV, prince du Piémont qui sera roi de Sardaigne, représenté par le comte de Provence. Cérémonie le 21 août. Passe par Lyon le 4 septembre 1775 pour rejoindre son mari à Chambéry, capitale de la Savoie, où le mariage est célébré le 6 septembre. Surnommée Gros-Madame à la cour de Turin. Dix ans après sa mort, est déclarée vénérable par le pape Pie VII.

Constance : Ville en négociations dès 1488 avec Zurich et Berne pour entrer dans la Confédération, mais adhère à la Ligue souabe en 1498. Dans la Paix de Bâle (1499), perd ses droits de juridiction en Thurgovie. Sa politique hésite ensuite entre l'Autriche et la Confédération.

Cornuaud, Isaac (1743-1820) : Genevois monteur de boîtes, puis maître d'arithmétique et teneur de livres, se voue entièrement à la politique en 1780 et s'allie aux Constitutionnaires. Directeur des Messageries de France de 1782 à 1787.

GLOSSAIRE

Cramer, Gabriel (1723-1793) : Éditeur genevois, avec son frère Philibert, des œuvres de nombreux savants. Intime de Voltaire qui l'appelle « Caro » dans ses lettres.

Cramer, Philibert (1727-1779) : Frère de Gabriel, conseiller genevois en 1767 et trésorier général en 1770, un des chefs du parti des Négatifs. Intime de Voltaire qui le nomme « Le Prince » dans sa correspondance.

D'Alembert (Jean Le Rond) (1717-1783) : Philosophe, écrivain et mathématicien français. Un des auteurs, avec Diderot, de l'*Encyclopédie* française, dont il rédige le *Discours préliminaire* (1751) et dont l'article *Genève* lui vaut les attaques de Rousseau.

Davel, Jean-Daniel-Abraham (1670-1723) : Notaire vaudois, fait une carrière militaire à l'étranger. De retour en 1711, est major de régiment en 1712 à la campagne de Villmergen. Le 31 mars 1723, il mène sur la place de la Cathédrale à Lausanne 600 hommes de troupe qu'il a réunis, dans le dessein d'occuper le château en l'absence du bailli et de proclamer le Pays de Vaud canton suisse. Les magistrats lausannois le livrent aux autorités bernoises et il est exécuté à Vidy le 24 avril 1723.

De Félice, Fortunatus Bartolomeo (1723-1789) : Traducteur, éditeur et imprimeur né à Rome. Études au collège des Jésuites. Entre dans les ordres, est ordonné prêtre à 23 ans. Professeur de philosophie et de mathématiques à Rome, puis de physique à l'Université de Naples. En 1757, se réfugie à Berne et embrasse le protestantisme. En 1762, répond à l'appel de la ville d'Yverdon, dont il obtient la bourgeoisie en 1769. Après avoir connu une notoriété européenne, meurt ruiné. De ses trois mariages, 13 enfants, dont Jeanne-Élisabeth et Catherine.

Dentand, Julien (1736-1817) : Genevois membre du Conseil des Deux Cents en 1770, conseiller en 1778, syndic en 1780, Représentant exilé en 1782. Revient à Genève après l'amnistie de 1790 et reprend une activité politique.

Diète : du latin médiéval *dieta* « jour assigné », de *dies* « jour », par extension assemblée politique. Nom donné avant 1848 aux assemblées des députés des cantons.

D'Ivernois (ou *Divernois, Dyvernois, Duvernois), François* (1757-1842) : Imprimeur et libraire genevois, entre dans la carrière politique et tente d'éviter l'intervention de la France à Genève en 1782. Ses efforts ayant échoué, part pour l'Angleterre avec Étienne Clavière dans l'espoir de fonder une nouvelle Genève sur terre d'Irlande. Se rend ensuite à Paris, où il est collaborateur de Mirabeau, puis revient à Genève en 1791. Repart pour l'Angleterre, collabore au *Mercure* britannique, obtient une pension du Gouvernement anglais qui l'avait déjà anobli et qui l'emploie dans plusieurs missions politiques, notamment en Russie. À la Restauration, revient à Genève, est nommé au Conseil provisoire puis député au Congrès de Vienne et conseiller d'État jusqu'en 1824.

Divico : Vers 57 av. J.-C., les Helvètes, formés de plusieurs tribus dont les Tigorins avec Divico à leur tête, décident d'émigrer en Gaule pour s'établir en Saintonge. En route, ils ont à combattre les forces de Jules César, opposé à cette émigration. Vaincus près de Bibracte, ils doivent rentrer dans leurs foyers.

Du Roveray, Jacques-Antoine (1747-1814) : Avocat genevois, un des chefs des Représentants, membre du Conseil des Deux Cents en 1775, procureur général en 1779. En décembre 1780, censure les pratiques des Négatifs ; est alors révoqué. Exilé en 1782, se retire à Neuchâtel puis à Paris.

Édit de Nantes : Signé par Henri IV le 13 avril 1598, afin d'apaiser les conflits religieux en fixant légalement le statut des protestants en France.

La révocation de l'Édit de Nantes, signée par Louis XIV le 18 octobre 1685, supprime tous les avantages

GLOSSAIRE

accordés par Henri IV aux protestants, dont le culte est interdit et les pasteurs bannis.

Encyclopédie anglaise (*Cyclopaedia or An Universal Dictionary of Arts and Sciences*) : Œuvre d'Ephraïm Chambers (1680-1740), lancée par souscription en 1728 et devenue rapidement célèbre. L'une des principales sources de l'*Encyclopédie* française.

Encyclopédie française (ou *Dictionnaire raisonné des sciences, des arts et des métiers*) (1751-1772) : Ouvrages de vulgarisation scientifique et philosophique, dont Diderot et D'Alembert sont les animateurs et les principaux rédacteurs, aidés de savants, de philosophes et de spécialistes dans tous les domaines. 17 volumes d'articles illustrés par des planches.

Escalade : Nuit du 11 au 12 décembre 1602. Entreprise à main armée décidée par Charles-Emmanuel de Savoie contre Genève, qui est attaquée dans la nuit du 11 au 12 décembre 1602, par les murailles de la région de Plainpalais. Les soldats franchissent les fossés, escaladent les remparts et s'introduisent dans la ville vers 2 heures du matin. Une ronde genevoise donne l'alarme et, avant 4 heures du matin, le tocsin réveille les citoyens. Les Genevois résistent vigoureusement et mettent en déroute les assaillants.

Catherine Royaume, née Cheynel, dite la mère Royaume, épouse de Pierre, maître potier d'étain et graveur à la monnaie de Genève, tue un Savoyard en lui lançant une marmite sur la tête.

Estavayer : Ville sur la rive droite du lac de Neuchâtel, à 25 km de Fribourg ; enclave fribourgeoise en Pays de Vaud.

Farel, Guillaume (1489-1545) : Réformateur français né à Gap, doit se réfugier à Bâle puis à Strasbourg. De retour en Suisse, fait adopter, avec Calvin, la Réforme à Genève et à Neuchâtel où il meurt.

Fazy, Jean-Louis (1732-1805) : D'une famille genevoise originaire du Dauphiné, dit « Fazy des Bergues », il reprend la fabrique d'indiennes des Bergues, fondée en 1728 par son oncle Jean, et l'agrandit en 1770.

Fellenberg, Daniel (1736-1801) : Bernois, professeur de droit et auteur d'ouvrages juridiques, membre du Grand Conseil en 1775, bailli de Schenkenberg en 1779, membre du Petit Conseil en 1786, ainsi que de la Société Helvétique et de la Société économique de Berne.

Fells (Fels) : Famille de commerçants, pasteurs et magistrats saint-gallois.

Ferdinand III de Habsbourg (1608-1657) : Roi de Bohême en 1625, roi de Hongrie en 1627, succède à son père Ferdinand II comme empereur d'Allemagne en 1637. En 1648, signe la paix de Westphalie qui met fin à la guerre de Trente Ans.

Fidéicommis : Fondation de famille destinée à transmettre par voie successorale et selon un règlement l'usufruit de biens communs. Cette institution est fréquente en Thurgovie au XVIIIe siècle. Le Code civil suisse n'autorise plus sa création aujourd'hui mais laisse subsister celles qui sont antérieures à son entrée en vigueur.

Fingerlin : Famille originaire de Pfyn près de Frauenfeld, banquiers des Gonzenbach.

Formey, Jean-Louis-Samuel (1711-1797) : D'une famille de réfugiés français, né et mort à Berlin, publiciste, philosophe et secrétaire perpétuel de l'Académie de Berlin. Associé de la « Bibliothèque germanique », entreprend la publication de la *Nouvelle Bibliothèque germanique* et du *Journal de Berlin*. Auteur de divers ouvrages et articles, est en relation avec Bartolomeo de Félice qui lui dédie les *Principes du droit de la nature et des gens* de Burlamaqui et les *Sermons pour les fêtes de l'Église chrétienne* de Bertrand ; en tête de ce dernier ouvrage, dans l'épître à Formey, de Félice l'appelle « mon cher ami ».

Frauenfeld : Ville fondée en 1260, capitale (actuellement

parfois contestée) de la Thurgovie, près de la frontière zurichoise.

Gall (vers 600) : Moine irlandais venu prêcher la pénitence en France, fonde un ermitage près des rives méridionales du lac de Constance. Cet ermitage devient un petit couvent vers 700 et donne naissance à la ville de Saint-Gall, dont les citoyens sont mentionnés pour la première fois en 1086.

Gasc, Esaïe (1748-1813) : Originaire du Languedoc, nommé pasteur à Genève en 1781. Membre des Représentants, est banni pour 10 ans en 1782 et suit les Genevois sur leurs terres d'exil. Revient à Genève en avril 1790. En 1793, quitte le pastorat pour la politique. Au titre de secrétaire d'État, signe en 1798 le traité de réunion de Genève à la France. Nommé professeur de théologie à l'Université de Montauban en 1809.

Ghéra, Chrétien Hottlieb (v. 1750-1778) : Né en Saxe, s'établit à Lyon en 1772, grave des collections d'ouvrages de musique des meilleurs maîtres. Meurt de tuberculose, est enseveli le 30 décembre 1778.

Gingins (de), Charles (1733-1801) : D'une famille vaudoise, baron de La Sarra, restaure le château de La Sarraz. La tapisserie évoquée dans le roman est actuellement au Musée historique de Berne.

Goethe (von), Johann Wolfgang (1749-1832) : Écrivain allemand, auteur notamment du roman *Les Souffrances du Jeune Werther* (1774), inspiré par son amour sans espoir pour Charlotte Buff et rédigé en la forme épistolaire. Goethe y analyse ses propres états d'âme sous les traits de Werther, héros de toute une génération (Sturm und Drang). Dans son roman *Les Années d'Apprentissage de Wilhelm Meister* (1797), Goethe parle longuement des tisserands de la Suisse orientale.

Gonzenbach (von) : Famille saint-galloise originaire du Toggenbourg. Son berceau était la ferme de Gunzenbach (ruisseau du Gunzo), où un Ulrich est nommé pour la première fois en 1308. Au XVIIIe siècle, dans les documents et la correspondance en langue française, le nom s'orthographie Gonzebat ou Gonzebas, sans particule.

Grandson (de) : Famille du Pays de Vaud qui donna son nom au château (XIe siècle) et à la petite ville située sur la rive occidentale du lac de Neuchâtel, près d'Yverdon.

Grétry, André-Ernest-Modeste (1741-1813) : Compositeur français d'origine belge, étudie la musique à Rome puis s'installe à Paris en 1768. Devient rapidement le musicien le plus à la mode de la France prérévolutionnaire. *Zémire et Azor*, l'un de ses opéras, créé en 1771, connaît une grande célébrité. Le texte, de Jean-François Marmontel, s'inspire du conte de Mme Leprince de Beaumont, *La Belle et la Bête*. Vers 1777, Goethe tire de *Zémire et Azor* sa *Claudine von Villa Bella*.

Gutenberg (Johannes Gensfleisch, dit) (av. 1400-1468) : Imprimeur allemand inventeur en 1434 de la presse à imprimer et en 1441 d'une encre qui permet l'impression des deux faces du papier. Entre 1450 et 1455, met au point la technique typographique.

Habsbourg : Dynastie qui tire son nom du château de Habichtsburg (construit vers 1020 en Argovie) et qui règne sur l'Autriche de 1278 à 1918. Habichtsburg (aujourd'hui Habsbourg) est situé entre Aarau et Zurich.

Haendel, Georg Friedrich (1685-1759) : Compositeur né en Saxe, séjourne à Hambourg, Venise, Hanovre, puis se fixe à Londres vers 1710. Compose entre autres des opéras, oratorios, cantates, motets, sonates, concerti grossi, pièces pour orgue et clavecin. Enseveli à Westminster.

Haller (de), Albert (1708-1777) : Savant et écrivain suisse né à Berne. Étudie à Berne, Bienne, Tübingen, Leyde, Londres, Paris et Bâle, puis voyage en Hollande, en Allemagne du Nord et en Suisse. Écrit en 1728 son poème *Les Alpes*. En 1736, devient professeur d'anatomie, de médecine, de chirurgie et de botanique à la nouvelle Université de Göttingen, fondée par George II d'Angleterre qui l'y avait appelé et qui l'anoblit en 1749. En 1753, rentre à Berne et devient membre du Conseil des Deux Cents. Ses concitoyens supportant mal ses idées politiques, il est envoyé à Aigle en 1758 comme directeur des salines de Bex jusqu'en 1764. De retour à Berne, se fait écrivain politique, moraliste et philosophe de la religion dans les années 1770. Ses travaux témoignent de l'étendue fabuleuse de ses lectures. À sa mort, toute l'Europe déplore la perte de l'esprit le plus universel depuis Leibniz. Poète, chercheur, praticien, philosophe, il est considéré comme le plus grand savant suisse.

Hauptwil : Village thurgovien à 2,5 km de Bischofszell, proche de la frontière saint-galloise. Les Gonzenbach s'y établissent en 1664 et construisent la même année une grande maison d'habitation (Schlössli ou Petit château) et une maison de commerce (Kaufhaus).

Hobbes, Thomas (1588-1679) : Philosophe anglais, séjourne plusieurs années en France et rencontre Galilée.

Huber, Jean (1721-1786) : Bourgeois de Genève, officier au service de l'étranger (Hesse-Cassel, 1738-1741, et Piémont, 1741-1746), membre du Conseil des Deux Cents en 1752. S'adonne à la peinture et devient un familier de Voltaire dont il reproduit souvent les traits et les scènes de la vie quotidienne. Met à la mode les fines découpures sur papier et publie une *Note sur la manière de diriger les ballons* ainsi que des *Observations sur le vol des oiseaux de proie*.

Hume, David (1711-1776) : Philosophe anglais. Entre 1763 et 1766, séjourne à Paris où il rencontre Rousseau qui l'accompagne en Angleterre.

Indépendance américaine (guerre de l') (1775-1782) : Conflit ayant pour cause le mécontentement grandissant des colons américains en face des exigences financières de la Grande-Bretagne. L'indépendance est proclamée en 1776 et George Washington prend la tête des 13 colonies insurgées. Aidé par la France (La Fayette), il bat les Anglais qui capitulent. L'indépendance est ratifiée par le traité de Versailles en 1783.

Iselin, Isaak (1728-1782) : Patriote et philanthrope bâlois, auteur d'ouvrages philosophiques et patriotiques. En 1760, fonde avec Salomon Hirzel et Salomon Gessner la Société Helvétique.

Joran : En Suisse romande, vent qui tombe du Jura vers le soir et qui peut être soudain et très violent.

Junker : Gentilhomme terrien.

Jura : Longue chaîne de montagnes calcaires qui s'étend depuis le Pays de Gex (Ain) jusqu'à Regensberg (Zurich), formant un rempart naturel.

Kirchberger (ou *Kilchberger*)*, Niklaus-Anton* (1739-1800) : D'une famille bernoise, officier en Hollande puis l'un des fondateurs de la Société économique de Berne, membre du Conseil des Deux Cents et écrivain.

Lavater, Johann-Kaspar (1741-1801) : Écrivain, penseur et théologien zurichois, exerce une grande influence sur son temps par sa personnalité et ses œuvres, notamment ses *Essais sur la Physiognomonie* (1775-1778), prônant l'art de découvrir le caractère en déchiffrant les traits du visage. Est en relation avec de nombreux contemporains importants (Goethe, Moses Mendelssohn, etc.)

Lerber, Sigmund-Ludwig (1723-1783) : Professeur de droit à Berne, bailli, rédacteur du Code du droit bernois en 1764 et auteur de plusieurs poésies en français.

Lessing, Gotthold Ephraim (1729-1781) : Écrivain et auteur dramatique allemand né en Saxe, a foi dans le perfectionnement moral de l'humanité et estime que le dramaturge a une mission sociale à remplir. Traduit les œuvres de Diderot.

Lombard : Famille genevoise originaire de Tortorella (Italie), issue de la famille Lombardi. Bourgeois de Genève dès 1589.

―――― GLOSSAIRE ――――

Lullin : Famille genevoise dont le nom apparaît dès le début du XIVe siècle parmi les familles possédant la bourgeoisie.

Luther, Martin (1483-1546) : Né en Thuringe, moine de l'ordre des Augustins, devient professeur de philosophie à l'Université de Wittenberg. Ses commentaires sur les Épîtres de saint Paul l'amènent à sa doctrine du salut par la foi. En 1517, affiche sur les portes du château de Wittenberg ses *95 thèses*, par lesquelles il dénonce les déviations et les abus de l'Église romaine qu'il voudrait réformer. Excommunié en 1521, fonde alors l'Église luthérienne et traduit la Bible en allemand.

Marsan (Mme de) : Marie-Louise-Geneviève de Rohan-Soubise, sœur du cardinal de Soubise, veuve du comte de Marsan, gouvernante des Enfants de France (le futur Louis XVI, ses frères et sœurs).

Mathod : Village vaudois à 6 km à l'ouest d'Yverdon, au pied du Jura.

Mendelssohn, Moses (1729-1786) : Philosophe allemand né à Hambourg, représentant de l'*Aufklärung*, prend le parti du rationaliste Lessing tout en restant fidèle au judaïsme qu'il contribue à réformer. Grand-père de Félix Mendelssohn-Bartholdy.

Michelade : Nom donné à un massacre de catholiques commis par des protestants à Nîmes le 29 septembre 1567, jour de la Saint-Michel.

Micheli : Famille genevoise originaire de Lucques en Italie, descendant d'Uberto dei Moccindento, établie à Genève depuis 1556.

Mingard, Gabriel (1729-1786) : Pasteur vaudois, collabore à l'*Encyclopédie d'Yverdon*. Auteur de plusieurs mémoires et d'un *Abrégé élémentaire de l'histoire naturelle*. Construit le château de Beaulieu à Lausanne.

Morggani, Jean-Baptiste (1682-1771) : Anatomiste italien, occupe la chaire d'anatomie à l'Université de Padoue.

Morges : Ville vaudoise au bord du lac Léman entre Lausanne et Genève. Son port a été construit de 1691 à 1696 par Leurs Excellences de Berne pour abriter leur flotte de guerre.

Neckar (Vallée du) : On y trouve les villes de Tübingen, Esslingen et Stuttgart.

Necker, Jacques (1732-1804) : Financier et homme d'État né à Genève, s'installe comme banquier à Paris en 1763, devient directeur puis ministre des Finances sous Louis XVI. Habile et honnête, il tente de rétablir les finances de l'État. Se retire des affaires publiques en 1790 pour s'installer à Coppet avec sa fille Mme de Staël.

Odier, Louis (1748-1817) : Médecin genevois, lutte contre la variole et devient l'un des propagateurs de la vaccine, inoculation immunisante remplacée ensuite par le vaccin.

*Ostervald (*ou *Osterwald), Jean-Frédéric* (1663-1747) : Théologien et pasteur neuchâtelois, auteur d'une traduction française de la Bible, d'un catéchisme et d'une liturgie.

Papin, Denis (1647-1714) : Inventeur français né près de Blois, observe et utilise le premier la pression de la vapeur d'eau. Invente une soupape de sûreté pour sa « marmite », puis en 1687 une machine à vapeur avec piston et, en 1707, un bateau à vapeur actionné par quatre roues à aubes. Meurt à Londres, oublié et dans la misère.

Pelloutier : Famille de réfugiés français installés dans le nord de l'Allemagne.

Pestalozzi, Johann Heinrich (1746-1827) : Pédagogue suisse de renommée européenne, né à Zurich. Promoteur de l'éducation populaire, fonde et dirige des écoles pour enfants pauvres en milieu rural. En 1768, construit celle du Neuhof en Argovie et s'y installe, mais fait faillite en 1780. Expose ses conceptions pédagogiques et son idéal humanitaire dans plusieurs ouvrages, dont *Lienhard und*

Gertrud (*Léonard et Gertrude*, 1781-1787) et *Wie Gertrud ihre Kinder lehrt* (*Comment Gertrude instruit ses enfants*, 1801). En 1799, vient au secours des orphelins de guerre de Stans. De 1800 à 1803, dirige une école au château de Berthoud et de 1806 à 1825 un célèbre institut à Yverdon. Se retire au Neuhof où il meurt.

Pictet, Bénédict (1655-1724) : Pasteur et professeur de théologie genevois, membre de l'Académie des sciences de Berlin, en relations suivies avec les protestants français. Auteur de recueils de sermons, prières et dissertations théologiques, compose des *Cantiques sacrés* parus en 1705, qui témoignent de ses efforts pour rénover la poésie et la musique religieuses et dont un grand nombre passeront dans les psaumes modernes.

Piémont (prince du) : Charles-Emmanuel IV (1751-1819), épouse Clotilde de France en 1775 et succède à son père Victor-Amédée III comme roi de Sardaigne en 1796.

Pompaples : Village vaudois tout proche de La Sarraz.

Provence (comte de) : Futur Louis XVIII (1755-1824), petit-fils de Louis XV et frère de Louis XVI.

Quentin de La Tour, Maurice (1704-1788) : Pastelliste, peintre et dessinateur français, multiplie les portraits des personnages de la cour, de l'aristocratie et de la grande bourgeoisie, ainsi que du monde des arts et des lettres. Souhaite montrer que le pastel est digne de concurrencer la peinture. Remarquable physionomiste, excelle surtout à rendre les expressions éphémères, les poses naturelles et cherche en même temps à capter la personnalité profonde, à rendre compte de l'état social de ses modèles.

Reding (von), Heinrich-Rudolf (1663-1724) : Colonel au service de la Savoie. En 1712, dirige le siège de Baden.

Rieu, Henri (1721-1787) : Genevois, capitaine dans le bataillon de marine de France, gouverneur de la partie française de l'île de Saint-Martin des Antilles ; intime de Voltaire.

Rochette : Famille genevoise reçue à la bourgeoisie de Genève en 1569.

Rolle : Ville vaudoise au bord du Léman entre Morges et Genève, fondée en 1330 sur des traces d'habitats lacustres, celtes et romains.

Rousseau, Jean-Jacques (1712-1778) : Écrivain et philosophe né à Genève. *Julie ou la Nouvelle Héloïse* paraît en 1761, *Du Contrat social* et *Émile* en 1762. La *Profession de Foi du Vicaire savoyard* se trouve au livre IV de l'*Émile*, ouvrage condamné par le parlement de Paris. Rousseau, « décrété de prise de corps », s'enfuit vers la Suisse et arrive à Yverdon. *Émile* et *Du Contrat social* sont brûlés à Genève.

Ruysdael (van), Jacob (1628/9-1682) : Peintre, dessinateur et graveur hollandais né à Haarlem. Ses paysages, où dominent les formes tourmentées, les effets d'orages et de lumière, préfigurent le romantisme.

Sacconay (de), Jean (1646-1729) : D'une famille noble de Savoie, entre dans l'armée bernoise en 1708 avec le grade de général-major. Chef des milices vaudoises, commande l'armée bernoise à Villmergen en 1712.

Saint-Barthélemy : Nuit du 23 au 24 août 1572 à Paris, au cours de laquelle les protestants sont massacrés. Catherine de Médicis, craignant que le mécontentement du parti catholique n'ébranle le pouvoir royal au profit des Guises, arrache au roi Charles IX l'ordre du massacre. La populace parisienne est ameutée par le tocsin de Saint-Germain-l'Auxerrois. Près de trois mille morts parmi les protestants attirés à Paris par le mariage d'Henri de Navarre (futur Henri IV) avec Marguerite de Valois et un grand nombre de chefs calvinistes exterminés. Le massacre se poursuit en province jusqu'au mois d'octobre.

Salines de Bex : Situées sur la route du Simplon dans la vallée du Rhône. Mentionnées dès le XVIe siècle et toujours exploitées à l'heure actuelle.

GLOSSAIRE

San-Sévère (Di Sangro, Raimondo, prince de Sansevero) (1710-?) : Savant et chimiste italien né à Naples. De nombreuses découvertes et des connaissances encyclopédiques lui sont attribuées. Ami de Bartolomeo de Félice.

Säntis : Massif compris en entier dans le bassin du Rhin, formé par les chaînes du Crétacé les plus septentrionales des Alpes suisses. La Thur coupe transversalement ce massif dont le point culminant, du même nom, domine à une altitude de 2504 m.

Sardaigne (roi de) : Victor-Amédée III (1726-1796), succède en 1773 à son père Charles-Emmanuel III comme roi de Sardaigne.

La Sarraz : Village vaudois créé au XIIe siècle autour du château du même nom.

Le château actuel, qui date du XIVe siècle, est incendié en 1475 lors des guerres de Bourgogne, puis abîmé en 1536 lors de la conquête bernoise. Il est propriété de la famille de Gingins depuis 1542.

Scarlatti, Alessandro (1660-1725) : Compositeur italien né à Palerme, auteur de nombreux opéras, cantates et pièces de circonstance. Fixe la forme de l'opéra napolitain, où la musique domine l'action. En assignant trois mouvements à la symphonie, s'affirme comme le précurseur de la symphonie classique.

Schadenfreude : Jouissance du malheur d'autrui.

Scherer : Famille originaire de Saint-Gall qui s'établit à Lyon où elle travaille pendant plusieurs générations dans le change et le commerce des tissus. Certains de ses membres sont syndics des négocians suisses de Lyon, comme Henry (1672-1736) et son fils Daniel. Henry Scherer construit un hôtel sur la place du Port-Saint-Clair, qui deviendra la place Tolozan. Cet hôtel sera détruit en 1980. En 1793, les Scherer se retirent en Suisse, certains à Castell près de Kreuzlingen, où leur château ressemble à celui de Hauptwil.

Schlaepfer, Johannes (1725-1802) : D'une famille appenzelloise protestante dont le nom est cité depuis 1400 environ. Habite la commune du Speicher, Appenzell Rhodes-Extérieures.

Schlumpf : Famille originaire de Saint-Gall. Une de ses branches, qui s'adonne au commerce de la toile, fait rapidement fortune et compte de nombreux notables. En France, la famille porte le nom de « Sellonf » et est élevée à la baronnie. *Schlumpfin* est un diminutif affectueux.

Société Helvétique : Société créée au XVIIIe siècle pour combattre les dissensions confessionnelles et les hostilités qui en dérivent, le système des pensions et le service à l'étranger, la soif d'imiter les mœurs étrangères, l'affaiblissement du sens patriotique, la mauvaise administration des bailliages communs et le despotisme des gouvernements. La première séance se tient aux bains de Schinznach, en Argovie, le 3 mai 1761, puis est annuelle et groupe la plupart des personnalités marquantes de l'époque (Haller, Iselin, Grob, Hirzel, entre autres). Le principe de la tolérance religieuse en est l'une des idées maîtresses, ainsi que les questions pédagogiques. La dernière assemblée se tient en 1858 puis la société se dissout d'elle-même.

Spectable (adj.) : Digne de considération. Titre usité à Genève et qui désignait les pasteurs.

Speicher : Village d'Appenzell. En 1403, les Appenzellois, avec l'aide des Confédérés, y remportent pour leur indépendance une victoire contre l'abbé de Stoffeln et ses alliés souabes, analogue à celle des Schwytzois à Morgarten.

Temple Neuf (plus tard Temple de la Fusterie) : Temple genevois protestant dont l'emplacement, choisi en 1708, était précédemment attribué aux fustiers (charpentiers, tonneliers, etc.) La place de la Fusterie descendait en pente douce vers le lac ; on y déchargeait billes (fûts) de bois, planches et autres matériaux. Les plans du temple sont dessinés par l'architecte français Jean Vennes, réfugié huguenot, et sa construction s'effectue de 1713 à 1715.

Thur : Contrée appenzelloise et saint-galloise formée de profondes vallées fluviales.

La rivière de la Thur, qui prend naissance dans le haut Toggenbourg, est un affluent du Rhin.

Tissot, Samuel-Auguste (1728-1797) : Célèbre médecin lausannois, professeur de médecine à l'Académie de Lausanne en 1766. Publie plusieurs études dont L'*Inoculation justifiée* (1754-55), un *Avis au peuple sur la santé* (1761), un *Traité des nerfs et de leurs maladies*, les *Observations de médecine pratique*, ainsi qu'une *Vie de Zimmermann*.

Toggenbourg : Contrée formée par le bassin supérieur de la Thur. Presque entièrement compris dans les Préalpes, le Toggenbourg couvre le quart du canton de Saint-Gall.

Trente Ans (guerre de) (1618-1648) : Conflit politique et religieux né de l'antagonisme qui oppose les princes allemands protestants à l'autorité impériale catholique, il prend une ampleur européenne du fait de l'intervention des grandes puissances étrangères. Les hostilités sont déclenchées par un incident religieux, la Défenestration de Prague, en 1617. Les négociations de paix sont entamées dès 1644 et les traités de Westphalie (1648) consacrent l'affaiblissement du pouvoir impérial de l'Allemagne et son morcellement. Les grands bénéficiaires sont la France, la Suède, les Provinces-Unies (partie septentrionale des Pays-Bas), l'Électorat de Brandebourg – qui commence son ascension – et la Suisse, dont l'indépendance est reconnue officiellement.

Tscharner, Vinzenz-Bernhard (1728-1778) : L'un des Bernois les plus cultivés de son temps, voyage beaucoup et entretient des relations personnelles avec Albert de Haller (dont il traduit en français *Die Alpen*), Rousseau, Wieland, Isaak Iselin notamment. Édite, en collaboration avec Bartolomeo de Félice, des panoramas de la littérature européenne.

Turrettini : Famille d'ancienne noblesse, originaire du château de Nozzano près de Lucques en Italie, dont une branche émigre à Genève au XVIe siècle.

Jean Turrettini (1600-1681) : Promoteur d'un canal qui devait relier le lac de Neuchâtel au lac Léman.

Valdo (ou de Vaux, ou Valdès, ou Vaudès), Pierre (v. 1140-v. 1217) : Prédicateur lyonnais contemporain de saint François d'Assise, il exhorte à la pauvreté et au retour à l'Évangile. Est excommunié et banni de Lyon vers 1182-1183.

Ses disciples, les Vaudois, sont déclarés hérétiques au Concile de Latran à Rome en 1215. Dès lors cruellement persécutés, leurs prêtres, qu'ils appellent « Barbes », sont contraints à la clandestinité. Pratiquement illettrés, ils sillonnent les routes sous l'apparence de marchands ambulants et révèlent l'Évangile dans les bourgs et les châteaux en récitant des versets de la Bible appris par cœur. Ils vont en Provence, dans le Dauphiné, au Piémont, jusque dans le sud de l'Italie, en Espagne, en Suisse, en Allemagne et en Bohême. Lorsque les Vaudois se joignent à la Réforme, au XVIe siècle, ils déchaînent contre eux les persécutions alternées ou conjuguées du royaume de France, du duché de Savoie et de la papauté.

Le terme « Vaudois » peut prêter à confusion, du fait qu'il désigne d'une part les habitants du Pays de Vaud et d'autre part les disciples de Pierre Valdo.

Venoge : Rivière qui arrose le centre et le sud du Pays de Vaud. Affluent du Léman.

Vernes, Jacob (1728-1791) : Pasteur à Genève, Céligny et Saint-Gervais, lié avec Rousseau, dont il publie les *Lettres sur le Christianisme*, et avec Voltaire, qui lui fait lire ses ouvrages en primeur. En raison de ses opinions politiques, est destitué en 1782 et suit les exilés genevois. Revient à Genève après l'amnistie de 1790.

GLOSSAIRE

Vevey : Ville sur la rive nord du lac Léman, en face des Alpes de Savoie, entre Lausanne et Montreux.

Vieusseux, Jacques (1721-1792) : Marchand drapier genevois, l'un des 24 commissaires des Représentants en 1766, procureur, chef de la Commission de sûreté. Banni en 1782, se retire à Oneille, port actif dans le golfe de Gênes.

Vieusseux, Pierre (1746-1832) : fils de Jacques, avocat, membre du Conseil des Deux Cents en 1775, rayé de ce corps en 1803 pour avoir refusé de se rallier au nouveau régime, s'expatrie à Oneille, dans le golfe de Gênes.

Villmergen (guerres de) : Guerre de religion en Suisse, opposant les cantons protestants aux cantons catholiques. Première bataille de Villmergen : en janvier 1656, alors que Zwingli prêche la Réforme à Zurich, les Zurichois sont repoussés à Rapperswil et leurs alliés les Bernois mis en déroute près de Villmergen (23 janvier 1656).

Seconde bataille de Villmergen : en mai 1712, les Bernois et les Zurichois s'emparent de villes dans les bailliages communs d'Argovie, dont Baden, provoquant un soulèvement populaire dans les campagnes de Schwytz, Unterwald et Lucerne. Le 25 juillet 1712, à Villmergen, 10 000 Bernois, avec à leur tête des officiers tels le général de Sacconay et le major Davel, combattent 12 000 catholiques. Les Bernois remportent la victoire et les petits cantons doivent accepter la paix d'Aarau par laquelle, entre autres, ils abandonnent à Berne et à Zurich une partie de leurs droits sur les bailliages communs d'Argovie.

Après cette seconde guerre, la Diète ne se réunit plus à Baden, dans un canton exclusivement protestant, mais à Frauenfeld en Thurgovie, où catholiques et protestants vivent en paix.

Voltaire (François-Marie Arouet, dit) (1694-1778) : Écrivain français né à Paris, séjourne en Angleterre dont il admire le régime libéral, ainsi qu'auprès de Frédéric II de Prusse. Auteur de tragédies, poèmes, contes philosophiques et d'une histoire de la civilisation notamment. S'installe à Ferney près de Genève en 1759 et consacre dès lors l'essentiel de son activité littéraire à diffuser ses idées philosophiques. Meurt à Paris.

Waldstaetten (ou pays forestiers) : Les trois petites vallées d'Uri, Schwytz et Unterwald. Avant 1291, elles s'unissent par des alliances temporaires dans le dessein essentiel de se soutenir contre toute attaque venant du dehors. En 1291, elles forment une nouvelle alliance que, cette fois, elles déclarent perpétuelle et autour de laquelle se formera lentement, en cinq siècles et demi, la Confédération suisse.

Watt, James (1736-1819) : Ingénieur et mécanicien écossais, fait breveter en 1769 la première machine à vapeur, qu'il perfectionne en 1782 et 1785.

Wieland, Christoph-Martin (1733-1813) : Poète, conteur et romancier allemand né dans le Wurtemberg, précepteur à Zurich dès 1752, appelé en 1769 comme précepteur du fils de la duchesse Anne-Amélie de Saxe-Weimar, fonde la revue *Teutscher Merkur* (1773). Sous son influence, Weimar devient l'un des grands centres littéraires allemands. A été fiancé à Julie Bondeli.

Wilhelmi, Samuel (1730-1796) : Pasteur et professeur bernois, enseigne le grec et l'éthique à l'Académie de Berne dont il devient le recteur. Promoteur de l'Institut politique.

Winterthur : Ville zurichoise entre Frauenfeld et Zurich.

Yverdon : Ville vaudoise à l'extrémité sud du lac de Neuchâtel.

Zimmermann, Johann Georg (1728-1795) : Médecin à Berne puis à Hanovre pour le roi George III d'Angleterre, devient le praticien à la mode des cours princières d'Allemagne. Auteur d'ouvrages populaires de philosophie et de sciences naturelles qui sont traduits en

GLOSSAIRE

plusieurs langues. Entretient des rapports personnels ou épistolaires avec les esprits les plus éminents de son temps (Goethe, Lessing, Haller, Lavater, Wieland).

Zollikofer (en France, *Solicoffre*) : Famille originaire du hameau disparu de Zollikofen en Thurgovie. Commerçants saint-gallois dont le principal établissement se trouve à Lyon avec des comptoirs à Genève, Toulouse, Marseille. Deux branches : les Zollikofer noirs de Nengensberg et les Zollikofer rouges (Altenklingen).

Zollikofer, Georg Joachim (rameau d'Altenklingen) (1730-1788) : Pasteur à Morat puis à Leipzig, prédicateur célèbre dont les sermons sont édités. Ami de Lavater.

Zollikofer, Kaspar (rameau d'Altenklingen) (1707-1779) : Pasteur à Saint-Gall et maître au gymnase, compositeur de chants et éditeur d'un recueil de cantiques.

BIBLIOGRAPHIE

Sources :

Archives familiales Develay et von Gonzenbach : M. Henri Appia à Paris, M. Luc Bischoff, ancien attaché culturel à Paris, M. Jean-François Cuendet à Lausanne, † M. Walter von Gonzenbach à Frauenfeld, Mme Martine Piguet à Genève, Mme Florence Poncet à Paris.

Archives d'État des cantons de Genève, Saint-Gall, Thurgovie, Vaud

Archives municipales de Bischofszell, Frauenfeld, Lyon (France).

Archives nationales à Berne.

Musée des PTT à Berne.

Généralités :

Dictionnaire géographique de la Suisse. Neuchâtel : Éd. Attinger Frères, 1902-1910.

Dictionnaire historique et biographique de la Suisse. Neuchâtel : Éd. Attinger, 1921-1933.

Monographies :

Cornaz-Besson, Jaqueline : *Qui êtes-vous, Monsieur Pestalozzi ?* Yverdon : Éd. de la Thièle, 1987.

De Haller, Nicolas : *Albert de Haller, écho d'une rencontre.* Aigle : Association du Musée du sel, 1980.

Jaton, Anne-Marie : *Jean Gaspard Lavater.* Lucerne-Lausanne : Éd. René Coeckelberghs, 1988.

Soëtard, Michel : *Johann Heinrich Pestalozzi.* Lucerne-Lausanne : Éd. René Coeckelberghs, 1987.

Soëtard, Michel : *Jean-Jacques Rousseau*. Lucerne-Lausanne : Éd. René Coeckelberghs, 1988.
Tschirch, Otto : *Albrecht von Haller als Dichter*. In Westermanns Monoshafte, nov. 1908.

Genève :

Encyclopédie de Genève. Association de l'Encyclopédie de Genève, 1985-1986 (tome 4 : Les institutions politiques, judiciaires et militaires, 1986 - Tome 5 : Les religions, 1986)..
Histoire de Genève. Société d'histoire et d'archéologie de Genève, Éd. Julien, 1930.
L'économie genevoise de la Réforme à la fin de l'Ancien régime, XVIe-XVIIIe siècles. dir. publ. Piuz, Anne-Marie et Mottu-Weber, Liliane, éd. Georg et Société d'histoire et d'archéologie de Genève, 1990.
De Montmollin, Édouard et Delors, François : *Temple de la Fusterie – Temple Neuf*. Genève : Fondation des Clefs de Saint-Pierre, 1990.
Rivier-Rose, Théodore : *La famille Rivier (1595 à nos jours)*, Genève : Slatkine, 1987.
Voltaire chez lui (Genève et Ferney). Genève : Éditions d'art Albert Skira, 1994.

Lyon :

Audin, Amable, Faucon, Bruno et Leyge, François : *Une ville*. Paris : Calmann-Lévy, 1987.
Clapasson, André : *Description de la ville de Lyon*. Champ-Vallon, 1982.
Garden, Maurice : *Lyon et les Lyonnais*. Paris : Flammarion, 1975.
Kleinclausz, A. : *Histoire de Lyon*. Marseille : Laffite, 1978.
Martin, Odile : *La conversion protestante à Lyon*. Librairie Droz SA, 1986.

BIBLIOGRAPHIE

Suisse orientale :

Altenklingen, Zollikofersche Familien-Stiftung. St. Gallen : Zollikofer, 1966.

Bathasar, Johann : *Bullingers Stadtansichten Zürich um 1770.* Zürich : Verlag Berichthaus, 1967.

Bräker, Ulrich : *Le pauvre homme du Toggenbourg.* Trad. Caty Dentan, Lausanne : L'Aire Coopérative Rencontre, 1973.

De Luca Jargo : *Das Leinwandgewerbe in Hauptwil im 17. und 18. Jahrhundert : Entwicklung des protoindustriellen Typs ?* Historisches Seminar Universität Zürich, Dezember 1993.

Fricker, Bartholome : *Stadt und Bäder Baden.* 1880.

Goethe, Johann Wolfgang : *Les Années d'Apprentissage de Wilhelm Meister.* Trad. Jeanne Ancelet-Hustache, Paris : Aubier Montaigne, 1983.

Hanhart, Rudolf ; Mayer, Marcel ; Wäspe, Roland et Ziegler, Ernst : *Die Malerei in der Stadt St.Gallen von 1650 bis 1750.* St.Gallen : Hermann Brägger, 1990.

Kempter, Lothar : *Hölderlin in Hauptwil.* Tübingen : J.C.B Mohr, 1975.

Knoepfli, Albert : *Die Kunstdenkmäler des Kantons Thurgau.* Basel : Birkhäuser, 1962.

Zollikofer, Caspar : *Geistliche liebliche Lieder, zum Lob Gottes und zur Vermehrung der geistlichen Seelen-Musik/Mit anmuthigneuen Melodien kunstmässig versehen (...), herausgegeben um zum Druck beförderet von Caspar Zollikofer Altenklingen, Pfarrer und Schul-Diener.* St.Gallen, 1744.

Zollikofer, Georg Joachim : *Neues Gesangbuch oder Sammlung der besten geistlichen Lieder und Gesänge zum Gebrauche bei dem öffentlichen Gottesdienste, herausgegeben von Georg Joachim Zollikofer.* Leipzig : Weidmanns Erben und Reich, 1766.

Zollikofer, Johann : *Neueröffneter himmlischer Weyrauch-Schatz, oder vollständiges Gebätt-Buch (...) Aus den allerberhümtesten Englisch- und Fränzösischen Theologis übers. u.*

zusammen gezogen durch Johannem Zollikofern, Prediger der evangelisch-reformierten Gemeinde in Leipzig. Basel : Thurneysen, 1778.

Vaud :

Crottet, A. : *Histoire et annales de la ville d'Yverdon depuis les temps les plus reculés jusqu'à l'année 1845.* Genève, 1859.
Encyclopédie illustrée du Pays de Vaud. Lausanne : Éd. 24 Heures, 1973 (tome 4 : L'histoire vaudoise).
L'encyclopédie d'Yverdon de F.B. de Félice. Yverdon : Éd. de la Thièle, 1981.
Mercier-Campiche, Marianne : *L'affaire Davel.* Lausanne : Éd. Ovaphil, 1970.
Olivier, Juste : *Le major Davel.* Lausanne : Éd. Mermod, 1959.
Perret, Jean-Pierre : Les imprimeurs d'Yverdon aux XVIIe et XVIIIe siècles. Lausanne : Librairie de droit, F. Roth & Cie, 1945.

Divers :

Blanchard, Roger et De Candé, Roland : *Dieux et divas de l'opéra.* Plon, 1986.
Bouquet, Marie-Thérèse : *Il teatro di corte dalle origini al 1788, Storia del teatro regio di Torino.* Éd. Cassa di risparmio di Torino, 1976.
Braun, Rudolph : *Das ausgehende Ancien Régime in der Schweiz.* Göttingen et Zurich : Éd. Van den Hoeck Ruprecht, 1984.
Peyrot, François : *Les Vaudois, récit d'une persécution.* Lausanne : L'Âge d'Homme, 1988.
Veyrassat, Béatrice : *Négociants et fabricants dans l'industrie cotonnière suisse, 1760-1840.* Lausanne : Payot, 1982.

Remerciements

Trente-cinq ans après la mort de ma grand-mère paternelle, j'héritai de son secrétaire : un meuble modeste, en ronce de noyer, qui contenait des jeux, des photographies, des cartes postales, des livres de contes et un amas de lettres écrites sur du papier d'autant plus fin qu'elles étaient plus anciennes. Je n'avais pas le temps de les déchiffrer. Le jour où mes yeux ne me permirent plus de lire, je fus saisie de remords et d'une curiosité imprévue : le temps pressait, je devais mieux connaître – écrire peut être – l'histoire de Martha Bachmann, qui vint pour des vacances de Schaffhouse à Sainte-Croix et se fiança à l'âge de quatorze ans à mon grand-père Samuel Cuendet. Florence Poncet, que j'appelle « Mon frère Théo », passa plusieurs jours à côté de mon poêle, penchée sur une encre pâlie. La plupart des lettres remontaient bien avant la naissance de Samuel et de Martha. Certaines concernaient les débuts du Réveil dans le canton de Vaud ; d'autres venaient de Naples, de Messine, de Stockholm, d'Amsterdam, de Paris.

Mon père avait écrit la biographie de son quatrième aïeul, Jean-Charles Develay (1784-1854), médecin et chirurgien à Yverdon comme lui. Né au château de Hauptwil en Thurgovie, il était le fils d'Élisabeth Antoinette de Gonzenbach, orpheline de mère à l'âge de huit ans. Élisabeth avait une sœur et un frère aînés. Elle était, à deux siècles de sistance, la petite fille de *L'Enfant et la Mort*, ce roman qui s'arrêtait abrubtement, comme elle, sur le chemin de la maison : *quand personne ne nous attend, on arrive toujours trop tôt.* C'est à Hauptwil en 1763 que je devais commencer l'histoire de ma famille. Je ne savais alors rien ou presque de la Thurgovie, rien ou presque de la Thurgovie, de Genève et de Lyon à la fin du XVIIIe siècle.

Je remercie tout particulièrement Mesdames et Messieurs Henri Appia, Jean-Luc Badoux, Luc Bischoff, Andrée Collaud-Bader, Henri et Jacqueline Cornaz-Besson, Antoine Cuendet, † Henri Cuendet, Jargo De Luca, Jean-Paul Demaurex, François Dumur, Anne Elspass-Bonzon, Renée Genton, † Walter von Gonzenbach, Michel Guisolan, Jean-Pierre Haldi, Marie-Thérèse et Renaud de Haller, Philippe Jaccottet, Claire Jobin-Marti, Étienne Junod, Lothar Kempter, Heidi et Harold Lenz, André Maire, Günter Mattern, Raymond Meylan, Gabriel Mützenberg, Annemarie Näf, Marc Neuenschwander, Évelyne Peitrequin, Francine Perret-Gentil, Élisabeth Piguet, Jean-François Piguet, Martine Piguet, le Baron Hervé Pinoteau, Florence Poncet, Robert Rivier, Adolf Rohr, Claudia Scherrer, Christiane Schneider, † Charles Scholder, Monique Sulliger-Paschoud, Alex Thalmann, Rita Vercors-Barisse, Lucia Van der Brüggen-Rüeger, Mareile Wolff-Georgi, Ernst Ziegler, Lotti et Hans Zollikofer. Ils m'ont aidée pendant des années d'investigations et d'écriture. Certains d'entre eux ne trouveront que dans le volume suivant l'essentiel de ce qu'ils m'ont appris. Qu'ils en soient dès maintenant eux aussi remerciés ; la première ligne de la première page n'aurait pu être écrite sans leurs recherches ou leurs traductions.

Œuvres de Suzanne Deriex

Romans

Corinne. Préface de Georges Haldas, Éd. Rencontre, 1961, épuisé. Réédition Éd. de L'Aire et France-Loisirs, 1989.
San Domenico. Éd. La Baconnière, 1964, Prix du Jubilé du Lycéum de Suisse Éd. Plaisir de Lire.
L'Enfant et la Mort. Éd. Rencontre, 1968, épuisé. Prix Charles Veillon 1969. Réédition Plaisir de Lire, 1988.
Pour dormir sans rêves. Éd. de L'Aire, 1980.
L'Homme n'est jamais seul. Éd. de L'Aire, 1983.
Les Sept Vies de Louise Croisier née Moraz. Éd. de L'Aire, 1986. Rééditions L'Aire, 1987 et 1989. Prix Alpes-Jura et Prix Murailles 1988. Prix du Livre vaudois 1990. Réédition Livre de Poche Suisse en 2 volumes, 1991. Éditions Univers, Bucarest, 1993.

Nouvelles, contes et récits, parus dans la presse suisse et française, ainsi qu'au Centre de Création Littéraire de Grenoble.

Pièces radiophoniques

Le Retour. Court métrage. Studio de Genève.
Il Ritorno. Traduction de Giovanni Bonalumi, Suisse italienne.
Le Collège de Bellevue. Moyen métrage. Studio de Genève.
Les Infirmières. Long métrage. Studio de Lausanne, 1971.
Les Gardiens. Long métrage. Studio de Lausanne, 1973.
Le Choix. Court métrage. Studio de Lausanne, 1980.
Die Entscheidung. Traduction de Charles Clerc. Studio de Zurich, 1981.
Le Petit Carrousel. Monologue. Studio de Lausanne, 1982. Prix de la Fondation Pro Helvetia.

TABLE

Première partie
   Le Pardon des Morts
   Hauptwil 1763   7

Deuxième partie
   Sur un visage, l'âme se donne à voir
   Hauptwil 1770-1774   109

Troisième partie
   Le Grand Voyage
   Berne, le Pays de Vaud, Genève 1774-1775   181

Quatrième partie
   Les Lettres de Lyon
   1775-1776   227

Cinquième partie
   Par amour de la vérité...
   Le retour à Hauptwil:
   Céligny, Yverdon, Berne, Zurich 1776   271

Sixième partie
   « Aimer, c'est aimer plus »
   Fin 1776-1778   325

Septième partie
   Le Bonheur et la Révolution
   Genève 1778-1783   377

Arbres généalogiques   440
Chronologie   443
Glossaire   447
Bibliographie   471
Remerciements   475
Œuvres de Suzanne Deriex   477

Cet ouvrage,
qui constitue l'édition originale de
« Un Arbre de Vie »,
a été achevé d'imprimer
en avril 1995
sur les presses
de l'Imprimerie Clausen & Bosse,
à Leck